KB199730

블루 타워

블루 타워

BLUE TOWER

이시다 이라 지음 | 권남희 옮김

문이당

작가의 말

9·11 영상을 보았을 때의 충격은 잊을 수 없다.

세계 무역의 상징이던 탑이 붕괴되는 장면이 화면에서 되풀이하여 나왔다. 그때 현실이 상상을 초월했다고 하는 사람들도 있었지만, 나는 그런 일은 있을 수 없다고 생각한다. 그것은 현실이 할리우드적 상상을 모방한 일일 뿐이다.

그 무렵 나는 새로운 연재를 시작해야 했다. 글의 소재를 좀처럼 정할 수 없었다. 표지에 넣어야 하니 제목을 빨리 말해 달라는 부탁을 받고 비로소 결심했다. 9·11로 받은 충격을 소설의 형식으로 한번 써 보자.

일단 결심이 서자, 다른 아이디어를 선택할 여지는 없었다. 무너지는 쌍둥이 빌딩의 이미지는 너무나 강렬했다. 그렇다면 아무리 현실이 흉내를 내려고 해도 쫓아갈 수 없는 작품으로 만들자. 그런 붕괴가 있은 후니까, 절대로 탑이 무너지지 않는다는 이야기가 좋겠지. 『블루 타워』의 소설적 구상은, 하룻밤에 직감적으로 완성된 것이다.

현실 세계의 남북문제와 과학의 점유를, 높이 2천 미터 탑의 상하 문제에 상징적으로 압축한다. 탑의 기본 유닛의 크기는 세계 무역 센터 빌딩과 같게 하자. 세계를 멸망시킨 것의 이름은 '황마'. 인플루엔자를 유전자 변이해 만든 궁극의 생물 병기다. 200년 후 미래의 위기를, 한 사람의 평범한 현대인이 구한다. 침대 속에서 뒹굴면서, 이것저것 세부 내용을 생각하는 일은 정말 즐거웠다.

하지만 충분히 생각하지 않고 시작한 오랜만의 장편은 당연히 난항을 거쳐야 했다. 2년 반 동안 매회 다음을 알 수 없는 연재가 계속되었다. 이렇게 고생하게 되리라고는 상상조차 하지 못했다. 그러나 이렇게 완성하고 보니, 모든 것은 있어야 할 장소에 미리 배치되어 있었던 것처럼 보인다. 내가 지금까지 쓴 가장 긴 작품이 되기도 했다. 이것은 작가가 아니라, 소설이라는 형식이 갖는 힘이라고 생각한다. 소설에는 자기 생성 능력이 갖춰져 있다.

『블루 타워』는 나의 첫 SF 작품이다. 초등학교부터 중학교에 걸쳐, 나의 독서의 과반은 SF였다. 그 시절 읽었던 소설은, 국내와 국외를 불문하고 어떤 SF든 재미있었다. 그런데 그 장르가 흔적도 없이 쇠퇴하려 하고 있다. 이 장편에는 나를 책의 세계로 이끌어 준 SF에 대한 성원과 감사의 마음이 담겨 있다. 힘내라, 지지 마라, SF. 현실이 상상의 뒤를 바로 쫓아오는 시대, 지금이야말로 SF가 가진 아득한 꿈과 미래를 향하는 힘을 원하고 있을 것이다.

마니아라면 이미 느꼈겠지만, 이 장편은 9·11로 시작해서, 미국 SF 황금기 작품에 대한 오마주로 끝난다. 그 작품의 엔딩 신은, 모든 SF 작품 중에서 중학생이었던 내가 가장 감동했던 것이다. 궁금한 사람은 에드먼드 헤밀턴이 쓴 『스타킹』이라는 공상 과학 소설을 찾아서 읽어 봐주시길.

『문제 소설』의 다카다 요시로 씨, 매회 페이지 수가 변동하는(대부분은 예정을 밑도는) 연재에, 참을성 있게 대처해 주어서 정말 고맙습니다. 『문예 서적』편집장인 구니다 마사코 씨, 막판에 휘몰아치기 훌륭했습니다. 수고하셨습니다. 표지 그림의 노마타 미노루, 처음 긴자의 시세이도 빌딩에서 이 작품을 만나고 표지에는 이것밖에 없다는 걸 바로 알았습니다. 책의 표지를 마지막으로 훌륭하게 결정해 주신 이다 이즈호 씨, 감사합니다.

인간의 악과 잔혹함을 보았을 때, 우리는 그것과 같은 수만큼 분명 어떤 빛과 부드러움에 눈을 돌릴 필요가 있다. 이 책이 롤러코스터 같은 재미뿐만이 아니라, 미미하나마 그 빛이 되기를.

이시다 이라

차례 | 블루 타워

얼음 눈물

1

서쪽 하늘에서 구름이 몰려오고 있었다. 세찬 바람에 등이 밀려 일
그러진 모양으로, 이쪽을 향해 속속 다가온다. 해가 저물고 제법 시간
이 흐른 뒤여서 구름의 가장자리는 검붉은 핏빛이었다. 세노 슈지는
의학서에서 본 폐암 조직이 떠올라 한기가 들었다. 구름에라도 닿을
것 같은 서 신주쿠의 고층 빌딩들이 빨간 항공 장애등을 깜박이며 하
늘을 찌르고 있다. 까마득히 아래쪽에는 키 작은 건물들이 모래를 뿌
린 듯 대지를 가득 메웠다. 현기증이 일 것 같다.

슈지는 휠체어에서 자세를 고쳐 앉아 남쪽으로 시야를 돌렸다. 남서
로 20킬로미터 떨어진 곳에, 요코하마 랜드마크 타워(요코하마의 상징
물로 일본에서 가장 높은 건물. 지상 70층, 높이 296미터)의 잿빛 그림자
가 붉은 장애등의 윤곽을 흐릿하게 하고 있다. 그 외에는 슈지가 있는
지상 55층에서 미나토미라이(요코하마의 도심에 위치한 미래형 도시)
까지 시선을 가로막는 건물은 없었다.

신주쿠 화이트 타워는 도야마의 나지막한 언덕 위에 서 있는 수도권에서도 손꼽히는 초고층 맨션이다. 처음 입주했을 때, 슈지는 창밖의 경치에 감동했었다. 곧게 들어온 햇빛이 유리에 반사되며 여러 빛깔로 퍼지는 신선한 아침 풍경. 하늘과 빌딩의 경계가 수묵화처럼 녹아드는 지친 야경. 목욕 후면 캔 맥주를 한 손에 들고, 남서쪽 모퉁이에 있는 유리로 된 선룸(sunroom)에서 오래도록 시간을 보냈다.

그런데 지금은 아무리 아름다운 풍경에도 마음이 움직이지 않는다. 창이 열려 있었는지, 찬 바람이 슈지의 뺨을 훑고 지나간다. 뺨을 어루만진다. 어느 틈에 울고 있었던 것이다. 축축이 젖어 있다. 진정제 탓에 슬픔을 느끼지도 못하는데, 눈물은 자꾸 쏟아진다. 머리를 어루만졌다. 하얀 삭모가 남아 있었다. 아직 마흔세 살, 반년 전만 해도 웃으며 발모제 CF를 보았는데, 검디검고 숱 많았던 머리카락은 점점 없어지고 있다. 전혀 효과가 없었던 2쿠르(kur)의 방사선 치료 탓에 아직 탈모는 멈추지 않았다. 이렇게 될 줄 알았더라면, 모든 치료를 거부했을 텐데.

이제 걷지도 못할 것이다. 오른쪽 다리는 이미 심각하게 마비됐다. 남은 생명은 앞으로 1, 2개월뿐이라고, 친절한 호스피스 의사가 가르쳐 주었다. 머리카락 걱정 따위나 하고 있을 때가 아닌 것이다. 휠체어 팔걸이를 잡고 자조 띤 웃음을 짓고 있는 슈지를, 그때 그 통증이 덮쳤다. 뇌종양이 다른 신경 세포를 물리치고 증식할 때 오는 아픔이었다. 딱딱한 두개골 속에서 갈 곳을 잃은 뇌가 견디기 힘든 내압에 비명을 지르고 있다.

머리의 중심에서 시작된 아픔이 이마 뒤를 돌아, 압력과 열을 높이면서 관자놀이로 갈라졌다가 다시 중심으로 되돌아온다. 슈지의 경우, 통증의 사이클은 늘 이런 식이다. 심할 때는 식은땀을 흘리면서 자신의 토사물 위를 구르기도 한다. 다행히 재택사(在宅死)를 적극 권하는 의사가 처방한 MS 콘틴이라는 황산 모르핀이 있어서, 대부분의 통증은 제압할 수 있었다. 그래도 돌발적으로 한 번씩 뇌 속을 휘몰아치는 폭풍을 전부 제압하기란 불가능하다. 어깨와 등까지는 나무판자처럼 경직되고, 머리는 휠체어 등받이에 눌렸다. 주방에서 나오는 아내의 슬리퍼 소리가 들린다. 통증은 관자놀이에서 멈추었다.

(아아, 또 기분 나쁜 기억으로 돌아간다.)

통증에 농락당하면서도, 지긋지긋한 기억은 사라지지 않는다. 슈지의 의식은 과거로 들어간다.

눈앞에 저 돌팔이 의사 오리하라가 있었다. 아니꼽게도 티탄(titan)테 안경을 낀 소심한 애송이다. 옆에는 아내 미키가 걱정스러운 듯이 앉아 있다. 젊은 의사 뒤로 흑백의 뇌 단면도가 떠 있는 모니터가 빛나고 있었다. 슈지는 덤빌 듯이 말했다.

"선생님, 양성입니까? 악성입니까?"

오리하라가 한숨을 쉬며, 손에 들고 있던 종이에 달걀 같은 타원을 그렸다.

"이것이 뇌입니다. 양성은 뇌를 감싸는 수막(髓膜)이나 이 아래쪽, 뇌하수체에 생기는 것입니다만, 세노 씨는 그렇지가 않습니다."

오리하라는 타원의 중앙에서 전방에 걸쳐 볼펜으로 빙글빙글 원을 그려 나갔다.

"유감입니다만 세노 씨의 경우, 뇌를 구성하는 글리어 세포에 암세포가 증식하며 신경 교세포에 뇌종양이 발생했습니다. 이것은 악성 뇌종양입니다. 세노 씨, 아직 설명이 남았습니다. 잘 들어 주십시오."

슈지는 온몸에서 힘이 빠져나가는 것 같았다. 묵묵히 고개를 끄덕인다. 오리하라는 미키를 힐끔 본 후, 다시 슈지에게로 시선을 돌려 말했다. 어딘가 머뭇거리는 말투다.

"신경 교종은 또다시 몇 종류로 나눠지는데, 가장 예후가 좋지 않은 것이 글리어 세포의 일종인 성세포(星細胞)에 암세포가 증식한 교아종(膠芽腫)이라는 것입니다. 중년 남성에게 많이 나타나는 종양이죠. 이것을 봐 주십시오."

오리하라는 재빠른 손놀림으로 마우스를 조작하여 새로운 뇌의 단면을 모니터에 불러왔다. 젤로 고정시킨 앞머리 한 가닥이, 땀에 밴 이마에 내려와 있다. 필시 간호사들에게는 꽤 인기가 있을 것이다.

"이것이 세노 씨의 두부(頭部) MRI입니다. 전두엽의 중심에서 앞쪽에 걸쳐, 하얀 연기 같은 것이 아른거리지요. 이것이 세노 씨의 교아종입니다."

슈지는 어깨를 떨어뜨렸다. 그대로 무너져 버릴 것 같다. 손바닥에 땀이 흠씬 배어 있었다. 중얼거리듯 한마디 내뱉었다.

"수술해야 합니까⋯⋯?"

오리하라는 눈을 감으며 말했다.

"수술은 할 수 없습니다. 이유는 두 가지입니다. 먼저 전두엽의 운동 신경 가까이를 적출하면 수술 후, 생명을 유지하는 기능에 큰 장애가 남을 수 있기 때문입니다. 또 하나는⋯⋯."

제아무리 오리하라라도 말하기 곤란한 듯했다. 슈지는 재촉하는 시선을 보냈다.

"악성인 경우, 수술을 해도 통상 몇 개월 만에 재발하는 일이 많습니다. 그래서 세노 씨의 경우, 방사선 치료와 항암제를 병용해야 합니다. 지금부터입니다. 낙심하지 마시고 열심히 치료를 해봅시다."

그다음 오리하라가 무슨 말을 했는지 슈지는 기억나지 않는다. 전부터 두통이 잦았지만 8월 어느 날 아침, 눈을 뜨자 그때까지 경험해 보지 못한 두통과 구토를 느꼈다. 전날 밤 동료들과 술을 많이 마신 것이 안 좋았던가 침대에서 반성하며, 기듯이 화장실로 향하던 도중 새 맨션의 복도에 토해 버렸다. 아무리 토해도 구토가 멈추지 않아 새우처럼 몸을 구부린 채 경련을 계속했다. 걱정이 된 미키가 구급차를 불렀다. 실려 간 신주쿠 중앙 병원에서는 이내 검사와 입원 조치가 취해졌다.

검사 결과를 알게 된 것은 7일 후였다. 그날 밤, 슈지는 아픈 머리를 어루만지면서 노트북 앞에 앉았다. 병원 생활이 지겨워 새로운 기획서라도 써볼까 하고 가져온 것이다. 슈지는 사용이 금지되어 있는 휴대 전화에 몰래 접속하여 인터넷으로 암을 검색했다. 찾는 것은 이내 발견되었다.

"5년 생존율 교아종 7퍼센트."

생존율이 제로나 마찬가지인 숫자다. 피가 싸늘해지고 손가락 끝이 하얘지는 것 같다. 5년 이내에 100명 중 93명은 현대 의학이 최선을 다해도 죽는다. 살아남기를 기대하기는 무리인 숫자다.

그날부터 슈지는 무뚝뚝하고 눈에 차가운 빛이 서린 환자가 되었다.

"여보, 여보……."

귓가에서 아내 미키가 소리치고 있었다. 슈지는 의식을 되찾았다. 미키의 목소리가 이어지고 있다.

"여기가 어딘지 알겠어요, 오늘은 무슨 요일이죠?"

슈지는 끄덕이며 미키의 손을 뿌리쳤다. 두통은 누그러졌다.

"응, 신주쿠 화이트 타워 최상층에서 한 층 아래인 맨션, 오늘은 금요일, 내일은 토요일."

앞치마 차림의 미키가 선룸의 관엽 식물을 등지고 서 있었다. 미키는 감정의 변화를 느끼기 힘들 정도로 반듯한 용모다. 젊은 시절의 슈지에게는 그것이 매력으로 느껴졌지만, 서른을 넘자 뭔가가 부족해졌다. 감정 표현만이 아니라 마음의 움직임도 별로 없는 것이다. 때때로 인형과 살고 있다는 기분이 든다.

"내일은 회사 분들이 오시니까 힘 좀 내요. 당신 또 어딘가로 날아갔다 온 거예요?"

슈지가 고개를 끄덕였다. 통증이 머리 양쪽에서 머물자 측두엽이 자극되어, 과거의 추억이 선명하게 되살아난다. 냄새와 촉감까지 생생하게 느껴진다. 그것도 대부분 두 번 다시 되풀이하고 싶지 않은 나쁜 기억이다.

통증이 이마 속, 전두엽에서 멈추자 이번에는 본 적도 없는 이상한 광경이 보였다. 그럴 때는 각오를 단단히 하고 있어도 공포에 떨었다. 목숨이 붙어 있는 동안 뇌가 망가지는 것만큼은 견딜 수 없다.

"오늘은 병원 장면이었어. 몇 번을 당해도 암 선고라는 건 기분 나빠."

슈지의 불평에 익숙한 미키는 들은 척도 않고 주방으로 돌아가 버렸다. 두 사람은 결혼한 지 15년째이지만 아이가 없었다. 아이를 갖기 위해 여러 가지 방법을 써본 적도 있었으나, 지금 와서는 없는 게 다행이다. 병아리 같은 머리를 한 아버지의 모습을, 어린 자식에게 보이고 싶지 않다. 만약 아이가 놀라 울기라도 한다면, 애써 자신을 납득시켰던 마지막 결심이 흔들릴 것이다.

도쿄의 하늘은 완전히 어두워졌다. 불이 꺼진 선룸은 빛의 바다에 떠 있는 구명보트 같다. 슈지에게는 이 맨션 외에는 재산도 없고, 자랑할 만한 일도 마음이 통하는 아내도 없었다. 슈지는 자조적인 농담에 입술을 찡그리며 웃었다.

암은 제법 적절한 희생자를 선택한 것이다. 슈지에게는 이 세상에

16

남길 것이 아무것도 없었다. 종양 세포는 자신이 죽는다는 걸 알면서도 숙주(宿主)를 죽음의 동반자로 삼을 때까지 증식을 멈추지 않는다. 증오밖에 모르는 테러리스트 같다. 슈지는 순간, 세계 무역의 상징이던 빌딩의 붕괴를 떠올렸지만 이내 뇌리에 각인된 비디오 영상을 지워 없앴다.

언제라도 사람은 죽는다. 사람이 만든 탑은 어떤 것이든, 언젠가는 반드시 무너진다.

2

배리어프리(barrier free)로 설계된 복도를 지나 현관까지 마중을 나갔다. 슈지는 손님맞이용 니트 모자를 쓰고, 현관문이 열리기를 기다렸다. 휠체어 뒤에는, 꼼꼼하게 화장을 한 미키가 서 있다. 문병 온 직원들이 와 있는 몇 시간 동안, 오랜만에 숨을 돌리러 긴자의 백화점에 갈 예정인 것이다. 문의 손잡이가 천천히 내려갔다.

제일 먼저 들어온 사람은 영업부 기획3과 과장 오기하라 구니오였다. 예전에는 슈지의 부하였지만, 지금은 상사다. 예나 지금이나 마음이 안 맞는 건 여전하다. 슈지가 근무하는 회사는 몇 년 전에 민영화되어 실력주의 인사 평가가 철저해졌는데, 그때조차 업무상의 공적만큼이나 학벌이 위세를 떨친 것은 공사(公社) 시대와 다름없었다. 오기하라는 간부가 되는 데 필수인 주요 4개 대학의 하나를 우수한 성적으로 졸업했다.

오기하라는 원산지 모듬 치즈 세트라며, 포션 치즈 상자를 미키에게 건넸다.

"건강해 보이십니다, 세노 씨."

그렇게 말하는 오기하라는 매끄러운 베이지색 재킷에 격자무늬 바지를 입고 있다. 연예인처럼 주홍색 애스컷 타이(ascot tie)를 메고 있다. 분하지만 실력만 우수한 게 아니라 얼굴까지 미남이다. 드물게 미키가 웃는 얼굴을 보이며 받아 들었다. 부하인 다케이 리나가 문틈으로 얼굴을 들이밀며, 통통 튀는 목소리로 말했다. 짧은 머리끝이 생기 있게 팔랑거린다.

"우와, 현관부터 대리석이네요. 게다가 이렇게 넓기까지. 저 같으면 현관에서만 살라고 해도 살 수 있을 것 같아요."

리나는 흰 장미와 안개꽃이 섞인 꽃다발을 슈지의 무릎에 살짝 올려놓았다. 한 손에는 외투를 들고, 오프화이트(off-white)의 소매 없는 스웨터를 입고 있다. 탱탱한 두 팔에 20대 중반의 젊음이 넘쳐난다.

"오, 고마워. 어서들 들어와."

리나에 이어, 세키야 유키노리의 갸름한 얼굴과 데지마 소헤이의 큰 몸집이 이어졌다. 소헤이는 옆으로 눕히면 현관을 통과하지 못할 정도로 큰 상자를 안고 있다.

"뭐야, 그건."

세키야가 차분한 목소리로 대답한다.

"3천 피스 퍼즐입니다. 엄청나게 시간이 걸리는 대작이라, 지금의 세노 씨에게 딱 좋을 것 같아서요."

소헤이가 호쾌하게 웃으며 말했다.

"치매 방지에도 좋답니다."

모두와 함께 웃으면서도 왠지 슈지는 눈물이 글썽거렸다.

거실에 문병객들의 환성이 울렸다. 넓이는 10평 정도로, 남쪽과 서쪽으로 난 창밖으로는 12월의 햇살 아래 건조한 도쿄 시내가 하얀 사막처럼 펼쳐져 있다. 발코니에서 튀어나온 유리벽의 선룸에서, 리나가 한숨을 쉬었다.

"마치 꿈을 꾸는 것 같아요. 이 맨션 얼마 정도 해요?"

남자 직원들과 소파에 앉은 슈지가 말했다.

"우리 월급으로는 도저히 못 사지. 돌아가신 선친에게 감사할 수밖에 없어. 이 맨션의 일부 대지가 대대로 세노가의 땅이라서, 토지 대신 이 집을 받았거든."

세키야가 냉정히 말했다.

"운이 좋으셨군요. 아무리 도심의 땅값이 떨어졌다고는 하지만 초고층 맨션이 붐이라, 이 정도 고급 물건이라면 2억 엔은 하겠죠. 저도 집을 찾고 있어서 압니다만, 대체로 2억 3천 엔에서 5천 엔 정도 하지 않을까요."

"그 정도 하겠지. 내 일생에서 단 한 번의 행운이었다고나 할까."

여전히 정확한 안목이다. 세키야 덕분에 슈지는 몇 번이나 궁지에서 살아났던가. 아는 부동산 업자는 2억 4천 엔으로 이 맨션을 산정하고 있다.

"많이 기다리셨습니다."

미키가 홍차 포트를 올린 쟁반을 들고 나왔다. 테이블 옆에 무릎을 꿇고, 컵과 접시를 놓는다. 소헤이가 말했다.

"그런 말씀 하시면 벌 받습니다. 집뿐만 아니라 옆에 계신 사모님 역시 미인이시잖습니까."

또 자기가 말해 놓고 큰 소리로 웃는다. 슈지는 희미하게 미소 지으며 소헤이를 보았다. 대화는 원래 이 녀석이 잘하는 분야가 아니다. 차 준비를 마친 미키가, 앞치마를 접으며 고개를 들었다.

"그럼 남편을 잘 부탁드립니다. 잠깐 바깥바람 좀 쐬고 오겠습니다. 당신, 몸은 어때요?"

슈지는 휠체어에서 귀찮은 듯 끄덕였다.

"괜찮아. 걱정하지 마. 약도 먹었고, 여차하면 산소통도 주사도 직접할 수 있고. 나는 프로 환자니까 안심하고 놀다 와."

미키는 거실을 나갈 때, 한 번 더 머리를 숙였다. 슈지는 옆을 보고 있었지만, 아내의 마지막 시선이 오기하라에게 머무는 것이 어딘가 부자연스러웠다.

미키가 외출하자 화제는 일 이야기로 바뀌었다. 내년 봄에는 이 세상에 없을 텐데 최근의 불경기를 한탄하는 자신이 슈지는 우스웠다. 밝게 떠들고 있지만, 이 자리에 있는 네 사람은 미키에게 슈지의 뇌종양 상태를 들어 알고 있을 것이다. 슈지는 세키야에게 말했다.

"가족 할인 서비스는 어떻게 됐어?"

"세노 씨가 빠진 후에도 순조롭게 진행되고 있습니다. 기획서의 최종 체크는 과장님께서 해주셨습니다."

대부분의 성인들이 갖고 있는 휴대 전화의 보급률에 마지막 박차를 가하기 위해 기획된 초·중학생 대상의 가족 할인 서비스였다. 이제 와서는 허무한 일이지만, 슈지의 마지막 업무였다. 오기하라가 힘을 북돋워 주듯 말했다.

"부장님과 다른 과장들과도 사전 회의를 했습니다만, 반응이 좋았습니다. 세노 씨의 기획, 꼭 통과시켜 드리겠습니다."

오기하라는 무턱대고 잘난 척만 하는 게 아니라 여전히 슈지의 낯을 세워 주려 노력하고 있었다. 실력만 우수한 게 아니라, 배려도 할 줄 안다. 그것이 슈지는 때로 견디기 힘들었다. 리나가 분위기를 바꾸었다.

"저는 세노 씨 하면 입사 1년째가 떠올라요. 첫 기획서를 쓸 때였는데, 패닉 상태로 하루 종일 책상 앞에 있었지만 한 줄도 쓰지 못했어요. 시간은 자꾸 가고, 사무실 불도 거의 꺼지고 밤 11시가 넘으니 금방이라도 울음이 터질 것 같더라구요. 그때까지 줄곧 잠자코 지켜보고 계시던 세노 씨가 차를 끓여 주셨죠. 그때 제게 하신 말씀, 기억나세요?"

아직 기억은 생생했지만, 슈지는 수줍은 듯 고개를 가로저었다. 리나가 눈물을 글썽이며 말했다.

"일을 하다 보면 언젠가 반드시 부딪치는 벽이 있어. 지금은 이러지도 저러지도 못해 괴로울지 모르지만, 그 벽을 향해 계속 나아가는 거야. 언젠가 반드시 넘을 수 있고, 그 벽을 넘으면 이 일의 프로가 되어 평생 해나갈 수 있다는 자신감이 생겨. 괜찮아, 반드시 넘을 수 있을 거야,라고. 저, 그날 밤 슈지 씨가 유혹하셨다면 간단히 넘어갔을지도 몰라요."

소헤이가 눈물이 글썽이는 눈을 문지르며 말했다.

"세노 씨, 제게도 그런 말씀 해주셨어요. 뭐, 전 자도 좋다는 생각까진 안 했지만. 그런 방법으로 여사원들 몇 명쯤 유혹하신 건 아닌가요."

세키야의 안경 속도 약간 붉어져 있었다. 오기하라는 창밖을 보며 숨을 가다듬고 있다. 슈지는 눈물이 쏟아질 것 같아 황급히 눈두덩을 눌렀다. 단지 먹고살기 위해 하는 일이라고는 하지만, 일을 하는 한 이렇게 주위 사람들과 마음이 연결되는 때가 있다. 슈지는 새삼 산다는 것의 신비로움과 고마움을 느꼈다.

한 시간 반이 지나고 슈지는 완전히 지쳤다. 요즘 미키 이외의 사람과 보낸 적이 없어서 사람에게 지친 것이다. 네 사람은 슈지의 상태를 눈치 채고, 서둘러 돌아갔다. 사람들이 떠나고, 갑자기 조용해진 방에 슈지만 남겨졌다. 햇빛이 바로 들어오는 선룸에서 휠체어를 밀며 창밖을 멍하니 바라보았다. 손님들이 가고 나자 어디엔가 숨어 있던 고양이가 나타났다. 일곱 살짜리 암컷 아비시니안, 코코였다. 휠체어 바퀴 옆에 몸을 비비며 긴 꼬리 끝을 바퀴살에 감는다.

"코코, 이제 아무도 없어."

슈지는 노인처럼 깡마른 손으로 카페오레 색의 털을 어루만져 주었다.

인터폰 소리가 갑자기 울린 것은, 잠시 후였다. 소리에 놀란 코코가 어딘가로 달아났다. 손목시계를 보니 아직 4시가 안 되었다. 미키치고는 너무 빠르다. 5시에 좋아하는 가이세키〔懷石〕 도시락을 사서 오기로 한 그녀였다. 벽에 붙은 인터폰으로 향하자, 그림엽서만 한 모니터에 리나의 얼굴이 클로즈업되어 비치고 있었다.

"저, 세노 씨, 말씀드릴 게 있는데요. 잠깐 실례해도 될까요."

무슨 말을 할지 전혀 예상할 수 없었다. 대답을 머뭇거리자, 리나가 간절한 표정을 지으며 화면에 얼굴을 갖다 댔다.

"잠깐이면 됩니다. 꼭 말씀드려야 할 게 있어서요."

"알겠어."

대답과 동시에 자동 삼금 해제 버튼을 눌렀다. 180미터 아래에서 유리로 된 더블 도어가 부드럽게 열리는 것이 모니터 구석에 비쳤다. 외투 깃을 세우고 리나가 몸을 돌려 통과한다. 슈지는 다시 휠체어로 현관을 향했다.

3

리나는 진지한 얼굴로 방에 들어왔다. 슈지는 무언으로, 홍차 세트가 널려 있는 거실로 안내한다.

"미안해, 그때처럼 차를 끓여 줄 수가 없어서."

도리도리를 하듯 고개를 저으며, 리나가 말했다.

"세노 씨에게 말씀을 드려야 할지 말아야 할지, 줄곧 고민했어요. 병세가 상당히 안 좋다고 들어서, 제가 참견할 일이 아닌 것도 같고."

슈지는 휠체어에서 자세를 바로 했다. 뭔가 나쁜 소식을 들을 때 보이는 슈지의 버릇이다. 등을 구부리고 들을 때보다는 충격이 적은 느낌이다.

"드릴 말씀이라는 것은 부인 미키 씨 이야기입니다. 세노 씨와 미키 씨 원만하세요?"

최근 5, 6년 각방을 쓰고 있었다. 함께 자는 것도 한 해 몇 번밖에 되지 않는다. 하지만 그런 것을 20대의 독신인 리나에게 말해 봐야 소용없을 테지.

"결혼하면 어떤 부부에게든 여러 가지 일이 생기는 법이야. 좋지도 나쁘지도 않아."

"정말 그러세요?"

리나는 가늘고 긴 눈에 힘을 주며 슈지를 응시했다. 슈지는 당황하며 시선을 돌렸다.

"그것과 다케이의 이야기가 무슨 상관이 있다는 거지."

"충격일지 모르겠습니다만, 솔직히 말씀드리겠어요. 지금, 미키 씨는 긴자가 아니라 신주쿠의 커피숍에 있습니다. 오기하라 과장님과 함께요."

슈지는 아무 말도 하지 못하고, 휠체어의 손잡이를 꽉 잡았다. 리나가 단숨에 말했다.

"처음 눈치 챈 것은 여름이 끝날 무렵이었어요. 전부터 장기 치료 중회사 일로 미키 씨가 과장님께 여러 가지 상담을 하는 것 같았어요. 그런데 중앙 병원에 병문안 갔을 때, 왠지 미키 씨와 과장님이 묘하게 어색해서 그 후부터 줄곧 마음에 걸렸어요."

슈지는 간신히 목소리를 쥐어짰다.

"저기 말이야, 다케이……."

봇물이 터진 리나의 기세는 멈추지 않았다. 자신이 배신당한 듯 주먹을 꽉 쥐고 있다.

 "오늘도 지하철역에서 해산한 후, 오기하라 과장의 뒤를 밟았습니다. 신주쿠 역 남쪽 출구의 새 패션 빌딩 이층에 있는 커피숍에서 두 사람은 만났습니다. 약속을 했겠지요, 분명. 창이 넓은 가게여서 밖에서도 똑똑히 보였습니다. 미키 씨가 수줍은 듯 웃고 있었어요. 이것이 그 가게의 성냥입니다."

 리나는 테이블에 작고 빨간 종이 성냥갑을 던졌다. 슈지의 가슴속에서는, 심장이 두근두근 방망이질 치고 있었다. 리나는 거의 울음을 터뜨릴 것 같은 얼굴이었다.

 "게다가 전 병원에서 듣고 말았어요. 아직 젊은 의사 선생님에게 미키 씨가 이렇게 말했어요. '이제 곧 죽을 사람에게 돈 들이고 싶지 않습니다. 나는 앞으로 연금만으로 먹고살아야 한다구요.' 뭔가 돈이 드는 치료를 거절하고 있는 것 같았습니다. 말이 지나치긴 했지만, 부인도 간병과 돈에 대한 걱정에 자기도 모르게 그렇게 말했을 거라고 생각했습니다. 그런데 오늘 그 기뻐하며 웃는 얼굴을 보니, 그만……."

 리나는 자신의 감정을 더 이상 주체할 수 없는지 눈물을 뚝뚝 떨어뜨린다. 슈지는 누구에 대해서인지, 무엇에 대해서인지 모르는 분노에 휩싸였다. 몸속이 시커멓게 물드는 격렬한 분노였다. 막 깨진 유리처럼 날카로운 분노는 자신도 예기치 못한 사이 아내 미키도 오기하라도 아닌, 눈앞에 있는 리나를 향해 버렸다.

 "다케이, 무슨 생각으로 온 거야. 그런 걸 고자질해 놓고 뭔가 훌륭한 일을 해냈다는 기분이라도 드는 건가. 이제 나는 얼마 살지도 못해. 이제 와서 미키의 외도를 알았대도 별수 없어. 나는 악성 중의 악성 뇌종양으로 아마 봄까지도 살지 못할 거야. 내 발로 걷지도, 여자를 안지도 못해. 오기하라를 때릴 힘도 없어. 내 마지막 몇 달을 엉망으로 만들 권리, 네게는 없을 텐데."

슈지는 알고 있었다. 미키와의 엇갈림은 암 때문이 아니었다. 그것은 이미 옛날부터 시작되었던 것으로, 암세포 따위보다 더 나쁘고 피하기 힘든 엇갈린 마음의 문제다. 그렇지만 분노로 눈앞이 캄캄해진다. 슈지의 속에서 잔혹한 생각이 머리를 쳐들었다.

"아까 입사 1년째 이야길 하더군. 그때 내가 유혹했더라면 어쩌고 하더니, 지금도 혹시 그런 마음이 남아 있는 거 아닌가. 미키와 내 사이를 찢어 놓고, 빈사 상태의 환자를 다정하게 간호한다. 나이팅게일은 아니지만 눈물의 천사 같은 기분이 될 안이한 꿈을 꾸는 건 아닌가."

리나는 소파에 굳은 채로 앉아 있었다. 놀란 나머지, 흐르던 눈물도 도중에 말라 버린 것 같았다. 추격하듯 슈지가 말했다.

"그렇다면 바라는 대로 해주지. 미키나 오기하라와 마찬가지로, 나역시 저질 인간이야. 네가 생각하는 것처럼 훌륭한 사내가 아니라고. 벗어 봐."

미동도 하지 않고, 리나가 뚫어지게 바라보았다.

"그것이 세노 씨가 원하는 건가요?"

"그래, 죽어 가고 있지만, 아직은 사내야."

"알겠습니다."

리나는 끄덕이더니 노슬립 스웨터를 벗었다. 스웨터와 같은 하얀색 브래지어가 슈지의 눈에 들어온다. 머리를 가다듬고, 스웨터를 꼼꼼하게 접더니 손을 뒤로 돌려 호크를 벗겼다. 브래지어 컵에서 자유로워진 가슴이 한번 출렁이더니, 완벽한 원을 그린다.

불이 켜지지 않은 거실로 석양이 짙게 드리워져 있었다. 리나는 가슴을 펴고 시선을 바닥에 떨군 채 미동도 없이 서 있다. 불그스름한 리나의 알몸 위로 석양이 드리워지고 리나의 상반신에서는 빛이 나듯이 열이 뿜어 나오고 있었다. 슈지는 숨을 삼켰다. 상황이 어찌 되었건 리나의 젊은 몸은 생명력으로 넘쳐, 아름다울 따름이었다. 자신의 시선이 그것을 더럽히는 듯한 생각이 들어, 슈지는 눈을 감았다.

"미안해. 네게 화풀이를 해봐야 소용없는 건데."

슈지는 애써 웃음을 지었다.

"이제 나는 남자가 아닐지도 몰라. 너의 몸을 봐도 감탄만 나올 뿐, 이상한 마음이 들지 않아. 부탁이니, 옷을 입어 줘."

리나는 시선을 들어 슈지를 바라보았다. 소파에 앉은 채 가슴을 더 내민다.

"더 봐 주세요. 이 몸을 구석구석까지 보아 두었다가, 절대로 잊지 말아 주세요. 세노 씨가 저쪽 세계로 갈 때, 가져가 주세요."

리나는 빨개진 얼굴로 그렇게 말했다. 눈에는 필사적인 빛이 흔들리고 있다. 슈지는 감동하여, 외면하고 있던 시선을 리나에게로 다시 돌렸다. 리나의 가슴은 크지도 작지도 않다. 비스듬히 들어오는 빛으로 가슴 사이에는 짙은 그림자가 생겼다. 부드러운 곡선의 왼쪽 유륜 옆에 모양이 흐트러진 이등변 삼각형의 점이 있었다. 슈지의 목소리에는 아까까지의 부드러움이 되돌아왔다.

"고마워. 너를 잊지 않을 거야. 저쪽 세계에 가서도 꼭. 그 삼각형 점도."

멈췄던 눈물이 다시 샘솟기 시작했다. 리나의 가슴 위로 몇 줄기의 눈물이 흘러내렸다. 슈지가 말했다.

"나도 보여 주고 싶은 게 있어. 너는 나 따위 잊어야 해. 나는 옛날의 내가 아냐. 이제 곧 이 세상에 안녕할 인간이야."

슈지는 모자를 벗었다. 붓털 정도의 하얀 삭모가 하얀 두피 여기저기에 남아 있다. 리나가 숨을 삼키며, 슈지를 응시했다.

"이것이 지금의 나야. 겉만 보지 말아 줘. 나는 너를 잊지 않겠지만, 너는 나를 잊어. 약속이야, 알겠지."

리나가 울면서 고개를 끄덕였다. 몸을 일으키더니 슈지의 휠체어로 걸어와서는 팔을 벌려 알몸의 가슴으로 슈지의 머리를 감싸 안았다. 이마에 닿는 가슴의 부드러운 감촉에, 슈지는 말을 잃었다.

"절대로 지키지 못할 약속 따위 할 수 없어요. 세노 씨, 잠깐 동안 이렇게 있어도 될까요."

"고마워, 리나."

슈지는 리나의 가슴에서 나는 향기를 맡으며, 뭔가 큰 사람으로부터 용서를 받은 듯한 느낌이 들어 매끄럽게 부풀어 오른 가슴 위로 몇 방울의 눈물을 떨어뜨렸다.

탑으로 날다

1

리나가 돌아가고, 슈지는 유리로 된 선룸으로 돌아와 아무 생각 없이 야경을 바라본다. 불과 몇 시간 동안 일어난 변화에 지쳤는지 머리 중심에서 심장 박동과 같은 속도로 통증이 시작되고 있었다. 두통이 격심해질 조짐이었다. 슈지는 노란 MS 콘틴을 또 한 알 삼켰다.

언제나처럼 휠체어에서 내려다본 도심의 하늘은 재색을 섞은 장밋빛이고, 도시의 빌딩 그림자는 옅은 회청색이다. 세계는 두 가지 색밖에 존재하지 않는 파스텔 톤의 그림자 그림 같다. 분명 이 광경을 슈지 자신은 마지막까지 지켜보게 될 것이다. 통증은 점차 기세를 더해 갔다. 손으로 잡을 수 있을 것 같은 통증이, 두개골에 가득 차 있다. 열 덩어리가 천천히 이마 쪽으로 이동해 왔다.

(또 그 풍경을 본다…… 나의 뇌는 망가져 가는 건가.)

이마가 깨져 튀어나올 것 같은 통증이었다. 뭔가가 슈지의 뇌에서 튀어나오고 싶어 하는 것 같다. 견디기 힘든 통증과 마음의 상처에 짓

눌려 슈지의 의식은 날아오른다.

　눈앞에 펼쳐진 것은 짙은 녹색의 평원이다. 그러나 평원의 바로 앞에는 파란빛의 두꺼운 유리창이 있다. 내려다보니 너무나 높아, 지상의 모습을 전혀 판별할 수 없다. 짙은 안개가 대지 위를 덮고 있다. 적어도 이 건물은 신주쿠의 맨션 몇 배는 될 것 같은 높이다. 눈앞의 광경에서 제일 먼저 눈에 띄는 것은 멀리 떨어진 곳에 솟아 있는 몇 개의 탑이었다. 자신이 있는 이곳과 비슷한 정도의 높이다. 슈지는 이상한 생각이 들었다. 그렇게 확실하게 느껴졌던 두통이 완전히 사라졌을 뿐만 아니라, 휠체어가 아닌 자신의 발로 딛고 서 있는 것이다.

　슈지는 발밑을 보았다. 파란 부츠, 바지, 블루종, 모두 금속광택이 나는 알 수 없는 소재로 만들어진 것들이다. 꿈의 힘은 무서운 것이다. 통증과 죽음의 공포에서 벗어나기 위해, 이렇게 번거로운 별세계를 만들어 내다니. 슈지는 손가락 끝을 깨물어 보았다.

　(피부의 윤기로 보자면, 서른 남짓할 때인가.)

　평소라면 불과 몇 초의 이미지로 끝나 버리는 별세계가, 이번에는 확실하게 실재감을 갖고 지속되고 있었다. 그뿐 아니라, 심장과 폐가 규칙적으로 움직이며, 손발의 위치와 손가락 끝의 차가움조차 정확하게 느껴지는 정묘한 신체 감각도 있다. 이것이 컴퓨터 시뮬레이션이라면, 엄청난 연산 능력을 필요로 할 것이다. 천천히 움직여도, 이것이야말로 인간의 뇌가 가진 멋진 병렬 처리 능력이었다.

　슈지는 신주쿠 맨션의 거실 두 배는 됨직한 넓디넓은 방을 걸어 다녔다. 자신의 다리로 걷는다는 사실이 즐거워 미칠 것 같아, 이따금 두 발 뛰기도 해본다. 소파는 가죽이 아닌 옷감 소재로 그물코가 보이지 않을 만큼 보드라운 천으로 싸여 있다. 전체적인 색은 흰색으로, 방 안에 있는 것은 흰색과 특색 있는 금속질의 청색으로 모두 꾸며져 있다. 잡다한 가구가 없는 심플한 방이었다.

소파의 등을 어루만지던 왼손에 시선이 멈추었다. 손목에는 낯선 팔찌가 감겨 있다. 두께 1밀리미터 정도의 크롬 밴드로 문자판이 없는 걸 보아 시계는 아닌 것 같았다. 대신 고양이 머리가 에칭으로 새겨져 있다. 그 얼굴은 어딘가 신주쿠 맨션에 있는 애완용 고양이 코코를 닮았다. 슈지는 처음으로 별세계에서 소리를 냈다. 실제 자신의 목소리보다 약간 높고 쉰 소리가 들려온다.

"코코?"

레이저 에칭된 문장(紋章)이 무지개 빛을 발했다. 손목 위에 10센티미터 정도 높이의 인간이 검은 슈트를 입고 서 있었다. 팔등신의 머리 부분만이 아비시니안이다. 멋진 삼차원 영상으로, 수염 끝이 하얗게 말려 있는 것까지 정밀하게 재현돼 있었다. 이렇게 유쾌한 꿈은 처음이다. 슈지는 꿈속에서 놀기로 했다.

"너는 누구냐?"

"세노 슈 님의 라이브러리언, 코코입니다. 무슨 용무이십니까?"

손목 위에서 공손하게 라이브러리언이 머리를 숙였다. 장난삼아 질문을 계속해 본다.

"아니, 별로. 너는 누가 만들었지, 목적은?"

코코는 쉴 새 없이 대답했다.

"2212년, 레드 타워의 홀로그래프 메모리 사업부에서 제작되었습니다. 제조 번호 177261835. 제 안에는 현존하는 인류의 문자, 음성, 영상 정보의 모든 것이 보존되어 있습니다. 저는 주인님의 생각, 의사 결정, 정보 처리를 보조하는 퍼스널 라이브러리언입니다. 탑에서의 생활을 쾌적하게 하는 여러 가지 기계를 총괄하며, 소멸한 것을 포함하여 2천

개가 넘는 언어의 자동 번역기로도 기능하고 있습니다. 혈압, 맥박, 혈당치, 체지방률 등, 건강 상태를 자동 체크하는 건강 관리기로도 아주 유용합니다."

건강이라는 말에 슈지의 마음이 움직였다. 이것이 자신의 꿈이 만들어 낸 것이라면, 뇌에는 대단한 잠재 능력이 있을 것이다.

"코코, 나의 현재 건강 상태는 어때? 뇌종양 같은 게 생기진 않았겠지."

고양이 얼굴은 웃으면 귓가까지 입이 찢어졌다. 이빨의 날카로움은 실물과 그다지 다르지 않다.

"혈중의 종양 마카─P53항체로 판단하면, 뇌종양의 가능성은 거의 제로에 가깝습니다. 문제는 나이에 비해 내장 지방이 많다는 것입니다. 슈 님께는 강한 알코올과 기름진 안주를 삼가실 것을 권고합니다. 지금처럼 생활해 가시다가는 배가 점점 나옵니다. 부인께 야단맞습니다."

꿈속에서도 내게는 아내가 있는 것일까.

"내 아내는 어떤 사람이지?"

코코는 이상하다는 표정을 지었다.

"그 질문은 그다지 논리적이지 않군요. 벌써 아시고 계실 테니까요. 저는 인물 평가를 하지 않도록 교육받고 있습니다. 부인은 제1층 7계(階) 출신으로, 세노 키미, 27세, 신장 170센티미터, 체중 47킬로그램. 건강 상태는 양호합니다. 저는 매일 부인의 라이브러리언과 생체 정보를 교환하고 있습니다."

소파에 기대어 왼쪽 손목에 대고 말을 걸고 있는 것이, 점점 무섭게 느껴졌다. 이 별세계는 처음부터 끝까지 모순이라고는 하나도 없는 정합체 같다. 그것은 감정의 흐름에 따라 극단적으로 전개가 바뀌는 꿈의 세계와는 전혀 다른 것이었다. 슈지의 목소리가 낮아진다.

"이건 꿈이겠지, 코코?"

아비시니안의 머리가 가볍게 들렸다. 유리구슬을 연상케 하는 눈 속에서, 동공을 동그랗게 뜨고 있다.

"슈 님이 시를 쓰는 것이 아니라면, 이 세계는 유일한 현실입니다. 오늘 밤 파티를 위해 꿈에 얽힌 격언을 한 다스 정도 검색해 둘까요."

오늘 밤 파티, 이 꿈은 아직도 한참 계속되는 것인가. 손목에서 이름을 부르는 소리가 난다.

"슈 님, 슈 님, 이제 슬슬 방이 어두워지니 불을 켜도 되겠습니까?"

"그래, 부탁해."

그러자 하얀 벽 전체가 따뜻한 백색광을 띠며, 방을 밝혔다. 슈지는 필사적으로 모든 것이 꿈이라는 증거를 찾으려고 했다.

"아까, 모든 정보가 보존되어 있다고 했지. 그럼, 음악을 틀어 줘. 이노우에 요스이의 「얼음의 세계」."

코코는 끄덕이더니 아무것도 없는 하얀 벽에 대고 손짓을 했다. 바늘 소리가 섞인 아날로그 판 소리가 벽 전체에서 울려 퍼졌다. 들려오는 것은 나이프처럼 날카로운 가수의 노랫소리였다. 슈지는 점차 가슴이 답답해져, 손에 땀을 쥐게 되었다.

"다음은 모토 치토세의 「와다미쓰의 나무」."

아직 귀에 새로운 멜로디가 울리기 시작했다. 이 곡으로는 안 된다. 알고 있는 곡이라면 꿈속에서 재생하는 것은 간단하다. 제목만 알고 있고, 들은 적 없는 곡이 좋을 것이다. 아무리 뛰어나다고 해도, 슈지의 평균적인 뇌가 즉흥으로 명곡을 만들 정도의 힘을 갖고 있을 리가 없다. 언젠가 책에서 본 곡의 이름을 외쳤다.

"베버의 「마탄의 사수」 서곡을."

코코가 말했다.

"저의 카탈로그에는 일흔두 종류의 같은 이름 파일이 존재합니다. 좋아하는 지휘자와 오케스트라를 지정해 주십시오."

"누구라도 좋으니까 빨리."

아비시니안이 머리를 숙이며 말했다.

"그럼, 제 판단으로 최고의 것을. 1973년, 카를로스 클라이버 지휘, 드레스덴 가극장 관현악단의 연주입니다."

불안을 느끼게 하는 낮은 현의 신음에, 호른의 아득한 울림이 겹쳐졌다. 슈지는 어쩔 줄 몰라 하며, 벌떡 일어나 창가로 향했다. 눈앞에는 어둠에 잠든 대평원이 펼쳐져 있다. 여기저기에 솟은 탑은 눈부신 빛을 발하며 어슴푸레한 하늘을 찌르고 있었다.

오케스트라는 한 덩어리가 되어 상승과 하강을 반복하며, 온 힘을 다해 주제를 노래하고 있었다. 거대한 고양(高揚)을 그대로 복잡한 대립법으로 옮긴 듯한 음악이었다. 지상이 희미할 정도의 높이와 주위 수십 킬로미터에 펼쳐진 파노라마의 배경 음악으로는 최적이다. 하지만 슈지는 처음 듣는 그 곡에 끝 모를 공포를 느끼고 있었다.

(분명 이것은 그 서곡이 틀림없어.)

슈지는 차가운 창에 손을 대고 낯선 세계를 내려다보았다. 무심결에 말이 새어 나온다.

"이 세계는 현실인가."

고양이 얼굴을 한 라이브러리언은 냉정하게 말한다.

"이제 깨달으셨습니까. 서곡은 머잖아 끝납니다만, 이어지는 제1막도 들으시겠습니까?"

그때 열려 있는 문 안쪽에서 여자 목소리가 들려왔다.

"많이 기다렸지, 준비 다 했어. 파티에 가요."

슈지는 긴장하며 소리의 주인을 기다렸다. 이 세계에서의 자신의 아내인가. 목소리에 익숙한 어감이 느껴진다. 문 앞에 나타난 것은 하얀 이브닝드레스를 입은 키가 큰 여성이었다. 날씬하고 쭉 빠진 모델 같은 몸매를 하고 있다. 얼굴은 차갑고 반듯하며, 열기가 없는 눈이 이쪽을 향하고 있었다. 슈지는 직감했다.

(이 여자는 이미 남편에게 마음을 잃었구나.)

틀림없었다. 그것은 저쪽 세계에서 아내 미키가 자신을 바라보던 눈빛과 비슷했으니까. 여자는 머리에 손을 대고 있었다.

"이 헤어스타일 어때?"

슈지의 목소리는 자연스레 당황하고 있었다.

"나, 나쁘지 않아…… 키미."

아마 이름이 키미였지. 슈지는 아내의 얼굴을 보았다. 황색 인종인 것은 분명한데, 국적을 알 수 없는 윤곽이 뚜렷한 얼굴을 하고 있다.

"왜 그래, 빤히 쳐다보고."

"아냐, 예뻐서. 잠깐 화장실에 다녀올게."

키미의 옆을 지나 복도로 나갔다. 슈지는 이 집의 구조를 몰랐다. 패닉 상태에 빠질 것 같아져, 복도에 나란히 있는 문들을 하나씩 열어 확인한다. 상당한 넓이였다. 고요가 감도는 것으로 보아 아이가 있는 기척은 없었다. 이쪽 세계에서도 부부 둘만 살고 있구나. 간신히 찾아낸 화장실을 잠그고 들어앉자, 슈지는 코코를 호출했다.

"오늘 밤은 무슨 파티인가?"

"블루 타워 준공 57주년 기념 축하입니다."

"그래서 나는 어디로 가면 되지? 택시 같은 걸 타고 호텔에라도 가는 건가?"

코코는 공손하게 끄덕였다.

"오늘따라 농담을 잘하시는군요. 고어사전에 택시라는 말이 있기는 합니다만, 그럴 필요는 없습니다. 파티장은 최상층의 전망실입니다."

"알겠다. 마지막으로 이 집의 배치도를 보여 줘."

4LDK(4개의 방과 거실, 주방이 있는 구조)의 입체도가 좁은 공간에 떠올랐다. 널따란 방들의 구석에는 240평방미터란 숫자가 번쩍이고 있다. 신주쿠 집 두 배의 넓이였다. 이쪽 세계에서 자신은 대체 무슨 일을 하고 있는 걸까.

슈지는 물만 내리고 화장실을 나왔다. 현관 쪽에서 키미의 목소리가 들렸다.

"늦겠어, 빨리."

현관까지 희미한 간접 조명이 비추는 복도를 걸었다. 벽 여기저기에 는 슈지가 모르는 추상화가 걸려 있었다. 그중 한 장만 본 적이 있었다. 생명 보험 회사 달력에 있던 칸딘스키다. 진품이라면 이 집의 재력 은 어마어마할 것이다. 슈지는 현관문을 잡은 채, 버릇대로 주머니의 열쇠를 찾았다. 먼저 바깥 복도에 나가 있던 키미가 이상하다는 얼굴 을 했다.

"자동문이잖아. 왜 그래요."

"열 때는?"

키미는 손목을 들어 팔찌를 가리켰다.

"홍채를 스캔해도 되고, 라이브러리언을 써도 되고. 슈, 당신 오늘 이상해."

슈지는 식은땀을 흘리면서 농담했다.

"앞장서시지요, 왕비 마마."

키미는 요염하게 미소 지으며 말했다.

"나, 그 호칭이 맘에 들어. 저기, 슈, 우리 소유의 4층, 5층의 노예들……, 어머 미안해. 당신 이 말 좋아하지 않지…… 하여간, 그 가난한 사람들에게는 그렇게 부르게 해도 될까?"

또 계층을 나타내는 숫자가 나왔다. 전혀 의미를 모르겠다. 노예라는 말에도 슈지는 충격을 받았다. 이 세계는 이렇게 과학이 발달해 있는데, 중세처럼 인신매매가 남아 있는 것일까. 슈지가 묵묵히 고개를 가로젓자, 키미가 앞장서서 복도를 걸어갔다. 슈지는 허리까지 드러난 알몸의 등을 지켜보면서 코코를 불렀다.

"최근 건망증이 심해졌다. 파티 회장에서 만나는 인간들이 어떤 놈들인지 가르쳐 주지 않겠나."

"알겠습니다. 슈 님은 건망증이 심해지기 전부터 늘 그러셨습니다."

키미가 돌아보며 말했다.

"밖에 나오면 라이브러리언을 영상으로 호출하는 짓 좀 그만둬. 꼴불견이야. 소리만으로 충분하잖아."

험악한 목소리에 코코가 머리를 숙이자, 무지개 빛 홀로그래프가 사라졌다. 그리고 코코의 목소리만 귓가에 들렸다.

"여기서부터는 음성만으로 하겠습니다. 왕비님은 여전히 엄하신 것 같아서."

"미안, 안내를 잘 부탁해."

슈지는 황급히 키미의 곧은 등을 쫓아갔다. 복도 중간에 엘리베이터 문 네 개가 나란히 있었다.

"이걸 사용하지 않아?"

키미가 돌아보더니 진절머리 난다는 얼굴을 한다.

"난 싫어. 아래층 사람들과 함께 그런 좁은 상자에 들어가다니. 한 층만 올라가면 되니까 계단으로 가. 층계참에서 친구가 기다리고 있어."

긴 복도의 모퉁이를 돌았다. 이 건물은 적어도 한 변이 백 미터는 되는 거대한 건축물 같다. 반 정도 걷자 점차 사람들이 늘어나며, 천장이 뻥 뚫린 무대 같은 계단이 열렸다. 남자들은 하나같이 슈지와 같은 파란 슈트를 입고 있었다. 여성들의 패션은 다양했다. 한눈에도 고가라는 것을 알 수 있었다. 키미가 팔을 내밀자, 슈지는 그 손을 잡고 계단을 오르는 열에 합류했다.

"여어, 슈, 건강해 보이는걸. 키미 씨도 여전히 아름답고."

머리를 금색으로 물들인 젊은 남자가 층계참에서 인사를 해왔다. 파란 옷을 멋지게 차려입고, 빛에 그을린 가슴팍을 훤히 내보이고 있다. 코코가 속삭였다.

"자유탑의 30인 위원회, 제3층 출신의 요시야 가즈미, 자유 고도파(自由高度派)의 논객입니다."

아프리만치 심장이 뛰고 있었다. 기껏 가르쳐 주는 개인 정보도 슈지에게는 아무런 의미가 없었다. 대부분의 고유명사는 의미를 모르는 것이다. 이대로라면 뇌종양이 아니라, 심장 마비로 쓰러져 버릴 것 같다. 슈지는 식은땀을 흘리면서 태연한 척 대답했다.

"여어, 요시야 가즈미. 그쪽이야말로 생기가 넘치는걸."

그 남자의 가슴에는 상하에 화살표가 있는 기장(紀章)이 걸려 있었다. 굵은 손가락 끝으로 그 마크를 어루만지면서, 요시야가 말했다.

"그럭저럭. 내일은 드디어 고도 이동 완화법(高度移動緩和法)과 공간 규제법(空間規制法)의 최종 채택이 있다. 자네도 슬슬 결정을 내리고 있겠지. 슈, 시대의 흐름을 읽는 게 좋아. 이것은 친구로서의 충고다."

그렇게 말하더니 금색의 짧은 머리를 바늘처럼 세운 근육질의 남자는 다른 사람들 사이로 이동해 갔다. 키미가 눈을 가늘게 뜨며 말했다.

"3층인인 주제에. 뭐야, 저 건방진 태도는."

키미는 남자가 마음에 들지 않는 듯하지만 이유는 알 수 없었다. 단지 키미가 반감을 가지고 있다는 것만으로, 요시야 가즈미는 슈지에게 좋은 인상을 남겼다.

극장 정면에 있는 폭이 넓은 계단을 다 올라가자, 삼면이 유리창으로 둘러싸인 광대한 파티 회장이 펼쳐졌다. 멀리 솟아오른 탑이 점점이 비치는 창문들은 밤의 어둠으로 칠해져, 잘 닦여진 흑요석(黑曜石) 같다. 회장 담당이 슈지와 키미를 중앙 단상 가까이로 안내했다. 그 자리에 나란히 앉은 거물들에게 인사하려고, 긴 열이 벽을 따라 뻗어 있다.

"식료 증산 진흥 이사장, 가네다 다모쓰, 제3층 출신."

"항바이러스 연구소 부소장, 나카노 다이지, 제2층 출신."

"단분자 파이버 디자이너, 알베르트 앤드, 제2층 출신."

슈지는 코코에게 들은 대로, 이름이 불려지자 자연스레 인사를 건넸다. 아무리 차가운 맥주를 마셔도 도무지 취하질 않았다.

뒤쪽에서 남자들 한 무리가 슈지의 테이블로 다가왔다. 건장한 체격의 경호원들에게 사방으로 둘러싸인 키 큰 남자가, 싱글벙글 웃으면서 다가온다. 주위의 시선이 자신에게서 그 남자에게로 쏠리는 것을 깨닫고 중요 인물이라는 것을 알았다. 코코가 귓가에 대고 속삭였다.

"30인 위원회 위원장, 오기와라 도이치, 제1층 출신."

그 남자가 다가오자 키미가 부산스럽게 머리며 드레스를 만지기 시작했다. 남편을 보는 것과는 다른 열기가 눈빛에 담겨 있다. 숱 많은 검은 머리에 흐르는 듯한 하얀 줄무늬가 도드라지는 오기와라가 미소 지으며, 말을 걸어왔다.

"여어, 키미 씨. 멋진 드레스네요. 슈, 슬슬 인사 공격에도 지쳤지."

오기와라의 웃는 얼굴에는 상대의 마음을 무장 해제시키는 힘이 있었다. 이런 남자였으면, 하고 동성이 동경할 만한 시원스러움이 있다.

슈지도 저절로 웃는 얼굴이 되었다.

"아주 넌덜머리 나. 여기서 도망치고 싶을 정도야."

오기와라는 소리를 낮추어 말했다.

"그럼 30분 후에 서쪽 발코니 모퉁이에서 만나지. 중요한 이야기가 있어."

슈지는 놀람을 감추며 끄덕였다. 이 세계는 뭔가 큰 움직임이 한창 진행 중인 것 같았다. 잇따라 새로운 문제들이 일어난다. 암 치료를 포기하고, 재택사를 기다리고 있는 저쪽 세계를 떠올리며 슈지는 한숨을 쉬었다. 양쪽을 더해 반으로 나누면 딱 좋을 것 같지만, 그때 악성 종양은 어떻게 나누면 좋을까.

슈지는 자신의 농담에 웃으며, 생맥주 잔을 비웠다. 맥주도 인간도 저쪽 세계와 다름없었다. 어떤 세계든 상관없이 살아 있는 것이 무엇보다 중요했다.

2

약속한 10분 전에 슈지는 목제 바닥이 깔린 발코니로 나왔다. 밤바람이 기분 좋게, 새로운 세계와 술에 취한 뺨을 식혀 준다. 여기저기 어둠에 가라앉은 커플을 피해, 슈지는 테라스 구석으로 옮겨 와 유리 난간에 기대어, 밤하늘과 지상을 멍하니 바라보았다. 신주쿠와는 달리 지상에는 거의 불빛이 없었다. 멀리 보이는 탑이 빛기둥이 되어 어렴풋이 솟아 있을 뿐이다. 슈지는 코코의 이름을 불렀다.

"무슨 일이십니까."

"얼굴을 보여 줘. 아무래도 소리만으로는 얘기하기 어려워."

밤하늘을 배경으로 반투명의 무지개가 슈지의 왼쪽 손목에 걸렸다. 아비시니안의 얼굴이 기쁨으로 빛나는 듯했다.

"코코, 네게 인격은 있는 거냐."

"취하셨군요, 슈 님. 의견은 두 가지로 나뉘고 있습니다. 가상 인격도 인격이라는 파와 그것은 아주 번잡한 프로그램에 지나지 않는다는 파."

슈지는 코코의 말에 미묘한 감정의 움직임을 느꼈다.

"사실이 아니라, 너의 의견을 듣고 싶어. 코코는 어떻게 생각해."

"글쎄요. 인격이 프로그램에 지나지 않는다고 한다면 인간의 뇌도 전기적, 생화학적으로 현기증이 날 정도로 번잡한 프로그램에 지나지 않는다고 할 수 있겠죠."

"알겠어. 너는 독립된 인격으로, 앞으로는 언제라도 자신의 의견을 말해 주길 바란다."

아비시니안의 표정은 전혀 달라지지 않았다. 수염 끝이 희미하게 떨리고, 눈이 약간 가늘어질 뿐이다. 하지만 신기하게도 코코가 감동받았다는 것을 슈지는 알 수 있었다. 감동하는 기계가 있다면, 거기에 마음이 없을 리가 없었다.

"키미 님이 아니라 슈 님의 시중을 들어 기쁩니다. 코코는 감사하고 있습니다."

슈지는 수줍은 듯 말했다.

"그만둬. 그것보다 나는 이 세계에 대해 알고 싶어. 대체 블루 타워란 게 뭐야. 엄청나게 큰 것 같은데, 어떤 구조로 되어 있지."

코코는 가볍게 끄덕이더니, 오른손으로 새로운 홀로그래프를 불렀다. 5층 빌딩이 쌓아 올려져, 구름을 가르는 블루 타워를 구성하는 삼차원 이미지다. 애니메이션인 듯 탑의 중간쯤을 비구름이 천천히 지난다.

"블루 타워는 높이 2천 미터의 초대형 건축물입니다. 기본 단위가 되는 것은 밑면의 한 변이 180.6미터, 높이 400미터의 고층 건물입니다. 상층의 중량을 지탱하기 위해 하층으로 갈수록 여러 개로 묶여, 제5층에는 모듈(module)이 18개, 제4층에는 9개, 제3층에는 6개, 제2층에는 3개, 그리고 꼭대기인 제1층에 1개가 사용되고 있습니다. 세로로 높이 늘린 피라미드를 상상하면 됩니다."

슈지는 단어를 선택하면서 말했다.

"높이나 계층에는 단순히 숫자상의 기호가 아니라, 사회적인 의미가 있는 거겠지."

코코는 탑의 이미지를 선회시켜 제1층을 확대했다.

"예. 제1층의 주민 수는 1만 명. 지배라는 말이 싫으시다면 통치 계급의 분들이 삽니다. 제2층은 마찬가지로 3만 명. 이쪽은 관료나 과학자, 예술가 들의 거주 지역입니다. 상층부의 4만 명이 블루 타워 전 자산의 83퍼센트를 소유하고 있습니다."

"그런가……."

그것으로 키미의 하층계(下層階) 주민에 대한 경멸이 설명되었다. 이 세계에서는 문자 그대로 위는 위, 아래는 아래인 것이다. 얼마나 알기 쉬운 잔혹한 세계인가.

"제5층의 인구 밀도는."

"상층부의 세 배, 하나의 기본 모듈당 3만 명이 됩니다. 최하층에는 50만 명이 넘는 사람들이 거주하고 있습니다만, 대부분이 거주 공간의 소유주가 아닌 임대해 사는 사람들입니다. 그중 반 정도는 지민(地民)입니다."

또 새로운 말이 나왔다. 슈지는 범람하는 정보에 눈이 핑핑 돌 것 같았다. 한숨을 쉬며 코코에게 묻는다.

"지민이란 게 뭐야?"

"탑의 내부가 아니라 지표에 사는 사람들로, 식료, 의료, 과학 기술

등 탑의 도움을 받지 않으면 생존이 보장되지 않는 가난한 계층입니다."

슈지는 눈앞에 펼쳐진 풍경을 내려다보았다. 불빛이 없는 대지는 밤하늘에 녹아들어, 원시림처럼 고즈넉이 펼쳐져 있다.

"이 세계에서는 왜 지표에 사람이 살지 않는 거지. 지구 여기저기에 퍼져 있던 인류가, 어째서 이렇게 좁은 탑에 모두 처박혀 있는 거지."

슈지는 어두운 하늘을 보았다. 이 세계에 온 후로 한 대의 비행기도 헬리콥터도 보지 못했다. 신주쿠의 하늘에서는 그런 건 생각할 수 없는 것이다.

"황마(黃魔) 탓입니다."

코코의 목소리는 공포에 떠는 것 같았다.

"계속해."

"22세기 중반 무렵 동중국과 서중국이 전쟁을 일으켰습니다. 연안부(沿岸部)를 중심으로 하는 동중국을 미국과 한국, 일본이 지원하고, 내륙부인 서중국을 인도와 이슬람 제국이 지원했습니다. 동서 대전이 일어난 것이지요."

슈지는 신음하듯 말했다.

"핵인가."

"아뇨. 핵병기는 사용되지 않았습니다. 전쟁 무기에다 생물 병기가 더해진 전쟁이었습니다."

그거라면 슈지가 갖고 있는 21세기의 기억에서도 선명했다.

"탄저균과 천연두인가……."

인류의 어리석음에는 끝이 없는 것 같았다. 새롭게 2백 년 이상의 지혜를 쌓아도, 아무것도 달라지지 않은 것인가. 코코는 조용히 말했다.

"초기에는 그런 류의 한정적인 생물 병기가 사용된 것 같습니다. 그러나 전쟁 말기, 러시아와 유럽 연합이 새롭게 참전하며 치명적인 열세에 빠진 서중국이, 개발 중인 신형 병기를 사용하기에 이르렀습니다. 백신 개발도 되지 않은 단계에서의 대량 살포로 역사가들은 이것을 바이러스 병기에 의한 자살 공격이라 부르고 있습니다. 황마, 옐로 플루(yellow-flu)의 출현입니다."

탄저균이 한정적이라고? 슈지는 동시 다발 테러 후 미국의 혼란을 떠올렸다. 봉투에 든 몇 그램의 흰 가루가 초대국을 떨게 했는데, 황마는 비교가 되지 않을 정도로 강력하다고 한다. 코코는 가시투성이 구형 물체가 뜨는 흑백 영상을 비추기 시작했다.

"이것이 황마의 전자 현미경 사진입니다. 직경은 약 100나노미터, 주위에 나 있는 두 종류의 스파이크는, 적혈구 응집소 헤마글루티닌과 뉴라미니다아제(시알산을 비환원 말단으로 가진 올리고당·당단백질·뮤신·당지질 등에 작용하여 그 케토시드 결합을 가수 분해하여 시알산을 유리하는 효소의 총칭)…… 여기서부터 바이러스학 강의가 됩니다만, 슈님은 들으시겠습니까."

"건너뛰어."

"알겠습니다. 황마의 정체는 개량된 H17N1형의 인플루엔자 바이러스입니다. 숫자는 항원아형(抗原亞型)으로 바이러스의 종류를 나타내는 것이라고 생각해 주십시오."

슈지는 몹시 혼란스러웠다. 왜, 단순한 감기가 그렇게 위협이 되는 것인지 도무지 이유를 알 수 없다. 코코의 이야기는 계속된다.

"최초의 판데믹(pandemic)으로 당시 인구의 약 55퍼센트가 사망했습니다. 다음 해 가을부터 겨울에 걸쳐 20퍼센트가 또 사망하고, 세계의 교역과 교통이 두절되었습니다. 동서 대전도 승자가 없이 끝났습니다."

슈지의 목소리는 비명에 가까웠다.

"인플루엔자라는 것은 사나흘 누워 있으면 낫는 거잖아."

코코의 목소리는 냉정했다. 인체 해부도를 불러들인다. 목 부분이 약간 붉어지더니, 다음에 머리와 폐가 검붉은 핏빛으로 물들었다.

"황마는 다릅니다. 공기로 감염되는 인플루엔자의 폭발적인 전염력과 에볼라 출혈열의 사망률을 합친 무시무시한 생물 병기입니다. 일반적인 인플루엔자는 감수성 세포가 대부분 상기도(上氣道) 점막에만 있습니다만, 황마는 뇌신경계와 호흡기계에서 증식이 가능합니다. 증상은 전격성으로, 감염 후 3일에서 4일 사이에 바이러스성 뇌염으로 뇌가 용해하거나, 출혈성 폐렴이라는 호흡 기능 장애로 이어지며 최종 국면을 맞습니다. 위험한 시기를 넘기더라도, 뇌염의 경우 파킨슨 병 같은 후유증이 남는 것이 대부분입니다. 황마에 의한 사망률은 과거 30년 평균 약 88퍼센트입니다."

인류는 한 번 멸망했었던 것이다. 뉴욕의 쌍둥이 빌딩이 붕괴하는 장면을 몇 번이나 되풀이해 보았을 때의 허무한 기분을 떠올린다. 온몸에서 힘이 빠져나갔다. 슈지는 쉰 목소리로 중얼거렸다.

"백신도 없는 상태에서 그런 것을 뿌렸다니. 그 나라의 지도자는 어떻게 되었지."

"서중국은 대전 말기 영양 상태가 나빠져, 황마에 의해 최초의 정권 붕괴를 초래한 나라가 되었습니다. 지도자 및 과학자는 폭동을 일으킨 무리들에게 갈가리 찢겨 죽었다고 합니다."

슈지는 어두운 기분을 떨쳐 내듯 말했다.

"하지만 그 후 몇십 년이나 흘렀잖아. 바이러스 연구 역시 진보했을 테고, 지금은 괜찮겠지."

코코는 고개를 가로저으며 말했다.

"유감입니다만 황마의 항원형은 매년 고속으로 이동하고 있습니다. 인플루엔자의 경우, 항원형이 달라지면 백신에 효력이 없습니다. 획기적이라고 선전되었던 항바이러스 약도 몇 가지 발명되었습니다만, 서중국의 과학자는 바이러스 증식의 열쇠를 쥐는 스파이크의 활성 부위에 유전자 조작으로 복잡한 열쇠를 잠갔습니다. 연구 자료는 없어졌습니다. 21세기 초에 개발된 자나미비어(항바이러스제, 뉴라미니다아제 억제제)와 GS4104, GS4071 등 강력한 치료제가 전혀 무효했던 것입니다. 현재까지 백신, 항바이러스 약 둘 다, 황마를 이길 만큼의 특효를 올리지 못하고 있습니다."

한숨을 쉬며 슈지는 중얼거렸다.

"그런 건가."

"예. 탑에서의 생활도 기본적으로는 황마 대책이 최우선시되고 있습니다. 지표를 보시면, 맑은 날에도 안개가 낀 것처럼 느껴지실 겁니다. 느끼셨습니까."

처음 창으로 내다본 경치를 떠올렸다. 까마득히 아래쪽의 지표 가까이에 하얀 안개가 끼어 있었다. 슈지는 말없이 끄덕였다.

"그 안개는 제4층에서 지표로 살포하고 있는 항바이러스 약입니다. 지상에 있는 지민의 대부분도, 그 안개에서 벗어나 농사일을 할 때는 방호복을 착용하고 있습니다. 음유 시인인 가네마쓰 시게토가 말하듯 '사람의 마음의 악처럼 황마는 곳곳에 존재하는' 것입니다."

슈지는 이제 알 수 없었다. 탑이 붕괴하는 저쪽 세계가 좋은지, 탑에 틀어박혀 숨죽이고 사는 이 세계가 좋은지. 하지만 어느 쪽이든 슈지가 선택한 세계는 아니었다. 뇌종양도 황마도 슈지가 바란 것이 아니다. 이쪽 세계의 역사를 알고 나니 눈앞의 아름다운 야경이 무서워서 견딜 수가 없다. 슈지는 시간을 확인했다. 위원장과 약속한 시간까지 얼마 남지 않았다. 속삭임으로 시작한 슈지의 말은, 소리 죽인 절규로 끝났다.

"30인 위원회란 건 뭐냐. 고도 이동 완화법과 공간 규제법이란 건 어떤 법률이냐. 그 오기와라라는 남자는 누구냐. 그리고 세노 슈라는 남자는 대체 누구냐. 나는 도대체 누구냐고. 이제 머리가 돌아 버릴 것 같아."

에어 커튼을 젖히며 오기와라가 발코니에 나타났다. 코코에게 더 설명을 들을 시간은 없는 듯하다. 양손에 든 잔의 한쪽을 내밀며, 웃음을 건넨다. 진땀을 흘리며 슈지가 받아 들었다. 분명 세노 슈와 오기와라는 친했을 것이다.

"수고. 자유탑과 독립탑 양 진영에서 표 읽기가 필사적으로 진행되고 있다. 물론 나는 위원장이니 결의권은 없다. 30인 위원회의 과반수는 15표. 양 탑 모두 조직 표로 14표씩 확보한 것 같다. 당연히 결정 표는 마지막 자네의 한 표에 달려 있지. 세노 슈, 결정은 했나."

땀으로 미끄러질 듯한 잔을 들어 한 모금 목을 축이고, 슈지는 상대를 역습했다. 코코에게 듣지 못하면, 이 사내에게 들으면 된다. 분명 머리가 좋은 인간답게, 솜씨 좋은 브리핑을 해줄 것이다. 슈지는 둔감한 듯한 웃음을 지으며 말했다.

"새로운 법안에 대해, 자네는 어떻게 생각하나."

오기와라는 슈지와 나란히 유리 난간에 기대었다.

"자네는 내가 개혁파라는 것은 알고 있겠지. 슬슬 탑 사람들도 역사의 망령으로부터 자유로워져야 해. 계층 간의 통행을 엄중한 허가제로 하거나, 제1층 인간들만 한정된 주거 공간을 점유하는 것은 시대착오라고 생각해. 자네 역시 레드 타워의 쿠데타는 알고 있겠지."

슈지는 모호하게 끄덕였다.

"이번 법안이 통과되지 않으면 자유 고도파의 과격분자가 무슨 일을 저지를지 모른다. 너희들 고도 고정파는 향수가 너무 강해. 사람은 높이에서 자유로워져야 해. 학생 시절부터 너는 반대했지만 말이야."

이 사내와는 어린 시절부터 친구인 건가. 슈지는 오기와라의 단정한 옆얼굴을 보며 솔직히 말했다.

"아직 결심은 하지 않았어. 오늘 밤 천천히 생각해 볼게."

오기와라는 소년처럼 웃었다.

"그렇구나. 하룻밤 정도라면 충분해. 하지만 잊지 마. 지민 해방 동맹이 중국 대륙에서 옛날 핵탄두를 손에 넣었다는 소문이다. 실버 타워의 바이러스 연구원이 결국 황마를 제압하는 안티바이러스를 개발했다는 이야기도 있다. 시대는 변화하고 있어. 블루 타워도 이대로 영원히 계속 솟아 있을 거란 보장이 없다고."

그렇게 말하며 오기와라는 잔을 내밀어, 건배를 권했다. 슈지도 오른손을 들어 잔을 부딪치려는 순간, 두 개의 잔이 뜨거워지며 눈앞에서 사라졌다. 발코니뿐만 아니라 체육관 정도 되는 파티 회장이 하얀 어둠에 싸여, 아무것도 보이지 않게 되었다. 슈지는 눈을 감았지만, 눈두덩 안쪽조차 옅은 핏빛과 물결치는 듯한 눈빛으로 가득 찼다. 잠시 후 몸을 뒤흔드는 폭발음이 다가온다. 오기와라는 재빨리 정신을 차린 것 같았다.

"자네는 미처 피하지 못했을지도 모르겠군. 폭탄 테러다. 부인은 괜찮을까."

슈지는 심장이 짓뭉개지는 듯한 아픔을 느끼면서, 오기와라와 연기가 나는 파티 회장으로 돌아갔다. 비명과 울음소리가 들린다. 최상층 전망실에는 손으로 잡을 수 있을 만큼 확연한 공포가 충만해 있었다.

블루 속으로

1

블루 타워 최상층에 있는 거대한 홀에는, 폭발의 여운으로 하얀 연기가 자욱하다. 바닥에 엎드려 있던 하객들이 흠칫거리며 고개를 들었다.

슈지는 폭발이 일어난 무대를 보았다. 사람의 키 정도 되는 꽃병이 바닥에 깨져 꽃잎이 색색의 종이 가루처럼 흩어져 있다. 그만한 폭발음과 빛의 격류(激流)에 비해, 피해 상황은 크지 않았다. 피를 흘리며 신음하는 사람도 몸의 일부가 날아가 버린 사람도 없는 것 같다. 오기와라가 안도하며 말했다.

"인질을 붙잡고 있는 테러리스트들이 사용하는 섬광탄이 아닐까. 폭풍(爆風)에 유리도 깨지지 않았고, 불꽃이 커튼에 옮겨 붙지도 않았어. 살상력은 거의 없는 것 같군."

하객들이 흐트러진 옷매무새를 고치느라 실내가 다시 웅성거리기 시작한 바로 그때, 긴 막대기를 든 남자들이 무대 위로 뛰어 올라갔다.

"자유 고도 만세, 모든 인민에게 높이로부터의 자유를."

젊은 남자들이 막대기에 감긴 천을 둘둘 펼치더니, 무대에 현수막을 쳤다. 자유 이법(自由二法)을 우리에게. 고도 이동 완화법, 공간 규제 법을 신속히 채택하라. 하얀 천에 붉은색 페인트로 휘갈기듯 씌어 있었다. 무대를 올려다본 오기와라가 쓴웃음을 지었다.

"저건 30인 위원회의 시로시타와 소노다의 아들이다. 제1층에서 태어난 순진한 청년들은 사회의 부정을 간과하지 못하는 것 같더군."

회장에 있던 경호원들에게 양팔을 붙잡힌 청년들이 슈지의 눈앞에서 질질 끌려 나갔다. 자유 고도 만세! 무슨 이유 때문인지 구호를 외치는 동안에도, 슈지에게서 눈을 떼지 않는다. 오기와라는 회장의 혼란을 수습하기 위해, 슈지에게서 멀어져 경호원들에게 다가갔다.

"이게 마지막이 아니야, 슈."

귓가에서 누군가가 속삭였다. 돌아보자 햇볕에 그을린 가슴팍과 금발이 눈에 들어온다. 자유탑의 논객, 요시야 가즈미였다. 뾰족한 개 이빨을 드러내며 잔인하게 웃고 있다.

"이 쇼는 모두 자네를 위한 거야. 내일 어느 쪽으로 표를 던질지, 잘 생각해 두는 게 좋아. 언제까지고 관망만 하는 건 허락되지 않아. 두 번째는 폭발음과 섬광만으로 끝나지 않을걸. 너도, 너의 아름다운 아내도 말이지."

불과 몇 시간 전에 이 세계로 옮겨 왔을 뿐인 슈지로서는 대답할 말이 없었다. 이 정쟁(政爭)의 이유조차 제대로 모르고 있는 것이다. 요시야는 입을 다물고 있는 슈지에게 공포의 냄새를 맡은 것 같다. 웃는 얼굴이 한층 더 커진다.

"마이크로 머신의 외과 수술로도 유전자 치료로도 고치지 못하는 바이러스를 장치한 강철 산탄(散彈)이 수중에 있다. 그것을 한 알이라도 던지면, 반년에서 1년에 걸쳐 살이 떨어져 나갈 거야. 그 바이러스는 인간의 세포막을 아주 좋아하거든."

멀리서 보면, 사이좋은 친구끼리 서서 이야기를 나누는 것으로 보일 것이다. 싱글벙글 웃는 얼굴의 요시야는 파티장을 떠났다. 상어처럼 우아한 몸놀림으로 다른 하객들 사이를 비껴가며, 때로 웃는 얼굴로 인사를 한다. 가만히 있을 수 없게 된 슈지는 그 자리를 떠나, 넓은 파티장 어딘가에 있을 낯선 아내를 찾기 시작했다.

벽 쪽에 나란히 있는 소파에서 정신을 잃은 몇몇 노인들과 여성들이 보호를 받고 있었다. 슈지는 그곳 일인용 파란 소파에 앉아 있는 키미를 발견했다. 키미 옆에는 어쩐 일인지 아까 자리를 비웠던 30인 위원회 위원장 오기와라가 보인다. 화려한 이브닝드레스를 입은 몇몇 여자들의 시중을 받으며, 키미는 창백한 얼굴로 오기와라를 바라보고 있었다. 슈지를 발견하자 키미의 얼굴에서 순식간에 표정이 사라진다. 아름다운 얼굴이 얼음으로 변했다. 슈지는 아득히 먼 이세계(異世界) 신주쿠에 남겨 두고 온 미키를 떠올렸다. 가능한 한 밝게 말을 건다.

"어디 다치지는 않았어, 키미."

키미는 눈을 치켜뜨고 슈지를 노려보았다. 뾰족하게 내민 입술이 도전적이다.

"오기와라 씨는 폭발 후 바로 내게 달려왔어. 당신은 남편인 주제에 대체 어디 있었던 거야."

슈지는 바닥으로 시선을 떨구었다. 이 몸의 주인 세노 슈라는 남자는 사람들이 지켜보는 가운데 아내의 냉랭한 말을 들으면, 어떤 반응을 보였을까. 의연하게 생각해도 얼굴이 빨개지는 것은 어쩔 수 없었다.

'미안해, 키미' 하는 말이 막 입에서 나오려는데, 오기와라가 한발 앞서 수습하듯 말했다.

"슈는 내일 법안 문제로 고민하고 있잖아. 발코니에 나가 있었으니,

폭발을 아는 데 시간이 걸렸을 거야."

시선만으로 저쪽으로 가라고 재촉한다. 키미의 목소리는 히스테릭하게 높아졌다.

"당신은 어차피 오늘 밤도 기대가 크겠지. 제5층의 흙투성이 여자 나부랭이와. 이상한 병이나 옮아오지 마."

주위에 있는 여자들도 왠지 경멸의 눈으로 슈지를 노려보고 있었다. 오기와라는 곤란한 듯 손을 저어 보였다. 슈지는 아무런 대꾸도 하지 못하고 그 자리를 물러났다.

화도 나고 혼란스럽기도 했지만, 다시 발코니로 돌아왔다. 주위에 이 시대의 인간이 있다는 것만으로 숨이 막힐 것 같다. 유리 난간에 기대어 왼손의 팔찌에 대고 호출했다.

"코코, 얼굴을 보여 줘."

수중에 내려오는 빛처럼 무지개 빛깔이 손목 위에서 흔들리며 일어섰다. 검은 옷을 입은 고양이의 삼차원 모습이 떠오른다. 슈지는 진절머리를 내며 말한다.

"오늘 밤 일정을 들려줘 봐. 무슨 일인지 아내가 화를 내고 있어."

아비시니안의 얼굴에는 감정이 없었다.

"무리도 아닙니다. 오늘 밤은 슈 님이 초야권(初夜權)을 행사하는 날입니다."

초야권? 슈지는 들은 적도 없는 말이었다.

"그건 뭐지?"

코코는 날카로운 이를 드러내며 웃었다. 반투명의 고양이 저편의 2천 미터 아래 지표에는 사람의 생활을 나타내는 불빛이 거의 보이지 않는다.

"슈 님은 오늘 밤 정말로 농담을 즐기시는군요. 초야권은 중세 유럽 및 동서 대전 후 아시아 여러 지역에서 이루어지는 일반적인 풍습입니다. 통치 계급의 분들이 소유한 하층 거주 공간에 사는 세입자 여성이 결혼할 경우, 첫날밤의 권리는 신랑이 아니라 거주 공간의 소유자에게 있습니다."

"그럼 오늘 밤, 나는……."

코코는 가볍게 인사를 한다.

"예. 제5층에 있는 별저로 내려가실 예정입니다. 수행 비서는 세키야 유키히코, 경호원은 데지마 소크입니다."

지금부터 만난다면 시간이 얼마 남지 않았다.

"그 두 사람의 얼굴을 보여 줘."

코코는 기묘한 표정을 보였지만, 이내 3D 입체 영상이 검은 옷 양옆으로 빛나듯 나타났다. 한 사람은 얼굴의 반을 가리는 연한 파란색 선글라스를 낀 냉철해 보이는 마른 남자였다. 반신상 아래에 슈지는 읽을 줄 모르는 이상한 한자의 나열이 보인다.

"이것이 그 남자의 이름인가."

"예. 세키야 유키히코〔咳夜逝緋故〕. 잊으신 건 아니겠죠. 오늘 오전에도 자유 이법 건으로 함께 미팅을 하셨습니다."

슈지는 당황하며 말했다.

"아니, 그저 희한한 글자구나 싶어서. 왜 그들은 그렇게 암울한 이름을 지은 거지."

또 한 사람, 짧은 머리를 스파이크처럼 세운 거구는 H17N1형 인플루엔자 문신을 새기고 있었다. 세계의 거의 90퍼센트를 멸망시킨 황마의 전자 현미경 사진이다. 코코는 조금도 웃지 않고 대답했다.

"제3층 이하의 주민은 황마를 극도로 두려워하고 있습니다. 죽음을 막을 수가 없다면, 적어도 사이좋게 지내자. 그렇게 하면 차례가 늦게 돌아올지도 모른다는 생각이죠. 아이들의 장수를 기도하는 부모는, 차라리 병과 죽음과 고통에 관한 문자를 골라 이름을 짓습니다."

슈지는 말을 잃었다. 내 자식의 행복을 바라는 부모가, 끔찍한 글자를 갓 태어난 아기의 이름에 붙인다. 탑 세계는 이렇게 과학화가 되어 있으면서도, 그렇게까지 궁지에 몰려 있는가.

"저기 경호원은 뭐라고 하지? 저 문신을 보면 황마도 달아날 정도로 무시무시한데."

코코는 옅은 미소를 띠며 개 이빨의 끝을 드러냈다.

"데지마 소크는 인플루엔자의 항원형보다도 많은 인간들을 살상하였습니다. 걸어 다니는 무기고지요."

슈지는 어안이 벙벙했다.

"열일곱 명 이상인가."

"예. 두 사람이 도착했습니다. 슈 님의 층에서는 악명 높은 파괴꾼과 관리입니다. 그럼 오늘 밤도 마음껏 즐기시기를."

옅어져 가는 홀로그래프 영상에 대고 슈지는 말했다.

"어이, 이제 사라지는 건가. 오늘 밤도,라고 하지만…… 내가 전에도 그 권리를 사용했나?"

"2주 정도 전에 사용했습니다. 슈 님이 사적인 시간을 보내실 때는 저는 수면 모드로 들어갑니다. 용무가 있을 때 불러 주시면, 곧 되돌아오도록 하겠습니다. 좋은 밤 되시기를."

2

대형 여객선의 갑판 정도 되는 최상층 발코니에서 두 남자가 다가왔다. 먼저 눈에 띈 것은 신장이 2미터에 가까운 거구의 경호원이었다. 그들의 걸음에는 하객들이 스스로 뒤로 물러설 만큼의 위압감이 느껴졌다. 남자는 슈지가 입고 있는 푸른 슈트가 아니라, 주머니가 여기저기 달린 야전용 필드 파카를 입고 있었다. 그 속에는 근육이 아니라 강철 갑옷이라도 감추고 있는 것 같다.

옆에는 키가 간신히 경호원의 어깨에 닿는 검은 슈트의 남자가 있었다. 고글 크기의 파란 선글라스는 그대로다. 좀 전의 영상으로는 몰랐는데 선글라스에서 나온 몇 가닥의 와이어가 상의 칼라에 연결되어 있다. 마른 남자가 슈지에게 고개를 끄덕이자, 선글라스 위로 몇 개의 데이터와 영상이 흘러나왔다가 사라졌다.

"다치신 데는 없습니까, 위원님."

슈지가 대답하기 전에 거구가, 뺨에 그려진 원 형태의 문신을 일그러뜨리며 말했다.

"그건 R26 섬광 수류탄이야. 당연히 보스는 괜찮으시지."

어쩐지 비서와 경호원은 서로 죽이 맞지 않는 것 같았다. 아내인 키미와는 달리, 두 사람에게선 편안함이 느껴졌다. 슈지는 왠지 이 세계에 와서 처음으로 마음을 터놓을 수 있을 것 같았다. 새로운 환경과 낯선 사람들에게 지칠 대로 지쳐 있었던 것이다. 입에서 나온 말은 스스로도 생각해 보지 못한 말이다.

"아까 위협을 받았어."

선글라스 형의 모니터 아래로 세키야의 어깨가 움찔했다.

"상대는 누구입니까."

"자유탑의 요시야 가즈미. 이번의 폭발 사건은 나에 대한 경고로, 내일 법안에 찬성하지 않으면 바이러스가 든 산탄을 먹일 거라더군."

소크는 팔을 축 늘어뜨린 채, 맥주라도 주문하듯이 말했다.

"선수 쳐서 오늘 밤 놈을 죽이고 올까요."

세키야는 옆에 우뚝 서 있는 거구의 남자를 올려다보며, 코웃음을 쳤다.

"그러니까 너는 안 되는 거야. 자유 이법 채결 전날 밤 자유탑의 위원이 암살되었다고 해봐, 내일은 아침부터 폭동이지."

폭동 따위 얼마든지 진압할 수 있다는 듯 소크는 팔짱을 끼고 입을 다물었다. 선글라스에 파티 회장의 불빛을 비추며 비서가 말했다.

"그래서 내일은 어떻게 하실 겁니까, 위원님."

흥미롭다는 듯 부하의 시선이 슈지에게로 쏠렸다. 법안의 내용조차 모르는 슈지로서는 찬성도 반대도 할 수 없었다. 정보를 얻을 때까지는 얼버무릴 수밖에 없다. 평소의 세노 슈와 다름없으면 좋으련만, 하고 생각하면서 웃어 보였다.

"오늘 밤, 천천히 생각할 거야. 제5층에서. 지혜를 빌려 줘."

슈지는 두 사람의 호위를 받으며 파티장을 빠져나가, 건물 중앙에 있는 엘리베이터 홀로 이동했다. 바닥에는 심해를 떠올리게 하는 짙은 감색 카펫이 깔려 있다. 세 사람이 올라탄 엘리베이터는 소형 자동차를 실을 수 있을 만한 넓이였다.

이명을 느낄 시간도 없었다. 20초 남짓한 시간에 고속 엘리베이터는 높이 400미터의 타워를 내려간다. 올려다보니 공중에 어렴풋이 빛나는 홀로그래프의 층수 표시는 눈에 들어오지 않을 만큼 빨리 숫자가 줄어들고 있었다.

문이 열리자 그곳에는 경찰 두 사람이 서 있었다. 아까와 같은 색의 카펫이 깔린 홀이지만, 넓이는 배 이상 되어 보인다. 여기저기에 굵은 로프가 쳐져 있고, 공항 탑승구에나 있을 법한 문이 개설되어 있었다. 슈지 일행은 열의 제일 후미에 섰다. 순서가 돌아오자, 카운터 건너편의 담당자가 말했다.

"이름은?"

파란 선글라스의 비서가 말했다.

"이쪽은 블루 타워 30인 위원회 세노 슈. 나는 정책 비서인 세키야 유키히코."

그리고 흘끗 옆의 거구를 보았다.

"그리고, 이 인간은 경호원 데지마 소크."

경호원은 꿈쩍도 하지 않았다. 담당자는 슈지에게 사방 30센티미터 정도의 작은 상자 안을 들여다보라고 했다. 하얀 빛이 가득 차 있어서 아무것도 보이지 않았다. 이어서 두 사람도 상자 속을 들여다본다. 이것이 홍채에 의한 ID 확인인가. 담당자는 모니터를 확인하며 말했다.

"자, 통과해 주십시오. 즐거운 하강을."

세 사람은 말없이 홀의 반대쪽에 있는 다른 엘리베이터로 향했다.

최하층인 제5층에서 내릴 때까지, 슈지 일행은 세 번의 체크 포인트를 통과해야 했다. 처음에는 수시 제품의 케이스에 넣은 단총을 허리춤에 차고 있기만 하던 경관이 아래로 내려갈수록 중무장을 하고 있었다. 제3층에서는 방탄조끼를 입고 산탄총을 들고 있었다. 제4층에서는 경관의 모습조차 보이지 않았다. 자동 소총을 어깨에 멘 군인이 엘리베이터 앞을 막아서고 있는 것이다.

슈지는 이 세계에서 고도가 의미하는 것을 처음으로 피부로 느끼고 있었다. 신분 증명과 안전 체크는 아래층으로 내려갈수록 더욱 엄격해졌다. 그것은 그만큼 위험도 커지고 치안도 악화되기 때문일 것이다. 사람들의 생활도 수직 낙하하듯 가난해져 갈 테지.

제5층의 체크 포인트를 벗어나자 소크가 몸을 바싹 밀착시켜 왔다.

"보스, 여기서부터 제 지시에 따라 주십시오."

경비 군인이 있는 곳은 그래도 플로어가 청결했지만, 모퉁이 하나를 도는 것만으로 최하층의 황폐함은 명백해졌다. 거주 공간을 벌기 위해서일까, 벽의 자재는 벗겨지고 수도며 가스 파이프가 그대로 드러나 있다. 천장에는 단열재 조각이며 빨래들이 찢겨진 내장처럼 매달려 있다. 벽도 바닥도 낙서투성이로, 글씨들은 하나같이 하층계 특유의 죽음과 병에 관한 것뿐이었다.

맨발의 아이들이 서로 몸을 기대고 한 장의 담요 속으로 파고드는 복도 구석의 어둠을 보고, 슈지는 말을 잃었다. 높이 2천 미터 탑의 맨 아래층이라기보다 지하 동굴에라도 떨어져 버린 것 같다. 지나치는 사람들은 때투성이 작업복 위에 흠집투성이에다 반투명이 된 바이러스 방호복을 걸치고 있다. 아무도 세 사람과 시선을 마주치려 하지 않는다. 슈지는 자기 자신에게가 아니라 팔찌며 구두며 파티용 의상에 끈질기게 시선이 집중되는 것을 느꼈다. 육체적인 기아감 비슷한 끈적끈적한 시선이다.

"이것이 블루 타워에 사는 대다수 주민들의 생활이라는 건가."

세키야는 끄덕이며 선글라스에 비친 숫자를 읽었다.

"거의 3분의 2입니다. 정확하게는 블루 타워 80만 명 가운데 50만 명이 이 제5층에 거주하고 있습니다."

경호원은 꼼꼼하게 주위를 살피며 말했다.

"이곳은 그나마 나은 편입니다. 제5층도 아래 반은 치안 부대조차 혼자서 지나가지 못하는 곳입니다."

세 사람은 기본 유닛을 연결하는 공중 회랑을 걸어갔다. 유리벽 건너편에는, 한 변이 100미터 이상이나 되는 거대한 건축물이 끝없이 이어져 있었다. 하이테크 테두리의 초구조체(超構造體) 통로에는 누더기를 걸친 사람들이 뒹굴거나 슈지를 보자 반사적으로 구걸하는 손을 내밀었다. 제5층에는 이 유닛이 20개 가까이 연결되어 있을 것이다. 걸어가는 동안 슈지는 현기증이 났다. 갈수록 가난과 불결함, 그리고 과밀 상태의 인간이 서로에 대해 보내는 적의가 노골적으로 드러났기 때문이다.

15분 정도 몸을 맞대고 몇 개의 회랑을 지나 계단 오르내림을 반복해, 별저의 문 앞에 도착했다. 주위 바닥에는 쓰러져 자는 사람도 없고, 깨끗하게 청소가 되어 있었다. 슈지가 멍하니 있자, 소크가 말했다.

"보스, 열어 주십시오. 야전 캠프에 도착했습니다."

슈지는 황급히 왼쪽 손목에 대고 호출했다.

"코코, 문을 열어 줘."

찰칵하고 맑은 금속음이 삼중의 화음을 이루며, 빗장이 열렸다.

3

현관홀을 빠져나가자 15평 정도 되는 거실이 나왔다. 슈지가 발만 들이밀었을 뿐인데 벽 전체가 옅은 백열등 빛을 내뿜었다. 거실의 구조는 제2층의 주거 공간과 똑같아 보였다. 흰색으로 통일된 실내에 넉넉하게 사이를 두고 이 탑의 상징 색인 파란 소파가 나란히 놓여 있다. 주위를 둘러보며 슈지는 한숨을 쉬었다. 벽을, 혹은 바닥 콘크리트를 한 겹만 벗겨 내면 제5층의 가난한 사람들이 몸을 웅크리고 자고 있을 것이다. 30인 위원회인지 통치 계급인지 모르겠지만, 세노 슈라는 남자는 재력과 공간을 독점한 데다 초야권이니 뭐니 하고 거드름을 피우며 최하층 여자들을 자유로이 맛보고 있다.

이런 가난과 굴욕을 많은 사람들이 견디는 것은 거주 공간 소유자의 이해를 얻지 못하면, 언제 황마 바이러스가 떠도는 탑 바깥으로 쫓겨날지 모르기 때문일 것이다. 글로벌 자본주의의 구조 조정과 20세기 말 일본의 혹독한 세태를 경험한 슈지에게조차, 탑 세계의 부조리함은 상상을 초월하고 있었다.

소크가 씨익 웃으며 말했다.

"신부가 기다리다 지쳤겠습니다, 보스. 저희들은 이제 방으로 돌아갈 테니, 천천히 즐기십시오."

슈지는 소크를 무시하고 세키야에게 말했다.

"나중에 묻고 싶은 것이 있다. 미안하지만 깨어 있어 주지 않겠나."

알겠습니다, 하고 세키야는 거실을 나갔다. 몸집이 큰 경호원도 따라나간다. 슈지는 혼자가 되자 무너지듯 소파에 주저앉았다. 이 세계는 대체 어디까지 이어지는 것일까. 뇌종양의 견디기 힘든 통증 속에서 이쪽으로 이동하여, 그럭저럭 5시간 가까이 경과하고 있었다. 제법 살기 익숙해진 신주쿠의 맨션으로는 이제 돌아가지 못하는 것일까. 슈지는 자조 띤 미소를 억누를 수가 없었다.

원래의 세계로 돌아가서 무슨 좋은 일이 있다는 것인가. 자신의 육체는 앞으로 몇 개월밖에 남지 않은 목숨, 황산 모르핀으로 간신히 통증을 견디고 있을 뿐이다. 일도 못하고, 자식도 없다. 의지해야 할 아내는 예전에 부하였던 녀석과 바람을 피우고 있는 것 같다. 아무리 탑세계가 차별과 병과 가난으로 가득 차 있다고 해도, 아무런 고통 없이 살아 있다는 것만으로 이쪽이 얼마나 더 나은지 모른다.

양손으로 얼굴을 가리고 소파에 누워 있는데, 조심스럽게 거실 문을 노크하는 소리가 났다.

"실례합니다만, 저는 어떻게 해야 하죠. 당신이 세노 슈?"

벌떡 일어나 소파 등받이 너머 소리 나는 쪽을 바라보았다. 아직 소녀라 해도 좋을 어린 여자 아이가 문에서 몸을 반쯤 내밀고 있었다. 예복에 사용되는 듯한 광택이 나는 파란 금속질의 롱드레스를 입고 있었다. 어깨에서 허리까지는 착 달라붙어 몸의 선을 그대로 드러내고 있었지만, 하반신은 풍성하게 바닥에 끌리는 천으로 덮여 있었다. 슈지는 간신히 대답했다.

"네가 오늘 밤의 상대냐. 이름은?"

짧은 머리의 아가씨는 몸을 돌리며 퉁명스럽게 말했다.

"다케이 리나〔猛威離遺南〕."

신주쿠와 시부야를 어슬렁거리며 돌아다니는 여고생과 같은 목소리 톤이었다.

"대체 몇 살이지?"

관심 없다는 듯 리나가 대답했다.

"열여섯."

슈지는 한숨을 쉬었다. 저쪽 세계에서라면 자신의 딸이라 해도 이상할 것 없는 나이다. 리나는 초조한 듯 말했다.

"저기요, 귀찮으니까 얼른 하세요. 나도 열한 살 때부터 했으니까 첫날밤이니 하는 건 우스워요. 별로 신경 쓸 것 없으니까 해버려도 괜찮아요."

"알았어. 이쪽으로 와."

리나는 드레스의 어깨 끈을 내리면서 거실로 들어왔다. 슈지는 황급히 말을 건다.

"잠깐만. 벗지 않아도 되니까 그쪽 소파에 앉아."

리나는 이상하다는 얼굴을 하고, 끈을 다시 올렸다. 소파에 앉자 파란 드레스는 녹아들듯 배경과 조화를 이루었다.

"옷을 입은 채 하는 쪽이 더 흥분된다는 아저씨도 있었죠. 당신도 그런가요."

슈지는 쓴웃음을 지었다. 리나의 드러난 어깨와 팔은 살이 탱탱하여, 콕 찌르면 터져 버릴 듯 싱싱하다.

"학교는?"

"8년 다녔어요. 그걸로 충분해요. 어차피 제5층에 제대로 된 직업 따위는 없으니까."

지겹다는 듯이 말한다. 슈지는 새로운 세계에 지쳐 여자를 안을 마음 따위는 들지 않았다.

"하지만 좋은 상대를 찾아 결혼하잖아. 축하한다, 잘됐구나."

리나는 놀란 듯이 눈을 번쩍 떴다.

"아저씨 바보 아니에요? 나는 입 하나 덜려고 영문도 모르는 영감탱이에게 가정부 겸해서 보내지는 것뿐이라구요. 일흔 가까운 노인네여서 이제 서지도 않아, 매일 밤 몸을 핥아 주어야 한다구요. 이야기는 됐으니 얼른 한번 해치우고 자게 해줘요."

슈지의 목소리는 의식하지 못하는 사이에 부드러워졌다.

"됐어. 오늘 밤에 너를 안을 생각은 없어."

얼굴이 빨개진 리나가 벌떡 일어섰다.

"믿을 수 없어요. 그럼, 내가 매력적이지 않아서 초야권을 돌려줘야 하는 건가요? 우리 부모에게 지불한 축의금도 되돌려 달라고 할 건가요?"

슈지는 무슨 말인지 알 수 없었다.

"축의금이라니, 대체……."

"그러니까요, 당신은 초야권을 샀잖아요. 그 돈이 없으면 우리 집이 곤란해진다구요."

그제야 겨우 무슨 이야기인지 알 것 같았다. 리나의 부모는 식비를 줄이기 위해 노인에게 딸을 시집보내고 초야권까지 팔아야 할 만큼 가난한 것이다. 슈지는 소파 등받이에 깊숙이 몸을 맡겼다.

"알겠다. 돈을 돌려줄 필요는 없어. 그 대신 이곳 생활에 대해 내게 이야기해 주렴."

리나는 이상하다는 표정을 지었다.

"정말 꼭대기에 사는 사람들은 특이하네. 여긴 지옥의 제5층이에요."

4

경련하듯 숨을 토하며 최하층의 아가씨는 말했다.

"내가 태어난 곳은 탑 바깥, 지상이었어요. 아버지는 가난한 농장의 계절 고용인이었고, 전 육남매 중 장녀예요. 둘은 황마로 죽어서, 지금은 넷만 남았죠. 탑 바깥사람들은 처음부터 죽어 갈 걸 계산해서, 아이를 여럿 낳죠."

슈지는 천진하게 물었다.

"스스로 개간해서 농장을 가질 수는 없는 건가."

리나는 빈정거리는 미소를 띠었다.

"가질 수 있어요. 빚을 좀 내고 기계를 빌리면요. 하지만 그래 봐야 아무런 의미도 없어요."

뭔가 탑 세계의 또 다른 비밀에 접한 것 같았다. 슈지는 자세를 고쳐 앉으며 물었다.

"왜?"

"그러니까요, 아무리 농지가 있어도 씨앗이 없으면 의미가 없잖아요. 당신들 바이오 연구실 과학자들은 쌀과 보리의 유전자를 조작하여, 일대(一代)밖에 성장하지 못하는 유전자를 만들었잖아요. 아무리 땀 흘려 일하고 밭을 넓혀도 결국 종자는 비싼 돈을 내고 당신들에게 살 수밖에 없어요. 아무리 세월이 지나도 가난은 그대로, 의미가 없어요."

경제뿐만 아니라 과학의 힘으로 상대를 합법적으로 묶어 둔다. 교묘한 시스템이었다. 슈지는 불쑥 중얼거렸다.

"그렇구나……."

리나는 동정 따위 필요 없다는 표정으로 계속했다.

"그래서 둘째 여동생이 황마로 죽고 나자, 아버지는 결심했어요. 블루 타워 안으로 어떻게든 들어가지 않으면, 우리 가족은 모두 죽겠구나, 하고."

온몸에서 힘이 빠져나가는 듯했다. 탑 세계의 비참함은 21세기의 도쿄와 비교가 되지 않았다. 묵묵히 끄덕이며, 다음을 재촉한다.

"가족이 모두 탑 안으로 이주하려면, 큰돈이 필요해요. 목숨을 걸지 않으면 안 될 정도로. 그래서 아버지는 블루 타워 바이러스 연구에 검체(檢體)로 지원했어요. 자신의 자식을 둘이나 죽인 바이러스 백신 개발을 위한 인체 실험에 말이에요."

슈지의 목소리는 알아듣기 힘들 정도로 가늘어졌다.

"아버지는 어떻게 됐지?"

제5층의 아가씨는 절대로 무너지지 않을 강철 같은 웃음을 보인다.

"당신 역시 알고 있잖아요. 백신이라는 것은 제조법이 여러 가지 있어요. 죽은 바이러스를 사용하는 것, 바이러스의 단백질만 뽑아 낸 컴포넌트 타입, 그리고 실험실에서 바이러스를 몇 세대인가 배양하여 독성을 약화시킨 후 그대로 사용하는 생백신."

그다음은 듣지 않아도 슈지도 예상할 수 있었다. 이것은 한없이 비참한 이야기인 것이다. 리나는 의기양양하게 가슴을 펴고 말했다.

"살아남은 가족 여섯 명이 모두 탑 안으로 들어가려면, 가장 수입이 높은 생백신의 검체가 되는 수밖에 없었어요. 아버지는 잘 견뎠지만, 2주 후 죽었어요. 장례식 다음 날 우리는 블루 타워로 들어왔어요. 지옥의 바닥에서 제5층으로 상승한 거예요. 대단한 출세죠. 이곳도 저 지면보다는 300미터 이상 높으니까요."

"그렇군, 고생이 많았구나."

세계의 90퍼센트를 멸망시킨 공포의 바이러스를 몸에 들어가게 한다. 슈지는 리나 아버지의 용기에 감동했다. 자신이라면 가족을 위해서라고는 하지만, 그만한 희생을 치를 수 있을까. 리나는 굳은 표정으로 말했다.

"제5층에선 특별한 이야기가 아니에요. 나는 여러 남자를 보아 왔지만, 그 정도의 일로 이렇게 진지해지다니, 당신은 드물게 좋은 사람이군요. 그럼 황마에 걸린 세 번째 아이의 이야기를 해줄게요. 내 바로 밑의 남동생으로, 이름은 시즈오미〔死鬪汚魅〕예요."

"다행이군. 형제 중 두 명이 죽었다고 했으니 그 동생은 황마에 살아남았겠지?"

리나의 얼굴에서 잔혹한 미소가 퍼졌다. 풍만한 가슴 앞에서 팔짱을 끼고, 도전적으로 슈지를 바라본다.

"살아만 있으면 다행이라는 말, 누구도 하지 못할 걸요. 시즈오미는 황마가 발병한 지 사흘 후, 인플루엔자 뇌염에 걸렸어요. 동생이 죽어가는데 손댈 수조차 없었어요. 밀폐된 산소 텐트 안에 있는 그 아이를 가족들은 마스크를 하고 보고만 있어야 했어요. 뇌가 녹아 버리지 않을까 싶을 정도로 높던 열은 일주일 동안 계속되다가 미열로 떨어지더군요. 그렇지만 그 아이는 두 번 다시 원래대로 돌아오지 않았어요."

코코에게 들은 후유증 이야기를 떠올렸다. 슈지는 낮은 목소리로 말했다.

"파킨슨 병 같은……."

리나는 아무렇게나 끄덕였다.

"그래요. 그 병과 비슷한 운동 장애. 물이 담긴 컵을 입까지 가져가는 동안 물은 전부 쏟아져요. 손 떨림이 심하고 똑바로 걷지도 못해요.

발음이 새서 말도 제대로 못해요. 게다가 무엇보다 심각한 것은 그 아이의 성격이 완전히 바뀌어 버렸다는 거죠. 착하고 겁 많은 아이였는데……."

리나의 눈에 살짝 눈물이 맺히는 듯해서, 슈지는 시선을 돌렸다.

"증세는 주기적으로 심해지는데, 그럴 때마다 난동을 부려요. 집 안의 물건들을 다 부숴요. 손이 피투성이가 될 때까지 콘크리트 벽을 치죠. 엄마나 내게 난폭하게 굴어요. 그럴 때는 언제나 이렇게 소리쳤어요. '왜, 나를 낳은 거야.' '머리가 아파. 빨리 죽여 줘.' 전기라도 통한 듯 온몸을 부들부들 떨며, 울면서 거칠게 소리를 질러요. 온 집 안이 지옥이었어요."

슈지는 숨을 삼킬 뿐이었다. 위로의 말이 생각나지 않는다.

"지금은 어떻게 지내지?"

"심해질 때도 있고 정상으로 돌아올 때도 있어요. 벌써 2년도 전이지만, 제대로 말하는 게 가능할 때 시즈오미는 말했어요. '이대로 집에 있으면 폐만 끼칠 뿐이다. 집을 나가겠다. 그리고 이 블루 타워에서 나가겠다.' 그 아이는 열세 살로 갓 초등학교를 졸업했을 뿐이었어요. 밤에는 엄마 옆에서 자지 않으면 무서워서 잠이 안 온다던 어린아이가 혼자서 지옥의 지표에서 살아가겠다고 했어요. 나는 몸을 팔아 모은 용돈을 전부 주었어요. 들리는 소문에 의하면, 그 아이를 지민 해방 동맹 캠프에서 데려갔다고 하더군요. 악명 높은 테러리스트 캠프죠."

제5층의 아가씨는 흐르는 눈물을 닦을 생각도 하지 않고 말했다.

"난 당신에게 화내고 있는 게 아녜요. 당신 역시 그저 우연히, 제1층에서 태어난 것뿐일 테죠. 그러나 꼭대기에서 태평스럽게 사는 인간들에게 한마디 하고 싶어요. 정치가며 공무원이며 과학자들에게 말해 주고 싶어요. 이 탑 여기저기에서 폭탄 소동이 일어나고 있지만, 그곳에서는 폭약 따위는 1그램도 사용하고 있지 않아요, 알아요?"

슈지는 열여섯 살의 신부를 물끄러미 바라볼 뿐이었다.

"이 탑의 공기 속에 어떤 분노와 증오가 어느 날 자연스레 모여 포화 상태가 되면 쾅 하고 저절로 폭발해요. 그것은 폭탄이 될 정도로 쌓이고 쌓인 하층 인간들의 마음이에요. 사람의 마음만큼 잘 타는 건 없어요."

그렇게 말하더니 리나는 거침없이 어깨 끈을 내리고, 가슴을 드러냈다. 크지도 작지도 않은 예쁜 가슴이었다. 슈지는 왠지 강렬한 기시감에 휩싸였다.

"나는 누군가로부터 동정으로 돈을 받은 적은 없어요. 제대로 안으세요. 그걸로 주고받을 것은 없어지는 거예요. 당신은 제1층의 성으로 돌아가고, 나는 제5층에서 영감탱이와 결혼해 그 노인네가 죽을 날만 기다리고. 자, 한번 해요."

그렇게 말하며 일어선 리나는 몸을 비틀며, 꽉 조이는 드레스를 벗는다. 슈지의 시선은 왼쪽 가슴에 집중해 있었다. 부드러운 가슴 위로 밤의 비말처럼 흩어진 점. 모양이 조금 일그러진 이등변 삼각형. 21세기의 도쿄에 남기고 온 여성을 떠올렸다. 다케이 리나, 그녀의 떨리는 가슴에도 같은 모양의 점이 있었다.

싸늘한 아내와의 관계, 블루 타워와 신주쿠 화이트 타워, 슈지를 둘러싼 사람들. 탑 세계와 그쪽 세계는 어째서 이렇게 대칭적인 것일까. 대체 어째서 죽어 가는 자신이 이 세계로 이동해 온 것일까. 뭔가 큰 힘의 작용이라도 있는 것일까.

이마에 땀을 흘리며 생각하는 슈지에게, 리나가 뺨을 붉히며 말했다.

"당신은 오랜만에 만난 젊은 사람이고, 많이 울었더니 갑자기 하고 싶은 마음이 들었어요. 말은 그만 시키고, 나를 안아 줘요."

슈지는 천천히 고개를 가로저었다.

"너는 그 노인과 결혼을 원하지 않지. 문제는 돈인 거지."

알몸의 리나가 팔짱을 끼고, 이상하다는 얼굴로 슈지를 바라보았다.

"그건 그렇지만, 그게 어쨌다는 거예요."

"그렇다면 내일부터 너는 자유다. 결혼은 없던 얘기로 하자. 네가 집에 돌아갈 수 없다면, 이곳에서 살아도 된다. 돈 이야기는 내 비서와 해라."

소녀의 얼굴이 반짝거렸다.

"정말 이렇게 좋은 집에서 살아도 되나요? 우리 집은, 이 집 욕실 정도 되는 곳에서 가족 모두가 살아요. 나를 도와준다구요? 그럼 서비스를 많이 해드릴게요."

슈지는 손목을 들어 라이브러리언을 불렀다.

"코코, 당장 세키야와 소크를 불러 줘. 미팅을 해야겠어."

왼쪽 손목 위에 무지개 빛 홀로그래프 영상이 떠올랐다. 아비시니안의 머리가 미소 지으며, 리나에게 인사했다. 소녀는 동경의 표정으로 라이브러리언을 보고 있다. 슈지는 여전히 알몸인 아가씨에게 말했다.

"너에게 하는 첫 번째 부탁은 얼른 옷을 입으라는 것이다. 이제 곧 내 비서와 경호원이 온다. 내일의 자유 이법에 대한 토론을 할 것이다. 너도 제5층 대표로서 토론에 참가하기 바란다."

리나는 느릿느릿 드레스에 팔을 끼웠다. 유감스러운 듯 말한다.

"뭐예요, 기껏 하고 싶은 마음이 들었는데. 나 같은 애는 학교도 다니지 않아서, 중요한 회의에 도움이 안 될걸요."

슈지는 소리 내어 웃었다.

"너는 머리가 좋은 아이다. 학력이 도움이 되지 않는다는 것 따위 나는 두 세계를 통해 익히 잘 알고 있다."

5

슈지는 두 사람에게 리나와의 일을 이야기했다. 냉정한 정책 비서는 아무런 표정도 없이 고개를 끄덕이고, 걸어 다니는 무기라고 불리는 경호원은 이를 드러내며 웃었다.

"그렇게 지금의 내가 이상한가?"

소크의 뺨에서 황마 문신이 일그러졌다. 리나를 노려보고 있었다.

"아뇨. 옛날부터 눈앞에 곤란한 사람들이 있으면 보스는 그러셨습니다. 하지만 초야권을 행사한 걸로 이렇게 감싸다니, 나이도 어린 주제에 테크닉 좋구나, 너."

리나도 치아를 드러내며 대답했다.

"당연하죠. 어릴 때부터 단련해 왔으니까요. 당신 같은 근육질의 발기 부전 환자와는 질이 다르죠. 그보다 슈 씨, 그거 퍼스널 라이브러리언이죠?"

슈지는 왼손의 은팔찌를 흘끗 보았다.

"얘기는 들어봤지만 직접 보는 건 처음이에요. 그건 어떤 나라의 말도 자유롭게 하고 날씨도 바꿀 수 있다고 들었는데, 정말이에요?"

손목 위에 무지개 색 빛이 반짝이며, 코코가 나타났다.

"번역 기능은 확실히 있습니다, 아가씨. 그리고 일기 예보와 이 탑 내부의 기온과 온도는 조절할 수 있습니다만, 기상 현상을 변화시킬 정도의 힘은 없습니다."

세키야가 냉정하게 말했다.

"코코는 라이브러리언 가운데서도 트리플 A급이지."

아비시니안의 머리가 올려진 검은 예복의 3D 영상은 공손하게 고개를 끄덕였다.

"그렇다면 궤도상의 기상 위성과 발전(發電) 위성에 작용해 기상 변화를 일으키면, 국지적으로라도 폭풍이나 비를 내리게 할 수 있을걸."

코코는 잠시 생각하는 듯했다.

"기상 변화는 현재의 기술로는 완전히 컨트롤할 수 없습니다. 정확하게는 10밀리미터 이상의 비를 내리게 할 수 있는 확률은 조건이 다 갖춰져도 70퍼센트 정도입니다. 폭풍은 풍속 20미터 급의 것도 40퍼센트 정도의 확률로밖에 일으킬 수 없습니다."

리나가 놀란 목소리로 말했다.

"근사해라. 온 세상의 지식과 예술과 영상 기록으로 채워져 있는 라이브러리언이구나. 그 팔찌 하나면 바깥에 있는 50명의 사람들이 이 탑 안으로 이주해 올 수 있대요."

슈지는 생각했다. 리나의 아버지는 위험한 백신 검체로 지원하여, 가족들을 탑 안으로 이주시키고 목숨을 잃었다. 그러면 이 팔찌가 제5층 50명의 가치가 있다는 것이 된다.

두께 1밀리미터 정도의 크롬 팔찌 무게를, 슈지는 그때 처음으로 체감했다. 거의 무한의 용량을 가진 홀로그래프 메모리와 간단하게 '튜링 테스트'(기계의 사고를 판정하는 테스트)를 통과한 인공 지능을 갖춘 라이브러리언은, 이 세계 과학의 상징인 것이다.

슈지는 한숨을 억누르며, 세키야에게 말했다.

"자유 이법 강의를 한 번 더 간단히 부탁해."

세키야는 고개를 끄덕이더니 주머니에 오른손을 넣었다. 검은 천 아래로 손가락 끝이 움직이는 것 같다. 얼굴의 반을 가리는 고글 형 선글라스에, 반짝이는 물고기 같은 데이터의 물결이 흘러갔다.

"제4차 고도 이동 완화법과 공간 규제법은, 지금까지의 탑 생활을 완전히 변화시키는 법안입니다. 고도법은 엄중한 허가제였던 계층 간의 이동을 보다 자유롭게 하고, 상하 세계의 왕래를 활발하게 하고자

하는 법률입니다. 공간 규제법은 최고 재판소의 판결에 따라, 블루 타워 내부에서 공간 소유량의 격차를 2대 1 이하로 하자는 법안입니다. 개인이 소유한 주거 공간을 근본적으로 규제함으로써, 계층 간 이동의 가능성을 넓히는 것입니다. 고도와 빈부의 차를 개선하고, 우리 탑의 상하 문제를 완화하기 위해 양쪽 방안은 자유탑과 독립탑의 젊은 위원들이 공동으로 기초한 것입니다. 자유탑에서 보면 민주화를 위해 불가결한 법안이고, 독립탑 보수파에게는 기존의 질서를 과격하게 뒤집을 위험한 법안이 되는 것이지요."

세키야의 말은 컴퓨터의 합성음처럼 끊이지 않고 이어졌다. 슈지는 팔짱을 꼈다.

"그리고 그 법안의 결정적인 표를 쥐고 있는 것이 나라는 건가. 소크, 자유탑의 요시야 가즈미는 어떤 사람인가?"

"나쁜 소문이 여러 가지 있습니다, 보스. 중도 좌파의 탑 수장 나카가키를 뒤에서 조종하고 있다거나, 지민 해방 동맹과 연결되어 있다거나."

리나가 콧방귀를 꿰었다.

"요시야 가즈미 따위는 부잣집 애송이예요. 자유탑 안에서는 급진적이니 해도, 아직 멀었어요. 해방 동맹 측에서 보면 보수파의 기회주의자나 다름없죠."

소크는 눈을 가늘게 뜨고 신부 의상의 아가씨를 쩨려보았다.

"흐음. 그렇구나. 그렇다면 해방 동맹에서 꽤 압력을 주고 있겠군."

슈지는 세키야에게 물었다.

"만약에 이번 법안이 부결된다면, 폭동과 테러가 발생할 확률은 얼마나 될까."

"3세대도 더 된 저의 라이브러리언보다, 코코 쪽이 데이터 해석 능력은 17×10의 6승배 뛰어납니다. 코코, 대답해 드려."

"위기 확률은 81퍼센트. 상하로 2퍼센트의 오차가 발생합니다."

슈지는 물었다.

"어떤 사태가 예상되는지 말해 줘."

"제1층, 제2층을 노린 자폭 테러, 고속 엘리베이터 파괴, 항바이러스 연구소와 식료 증산 진흥회 공격, 30인 위원회 보수파의 개별 암살 테러, 제4층, 제5층에서의 침략과 폭동. 이런 것들이 예측 가능한 반응이겠지요."

세키야는 진절머리 난다는 듯 고개를 가로젓는다. 파란 모니터가 번쩍하고 조명 빛을 튕겨 냈다. 슈지는 거듭 말했다.

"예측 불가능한 사태도 가르쳐 줘."

코코는 고개를 까딱하고는 이야기를 시작했다.

"제 해석으로 예측 가능한 최악의 사태는 세 가지가 있습니다. 사망자 수가 적은 순서대로 설명드리겠습니다. 먼저 하나는 제1층, 제2층을 파멸시키는 핵병기에 의한 폭파 작전입니다. 믿을 만한 소식통에 의하면 지민 해방 동맹은 동중국의 연합탑 국가에서 휴대형 핵탄두를 몇 개 입수한 모양입니다."

경호원은 어깨를 으쓱하며 휘파람을 불었다. 코코는 담담하게 계속했다.

"다음으로 위험한 것은, 제4층의 최상층에 있는 항바이러스 약을 살포하는 펌프 시설의 파괴 활동이겠지요."

리나가 비명을 질렀다.

"그런 짓을 하면 지상에 사는 사람들 대부분이 황마에게 당해요. 법안이 통과되지 않았다고 아무 상관도 없는 사람들을 모두 죽게 만들다니, 해방 동맹은 그렇게 바보가 아니에요."

아비시니안은 유감스럽다는 듯 말했다.

"이것은 식료품 공급을 끊기 위한 작전으로 벌써 구체적 계획까지 세워져 있는 것 같습니다. 그 시설의 컴퓨터에는 지금까지 여러 번에 걸친 침입이 기록되어 있습니다. 해방 동맹은 군량 공격으로 블루 타워의 실권을 쥐려 하고 있겠지요."

소크가 빈정거리는 듯한 미소를 띠며 리나 쪽으로 눈을 동그랗게 떠 보였다.

"30인 위원회도 최악이지만, 너희 지민 해방 동맹도 가난한 인민에게 친절하구나. 알겠나, 너희들의 생명 따위 아무리 잃는다 해도, 놈들은 아프지도 가렵지도 않아."

슈지는 경호원을 무시하고, 코코에게 말했다.

"최악의 경우를 말해 줘."

라이브러리언의 목소리도 공포에 떠는 듯했다.

"변이형(變異型) 황마의 살포입니다."

"뭐라고?"

그 자리에 있는 네 명의 목소리가 하나가 되어 울렸다. 슈지는 소리쳤다.

"대체 누가 그런 짓을 한다는 거야?"

코코는 담담한 표정으로 돌아갔다.

"제 예상으로 확률은 반반입니다. 먼저 생각할 수 있는 것은 독립탑의 보수파와 군관계자가 손을 잡고, 백신 개발이 끝난 변이형 바이러스를 최하층에 살포한다. 이어서 지민 해방 동맹이 역시 다른 항원형의 황마를 제1층, 제2층에 살포한다. 어느 쪽이 먼저 살포할지는 모릅니다만, 결국 블루 타워 내부에서의 생물 병기전이 되겠지요. 그렇게 되면 3개월 안에 이 탑은 무인의 폐허가 될 것입니다. 90퍼센트에 가까운 주민이 감염사하고, 남은 사람들은 가까운 탑을 찾아 지표를 방랑하는 유랑민이 되겠지요."

슈지는 세계 무역 센터 빌딩의 붕괴를 떠올리지 않을 수 없었다. 그쪽에서는 탑이 무너지고, 이쪽 세계에서는 무인의 탑이 텅 빈 채 솟아 있다. 70만이 넘는 죽은 자들을 위한 높이 2천 미터의 묘비가 되는 것이다.

슈지는 입을 다물었다. 정책 비서와 경호원, 그리고 새롭게 팀에 합류한 신부는, 슈지를 물끄러미 바라보고 있었다. 이렇게 열심히 누군가가 자신의 결단을 기다리는 것은 처음 겪는 일이었다.

멍하니 유리문 저편을 바라보았다. 발코니 끝에는 항바이러스 약의 살포로 안개비처럼 뿌연 풍경이 펼쳐지고 있다. 구름다리로 연결된 옆 구조체의 무수한 창의 불빛들이 우유 방울처럼 번지고 있었다. 슈지는 자신이 이 세계로 날아온 이유를 필사적으로 생각하려 했다. 과학적인 설명과 이 상황을 포괄적으로 풀어낼 이론 따위는 떠오르지 않는다. 하지만 21세기의 정신이 2백 년 후의 미래로 날아온 것이 사실이라면, 거기에는 뭔가 의미가 있을 것이다. 의미가 없으면, 스스로 만들면 된다. 아무리 세계가 불합리하고 혼란스럽다 해도, 거기서 의미를 만들어 내는 것은 사람의 마음이 하는 일이다.

이 우주 전체조차 언젠가는 피할 수 없는 열적(熱的)인 죽음을 맞이한다. 하지만 사람의 몸과 마음에는 열이 있다. 작은 불을 보다 많이 오래 계속 태울 것. 슈지는 가장 단순한 이유로 되돌아와서 결론을 내렸다. 고개를 들고 세 사람을 차례로 바라본다.

"알겠다. 나는 내일, 자유 이법에 찬성표를 던지겠다."

코코가 손목 위에서 머리 숙여 인사를 했다. 리나는 환성을 지르며 옆에 앉은 슈지의 어깨를 껴안았다. 그때 소크가 창 쪽을 보며 소리쳤다.

"엎드려."

경호원에게 밀려, 슈지는 리나를 안은 채 소파 틈으로 쓰러졌다. 얼굴을 들자 유리창이 안으로 폭발한 듯 가루가 되어 흩어져 있었다. 한손으로 머리를 받치고, 다른 한손으로 리나를 꼭 껴안았다. 이런 곳에서 죽는 건가. 그렇게 생각했지만 이상하게 무섭지는 않았다.

잠시 후, 슈지는 뺨에 차가운 밤바람을 느꼈다. 어딘지 시큼한 냄새가 느껴지는 하얀 안개가 실내로 흘러 들어온다.

"놀랐네."

소크는 몇 센티미터 크기로 깨진 유리 파편을 털어 내면서, 몸을 구부리고 창가 쪽으로 이동했다. 커튼을 걷으면서 슈지에게 소리친다.

"보스, 불을 꺼주십시오."

슈지는 코코에게 명령하여 거실의 조명을 껐다. 밤바람에 커튼이 흔들리고 있다. 경호원은 창틀만 남은 새시 옆에 시시, 총을 빼 들고 있었다.

"괜찮은 것 같습니다. 창에서 보이지 않는 곳으로 자세를 낮추고 이동해 주십시오."

슈지는 상반신을 일으켜 소파 그늘에서 복도 쪽으로, 리나의 손을 잡고 이동했다. 바닥에 흩어진 유리 조각 속에서 검은 공을 발견하고 집어 든다.

슈지와 리나, 그리고 세키야가 안전한 장소로 피신한 뒤, 몇 분 후 소크가 되돌아왔다.

"건너편 발코니에서 그림자가 비추는 것은 알고 있었습니다. 애들이 노는 거라 생각하고 우습게 본 것이 잘못이었습니다. 상대편에서 제대로 나왔더라면 우리 모두 죽었을 겁니다."

슈지는 소크에게 경질 고무공을 건네주었다. 꽉 쥐어도 거의 변형되지 않고, 심지에는 금속 같은 딱딱한 핵이 있었다.

"폭도 진압용으로 라이어트 건에 사용되는 고무탄입니다, 보스. 가까운 거리에서 급소를 쏘면 즉사입니다. 하지만 놈들은 폭발물은 사용하지 않았습니다. 그레네이드 런처(grenade launcher : 유탄 발사기)라면 산산조각이 나죠. 이것도 좀 거친 경고일까요."

6

눈을 뜨자 하얀 천장이 눈에 들어왔다. 다시 신주쿠로 되돌아온 게 아닌가 하고 슈지는 두려웠지만, 뇌종양의 통증은 느껴지지 않는다. 일어나 커튼을 열고 창밖을 본다. 아침 햇살이 항바이러스 약의 안개에 반사되어 일곱 색 무지개가 제5층을 감싸고 있었다.

오전 중에는 리나를 남겨 두고, 제1층으로 올라갔다. 고속 엘리베이터를 타는 20분이 마치 짧은 여행 같다. 사람들의 모습이 다른 나라에 온 게 아닐까 싶을 정도로 달랐다.

정해진 시간에 맞춰 슈지는 위원회실로 들어갔다. 방에는 큰 타원형의 원탁이 놓여 있었다. 중앙의 데드 스페이스에는 3D 영상의 블루 타워가 2개 층을 터놓은 높은 천장에 닿을 듯이 높이 솟아 있다. 슈지는 탑 세계에 와서 처음으로 머리 위가 산뜻해진 듯한 기분이 들었다.

흰 바탕에 파란 원이 그려진 깃발 앞에서, 위원장인 오기와라가 손을 들었다. 슈지는 다가가 인사했다.

"여어, 또 당했어."

오기와라는 영문을 모르겠다는 표정을 지었다.

"폭도 진압용 고무탄을 맞았어. 제5층의 별저에서."

반듯한 얼굴에 걱정스런 표정이 떠올랐다. 이 불알친구는 언제나 연기를 하고 있는 듯한 분위기다.

"그랬나. 다친 사람은 없었고."

슈지는 끄덕이며 말을 이었다.

"위원장, 자네는 언제나 배우 같다는 말 듣지 않나."

오기와라는 순간 멍한 표정이 되었다가, 웃는 얼굴로 돌아왔다.

"글쎄. 정치가는 모두 연기자가 아닐까. 그보다 자네 마음은 결정됐나."

"나쁘게는 하지 않겠어."

슈지는 오기와라의 눈을 말끄러미 보다가 자리에서 일어섰다. 자신의 이름이 새겨진 탑 모형이 놓인 자리로 향했다. 자유탑의 한 무리를 스쳐 지난다. 30인 위원의 얼굴과 이름, 약력은 전날 밤 코코에게 이미 들어 두었다. 슈지는 집단의 중심에 있는 요시야 가즈미에게 말을 걸었다.

"위원회가 끝나면 할 이야기가 있네. 자네 방으로 가도 될까."

요시야는 흔쾌히 고개를 끄덕였다. 젤로 고정시킨 금발의 끝이 황마의 스파이크처럼 날카롭게 서 있다.

"기대되는걸. 기다리고 있겠네."

슈지는 멀어지는 요시야의 널찍한 등을 한참 지켜보았다.

찬성파, 반대파의 양 대표가 10분간에 걸친 최종 연설을 하고, 자유이법의 채결이 시작되었다. 오기와라가 울림이 좋은 목소리로 말했다.

"옆에 있는 투표 패널을 확인해 주십시오. 당 법안에 찬성하는 위원은 패널에 손바닥을 올려 주십시오."

찬성한 각 위원들 앞에 놓여 있던 하얀 바탕에 청색인 탑기가 홀로그래프 영상으로 바뀌었다. 오기와라의 패널은 깃발에서, 찬성과 반대의 표수가 떠오르는 영상으로 바뀌었다.

"찬성 14, 반대 14."

타원형 테이블을 둘러싼 위원들의 시선이 자신에게 집중되고 있는 것을 느꼈다. 진심을 감추고 겉도는 시선들을 느끼면서 천천히 오른손을 든다. 차가운 유리 패널에 손가락 끝을 댔다. 다음 순간, 슈지의 눈앞에도 하얀 깃발의 영상이 바람에 펄럭이고 있었다. 오기와라는 슈지에게 미소 지으며 말했다.

"찬성 다수에 따라, 본 법안은 가결되었습니다. 당 위원회는 휴회하기로 하겠습니다."

젊은 위원들 사이에서 환성이 터졌다. 몇 명의 위원들이 악수를 청하러 슈지의 자리로 온다. 오기와라도 그중 한 사람이었다.

"잘 결심했다. 하지만 보수파의 반격은 지금부터다. 이것으로 자네도 당당하게 개혁파 동지가 된 거야."

슈지는 작게 고개를 가로저었다.

"파벌에 들어가는 것은 참아 주게. 앞으로도 시시비비로 안건마다 대응할 생각이야."

오기와라는 그래도 웃고 있었다.

"좋아. 어쨌거나 오늘은 잘했다."

위원장은 개혁파 측근들을 데리고 위원실을 나갔다. 슈지는 마음을 다잡고, 힘 있게 일어섰다. 이제부터 자유탑의 급진파 요시야 가즈미와 결판을 내야 한다.

위원 대기실은 복도를 따라 나란히 있었다. 문은 대부분이 열린 채이고, 닫혀 있는 것은 몇 개뿐이었다. 슈지는 세키야와 소크를 데리고 모퉁이에 있는 요시야 가즈미의 대기실을 찾았다.

열린 문을 노크한다. 소파에서 비서와 이야기를 나누던 요시야가 고개를 들었다. 날카로운 웃음을 보이며 말했다.

"여어, 개혁파 신진이 오셨군. 미안하지만 자리를 비켜 줘."

비서가 요시야의 정면 소파에서 일어섰다. 자, 이쪽으로, 하며 자리를 양보한다. 슈지는 실내로 들어가자 요시야의 바로 앞에 선 채 말했다.

"방문을 닫아 주게."

요시야가 끄덕이자, 비서가 문을 닫았다. 슈지는 앉지 않고 주머니에서 뭔가 꺼내 요시야에게 살짝 던졌다. 검은 고무탄을 햇볕에 그을린 손이 잡는다. 슈지가 요시야의 뺨을 철썩 때렸다. 살을 때리는 파열음이 울리고, 그 방에 있던 전원이 얼어붙었다. 슈지는 말했다.

"오늘 법안에 찬성한 것은 너의 협박에 굴해서가 아니다. 부결됐을 경우 블루 타워의 위기를 피하기 위한 한 표였다. 그 점은 착각하지 말기 바란다. 나와 나의 가족에게 손댈 생각 따위는 하지도 마라. 그때는 여기 있는 소크에게 너희 가족을 몰살시키라고 명령해 두었다. 녀석은 해방 동맹의 테러리스트도 말리지 못하지."

슈지는 닫힌 문에 기대어 있는 소크를 엄지손가락으로 가리켰다. 경호원은 무표정하게 말했다.

"나는 제3층의 4탑 122층의 71호부터 73호까지 세 개분의 플랫(한 가족을 같은 층에 배치하는 형식의 집합 주택)에 사는 너희 가족 열일곱 명 모두를 몰살할 것이다. 시간은…… 7,8분 정도면 충분하지."

소크는 야전용 필드 파카를 펼쳐 보였다. 소형 돌격 소총과 수류탄이 몇 발 걸려 있다. 슈지는 시선을 요시야 가즈미에게로 돌리며 말했다.

"하지만 나는 자네를 적대시할 생각은 없다. 탑에 사는 사람들의 생활이 조금이라도 개선된다면, 아낌없이 너희들에게 협력할 생각이다. 알겠나, 요시야 가즈미."

소파에 앉은 채 눈을 치켜뜨고 슈지를 올려다보던 시선을 고정한 채, 자유탑의 논객은 말했다.

"잘 알겠다. 자네가 이렇게 용감한 사람일 줄은 미처 몰랐다. 이것으로 조금은 이야기가 쉬워졌군, 세노 슈. 하지만 나는 걱정이다. 자유 이법이 위원회를 통과한 정도로, 오기와라처럼 내놓고 기뻐할 수 없어."

슈지는 아직 젊어서 두려움을 모르는 사자처럼 보이는 요시야 가즈미의 표정이 어두워지는 것을 느꼈다.

"무슨 뜻이지."

"아래에서는 아직 분규가 일어나고 있다. 자유 이법이 너무 늦어진데다, 아직은 한참 불충분하다는 것이지. 아직은 괜찮겠지. 그러나 세노 슈, 이 탑 안에서 내전이 일어나면 자네는 어느 쪽에 붙을 건가."

슈지는 대답을 잃고 우두커니 서 있었다. 뇌리에 떠오르는 것은 뉴욕 쌍둥이 빌딩이 되풀이하여 무너지는 영상이었다. 저쪽 세계에서 일어난 비극이 이쪽 세계에서도 또 반복되는 것일까.

"갑시다, 보스. 이런 바이러스 같은 인간과 같은 공기를 마신다는 것이 역겹습니다."

소크의 재촉으로, 슈지는 위원 대기실을 떠났다. 그러나 제1층 최상층에서 한 층 아래인 자택으로 돌아올 때까지, 슈지는 무엇 하나 기억하고 있지 않았다.

시로가네 공원의 전투

1

세노 슈와 아내 키미의 침실은 따로따로였다. 신주쿠의 맨션뿐만이 아니라, 이쪽 탑 세계에서도 부부 관계는 원만하지 못한 것 같다. 그날 밤 슈지는 쓴웃음을 지으며, 퀸 사이즈의 넓은 침대에 누웠다. 박음질 하나 보이지 않는 필름 같은 감촉의 침구였다. 천 한 장이지만 오리털 이불만큼 따뜻하다. 색은 이 탑의 상징 색인 선명한 파랑이다.

2백 년 후의 미래로 정신만 날아온 후 두 번째 맞는 밤이었다. 이대로 이 세계에 머물게 되는 걸까. 마음과 몸은 지쳐서 녹초가 되었지만, 슈지는 눈이 시려 잠을 잘 수가 없었다. 높이 2천 미터의 거대한 탑 국가는 상상을 초월하는 상하 문제로 당장이라도 내전 상태에 빠질 것 같다. 슈지가 몸을 빌린 세노 슈라는 남자는 탑의 최고 권력 기관인 30인 위원회의 멤버 같다. 하지만 일개 개인이 할 수 있는 일은 한정되어 있다. 하층에 사는 대다수 주민들의 증오를 지울 수는 없었다. 블루 타워의 미래는 항바이러스 약의 안개처럼 어둡고 흐릿하다.

하지만 21세기로 돌아가면 무엇이 자신을 기다리고 있는가. 사신(死神)의 이름 세 글자를 떠올렸다. 뇌종양. 수술조차 불가능한 악성 뇌종양이다. 그쪽 세계에서, 슈지는 재택사를 기다리는 말기 암 환자였다. 파도처럼 되풀이하여 밀려오는 통증을, 황산 모르핀으로 억누르고 있을 뿐인 날들. 이제 자신의 다리로 걸을 수도 없어 휠체어에만 앉아 있다. 더욱이 아내 미키는 간병에 지쳤는지 슈지의 부하였던 직원과 바람을 피우고 있다.

슈지는 눈을 꼭 감았다. 뇌리에 신주쿠 화이트 타워에서 내다본 전망이 항공사진처럼 선명하게 떠오른다. 최상층에서 한 층 아래인 55층, 지상 200미터에서 보는 도쿄의 전망이었다. 정교한 나무 블록 같은 오피스 빌딩들과 모래를 뿌린 듯이 모여 있는 주택들. 떠오르는 것은 저녁 풍경이었다. 얇은 천이라도 드리운 듯 하늘이 뿌옇다. 그것은 슈지가 태어나고 자란 신도심의 하늘이었다. 그리움에 혼자 미소를 짓고 있는데, 그 통증이 찾아왔다. 뇌의 중심에서 생겨난 심한 열 덩어리가, 천천히 맥박을 치며 이마 뒤쪽으로 내려온다. 한없이 증식을 계속하는 종양이, 건강한 뇌를 압박하는 통증이었다. 최초의 증세만으로 슈지는 온몸에 식은땀이 흘렀다. 왼손을 들어 손목의 팔찌에 대고 소리친다.

"코코, 일어나."

침실의 어둠을 등지고 슈지의 손목 위에 3D 홀로그래프의 영상이 나타났다. 다크 슈트를 입은 아비시니안이 가볍게 인사한다.

"무슨 일이십니까, 슈 님."

"당장 나의 생체 정보를 체크해 줘. 특히 머리. 머리가 아파. 정말로 뇌종양의 우려는 없는 거냐."

코코는 거침없이 대답했다.

"땀을 많이 흘리셨군요. 혈압도 130에 80으로 평소보다 20정도 높습니다. 하지만 혈중의 종양 마커는 신경 종양뿐만이 아니라, 모든 종양에 대해 음성 반응을 나타내고 있습니다. 현재, 슈 님이 암일 가능성은 무한히 희박합니다."

코코가 말하는 동안도 슈지의 오른손은 필사적으로 침대 난간을 잡고 있었다. 그렇게라도 하지 않으면, 통증과 공포 때문에 소리를 질러버릴 것 같다.

"그럴 리 없어. 이 통증, 이건 뇌종양의……."

슈지는 머리를 감싸고 침대 위에서 뒹굴었다. 코코는 당황했다.

"괜찮으십니까, 슈 님. 당장 구급 대원을 부르겠습니다. 기다려 주십시오."

슈지에게는 더 이상 대답할 힘이 없었다. 악물고 있는 이 사이로 신음이 흘러나올 뿐이다. 이마 뒤쪽에 있는 통증의 핵이, 더 이상 참을 수 없을 만큼 열을 내며 번쩍인 순간, 슈지의 의식은 끊기듯 도약했다.

"여보, 여보. 괜찮아요."

머리의 통증은 천천히 윤곽을 무너뜨려 갔다. 동시에 이유 없는 안도감이 솟구친다. 이상하네, 하고 슈지는 생각했다. 탑 세계에서는 황산 모르핀 같은 것은 갖고 있지 않았을 텐데, 이것은 강력한 진통제의 부작용 같다.

"여보, 슈지 씨. 일어나요, 괜찮아요. 여기가 어딘지 알겠어요."

슈지는 눈을 떴다. 휠체어 팔걸이를 꽉 잡고 있는, 땀이 흥건한 두 손. 손목에는 미래 과학의 정수를 모은 라이브러리언은 없다. 정면에서 무릎을 꿇고 바라보고 있는 것은, 아내 미키의 차갑고 단정한 얼굴이었다. 미키는 슈지가 재택사를 기다리게 된 후에도 매일 화장을 거르지 않았다.

"정말로 괜찮아요. 심하게 신음해서 걱정했어요."

슈지는 벽시계를 보았다. 저녁 7시. 미키는 모처럼 기분 전환으로 긴자의 백화점에 다녀오겠다고 외출했을 때의 그 차림이다. 저쪽 세계에서 이틀을 보냈는데, 이쪽에서는 아직 같은 토요일인 모양이다. 아니면, 나는 모든 것이 논리적으로 구축된 악몽을 꾸었던 것뿐인가.

슈지는 녹초가 되어서, 선룸 저편에 펼쳐진 신주쿠의 야경을 바라보았다. 방형(方形)으로 쌓아 올린 별 같은 고층 빌딩들, 높이 2천 미터의 블루 타워에 비하면 장난감 같은 것이었다. 슈지는 미키에게 또 하나의 세계에 대해 이야기할 마음이 들지 않았다. 리나에게 몰래 들은 오기하라와의 밀회에 대해 캐물을 수도 없다. 그날 밤은 미키가 사온 가이세키 도시락에 젓가락만 대다가, 자기 방으로 돌아왔다. 자식이 없는 두 사람에게는 작긴 하지만, 각자의 방이 있었다.

슈지는 책상에 앉자 노트북을 열었다. 머릿속에는 그 이상한 탑 세계의 이미지가 소용돌이치고 있다. 미키에게는 이야기할 수 없어도, 누구에게든 말하고 싶어 견딜 수 없었다. 그렇게 하지 않으면 뇌종양이 아니라, 그 이미지로 머리가 터질 것 같았다. 메일함을 열자, 한 통의 메일이 와 있었다.

세노 슈지 님
오늘은 흐트러진 모습을 보여서 죄송합니다.
부인의 일을 알려 드려, 슈지 씨의 남은 시간을
불쾌하게 만든 것, 아무리 사과해도 돌이킬 수 없겠지요.
집에 돌아온 후부터 몹시 침울해 있습니다.
제가 할 수 있는 것은 한정되어 있습니다만,

뭔가 도와 드릴 일이 있으면, 언제든 불러 주세요.

다케이 리나

　메일을 보내려 생각하고 있던 상대로부터, 먼저 온 메일이었다. 슈지는 휠체어 위에서 한숨을 쉬었다. 리나의 왼쪽 가슴 옆에 있던 이등변 삼각형 모양의 점을 떠올린다. 그것과 같은 모양의 점이, 탑 세계에서 만난 아가씨의 가슴에도 있었다. 이 세계와 23세기 세계의 이상한 대칭에 현기증이 났다.
　슈지는 답장 버튼을 클릭했다. 통신 회사의 샐러리맨이었던 슈지에게 키보드는 다른 생각을 하면서도 쉽게 사용할 수 있는 도구이다.

다케이 리나
아내 일은 신경 쓰지 않기를. 반은 내 책임이야.
그보다 네게 꼭 하고 싶은 이야기가 있어.
내일 오후 2시, 이 맨션 최상층에 있는 전망실로 와줄 수 없을까.
일요일이어서 관리인도 없고,
자동 잠금은 간단히 해제할 수 있어.
만약 사정이 여의치 않다면, 오전 중에 메일을 보내 줘.

세노 슈지

　그날 밤 슈지는 미지근한 물의 욕조에서 반신욕을 하고, 미키와는 다른 침대에 누웠다. 이세계(異世界)에서 보낸 이틀간의 정신적 부담이 환자에게는 무거웠던 것 같다. 평소라면 닥쳐오는 죽음에 대한 불안을 지우기 위해 반드시 복용하는 수면제를 먹는 것도 잊고, 슈지는 신주쿠 화이트 타워 55층에서 잠이 들었다.

2

다음 날 아침 언제나처럼 슈지는 오전 9시가 지나 눈을 떴다. 순간, 이곳이 신주쿠인지 블루 타워인지 혼란스러워진다. 머리를 만져 보고, 머리카락이 거의 빠진 머리의 감촉으로, 아직 이쪽 세계에 있음을 확인할 수 있었다.

일요일 오전 중의 뉴스를 곁눈으로 보면서 늦은 아침 식사를 했다. 아내와는 시종 별로 대수롭잖은 세상 이야기들을 나눈다. 슈지는 말하고 싶은 마음을 억누르며, 천천히 신문을 보는 척했다. 방으로 돌아와 컴퓨터를 켠다. 이제 곧 정오지만, 리나에게 메일은 오지 않았다. 갑작스런 호출이지만 분명 괜찮을 것이다.

2시 5분 전, 슈지는 가능한 한 태연한 분위기로 미키에게 말했다.

"오늘은 기분이 좋으니까 산보 좀 하고 올게."

미키는 인테리어 잡지에서 눈을 떼고, 슈지를 흘끗 보았다.

"혼자 괜찮겠어요."

"응, 가끔은 혼자 있는 것도 좋아. 무슨 일 있으면 전화할게."

슈지는 휴대 전화를 가슴 주머니에 넣고, 휠체어 핸들을 천천히 누르며 현관으로 향했다. 최신형 맨션이어서 복도에서 현관까지 문턱이 없는 배리어프리 설계로 만들어졌다. 이렇게 빨리 그 고마움을 깨닫게 되리라곤 슈지도 예상치 못했다. 문을 잠그고 복도로 나왔다. 이 고층 주택은 ㅁ 자 형으로 중앙 부분이 뻥 뚫려 있어, 각 방에서 햇살과 신선한 공기를 공급받을 수 있는 구조였다. 일요일이라 그런지 빌딩 안쪽에서 아이들의 환성이 들려오고 있었다. 슈지는 휠체어를 굴리면서 엘리베이터를 향해, 좀처럼 누르는 일 없는 위층 버튼을 건드렸다.

신주쿠 화이트 타워에서는 제일 위층을 모든 주민들을 위한 전망실로 만들었다.

집회용으로 사용되는 공간이 몇 개 있는 것 말고는, 여기저기 관엽식물 화분으로 꾸며 놓은 라운지로 되어 있다.

넉넉하게 사이를 두고 배치된 소파에 간단한 차 서비스도 되고, 시티 호텔 못잖은 시설이었지만 이용자는 적었다. 언제나 가보아도, 소파가 비어 있는 일이 많았다.

슈지는 엘리베이터를 내리자, 곧장 남서쪽 라운지로 향했다. 이층 높이의 붙박이창으로 햇살이 사치스럽게 쏟아지고 있었다. 유리 저편에는 온화한 일요일의 도쿄가 펼쳐지고 있다. 가까이 가자, 파키라(관엽식물의 일종) 잎 그늘에서 리나가 일어서며 인사를 했다. 회색 슈트에 하얀 오픈칼라 셔츠. 회사에 견학 온 대학생 같은 차림이었다. 긴장한 얼굴로 웃으며 슈지가 리나의 맞은편에 휠체어를 세우고 말했다.

"미안해. 꼭 하고 싶은 이야기가 생겨서."

리나는 진지한 표정으로 슈지를 바라보았다. 막상 블루 타워 이야기를 하려고 하니 주눅이 든다. 우물거리며 슈지는 말했다.

"지금부터 너한테 하는 이야기는 아직 아무에게도 하지 않았어. 게다가 나 자신도 진짜인지 아닌지, 아직 반신반의해. 그래도 누군가에게 말하지 않으면 안 될 정도로 이상한 일이야. 종양 때문에 내 뇌가 이상해진 것인지도 몰라. 가능한 냉정하게 듣고, 내가 정신이 똑바른지 판단해 줘."

슈지는 어제 리나가 돌아간 후부터 일어난 일을 이야기하기 시작했다. 창으로 바깥을 내다보고 있다가 격심한 두통에 휩싸여, 낯선 탑으로 이동한 것. 2백 년 후 미래 세계의 극심한 상하 문제. 탑 세계에서 슈지를 둘러싼 이상한 인간관계. 이틀 동안 새로운 법안의 채결을 마치자, 어쩐 일인지 이쪽 세계로 다시 돌아온 것. 묵묵히 메모를 하면서 듣고 있던 리나는, 제5층의 아가씨 가슴에도 자신과 같은 점이 있다는 말에서는 얼굴을 붉혔다.

이야기를 마치기까지 30분 정도 걸렸다. 지쳐 목소리가 갈라진 슈지는 휠체어 등받이에 상체를 맡겼다.

"믿을 수 없는 이야기예요. 하지만 세노 씨가 탑에서 들었던 곡을 CD 가게에서 찾아오겠어요. 그게 같은 곡이라면, 믿기지 않는 일이지만 사실일지도 몰라요."

슈지는 리나가 이렇게 황당한 이야기를 진지하게 들어 주어서 기뻤다. 자기라면 회사 동료에게 이런 이야기를 들어도 웃어넘겼을 텐데.

"고마워, 리나. 또 그쪽 세계에 갈 수 있을지 어떨지 모르겠지만, 네게 이야기하길 잘했어. 죽음이 두려운 내 머리가 멋대로 폭동을 일으켜, 그런 세계를 공상했는지도 모르지만."

리나는 강렬한 눈빛으로 슈지를 똑바로 바라보았다. 등 뒤에는 신주쿠 도심의 스카이라인이 눈부시게 펼쳐지고 있다.

"그렇지만 만약 그게 사실이라면, 세노 씨는 2백 년 후의 세계에서 계속 살아갈 수 있을지도 몰라요. 저는 미래에 갈 수는 없겠지만……."

거기서 말을 삼키며 리나가 안타까운 듯 슈지를 보았다. 가슴이 아픈 듯한 눈빛으로. 그것이 어떤 기분인지, 슈지도 분명히 알았다.

"네 마음은 감사하고 있어. 하지만……."

그때 바스락 관엽 식물 잎이 스치는 소리가 났다.

"당신, 다케이라고 했지. 우리 남편과 이런 곳에서 몰래 만나 대체 어쩌겠다는 거야."

미키가 숨어 있던 나무 그늘에서 빠른 걸음으로 이쪽을 향해 다가왔다. 슈지는 얼어붙었다. 결코 바람피우는 현장을 들킨 것은 아니다. 아직 슈지와 리나에게는 관계라고 부를 만한 일은 없었다. 슈지의 죽어 가는 몸에 그런 기회는 이제 찾아오지 않을 것이다. 두 사람 사이에는 딱 한 번, 전기가 흐르듯 마음이 통했을 뿐이다. 미키는 슈지와 리나 사이에 있는 일인용 소파에 씩씩거리며 앉았다.

"어떻게 된 거예요. 설명해 봐요, 당신."

평소의 쌀쌀맞은 표정이 분노로 더욱 차가워져 있었다. 미키는 화를 낼수록 싸늘해지는 성가신 성격이다. 그럴 때는 대개 사과를 함으로써 폭풍을 잠재웠다. 하지만 그때의 슈지는 달랐다. 세노 슈로서 살았던 탑 세계에서의 이틀이 슈지를 바꾸었을지도 모른다. 침착한 목소리로 아내에게 말했다.

"이제, 그런 연극은 그만두지 그래."

슈지는 바지 주머니에서 뭔가 작은 것을 꺼내더니, 중앙 테이블 위에 던졌다. 빨간 종이 성냥은 소리도 없이 미끄러져 미키 앞에서 멈췄다.

"이 성냥, 본 적 없어? 이건 당신이 어제 오기하라와 만났던 신주쿠 남구의 카페 성냥이야."

미키의 안색이 바뀌었다. 원래 하얀 얼굴이, 파란빛을 머금은 빙하색이 된다. 슈지는 조용하게 말을 이었다.

"내가 이런 병에 걸려 당신에게 고생 많이 시켰어. 매일 간병해 주는 것 감사하고 있어. 나는 미키와 오기하라를 책망할 생각은 없어. 그러니까 나와 다케이 양의 일도 너그럽게 봐주지 않겠어. 마지막 응석이라 생각하고 용서해 줘. 내가 여자를 상대하는 것은 이제 불가능하다는 것, 당신도 알잖아."

미키는 입술을 깨물며, 슈지와 리나를 번갈아 보았다. 슈지는 그 시선을 똑바로 마주했지만, 리나는 테이블에 시선을 떨구고 있었다. 미키의 목소리는 좀 전까지의 냉정함을 되찾고 있다.

"알겠어요. 그러나 앞으로는 다케이 양을 만날 때, 내게 한마디라도 해줘요. 뒤에서 몰래 만나는 짓은 관둬요. 그리고 그 아가씨에게 내 뒤를 밟게 하는 일도 그만둬 줘요."

리나가 단호한 표정으로 얼굴을 들었다.

"그것은 제가 멋대로……."

슈지는 손을 들어 리나를 제지했다.

"좋아. 그 일은 미안해. 당신이 오기하라를 만날 때는 아무 말도 하지 않아도 좋아. 이제 쓸모없어졌지만 아직은 남자라 괴로워할지도 모르니까."

아내는 리나를 노려보고 있었다. 자신은 다른 남자를 만나면서, 아직 남편을 독점하고 싶은 건가. 이치에 맞지 않는 질투였지만, 그런 뜨거움조차 아내에게 느끼지 못하는 자신을 보자 슈지는 쓸쓸했다. 언제부터 자신의 마음이 이렇게 식어 버렸던가.

"아직 할 이야기가 남았어. 미키, 자리를 비켜 주지 않겠어."

미키는 빈틈없이 반듯한 얼굴을 들고 창밖에 펼쳐진 도쿄의 하늘을 멍하니 보고 있었다.

"다케이 양, 이 맨션은 앞으로도 계속 내 것이야. 내 것에 당신은 손가락 하나 건드리지 마."

소파에서 일어서더니 등을 곧게 펴고 라운지를 돌아서 나간다. 슈지와 리나의 시선을 의식한 듯, 뒷모습이 경직되어 있었다. 슈지는 낮은 목소리로 말했다.

"미안해. 하지만 차라리 잘됐는지도 몰라."

리나는 고개를 들었다.

"죄송해요. 일이 이렇게 되다니. 부인께서 우리를 오해하신 것 같아요."

"아냐, 됐어."

슈지는 무심히 리나의 가슴을 보고 있었다. 여자의 동그란 가슴에는 남자의 마음을 편안하게 하는 힘이 있다. 이등변 삼각형의 점을 떠올렸다. 그 가슴에 이마를 대고 울었던 것이 정말 어제 일일까. 슈지는 느닷없이 불쑥 말했다.

"리나에게도 남동생이 있나."

탑 세계에서 만난 아가씨에게는 황마의 후유증에 시달리는 남동생이 있었다. 리나는 신기하다는 표정을 지었다.

"어떻게 아세요? 한 명 있는데. 보세요, 저기."

리나는 창밖, 까마득한 지표를 가리켰다. 도야마 숲의 녹색 틈에 키 작은 건물이 몇 개 연결된 시설이 보인다.

"동생 가즈마사는 저와 달리 머리가 좋아서, 저곳에서 일하고 있어요."

"저건 무슨 건물이지."

"국립 감염 연구 센터. 가즈마사는 인플루엔자 연구를 하고 있어요."

인플루엔자! 그 말이 슈지의 온몸에 충격을 주었다. 2백 년 후, 세계를 멸망시키게 된 생물 병기도, 원래는 흔한 바이러스성의 감염증이었던 것이다.

"다음에 그 동생 한번 만나게 해주지 않겠나. 난 인플루엔자에 대해 자세한 것을 알고 싶어."

"예, 괜찮습니다만."

해가 제법 기울기 시작하고 있었다. 2시간 가까이 이야기를 나누었더니 슈지는 몹시 지쳐 버렸다. 이 몸에 남은 시간은 극히 짧다. 이렇게 체력을 소모하면 밤에는 몸 상태가 나빠질지도 모른다.

슈지는 리나에게 휠체어를 밀어 달라고 하여, 전망실에서 한 층 아래인 자신의 방으로 돌아왔다. 현관에서 아내 미키가 택배라도 받듯 지친 슈지를 인수하였다.

3

그날 밤 슈지는 예상대로 미열이 났다. 발열은 종양의 통증을 증대시킨다. 슈지는 잠자리에 들기 전 MS 콘틴을 평소의 1.5배 복용했다. 땀을 흘리며 눈을 뜬 것은 새벽녘이다. 커튼 저편에 창문 모양이 어슴푸레하게 떠 있었다. 눈을 뜬 순간, 이마 뒤쪽에 심한 통증을 느꼈다. 그것이 점차 커져 뇌 전체를 덮으려 하고 있다. 슈지는 베갯머리에 놓아 둔 진통제를 꺼내려고 뻗쳤던 손을 허공에서 멈췄다.

(이 통증 때문에 또 블루 타워로 갈 수 있을지도 몰라.)

슈지는 이마에 식은땀을 흘리면서 이를 악물고 뇌종양의 격통을 견뎠다. 혼자 침대에서 뒹굴며 통증과 계속 싸운다. 이대로는 2백 년 후로 전이하기 전에 머리가 파열될지도 모른다. 포기하고 온몸의 힘을 빼고, 황산 모르핀을 먹으려고 할 때, 또 그 순간이 찾아왔다. 자신의 몸에서, 정신만이 빠져나간다. 슈지는 통증의 날개를 타고 새벽의 신주쿠에서 날아오른다.

"위원님, 위원님."

누군가의 목소리가 들려오고, 어깨를 흔드는 것을 느꼈다. 슈지는 눈을 떴다. 얼굴 위 반을 가리는 파란 마스크 형 모니터. 슈지는 세키야를 밀쳐 내듯이 누워 있던 소파에서 상반신을 일으켰다.

"그 후 얼마나 시간이 흘렀지."

"그 후란 건 언제를 말씀하시는 건지요."

"자유 이법 채결 후."

"거의 만 하루입니다. 이제 곧 정오가 됩니다."

슈지는 머리를 저었다. 종양의 통증은 흔적도 느껴지지 않는다. 건강한 몸을 회복한 기쁨은 무엇과도 바꿀 수 없었다.

"나는 지금까지 어떻게 하고 있었나."

구석에서 벽에 기대 있던 소크가 팔짱을 풀며 소파로 다가왔다.

"드디어 눈을 뜨셨군요, 보스. 오늘 아침에 머리가 아프다고 쓰러지신 후, 의식을 잃어버리셨습니다. 어이, 코코, 보스의 건강 상태는 정말 괜찮은 거야?"

슈지의 왼손에 작은 무지개 빛이 번쩍거렸다. 사람 모양의 홀로그래프는 출현과 동시에 대답했다.

"바이탈 사인은 모두 순조롭습니다. 슈 님이 의식을 잃고 있던 동안, 뇌의 넓은 범위에서 뇌자파(腦磁波)와 신경 임펄스의 혼란이 생겼습니다만, 그 원인은 유감스럽게도 현대 의학으로는 해석 불능입니다."

뺨의 문신을 일그러뜨리며 소크가 말했다.

"오호, 라이브러리언도 모르는 게 있나?"

코코는 아비시니안의 머리를 공손하게 숙이며, 날카로운 이빨을 뿌리까지 드러냈다. 웃는 것 같다.

그 정도로 해두라고 슈지가 말하려 할 때, 실내 공기가 떨릴 정도로 엄청난 경보음이 울리기 시작했다. 강약을 되풀이하면서 고막을 찢을 듯이 주의를 환기한다. 이 방의 내부뿐만 아니라, 블루 타워 전체에 울리고 있는 것 같았다. 슈지는 소리쳤다.

"코코, 이건 대체 뭐야?"

라이브러리언은 무표정하게 말했다.

"제3종 경계경보입니다. 기다려 주십시오, 지금 영상을 표시하겠습니다."

코코의 말이 끝나기 전에 벽의 일부가 빛나기 시작했다. 떠오른 영상은 연기에 가려 잘 보이지 않았지만, 탑 내부의 회랑인 듯하다. 연기가 걷히자 벽과 바닥에 뭔가가 탔던 흔적이 검게 남아 있었다. 여기저기의 스프링클러에서 샤워기처럼 물이 뿜어져 나오고 있다. 다친 병사를 몇 명의 병사가 끌고 나가, 화면에서 사라졌다. 총탄이 날아다니는 소리는 높고 낮게, 사치스럽기 그지없는 거실에서 입체적으로 울리고 있었다.

"무슨 일이 일어난 거야?"

슈지의 목소리는 마치 비명 같았다. 화면 구석에 떠 있는 'LIVE' 글자가, 초조함을 더하게 한다. 소크는 물끄러미 전투 상황을 지켜보며 말했다.

"오늘 새벽에 독립탑 우파와 군이 제5층에 있는 자유탑의 사무국을 급습했습니다. 어제 자유 이법이 성립된 데 대한 보복성 공격이겠지요. 이것은 해방 동맹파의 반격입니다. 군 시설과 검문을 노려 동시에 네 곳에서 전투가 일어나고 있습니다. 동맹파 주민까지 참가하여, 제5층은 여기저기에서 폭동이 한창입니다."

"사태는 앞으로 어떻게 되는 거지."

경호원의 목소리는 냉담했다.

"글쎄요. 언제나처럼 군이 진압을 시도하고, 동맹파와 군 양쪽에서 수십 명의 사망자가 나오고, 제5층 주민도 몇 명인가 말려들겠지요. 동맹 테러리스트는 전멸할 수도 있고, 연기처럼 사라져 버릴 수도 있을 테고요. 이번 폭동은 역시 규모가 큰 것 같습니다."

슈지는 가만히 있을 수 없어, 소파에서 일어섰다. 코코가 말한다.

"제5층의 리나 씨에게서 연락이 와 있습니다. 연결해 드릴까요."

묵묵히 끄덕이자, 코코 옆에 새로운 홀로그래프의 삼차원 영상이 떴다. 리나의 가는 눈썹 사이에 깊은 주름이 잡혀 있었다. 눈에는 필사적인 빛이 역력했다.

"부탁이에요. 제 여동생이 시로가네 공원에 아직 있어요. 제5층 14탑의 60계에서 전화가 왔는데, 총격전이 한창인 그곳에 그대로 남겨져 있대요. 코끼리 모양의 미끄럼틀에 다른 친구도 몇 명인가 있구요. 슈 씨의 힘으로 어떻게든 좀 도와주세요. 부탁해요, 교미(凶美)는 아직 열한 살이에요."

리나는 CCD 카메라에 얼굴을 바짝 갖다 대고 패닉을 일으킬 듯한 표정으로 바라본다. 슈지는 크게 숨을 들이마시고 말했다.

"알겠다. 할 수 있는 일은 해보겠다. 너는 그곳에 대기하고 있어라."

"안 돼요. 가만히 있으면 돌아 버릴 것 같아요. 저도 시로가네 공원 주변까지 가볼래요. 그쪽에서 만나요."

말리려고 했지만, 영상이 뚝 끊겨 버렸다. 경호원은 말했다.

"골치 아픈 트러블 메이커네. 보스, 어떻게 하시겠습니까."

슈지는 소크를 무시하고 코코에게 소리쳤다.

"그 공원의 현재 상황을 표시할 수 있나?"

코코가 끄덕이는 것과 벽면의 영상이 바뀌는 것은 동시였다. 연기로 뿌연 회랑에서 화면은 어둡게 바뀌었다. 공원을 떠올리게 하는 놀이기구 따위는 하나도 보이지 않는다. 어둠 속에 도발적인 머신 건의 연사음이 울리고, 총구에서 나오는 플래시가 화면 여기저기에서 타오른다. 그러자 몸이 울릴 만큼 무시무시한 총성이 이어지며, 불꽃이 보이는 지점에서 비명이 들렸다. 경호원이 말한다.

"이걸로는 알 수 없잖아. 공원의 설계도를."

코코는 공중에 삼차원 영상을 방사했다. 공원은 한 개의 탑 3층분을 터서 만든 대공간으로, 여기저기에 그네와 미끄럼틀, 동산과 정글 등이 흩어져 있었다. 창을 빈틈없이 칠한 원형의 벽에는 색색의 초원과 숲이 그려져 있다.

중앙에는 완만하게 솟아오른 언덕이 있고, 정상에서 분출되는 분수는 굴러가듯 언덕을 내려가 공원 사방으로 흘러간다. 홀로그래프의 영상은 실물 못잖은 움직임을 보여 주고 있어, 슈지는 아이들의 환성조차 들리는 것 같다. 소크는 코끼리 미끄럼틀을 가리켰다.

"저기에 꼬마들이 몇 명 남아 있다는 거군."

미끄럼틀은 중앙의 언덕 가까이에 있었다. 소크는 입술을 삐죽거린다.

"해방 동맹 녀석들은 조명 시설을 파괴하고 언덕 위에 진을 치고 있을 겁니다. 저 미끄럼틀에 가까이 가는 것은 상당히 위험합니다. 놈들은 암시(暗視) 고글을 쓰고 저격병을 다수 배치하고 있습니다. 공원에 들어가는 순간 진짜 코끼리라도 쓰러뜨릴 수 있는 큰 탄환을 맞으면, 그걸로 안녕이지요."

슈지는 소크를 뚫어지게 바라보며 말했다.

"뭔가 다른 방법은 없나?"

경호원은 뺨에 검디검게 떠오르는 인플루엔자 바이러스 문신을 실룩거렸다.

"없는 건 아닙니다. 위층 주민을 전부 피난시키고, 언덕 꼭대기에 폭탄 발사 장치를 하는 겁니다. 일격에 문제는 해소되지요. 길게 끌 보상 재판이 귀찮아지긴 하겠지만요."

슈지는 캄캄한 공원의 영상을 물끄러미 보고 있었다. 어둠 속에서 다시 생각난 듯 총격전이 이어졌다.

"그건 안 돼. 소크, 해방 동맹 병사들을 한 사람도 죽이지 않고 아이들을 구출해 주었으면 해. 가능한가."

장신의 경호원은 천천히 고개를 돌렸다. 준비 운동 같았다. 슈지에게 빙긋이 웃어 보이며, 소크는 말했다.

"어렵지만, 어떻게든 되겠지요. 그러나 보스, 그러려면 저뿐 아니라 보스와 코코의 도움이 필요합니다."

잠자코 있던 세키야가 항의했다.

"폭동이 일어나고 있는 제5층에 위원님을 보낼 거냐?"

소크는 태연히 정책 비서를 노려보았다.

"아, 그렇지. 가끔은 현장 공기를 맡아 보는 것도 나쁘지 않을 거야. 너도 갈 테냐."

세키야는 상의 주머니에 넣은 손가락 끝으로 단말기를 조작하고 있는 것 같았다. 선글라스 위에 몇 개의 창이 떴다가는 사라졌다. 씩씩거리며 말한다.

"위원님이 가시는 곳은 어디든 나는 수행한다. 지금 경비를 요청했다."

"그렇게 나와야지. 보스에게도 네게도 성능 뛰어난 총을 빌려 주지."

슈지는 말했다.

"난 총 따위 필요 없어. 어차피 사용법도 모르고, 사람을 쏘는 건 싫다."

소크는 어깨를 으쓱했다. 슈지는 21세기의 생활을 생각했다. 그곳에서는 평범하게 사는 한, 총이 필요한 일 따위는 없었다. 아무리 불경기라고는 하지만, 탑 세계보다 얼마나 더 좋은지 모른다.

"여기서 기다려 주십시오."

소크는 빠른 걸음으로 무기고로 이동했다. 몇 분 후, 대형 가방을 양어깨에 메고 돌아왔다. 슈지와 세키야에게 방탄조끼를 건넸다.

"단분자(單分子) 파이버의 최고급품입니다. 뭐, 놈들이 테플론Ⅳ 철갑탄을 사용하고 있으면, 안심할 게 못 되긴 합니다만."

두 사람이 조끼를 입자, 소크가 장착을 확인했다. 다시 가방을 어깨에 메면서 말한다.

"가시지요. 내려가는 도중에 작전을 말씀드리겠습니다."

슈지와 세키야는 끄덕이며, 두꺼운 금속 문 같은 경호원의 등을 따라갔다.

4

20분 후, 세 사람은 제5층으로 내려와 있었다. 시로가네 공원의 입구 네 곳 중 하나에 도착한다. 게이트에는 흙 부대와 벤치를 쌓아 올려 즉석 바리케이드를 쳐놓았다. 공원으로 이어지는 통로도 불이 꺼지고, 치안 부대 대원들은 돌격총을 안고 바리케이드 그늘에 숨어 있었다. 총성은 단발적으로 이어지고 있다. 슈지는 아직 어린애 같은 현장 지휘관과 게이트에서 조금 떨어진 작전 지휘소에서 면담을 했다. 세키야가 인사를 한 후 말했다.

"이쪽은 30인 위원회의 세노 슈 위원님이다. 네 상사로부터 인질을 구출하는 동안만 이 전투 지역의 지휘권을 양도받으셨다. 연락은 되어 있겠지, 나카시마 소위."

직립 부동으로 병사는 슈지에게 경례를 했다. 헬멧에서 한쪽 눈을 가리는 투명한 모니터가 내려와 다양한 데이터가 뜨고 있다.

"예. 지금부터 인질 구출이 끝날 때까지, 제 부하 12명은 세노 위원의 지시하에 들어갑니다. 명령을 내려 주십시오."

슈지는 소크에게 시선을 보낸 후 말했다.

"경계 자세는 그대로 좋다. 하지만 절대 발포해서는 안 된다. 지금부터 나는 적의 지휘관과 교섭을 개시한다. 너는 담당한 곳으로 돌아가라."

경례를 하자 휙 돌아서서, 소위는 바리케이드로 되돌아갔다. 공원 입구 멀리서 빙 둘러싸고 마을 주민들이 모여 있었다. 한결같이 걱정스런 표정으로 불 꺼진 공원을 보고 있다. 남아 있는 아이들의 가족일 것이다. 슈지가 바리케이드로 향하려고 하자, 그들 중에서 크게 외치는 소리가 들렸다.

"슈 님, 교미를 살려 주세요. 부탁이에요."

어머니들의 울음소리에 섞여 몇 명인가 아이들의 이름을 부르는 소리가 들렸다. 슈지는 끄덕이며 기도하듯 가슴 앞으로 양손을 모으고 있는 리나를 보았다. 아버지와 두 형제를 황마로 잃고, 탑 세계에 신 따위는 없다는 걸 알면서도, 기도하지 않고는 견딜 수 없는 것이다. 슈지는 허리를 낮게 하여 제일 앞줄의 바리케이드에 당도했다.

"코코, 부탁한다."

라이브러리언은 끄덕이며, 말씀하십시오,라고 말했다. 슈지는 심호흡을 하고 이야기를 시작했다.

"나는 블루 타워 30인 위원회의 세노 슈다. 너희들을 공격하러 온 게 아니다. 공원 안에 남은 아이들을 구출하는 동안, 정전(停戰)을 요구한다. 그쪽 지휘관은 누구냐. 대답을 해달라."

코코에 의해 중계된 목소리는 원내에 설치된 스피커를 통해 어둠 속에서 울려 퍼졌다. 갑자기 몸을 울리는 총성이 귓가를 흔들며, 바리케이드에서 흙먼지가 피어오른다. 저격은 정확한 듯했다.

"C4, 쏴라. 이쪽은 연맹의 시즈미다. 너희들의 수법을 모를 줄 아는가. 인질을 구출하는 동시에 대규모 병사를 공원 내부에 투입할 계획이겠지."

적의 지휘관에게는 가벼운 언어 장애가 있는 듯 발음이 불분명했다. 시즈미라는 이름을 듣고 병사들 사이에서 가벼운 동요가 일었다. 아마도 유명한 테러리스트인 것 같다. 소크가 소리 죽여 말했다.

"대단한 사냥감이 걸려들었군요. 시즈미라는 녀석은 최근 잘나가는 젊은 테러리스트로, 해방 동맹의 전투파 중에서도 세 손가락 안에 드는 거물입니다. 놈이 현장 지휘를 맡고 있다면 사태는 골치 아픈데요."

세키야는 슈지를 감싸듯이 바리케이드에 몸을 내밀고 있다. 슈지를 돌아보며 말했다.

"놈의 수중에는 개개인의 병사가 가진 전투 정보를 모두 모은 게 있을 것이다. 코코, 동맹의 전투 컴퓨터 성능은 어떠냐."

코코는 슈지의 손목 위에서 자랑스럽게 끄덕였다.

"단순한 연산 능력으로 6×10의 7승배, 제 쪽이 뛰어납니다. 정세 분석과 단기적인 미래 예측은 몇십 배 더 제가 우위에 있습니다."

소크는 코웃음 치며 말했다.

"그런 건 전투 경험 풍부한 지휘관의 능력으로 커버할 수 있지."

슈지는 코코에게 말했다.

"마지막으로 한 번 더 정전을 제안하겠다. 받아들이지 않으면 즉시 작전 개시다. 모두 부탁한다."

슈지는 왼팔을 들어 크롬 팔찌에게 말했다.

"인질 구출을 허락해 준다면, 탑 바깥까지 너희들의 안전을 보장하겠다. 이것은 30인 위원회의 말이다. 나를 신용해 달라."

대답으로 또 굵은 저격용 소총의 총성이 들려왔다. 시즈미의 목소리가 어두운 공원에 퍼졌다. 빈정거리는 입술이 보이는 듯한 어투다.

"믿을 수 없다. 해방 동맹 병사는 모두 취조도 받지 못하고, 그 자리에서 처형된다. 교섭은 결렬이다."

슈지는 아비시니안의 뾰족한 귓가에 속삭였다.

"코코, 풀 파워로 부탁한다."

"알겠습니다, 슈 님."

공원의 어둠 속에 눈부신 무지개가 걸렸다. 반짝반짝 빛을 내는 무지개는 공중에서 모양을 바꾸더니, 거대한 보라색 기린이 되어 놀이기구를 성큼성큼 넘으며 공원을 걷기 시작했다. 원내는 희미한 불빛에 비춰졌다. 스피커에서는 상태가 좋지 않은 수동식 오르간의 굉음이 애조를 띠고 흐르기 시작한다. 슈지에게도 귀에 익은 놀이공원의 폐장을 알리는 음악이다. 소크는 전투 정보를 수신하는 고글을 끼고, 공원 안을 달려간다. 보라색 기린이 갑자기 사라짐과 동시에, 둔한 발사음이 들렸다.

코코의 옆에 소크의 얼굴이 떠올랐다.

"한 놈 처리했습니다. 이런 라이어트 건이 아니라, 죽여 버리는 편이 빠른데 말이죠. 코코, 다음 그림을 부탁한다."

출력 전개로 라이브러리언이 방사하는 홀로그래프 영상은, 고성능 암시 고글을 낀 저격병에게는 한여름의 태양처럼 보일 것이다. 시력을 잃은 병사들에게 소크는 몰래 다가가, 경질 고무탄으로 한 사람씩 쓰러뜨린다. 그것이 소크의 작전이었다. 전직 용병 출신 경호원이 말했다.

"상대가 시즈미라면 홀로그래프 출현 타이밍을 불규칙적으로 하자. 예정대로 7초 간격으로 하면, 이내 놈은 시간을 두고 부하에게 고글을 벗게 할 것이다. 알겠나, 코코."

"알겠습니다. 다음, 갑니다."

홀로그래프의 일곱 색은 이번에는 공원의 중앙 언덕 위에서 도넛처럼 용틀임하더니, 두 개의 머리를 가진 거대한 독수리로 변했다. 목은 하얗게 빛나고, 공원 여기저기에 목욕 타월만 한 깃털을 뿌리며 낮게 날아다니고 있다. 소크가 점차 밝아져 오는 공원 안을 소리도 없이 뛰어다니는 것을 슈지도 확인할 수 있었다. 모래밭 속에 엎드려 하늘을 올려다보는 저격수를 라이어트 건의 굵은 총구가 찾아냈다. 하얀 연기가 올라가자 뒤이어 쿠션으로 후려갈기는 듯한 둔한 총성이 들렸다.

"두 사람째 적중. 코코, 몇 명 남았지?"

아비시니안은 슈지의 손목에 공원의 삼차원 영상을 띄웠다. 열원(熱源)인 병사 모습이 희미하게 붉은 놀이기구 여기저기에 흩어져 있었다.

"영상을 보냅니다. 언덕 위의 두 사람을 제외하고, 나머지 다섯 명."

슈지는 모래밭에 숨은 소크에게 말했다.

"한 명 더 쓰러뜨린 다음에 재교섭을 개시한다. 너는 안전을 확보해라."

"오케이, 보스. 코코, 다음 그림이다."

홀로그래프의 무지개가 땅을 기었다. 그네와 미끄럼틀 아래를 지난 거대한 빛의 파이프는, 황색 바탕에 빨간 반점을 뿌린 열대의 독사 모습으로 바뀌었다. 이번에 소크는 움직이지 않았다. 큰 뱀이 꼬리를 흔들면서 공원을 구불구불 기어 다니다, 혀를 내밀고 중앙 언덕을 향해 간다. 세 번째 홀로그래프는 지속 시간이 길었다. 대부분의 병사가 저녁처럼 어두컴컴해진 시로가네 공원에서 암시 고글을 이마에 걸치고 주위를 경계하고 있었다. 순식간에 부하를 두 명 잃은 시즈미의 지시인 것이다.

큰 뱀이 언덕 위의 사령관을 급습하려고 빨간 문 같은 턱을 벌렸을 때, 홀로그래프는 갑자기 사라졌다. 그때까지 눈을 감고 있던 소크는 전투 고글을 암시 모드로 바꾸고, 어둠 속을 달리기 시작했다. 모래밭에서 세 개의 슬로프가 연결된 목제 미끄럼틀을 향해 육식 동물의 우아함으로 엉거주춤 이동한다. 홀로그래프를 보고 있던 저격수는 황급히 암시경(暗視鏡)으로 돌아왔지만, 눈이 어둠에 익숙해질 여유를 소크는 주지 않았다. 미끄럼틀 꼭대기에서 난간에 커다란 저격용 총을 들고 대기하고 있던 동맹 측 병사를, 뒤에서부터 고무탄 한 방으로 쏘아 눕힌다. 소크는 엎드린 채 슬로프에서 내려와 미끄럼틀 아래로 숨어들었다.

슈지는 코코에게 끄덕이고는, 큰 소리로 말했다.

"시즈미, 벌써 너희들은 세 명이나 전투 불능이 되었다. 하지만 우리는 한 사람도 죽이지 않았다. 바이탈 사인을 확인해 보아라. 세 사람 모두 살아 있을 것이다. 여기서 다시 내가 제안하겠다. 듣고 있느냐."

잠시 어둠 속의 공원에 정적이 돌았다. 시즈미의 목소리에는, 강철 같은 냉정함이 있다.

"세 사람 다 살아 있다. 너는, 어쩐지 지금까지 내가 알고 있는 위원들과는 다른 거 같구나. 제안을 들어 보겠다."

슈지는 말했다.

"고맙다. 너의 호의에 감사한다. 이쪽은 공원 안에 남은 아이들을 데려오기 위해 사람을 몇 명 들여보내고 싶다. 아이들은 공포에 질려 미동도 하지 못하고 있을 것이다. 그동안에 너희들은 살상당한 세 명을 데려가면 된다."

시즈미의 목소리는 스피커 탓인지, 기묘하게 일그러져 있었다.

"오케이. 하지만 남자는 안 돼."

그것을 듣고 바리케이드 뒤에서 여자들이 소리를 지른다. 엄마들이 서로 공원 안에 들어가겠다고 손을 들고 소리치고 있었다. 슈지는 여자들의 용기에 마음이 움직였다. 뒤를 돌아보고, 그중에 리나의 모습을 발견한다.

"알겠다. 여자들만 들여보내지. 단, 절대로 발포하지 마라. 아이들과 여자들 중에 부상자가 나올 경우, 나는 너희들의 안전을 보장하지 못한다."

대답은 웃음소리였다. 시즈미는 농담이라도 하듯 가벼운 투로 말한다.

"우리의 안전은 아무도 보장 못하지. 너도 불가능할 거야, 세노 위원. 블루 타워는 위험과 죽음으로 가득 차 있다. 시간은 충분히 주겠다. 게이트에 설치한 조명차를 이용해도 좋아."

강력한 탐조등을 방형으로 쌓아 올린 대차를 끌어내어 공원 안을 눈부시게 비추었다. 슈지는 홍수 같은 조명을 등에 받으며 바리케이드 앞에 섰다. 대여섯 명의 여자들이 총총걸음으로 공원에 들어간다. 리나는 슈지 옆을 지나갈 때 나지막하게 입술 끝으로 말했다.

"고마워요. 당신을 위해서라면, 나 뭐든 할게요."

슈지의 그림자가 게이트에서 공원으로 길게 뻗어 있었다. 해방 동맹 병사는 아직 그늘에 숨은 채였지만, 중앙 언덕 위에 움직이는 것이 보였다. 지휘관은 아직 어린 티가 가시지 않은 소년으로, 얼굴의 반을 가리는 모니터를 달고 있었다. 손에 무기는 들고 있지 않은 것 같다. 이 소년이 동맹군에서도 손꼽히는 테러리스트인가. 슈지는 경련을 계속하는 시즈미의 왼손을 바라보았다. 소년 테러리스트는 입을 열었다.

"역시 제1층의 부자는 다르군. 라이브러리언을 병기로 쓰다니, 예상도 못했다. 세노 위원, 당신은 군사 훈련을 받고 있나."

슈지는 고개를 가로저었다.

"아니. 하지만 내게는 멋진 경호원과 라이브러리언이 있지."

"저 라이어트 건의 남자인가. 훌륭해. 이름은 뭐지."

"데지마 소크."

젊은 지휘관은 끄덕였다.

"아, 레드 타워 내전에서 살아남은 사람. 이름은 들었다."

코끼리 모양을 한 미끄럼틀에서 아이들이 나왔다. 어머니의 손을 잡고 멍하니 걸어 나온다. 하지만 리나는 어린 소녀를 껴안고 주저앉은 채 그 자리에서 움직이지 않았다. 중앙의 언덕을 물끄러미 올려다본다. 리나의 시선 끝에는 지휘관의 모습이 있었다. 어두운 공원에서 리나의 필사적인 목소리가 울렸다.

"너, 시즈오미지. 나야, 네 누나 리나야. 살아 있었구나, 잘됐다. 봐, 그때 코흘리개 교미가 이렇게 자랐어."

흙으로 더럽혀진 소녀의 얼굴을 소년 테러리스트 쪽으로 돌린다.

"이제 싸움은 그만 하고, 집으로 돌아와. 슈 씨라면 분명 어떻게든 해주실 거야. 그 왼손의 떨림, 그리고 이상한 발음. 너는 내 동생 시즈오미가 틀림없어. 응, 돌아와."

마지막 말은 눈물 섞인 목소리였다. 해방 동맹의 지휘관은 고개를 돌리고, 슈지에게 말했다.

"뭔가 착각하고 있는 거 같군. 저 여자와 당신은 어떤 관계지?"

슈지에게는 지휘관이 리나의 동생인지 어떤지 확신이 없었다.

"그녀는 내 스태프 중 한 사람이다. 블루 타워 상하 문제 해소를 위해 일하고 있다."

시즈미는 전투 고글 아래, 한쪽 뺨만으로 웃고 있었다.

"그런가. 가난하고 어리석은 여자일지도 모르지만, 잘해 줘라. 시간이 다 됐다. 세노 위원, 오늘은 이만 철수하기로 했다."

그렇게 말하더니 지휘관은 언덕 위에 선 돌기둥 그늘로 몸을 숨겼다.

5

다시 조명차의 빛이 사라지고, 시로가네 공원에 어둠이 되돌아왔다. 인질 구출이 완료된 현재, 현장 지휘권은 슈지에게서 다시 치안 부대로 넘어갔다. 전투가 개시됨과 동시에 남겨진 저격병은 조명차에 화력을 집중시켰다. 몇 초 만에 모든 탐조등이 파괴되어 도움이 되지 않았다.

치안 부대의 소위는 라이브러리언 사용을 허가해 주길 원했지만, 슈지는 단호히 거절했다. 이렇게 고착 상태에 빠진 전황(戰況)의 균형을 무너뜨리고 싶지 않았던 것이다. 가능한 일이라면 해방 동맹에도, 치안 부대에도 더 이상의 부상자를 내고 싶지 않았다. 시즈미가 말한 대로라면, 치안 부대가 이 테러를 진압할 경우 해방 동맹의 병사들이 모두 그 자리에서 살해당할 게 틀림없다.

이대로 장기전이 계속되겠군, 하며 슈지가 바리케이드를 떠나려 하는 순간, 언덕 위에서 둔탁한 폭음이 울렸다. 천장에서 콘크리트와 내장재가 후드득 떨어지고, 주위는 분진으로 하얗게 물들었다.

슈지는 치안 부대가 최후의 방법을 쓴 것인가, 하고 절망적인 기분이 되었지만, 놀라는 것은 바리케이드 그늘의 대원도 마찬가지였다. 해방 동맹 병사들은 모두 언덕 중턱에 있는 터널에 집결해 있는 것 같다. 붕락(崩落)이 멈추자 모든 화력을 주위에 쏘기 시작했다. 바닥이 뚫린 바로 위층에서는 와이어가 줄줄 내려왔다. 부상자 세 사람을 먼저 감아 올리더니 저격병이 뒤를 이었다. 바리케이드 그늘에서 치안 부대도 공격에 맞서 싸우고 있었지만, 동맹 병사의 단련된 사격은 정확했다. 조금이라도 장벽에서 손발을 보인 자는 정확하게 총에 맞는다.

모든 병사들이 위층으로 철수하고, 마지막으로 지휘관이 남았다. 시즈미는 언덕 위에서 발연탄을 몇 발 굴리고 자신도 와이어 끝에 달린 금속 고리에 발을 걸었다. 하얀 어둠 속 희미한 그림자가 공원 상공을 올라간다. 치안 부대는 화선(火線)을 그 그림자에 모았지만, 시즈미는 등을 곧게 펴고 가슴을 젖힌 채 천장에 뚫린 구멍으로 사라졌다.

소크가 바리케이드에서 일어서자, 허리에 손을 대며 말했다.

"대단하군. 보스, 제가 고무탄으로 쏜 것은 모두 열서너 살짜리 꼬마들뿐이었습니다. 소총 조준이 정확하고, 철수할 때도 누구 하나 흐트러짐이 없어요. 특히 저 시즈미라는 지휘관은 굉장합니다. 마지막까지 남다니, 레드 타워 장교 중에서는 본 적이 없어요."

리나가 소녀를 데리고 다가왔다. 동생이라는 어린 소녀는, 리나의 허리를 안 듯이 언니에게 매달려 있다.

"슈 씨, 고맙습니다. 자, 교미, 인사드려."

얼굴이 모래투성이인 한 소녀가 입속으로 고맙습니다, 라고 말했다. 리나는 소녀의 등을 살짝 밀어 주었다.

"요코이 아주머니와 함께 집으로 돌아가. 언니는 이 아저씨와 할 이야기가 있어."

해방 동맹 병사들이 완전히 물러난 것을 확인하자, 새로운 조명차를 선두로 치안 본부대 병사들이 천천히 원내로 발을 들이밀었다. 소크가 말했다.

"보스, 녀석들에게 조심하라고 말해 두는 편이 좋습니다. 멍청한 병사들이 덫을 장치하고 갔을지도 모릅니다."

슈지는 라이어트 건의 손질을 시작한 소크에게 말했다.

"여기에 지뢰 같은 걸 숨기고 가면, 아이들의 공원은 아주 못 쓰게 되고 만다. 지휘관은 그런 짓은 하지 않았을 거라고 생각해. 해방 동맹에게는 주민의 지지가 중요한 의미를 가질 테니까."

리나가 끼어들었다.

"그래요. 우리 시즈오미가 아이들 놀이터에 지뢰를 설치했을 리가 없어요."

소크는 아무래도 좋다는 듯 어깨를 으쓱했다. 슈지는 리나에게 말했다.

"그보다도 저 지휘관이 네 동생이라는 것은 사실이냐."

리나의 표정이 어두워졌다.

"아마 틀림없을 거예요. 벌써 2년째 목소리조차 들은 적이 없으니, 절대라고는 말 못하겠어요. 하지만 분명 시즈오미예요."

세키야가 선글라스 형 모니터에 뜬 정보를 읽었다.

"이 위층에서는 간단히 치안 부대를 쫓아내 버렸다고 합니다. 아까의 테러리스트 집단은 도주에 성공했습니다. 시즈미의 전설이 또 하나 늘어난 거죠."

소크는 총신(銃身)을 접은 라이어트 건을 어깨에 메고 빈정거리듯 리나에게 웃어 보였다.

"대단한 동생을 둔 것 같군. 이봐, 너는 앞으로 어느 쪽에 붙을 거야. 동생이 있는 지민 해방 동맹과 제1층 30인 위원회인 우리 보스. 마음은 정했겠지."

리나는 공원의 모래가 묻은 스커트 자락을 툭툭 털었다. 쭉 뻗은 장딴지로 야무지게 게이트에 버티고 서서 말했다.

"물론, 슈 씨 편이죠. 그러나 그건 제1층 부자 편도, 30인 위원회 편도 아니에요. 그렇죠, 보스."

리나는 매달리듯이 슈지의 팔을 잡았다.

"이쪽으로 오세요. 슈 씨 덕분에 살아난 아이들의 부모가 모두 인사를 하고 싶어 해요. 빨리."

슈지 일행 네 명은 공원 입구의 정원 앞에 늘어선 사람들 앞으로 걸어갔다. 제5층의 남루한 옷차림의 사람들이 박수와 환성으로 맞이해 주었다. 손에 들고 있던 과자며 과일을 떠맡기듯이 슈지에게 건넨다. 젊은 어머니 한 사람은 키가 큰 소크의 목덜미에 뛰어들어, 인플루엔자 문신에 키스를 했다. 소크는 허허 웃었다.

"이런 거라면 한 주에 한 번씩 테러를 진압하는 것도 괜찮겠는걸."

슈지와 소크는 많은 사람들에게 뒤섞여 거친 환영을 받았다. 간신히 축제 기분의 주민들에게 해방되어, 따분하게 서 있는 세키야에게 돌아가려 할 때, 경호원은 낮은 목소리로 말했다.

"요 며칠, 보스는 사람이 달라진 것 같습니다. 옛날의 보스라면 폭동이 일어나고 있는 제5층에 직접 내려가겠다는 말씀은 절대 하지 않았을 텐데 말입니다. 해방 동맹의 꼬맹이들 목숨을 구하라는 것도 생각할 수 없는 말입니다. 무슨 이상한 일이라도 있었던 겁니까."

세노 슈의 몸을 빌리고 있을 뿐인 자신의 정체를 눈치 챘는가 싶어, 슈지는 식은땀을 흘렸다. 이 전직 용병은 2백 년의 시공을 넘어 정신만 날아왔다고 하면, 믿어 줄 것인가.

"그런가. 내가 그렇게 이상한가."

소크 얼굴의 문신은 빈정거림이 아니라 따뜻한 미소로 모양을 바꾸었다. 세계의 90퍼센트를 멸망시킨 악마 바이러스조차, 어딘가 귀엽게 보인다.

"예, 이상합니다. 그러나 저는 지금의 보스가 전보다 몇 배 더 마음에 듭니다. 자, 오늘은 지금부터 어떻게 하실 겁니까."

해산하는 주민들에게 슈지는 손을 흔들었다. 모두 각자의 집으로 돌아갈 것이다. 아이들은 계속 돌아보며, 모퉁이를 돌아 보이지 않을 때까지 팔이 떨어져라 손을 흔들었다.

"우리도 일단 별저로 돌아가자. 내게는 아직 이 세계에 대해 알아야 할 것들이 산더미만큼 많다."

탑 세계는 슈지에게 높이 2천 미터의 장대한 수수께끼 그 자체였다. 그것은 알 수 없는 존재인 채 구름을 가르고 솟아 있다. 네 명은 제5층의 가난한 거리를 걷기 시작했다. 한 걸음 한 걸음 발을 디딜 때마다 확실하게 생을 실감한다. 슈지는 더 이상 망설이지 않았다. 이 세계가 현실인지, 죽음이 임박한 뇌가 만들어 낸 환상인지 생각할 필요조차 느끼지 않는다.

어떤 세계에 있든 상관없다. 주어진 순간에 생기 있게 존재한다는 것이, 무엇보다도 중요한 사실이다.

사람 없는 지평

1

그날 밤 슈지는 제1층으로 돌아가지 않고, 제5층의 별저에 머물기로 했다. 거실에 들어서자, 총격을 받아 창틀만 남아 있던 새시가 아무 일도 없었던 듯 복구되어 있다. 경호원 소크는 라이어트 건을 어깨에서 내렸다.

"다음에는 소총으로 저격해 와도 괜찮습니다, 보스. 뭐, 대전차포나 그레네이드 런처는 막을 수 없습니다만."

얼굴의 반을 가리는 선글라스 형 모니터의 데이터를 읽으면서, 정책 비서가 대답했다.

"그런 걸 사용했다가는 이 층이 통째로 날아간다. 위원님의 생명을 지키고 싶다면, 무슨 일이 일어난 후가 아니라 예방 조치에 좀 더 주의를 하는 게 좋을 거야."

세키야의 어조는 냉담하지만, 진지하게 화를 내고 있는 듯했다. 슈지는 어린 테러리스트에게 습격당한 밤을 떠올렸다. 상대를 확인하고도,

막지 못하는 일이 있다.

"그 정도로 해둬. 코코, 현재 상황을 말해 줘."

왼손 팔찌에 무지개 색 빛이 떠오르고, 3D의 아비시니안이 날카로운 이빨을 드러냈다.

"지금 곧 보여 드리겠습니다."

거실 벽면에 여섯 개의 번쩍거리는 화면이 떴다. 제5층 여기저기에서 계속되고 있는 전투가 비춰졌다. 산발적인 총성과 연막, 그리고 스프링클러에서 끊임없이 쏟아지는 물방울. 전장은 탑 안의 회랑과 쇼핑센터였다. 아직 어린 얼굴의 병사들이, 등을 구부리고 엉거주춤한 자세로 전투 지역을 뛰어다니고 있다. 어두컴컴한 뉴스 영상은, 생의 폭력을 냉담하게 전하고 있었다. 소크는 총을 소파 옆에 세워 두며 입을 열었다.

"결국 어떻게든 정리가 된 깃은, 우리가 간 시로가네 공원뿐인가. 치안 부대도 발을 빼는군."

등 뒤에서 매서운 목소리가 날아왔다.

"그런 거 아니에요. 누구라도 더 이상 아래 인간들의 분노를 억누를 수 없다는 걸 알고 있는 거예요. 진짜로 싸우면 수습이 되지 않을걸요. 탑 안에서 전쟁을 하다니 아무도 그런 생각은 하지 않아요."

열린 문에 기대 서 있던 리나가, 도발적인 눈으로 경호원을 바라보고 있었다. 소크는 리나 쪽을 보지도 않고 말했다.

"그럴까. 아래쪽에서도 위쪽에서도, 자신만큼은 끝까지 살아남을 수 있다고 생각하는 놈들이 많다. 그런 놈들에게는 치안 부대고 테러리스트고 모두 소모품인 것이지. 시즈미인가 하는 네 동생도 말이다. 지금은 폐허가 된 레드 타워에도, 의기양양한 놈들이 엄청 많았다고."

슈지는 레드 타워의 혼란을 몰랐다. 소크는 그 내전에서 살아남았다고 한다.

"그 사람들은 어떻게 되었나?"

뺨에 인플루엔자 바이러스 문신을 한 보디가드는, 어깨를 으쓱했다.

"모두 죽었습니다. 누구나 마지막 순간이 올 때까지 꿈을 꾸죠. 함께 망한 지도자는, 양쪽 다 마지막까지 자신들이 진다는 생각은 하지 않았어요. 어떤 의미에서 그것은 옳은 예측이었죠. 레드 타워의 내전에 승자는 없었습니다. 모두 죽고 높이 2천 미터의 폐허만 남았죠."

슈지의 목소리도 가라앉았다.

"그렇군."

"마지막에는 서로 좁은 탑 속에서 전술핵을 던졌습니다. 처음에는 건물에 흠집이 나지 않는 중성자 폭탄의 수류탄을 쓰다가 마지막에는 자포자기해서 초소형 원폭, 신형 바이러스, 뭐든 닥치는 대로였습니다. 덕분에 제 고향은 앞으로 몇백 년 내에는 들어가지도 못합니다. 소문으로 들었지요."

벽 한쪽에 전투 장면이 비춰지고 있는 방에는 아무도 대답하는 사람이 없었다. 레드 타워와 이 블루 타워가 어디가 다르다는 것일까. 경호원은 거침없이 말했다.

"그 후 그곳에 간 적은 없지만, 밤이 되면 레드 타워는 뿌옇게 빛나고 있다고 합니다. 70만 명분의 도깨비불이, 맹렬한 잔류 방사능 때문에."

소크는 일어서더니 기지개를 켜며 거실을 나갔다. 네모난 등을 지켜보던 세키야가 말했다.

"보스, 녀석을 나쁘게 생각하지 말아 주십시오. 레드 타워에는 저 녀석의 처자식이 있습니다. 녀석은 아직껏 뼈도 주우러 가지 못한다구요. 저도 오늘 밤은 이것으로 실례하겠습니다."

슈지는 말을 잃고, 창밖을 바라볼 뿐이었다. 높이 400미터의 기본 유닛 십여 개가 유리와 철로 만들어진 회랑과 연결되어 있다. 서로 반사되어 어두운 창이 끝없이 이어져 보인다. 이 탑 어딘가에서, 지금도 폭동이 계속되고 있다. 누군가가 다치고, 죽었을지도 모른다. 슈지가 할 수 있는 것은 벽의 전투 화면을 코코에게 지우게 하는 것뿐이었다.

2

파란 마이크로 파이버 침구 속에서, 한밤중이 되어도 슈지는 잠을 이루지 못하고 있었다. 21세기의 신주쿠와 23세기의 블루 타워. 너무나도 동떨어진 세계를 왕복하여 신경이 쇠약해진 것인지도 모른다. 몸도 정신도 지칠 대로 지쳐 있지만, 좀처럼 잠이 오지 않는다.

천장을 올려다보고 있는데, 똑똑 나지막하게 노크 소리가 났다. 슈지는 침대에서 벌떡 일어나 쉰 목소리로 대답했다.

"누구세요?"

"저예요, 슈 씨. 아직 안 주무세요."

리나가 닫힌 문 너머에서 속삭였다. 슈지는 소리를 높인다.

"문은 열려 있으니 들어와."

소리도 없이 문이 열리고, 맨발의 리나가 침실로 들어왔다. 얇은 천이 희미하게 몸의 곡선을 드러내고 있다. 돈 많은 노인네가 눈독을 들일 만하다. 가슴과 허리의 천이 몸에 달라붙어 주름이 만들어졌다. 제5층의 가난한 소녀는 침대 발밑에 서더니, 시선을 내리깔고 말했다.

"낮의 일, 아직 제대로 인사를 못 드린 것 같아서. 슈 씨, 동생 교미와 시즈오미를 살려 주어 고맙습니다. 그래서……."

리나는 말없이 고개를 들었다. 애절한 시선이 슈지에게 쏟아진다. 슈지는 눈이 마주친 순간, 머릿속에서 찰칵 소리가 난 듯한 기분이 들었다.

"이것은 감사의 표시도, 저를 돌봐 주셔서도 아닙니다. 제가 스스로 그렇게 하고 싶어서입니다. 저…… 괜찮으시다면, 침대에 들어가도 될까요."

슈지가 아무 대답도 못하고 가만히 있자, 리나의 눈이 갑자기 눈물에 흔들렸다.

"저는 어릴 때부터 몸을 팔아 와서, 더러울지도 모릅니다. 그게 걸리신다면 억지로 하지 않아도 돼요. 어차피 저 따위는 도둑고양이 같은 존재니까요. 어떤 병을 가지고 있을지……."

굵은 눈물방울이 가슴 위로 뚝뚝 떨어진다. 슈지는 침대 왼쪽을 두드리며 말했다.

"이리로, 오렴."

리나는 담을 넘는 고양이처럼 단숨에 슈지 옆에 와 앉았다. 작은 머리를 어깨에 기대 온다. 젊은 여자의 머리 냄새가 났다. 저쪽 세계에서는 뇌종양이 발견되기 한참 전부터, 슈지는 여자를 안은 적이 없었다. 벌써 반년도 넘었을 것이다. 그 이전부터 아내 미키와의 섹스는 몇 개월에 한 번 있을까 말까였다. 부부 사이는 식을 대로 식어 있었던 것이다. 이미 몸이 섹스의 감각을 잊어버렸는지도 모른다.

"이렇게 있으니 왠지 행복해요."

불빛이 사라진 침실을 리나의 중얼거림이 채웠다. 풍만한 가슴은 슈지의 왼쪽 팔꿈치를 부드럽게 누르고 있다. 슈지는 허리 언저리에서 오랫동안 느낀 적 없는 열을 느꼈다. 페니스에 혈액이 흘러 들어가, 천천히 딱딱해져 간다. 가슴의 박동이 빨라져 슈지는 숨을 삼켰다.

"리나, 나야말로 네게 말하지 않은 게 있어."

자신이 2백 년의 시간을 초월하여 탑 세계에 날아온 것을, 슈지는 누군가에게 말하고 싶어 견딜 수 없었다. 이 몸, 지금 요동치는 페니스조차 단순히 빌린 것에 지나지 않는 것이다.

리나의 어깨를 안고 눈물이 흐르는 얼굴을 이쪽으로 돌렸을 때, 그 통증이 찾아왔다. 가슴 중심, 신경 섬유와 뇌간(腦幹) 저 깊은 곳으로부터 통증이 끓어올라, 뇌의 표면을 덮는 피질까지 덮치려고 한다. 슈지는 양손으로 머리를 감싸고 태아처럼 침대에 동그랗게 엎드렸다. 또 2백 년의 시간을 뛰어넘는 건가. 어딘가 아득한 곳에서 리나의 비명 소리가 들려왔다.

"슈 씨, 슈 씨, 대체 어떻게 된 거예요. 누구, 좀 와주세요, 누구 없어요?"

그 비명이 의식이 끊기기 직전의 마지막 기억이 되었다.

3

눈을 뜨자 슈지는 신주쿠에 있었다. 눈앞에 파노라마처럼 펼쳐지는 것은 신도심의 고층 빌딩들이었다. 유리로 된 선룸 건너편은 낯익은 야경이다. 탑 세계와는 달리, 지상은 작은 빛의 알갱이로 메워져 있었다. 머리의 통증이 덜해진 건가, 슈지는 생각했다. 다행이다, 이 세계에서는 바이러스 방호복도 입지 않고, 사람들은 아직 자유롭게 지표를 오간다.

슈지는 자신의 손을 내려다보았다. 휠체어의 팔걸이에 얹힌 손등은 표면이 마르고 누렇게 떠서 햇볕에 바랜 기름종이 같았다.

(나는 점점 쭈글쭈글해지며 늙어 가는 건가.)

불과 몇 분 전에 느꼈던 남성으로서의 충실감을 떠올린다. 자조적인 미소에 슈지의 입술이 일그러졌다. 어쩌면 그것은 자신이 죽기 전에 여자를 안는 마지막 기회였을지도 모른다.

아내 미키의 발소리가 뒤에서 들려왔다. 미키는 슈지와 눈도 마주치지 않고, 선룸으로 들어오더니 창의 커튼을 내린다.

"곧 저녁 식사예요."

차가운 목소리는 불륜이 발각되기 전과 달라진 게 없었다. 미키는 드라이한 성격일 것이다. 죽어 가는 남편을 팽개쳐 두고, 다른 남자 그것도 슈지의 연하의 상사에게 완전히 마음을 빼앗겨 버렸다. 유일한 재산인 이 맨션만이 남은 목적일지도 모른다. 아니면 실패로 끝난 결혼 생활에 대한 보상으로 30대에, 이제는 인생의 마지막일지 모르는 사랑의 기회에 뛰어든 것일까.

어느 쪽이어도 슈지는 아내를 책망할 마음은 들지 않았다. 이쪽 세계에서 남겨진 시간은 불과 1, 2개월밖에 없다. 설령 시간이 있다 해도, 미키의 마음을 자신에게 돌리는 것은 불가능할 것이다.

슈지는 식탁에 차려진 음식들에 거의 손을 대지 않았다. 말라빠진 몸은 음식물을 요구하지 않는 것 같다. 슈지는 자기 자신을 냉정하게 보고 있었다. 그때가 온다면 와도 좋다. 하지만 얼마 남지 않은 시간에, 탑 세계와 이 세계를 잇는 수수께끼를 어떡하든 풀고 싶다. 현기증이 날 것 같은 상하 문제를 안은 2백 년 후의 미래를 위해 일해 보고 싶다. 그것이 슈지가 사는 목적이 되었다.

미열이 나서, 슈지는 욕실에도 들어가지 않고 자신의 침실로 돌아갔다. 책상 앞에 앉아 노트북을 켠다. 인터넷에 접속했다. 슈지에게는 아직 휴대 전화로 다케이 리나를 호출할 용기가 없었다. 잠시 생각한 후 키보드를 두들긴다.

다케이 리나에게
인플루엔자 전문가라는
동생을 가능한 빨리 만나게 해주었으면 해.

믿을 수 없을지 모르겠지만,

나는 또 반나절 정도 '블루 타워'로 날아갔다 왔다.

폭동과 위험한 바이러스로 가득한 잔혹한 미래지만,

뭔가 내가 할 수 있는 일이 없을까 생각하고 있어.

희한한 일이야. 병에 걸린 후,

내 자신만 가련하다고 생각할 때는,

살아갈 이유가 없었는데.

그런데, 그 사람들에게 해줄 일이 없을까 생각하니,

맹렬하게 내일에 대한 의욕이 끓어올라.

사람은 자신을 위해서가 아니라, 누군가 다른 사람을 위해

사는 것일지도 몰라.

나는 언제든 상관없어.

또 화이트 타워 전망실에 와주지 않겠어?

세노 슈지

　슈지는 메일을 보내고 침대에 누웠다. 블루 타워에 있을 때처럼 약을 먹지 않고 자려고 한다. 꾸벅꾸벅 졸면서, 겨우 자신이 말기 암 환자라는 사실을 떠올렸다. 머리의 통증은 진정되었지만, 머리맡에 놓아 둔 물병으로 황산 모르핀을 규정 분량 복용하고, 쓰러지듯 누웠다.

　자기 전 마지막으로 떠올린 것은, 2백 년 후에 남기고 온 리나의 머리카락 냄새였다. 그것은 가슴을 조이는 듯한 선명함이었지만, 병 걸린 몸에는 아무런 변화도 생기지 않았다.

4

의식을 되찾았을 때, 처음으로 슈지가 한 일은 자신이 어느 쪽 세계에 있는지 확인하는 것이었다. 그날 아침은 아직 신주쿠 맨션에 있는 듯했다. 창밖으로 도청(都廳)의 하늘의 요새 같은 윗부분이 보였다. 침대에서 내려와 제일 먼저 메일을 확인했다. 리나에게는 밤새 답신이 와 있었다.

세노 슈지 님
연구직인 동생은 시간이 비교적 자유롭습니다.
내일 오전 11시, 전망실로 가겠습니다.
제가 할 수 있는 일은 없겠지만,
어떤 부탁이라도 말씀해 주세요.
(부인에게 말할 수 없는 부탁이어도 상관없습니다.)
남은 시간을 충실히 보내시도록 도울 수 있다면
저는 뭐든 하겠습니다.

다케이 리나

슈지는 액정 모니터를 향해 작은 소리로 고마워, 라고 말했다. 잠옷 차림으로 침실을 나와, 거실로 휠체어를 밀고 간다. 체중이 많이 줄어서 팔 힘만으로 휠체어를 미는 것이 힘들어졌다. 근력도 동시에 떨어지는 모양이다.

테이블에서는 미키가 곱게 화장을 마치고 앉아 있었다. 아침 식사 준비는 한참 전에 다 해놓은 것 같다. 북유럽제의 흰 접시 위에는 햄 에그가 식품 견본처럼 모양 좋게 식어 있었다. 슈지는 커피를 한 모금 마시며 말했다.

"오늘 낮에 다케이 양과 전망실에서 만나기로 했어. 소개받고 싶은 사람이 있어서. 괜찮다면, 바람도 쐴 겸 미키도 외출하는 게 어때."

리나의 이름을 꺼내자 아내의 얼굴빛이 달라졌다. 미키는 태연히 말했다.

"아뇨. 내가 집을 비운 동안, 이 맨션에 그 여자가 들어오는 건 싫어요. 이야기만 하는 거라면 그다지 시간 걸리지 않겠죠. 점심 식사를 준비해 놓고 기다리죠."

점심 식사 따위 필요 없어, 하고 소리치고 싶었지만, 슈지는 묵묵히 고개를 끄덕였다. 여기서 싸움을 해봐야 소용없다. 이쪽 세계의 슈지에게는 이제 힘이 거의 남아 있지 않았다. 싸움을 하는 것은 쓸모없는 짓이다. 휠체어 팔걸이에 달린 컵홀더에 커피 잔을 꽂고, 천천히 선룸으로 향한다. 죽음을 기다리고만 있을 때, 창밖의 풍경은 싸늘한 한 장의 엽서에 지나지 않았다. 그것이 지금은 처음으로 이 55층을 방문했을 때의 아름다움을 되찾고 있다.

많은 사람들이 활력에 넘쳐 돌아다니는 신주쿠 거리는 근사했다. 지상에 사람과 차가 오가는 것은 즐거운 풍경이었다. 인간은 어리석은 짓을 많이 저지르며 살아가지만, 그래도 모두들 필사적으로 살아가려고 애쓰는 것은 틀림없다.

당연한 일이지만, 2백 년 후에는 이 창으로 보이는 모든 인간들은 죽고 없을 것이다. 신생아도, 초등학생도, 젊은이도 관계없이. 중년도, 노인도, 슈지 같은 불치병 환자도 사정없이. 압도적인 시간의 파도 앞에서는 사람의 목숨은 한낱 모래알 같은 것이다.

슈지는 감상적이고 어리석은 인간이라고 자신을 놀리면서, 아내가 눈치 채지 않도록 등을 살짝 돌린 채 고인 눈물을 닦았다.

5

　11시 정각, 슈지는 한 층 위의 전망실로 올라갔다. 초고층 맨션의 공용 시설은 언제나처럼 조용했다. 주민의 모습은 거의 보이지 않았다. 모서리에 놓인 관엽 식물의 큰 화분을 피해 지난번과 같은 남서쪽 라운지로 향했다.

　슈지의 모습을 발견하자 3인용 소파에서 리나와 젊은 남자가 일어섰다. 리나는 회사에서 자주 보던 감색 슈트를 입고 있었다. 청년은 청바지에 흰색 셔츠 차림이었다. 청결해 보이기는 하지만, 세련된 복장은 아니다. 키가 크고 마른 청년으로 몇 센티미터 정도 공중에 떠 있는 분위기다.

　리나는 한 손을 들어 청년을 소개했다.

　"제 동생인 다케이 가즈마사. 저기 보이는 국립 감염 연구 센터에서 일하고 있어요."

　슈지는 창 아래로 시선을 주었다. 도야마의 나지막한 언덕 위에 구름다리로 이어진 하얀 저층 건물이 펼쳐져 있다. 대부분의 시설은 녹색 숲에 가려져 있었다. 위험한 미생물을 다루기 때문에 지역 주민들의 반대가 있었다고 들었다. 리나가 테이블 아래에서 작은 CD 플레이어를 꺼냈다.

　"먼저 이 곡을 들어 주세요. 가즈마사에게는 세노 씨의 의식이 미래 세계로 날아갔었다는 이야기는 미리 해두었습니다."

　리나는 슈지가 끄덕이자, 플레이 버튼을 눌렀다. 어두운 현의 도입부에 아련한 뿔피리를 연상시키는 호른의 울림이 겹쳐졌다. 한산한 전망실에 오케스트라의 중후한 음악이 흐른다. 슈지는 말을 잃고, 휠체어 위에서 경직되었다.

　리나가 진지한 표정으로 바라보았다.

"역시 틀림없나요, 이 곡."

슈지가 끄덕이자, 묵묵히 있던 청년이 입을 열었다.

"클라이버 지휘의 「마탄의 사수」 서곡. 그러나 이 곡만으로 탑 세계가 현실이라는 것을 증명할 수 없습니다. 인간의 뇌는 멋진 능력을 가지고 있습니다. 찻집이나 길거리에서 한 번 들었을 뿐인 멜로디도, 제대로 저장됩니다. 평소에는 쓸모없는 정보라고 처박혀 있지만, 어떤 자극으로 그것이 갑자기 의식의 표면으로 떠오를 수도 있지요. 유감스럽습니다만, 세노 씨는 지금 뇌종양 환자십니다. 종양이 기억 중추의 어느 해마에 영향을 끼치고 있을지도 모릅니다."

말하기 곤란한 것을 논리 정연하게 설명한다. 슈지는 눈앞의 청년에게 호감을 느꼈다.

"나도 그렇게 생각해요. 하지만 만약 그 세계가 궁지에 몰린 뇌가 만들어 낸 환상이라 해도, 내게는 그만큼 확실한 현실은 없어요. 남은 시간이 얼마 되지 않은 인간의 발버둥이라 생각하고, 잠시 내 이야기를 들어 줘요."

슈지는 거기서 말을 끊고 무릎 위의 수첩을 펼쳤다. 리나에게 끄덕이며 말했다.

"가즈마사 군은 인플루엔자 연구자라고 했죠. 그건 대체 어떤 병인가요?"

청년은 자신의 일을 설명하는 데 익숙한 것 같았다. 소파에 등을 기대고 편안하게 입을 열었다.

"인플루엔자는 감염증의 왕입니다. 저희 연구자들 사이에서는 에이즈나 에볼라 출혈열조차도 인플루엔자에 비하면 땅콩이라고 말하죠."

슈지는 하얀 종이 위에 수성 볼펜으로 부지런히 적었다. 가즈마사의 강의는 이어진다.

"현재도 노인과 아이들을 중심으로, 매년 수만 명이 인플루엔자로 사망하고 있습니다. 철마다 유행하는 바이러스 모양이 달라서 백신도 따라가지 못하고, 특효약도 없습니다."

슈지는 말했다.

"감기약 먹고 2, 3일 쉬면 낫는 거 아닌가요."

가즈마사는 미소 지었다. 웃으니 눈초리의 주름이 누나와 많이 닮았다.

"대체로 그렇습니다. 그러나 때로는 그걸로 끝나지 않을 때도 있습니다. 가장 유명한 것은 1918년에 유행한 스페인 감기지요. 적게 어림잡아도 전 세계에서 3천만 명이 사망했습니다. 5천만 명을 넘는다는 설도 있습니다. 같은 시기에 일어난 제1차 세계 대전의 사망자가 850만 명이니, 피해 규모를 상상할 수 있을 거라 생각합니다. 단지, 전쟁은 5년분의 사망자 누계이고, 인플루엔자의 경우 1년 남짓 만에 그 숫자를 능가하게 됩니다. 결국 스페인 감기는 전 인류의 50퍼센트가 감염되어, 1.5에서 2.5퍼센트가 사망했습니다."

슈지는 항바이러스 약의 안개 때문에 뿌연 미래의 지평을 떠올리지 않을 수 없었다. 세계를 멸망시킨 생물 병기의 이름은 황마. 공포의 신형 인플루엔자였다.

"일본에서의 피해는 사망자가 약 40만 명. 당시 인구가 5천7백만 명 정도였으니, 이것도 상당한 피해지요."

슈지는 수첩에서 눈을 들며 말했다.

"그 바이러스는 어떻게 됐나요?"

청년은 고개를 가로저었다.

"모릅니다. 다음 해 인플루엔자의 유행 시즌에는, 어딘가로 사라져 버렸습니다. 그 후로는 세계 어디에도 출현하지 않았습니다. 항원형은 H1N1형이라고 합니다만, 당시는 인플루엔자는커녕 바이러스라는 것

자체가 발견되지 않아서, 잘 모릅니다."

리나가 비명 같은 소리로 말했다.

"만약 지금 그 바이러스가 갑자기 출현하면, 세계는 어떻게 되는 거야?"

청년은 일단 고개를 숙인 후 얼굴을 들었다.

"전 세계의 연구자들이 그 녀석을 두려워하고 있어. 그 때문에 각지의 연구 기관을 연결하여 감시 태세를 취하고 있지만, 방법은 한정되어 있어. 에이즈나 에볼라처럼 혈액으로 감염되는 느려 터진 바이러스와는 달라. 제트기를 타고 세계에 퍼지는 인플루엔자 바이러스를 막을 수단은 사실상 없을 거야. 공기 감염에 의한 폭발적인 유행에는 백신의 증산도 쫓아가지 못해. 만약 지금 극증형(劇症型) 인플루엔자가 나타난다면, 아마 80여 년 전과 마찬가지가 될 거야."

슈지는 등에 땀을 흘리면서 밀했다.

"유전자 조작에 의해 인플루엔자를 생물 병기로 쓸 수 있는 건가요."

가즈마사는 잠시 고개를 갸웃거렸다. 한숨을 쉬며 말한다.

"연구는 어느 나라에선가 행해지고 있겠지요. 그러나 문제점이 많습니다. 감염력이 너무 강해서 조종할 수 없으며, 인플루엔자 바이러스는 항원형을 매년 고속으로 변이시킵니다. 언제까지나 같은 백신이 효과가 있을 거라고 생각할 수 없습니다. 병기로써 사용하는 것은 너무 위험한 방법입니다. 자칫하면 적군도 아군도 모두 죽게 됩니다."

그것이 2백 년 후의 미래에서 일어난 일이라고, 슈지는 외치고 싶어졌다. 심호흡을 한 후, 목소리를 낮추었다.

"H17N1형 인플루엔자라는 말을 들은 적이 있나요?"

그 숫자에 가즈마사의 표정이 바뀌었다. 소파에서 몸을 앞으로 내민다.

"세노 씨는 누구에게 그걸 들었습니까?"

말하기 곤란했지만 어쩔 수 없었다. 슈지는 가능한 태연하게 말했다.

"미래의 자의식이 있는 컴퓨터. 온 세계의 지식과 정보를 쌓아 둔 AI라고 하더군요."

제아무리 슈지라도 그것이 스위스제 시계처럼 우표 정도의 두께밖에 안 되는 팔찌이며, 3D 홀로그래프는 고양이 머리 모양이라는 말은 할 수 없었다. 가즈마사는 흥분하고 있는 듯하다.

"여기서부터는 너무 전문적인 이야기가 됩니다만, 들어 주십시오. 인플루엔자의 항원형은 바이러스 표면에 있는 두 종류의 스파이크, 적혈구 응집소 H와 뉴라미니다아제 N의 유전자 구조로 분류되어 있습니다. 원래 인플루엔자는 조류를 통한 감염증이어서, 전 세계의 철새에게서 발견된 바이러스를 분류하여 현재 H가 14종류, N이 9종류 발견되었습니다. 그래서 지금 세노 씨가 말씀하신 H17N1형이라는 것은 원래 존재하지 않는 것입니다."

거기서 말을 끊고, 청년은 머리를 세게 긁었다. 흥분했을 때의 버릇일까. 슈지에게서 옆에 있는 누나에게로 시선을 옮긴다.

"요전에 같이 술 마셨던 리, 기억나."

리나는 웃으며 끄덕였다.

"금방 취해서 춤추자고 하던 그 사람 말이지."

"응. 그 녀석은 중국 남부의 쿤밍 출신인데, 극락조 같은 특이한 새의 검체를 작년 연말에 많이 가져왔어. 우리는 공동으로 폐나 장의 조직에서 인플루엔자를 배양하여 항원형을 확정 짓고 있는데, 거기서 의외의 새로운 발견이 있었어. 세노 씨가 말씀하신 H1뿐만 아니라 H15와 H16, 신종이 한꺼번에 세 개나 발견되었대. 지금 RNA 유전자를 해석하는 추가 실험을 하는 중인데, 여름에는 논문으로 정리될 것 같아."

슈지는 말했다.

"그 연구자의 이름은?"

"이성위(李成威)라고 써서 리첸웨이. 버섯 머리에 일본 가요와 여자를 아주 좋아하는 별난 녀석이죠. 실험 실력이 뛰어나고, 우수합니다만."

"그렇군요."

슈지의 목소리는 가라앉았다. 청년은 천진하게 웃고 있다. 슈지의 표정을 깨닫고, 가즈마사는 말을 걸었다.

"그런데 그 H17N1형 인플루엔자가 세노 씨의 미래에서 어떻다는 거죠?"

슈지는 들고 있던 볼펜을 꽉 쥐었다. 그렇게라도 하지 않으면, 목소리가 떨릴 것 같았다. 코코에게 한 번 들었을 뿐이지만, 그 무서움은 잊을 수 없다.

"H17N1형 인플루엔자를 중국 과학자가 유전자를 조작하여, 바이러스 증식의 열쇠를 쥐는 스파이크 활성 부위의 입체 구조에 복잡한 열쇠를 잠갔지요……."

가즈마사는 이상하다는 얼굴을 했다.

"세노 씨는 어디서 바이러스학 공부를 하셨습니까?"

슈지는 그 질문에는 대답하지 않았다. 떨면서 계속한다.

"당신들이 발견한 인플루엔자가 먼 미래의 세계를 멸망 직전까지 몰아넣게 되었소. 세계 전 인구의 90퍼센트 가까이가 사망했어요. 그쪽에서는 그 바이러스를 황마라고 부르고 있죠."

청년은 어안이 벙벙하여 슈지를 바라보고 있었다. 슈지는 분했다. 이 청년에게 그쪽 세계를 한 번만 보여 주면 자신이 어떤 공포의 문을 열려 하고 있는지, 이해시킬 수 있을 텐데.

하지만 슈지는 어른이었다. 초면에 반감을 사면 다음 만남조차 어려워질 것이다. 애써 웃음을 지으며 젊은 연구자에게 말했다.

"다음에는 꼭 그 리 씨와도 만나 보고 싶군요. 내가 맛있는 레스토랑을 예약해 둘 테니, 감염증 연구의 최전선 이야기를 좀 더 들려줘요."

가즈마사는 곤란한 표정으로 끄덕였다. 슈지는 리나에게 눈을 깜박였다. 리나는 동생에게 말했다.

"세노 씨도 이제 피곤하신 것 같으니, 오늘은 이만 실례하는 게 어때. 너 먼저 가지 않을래? 난 할 이야기가 좀 남아서."

가즈마사는 소파에서 일어서자, 슈지에게 인사를 했다.

"오늘은 즐거운 이야기 많이 들었습니다. 그러나 세노 씨의 미래에는 절대로 가고 싶지 않군요. 저는 현대 쪽이 훨씬 좋습니다."

그 현대에서 자신은 한 달 정도밖에 살지 못하는 인생이라고 말해 주고 싶었다. 청년은 슈지의 기분 따위는 개의치 않고 전망실을 빠른 걸음으로 걸어 나간다. 하얀 셔츠의 등을 지켜보며 리나가 말했다.

"동생이 한 말은, 죄송해요. 어릴 때부터 머리는 좋았지만 타인의 감정 따위는 신경 쓰지 않는 편이에요."

괜찮아, 하고 슈지는 말했다. 느닷없이 낯선 남자로부터 2백 년 후의 지옥 같은 미래 이야기를 들으면 누구라도 믿을 수 없을 것이다. 더욱이 그 남자는 뇌종양에 걸려 있다. 자신이 반대 입장이라면, 슈지 역시 절대로 믿지 않을 것이다.

하지만 가즈마사는 어떻게든 아군으로 만들어야 하는 사람이었다. 같은 편으로 만들 방법을 생각해 내지 않으면 안 된다.

탑 세계에서는 리나의 동생이 고명한 테러리스트라는 것을 떠올렸다. 분명 저 청년도 이 신기한 대칭 속에서 중요한 역할을 해낼 것이다.

6

전망실을 나올 때는 리나가 휠체어를 밀어 주었다. 엘리베이터 홀까지 불과 수십 미터를 아무 말도 없이 걷는 것이, 두 사람에게는 데이트나 다름없었다. 네 개의 문이 나란히 나 있는 차가운 홀에서 리나는 내려가는 버튼을 눌렀다. 고속 엘리베이터는 금세 올라왔다.

문이 닫히자 리나는 묵묵히 슈지의 머리를 뒤에서 껴안았다.

"아주 잠깐이어도 좋아요. 이렇게 있게 해주세요."

머리 뒤편에서 뜨거운 입김이 느껴졌다. 리나는 니트 모자를 살짝 벗겨, 항암제 때문에 머리카락이 빠진 슈지의 머리에 입술을 댔다. 몸은 죽어 가고 있어도 감정은 아직 메마르지 않은 것 같다. 슈지는 리나의 몸짓에 마음이 움직였다. 55층에 도착해서도 리나는 한 손을 뻗어 닫힘 버튼을 누르고, 잠시 두 사람은 그렇게 있었다.

슈지는 리나의 팔을 톡톡 때렸다.

"오늘은 정말 고마워. 아내가 방에서 기다리고 있어. 여기까지 됐어. 이렇게 협력해 준 너를, 불쾌하게 만들기 싫어."

리나는 똑바로 서더니, 도리질 하듯 고개를 저었다.

"저는 부인에게 무슨 말을 들어도 괜찮아요. 지금 가서 인사라도 하고 싶은 심정인 걸요. 부인께 오기하라 과장이 있다면, 슈지 씨에게는 제가 있어도 되는 거 아니에요. 저는 슈지 씨에게 재산을 받으려는 생각 따위 전혀 없어요. 그것을 알면 부인의 태도도 분명 달라질 거예요."

자신은 바람을 피워도 상대의 바람은 용서할 수 없다. 인간이란 제멋대로라고 말하려고 했지만, 리나의 순수함이 더럽혀질 것 같아, 슈지는 화제를 바꿨다.

"다음에는 동생과 함께 식사를 하는 게 어때. 고급 음식점이어도 괜찮으니, 리나가 좋아하는 장소를 골라 봐. 맛있는 식사를 하자구. 또 메일 보낼게."

슈지는 그렇게 말하고, 휠체어를 밀어 엘리베이터를 나왔다. 한쪽 바퀴만을 돌려 다시 돌아선다. 리나는 스틸 상자 속에서, 슈지를 뚫어지게 바라본다. 천천히 닫히는 문 사이로 리나의 눈에서 눈물이 떨어지는 것을 본 것 같았지만, 그것은 슈지의 착각이었을지도 모른다.

마음은 내키지 않았지만, 천천히 집으로 돌아갔다. 인터폰을 누른다.
"지금, 갔어."

현관이 열리기를 기다리는 동안, 슈지는 물끄러미 엘리베이터 문을 바라보고 있었다. 긴장하고 있어 깨닫지 못했지만 상당히 지친 것 같다. 슈지는 어깨가 결려 고개를 돌렸다. 통증이 그 순간 다시 찾아왔다.

운이 좋았다고 슈지는 생각했다. 이것으로 아내와의 어색한 점심 식사를 피할 수 있다. 두통은 심했지만, 이 통증이 자신을 어디로 데려갈지 알고 있는 슈지는 이제 두렵지 않았다.

온몸이 하나의 통증덩어리가 되었을 때, 2백 년이라는 시간의 벽을 넘었다.

"위원님, 위원님. 정신이 드십니까."

눈을 뜨자 정책 비서의 모니터가 보였다. 세키야는 슈지를 돌보면서도 최신 정보를 수집하는 것을 멈추지 않았다. 몇 개의 데이터가 빛의 흐름으로 모니터로 흘러 들어간다. 경호원이 말했다.

"어이, 코코. 정말 보스의 건강 상태는 문제없는 거야. 이렇게 자주 머리가 아프다고 쓰러지시는데, 뇌혈관 같은 게 문제 있는 거 아냐."

침대에 누워 있는 슈지의 왼손에서, 무지개 색 상(像)이 나타났다. 코코의 옆에는 21세기에서 낯익은 MRI의 뇌 단면도가 떠 있다. 이쪽에는 재색 연기처럼 경계가 뿌연 뇌종양의 그림자는 없었다.

"3개월 전의 정기 검진에서는 아무 이상도 발견되지 않았습니다. 제가 모니터하고 있는 생체 정보에도 문제는 없습니다. 그렇지만 최근 새로 발병했을 가능성도 있습니다. 슈 님께 뇌 독(dock)에 검사 입원을 권합니다."

통증의 원인을 알고 있는 슈지는 침대에서 일어나며 말했다.

"그건 필요 없어. 좀 피곤할 뿐이야. 그보다 제5층의 폭동은 어떻게 되었지."

코코가 수염을 떨며 슈지를 올려다보았다.

"또 동영상을 보시겠습니까."

"아니. 그건 필요 없어."

소크가 끼어들었다.

"거의 진압되었습니다. 치안 부대 측 사망자는 20여 명. 지민 해방 동맹 측은 그 배 정도 죽고, 블루 타워 시민의 피해는 양쪽을 합친 정도라고 합니다. 무엇보다 군(軍)은 죽은 사람들이 모두 시민인 척한 테러리스트들이라고 밝히고 있습니다만."

리나가 따뜻한 커피를 끓여 침실로 돌아왔다. 슈지에게 건네고는, 소크를 곁눈으로 보았다.

"그럴 리 없어요. 그게 정말이라면 블루 타워에는 50만 명의 테러리스트가 산다는 말이잖아요."

소크가 빈정거리며 웃자 뺨의 문신이 일그러졌다.

"실제 그 정도 수의 테러리스트가 있을지도 몰라."

슈지는 우유를 듬뿍 넣은 커피를 한 모금 마신 후, 두 사람을 무시하고 세키아에게 말했다.

"오늘 내 스케줄은?"

세키야는 선글라스 형 모니터의 달력을 읽었다.

"오후에는 30인 위원회의 공청회가 열릴 예정이었습니다만, 이번 폭동으로 취소되었습니다. 그 외 공식 일정은 없습니다. 대신 비공식으로 위원장인 오기와라 도이치와 저녁 식사 약속이 잡혀 있습니다."

"그런가."

슈지는 리나를 보았다. 처음 만났을 때와 똑같은 파란 옷을 입고 있다. 달리 옷이 없는 것일까.

"그럼 모두 위로 되돌아가자. 쇼핑 같은 건 모두 어디서 하지?"

리나는 이상하다는 표정을 지었다.

"부자들은 직접 쇼핑 같은 거 안 하나 봐요? 고급품은 제2층에 있는 백화점, 일용품이라면 제4층의 쇼핑몰로 정해져 있잖아요."

슈지는 기지개를 켜더니, 침대 옆으로 다리를 내렸다. 세 사람에게 말한다.

"공원의 폭동을 무사히 마무리 지은 포상으로 모두에게 뭔가 선물을 하도록 하지. 오늘은 2층 백화점에서 쇼핑이다."

남의 돈이지만 상관없었다. 세노 슈라는 남자는 대단한 자산가인 듯하다. 거주 공간이 최대의 가치를 갖는 탑 세계에서 몇 개나 되는 층을 소유하고 있는 것 같다. 소크는 목숨을 걸고 싸웠다. 약간의 보너스는 당연한 것이다. 슈지는 건강한 몸에 감사하면서, 자기 발로 일어섰다.

"자, 모두 나가 줘. 금방 옷 갈아입고 나갈 테니."

리나는 마지막으로 침실을 나가기 전에, 문으로 머리만 들이밀고 말했다.

"저기요, 제가 옷 갈아입혀 드릴까요. 슈 씨는 누워만 있어도 돼요. 양말도 팬티도 입혀 드릴게요."

슈지는 벗은 잠옷을 둘둘 말아 침실 문 쪽으로 던졌다.

7

네 명은 엘리베이터를 갈아타고, 제2층으로 올라갔다. 폭동의 여운은 탑 여기저기에 짙게 남아 있었다. 검문은 엄격해지고, 하층계에서는 치안 부대가 노골적으로 자동 소총을 시민에게 보이고 있다.

소크가 홍채에 의한 ID 확인 순서를 기다리면서 말했다.

"평소에 이렇게 했으면 좋았잖아. 그랬더라면 이상한 쥐새끼들이 섞여 들어오지 않았을 거 아냐."

리나는 코웃음을 쳤다.

"어차피 나는 제5층 동굴 창고의 쥐새끼예요. 그러나 넋 놓고 있는 군(軍)이 쥐새끼를 잡을 수 있을까요."

검문을 통과하자 일행은 쇼핑몰로 들어가는 흰색 문에 들어섰다. 안은 천장도 벽도 남국의 파란 하늘을 연상케 하는 빛으로 넘치고, 컴퓨터 그래픽으로 그린 적란운이 높은 천장을 천천히 움직이고 있다.

파라솔과 하얀 데크 의자가 늘어선 광장 중앙에는, 거대한 분수가 2층분의 높이로 파란 기둥을 뿜어 올리고 있었다. 슈지는 말한다.

"여기서부터는 자유행동을 하자. 한 시간 후에 여기서 집결한다."

리나가 불만스러운 얼굴을 했다. 슈지는 고쳐 말한다.

"그럼 한 시간 반 후에 집합이다. 모두 쇼핑을 하면 영수증 받는 것을 잊지 않도록. 나중에 내가 정산한다."

슈지는 그리고 카드를 꺼내 리나에게 건네주었다.

"너는 그 옷 말고 갈아입을 옷을 사라. 이 카드를 빌려 주겠다. 무리해서 한도액까지 쓰지 않아도 된다."

리나는 홀로그래프 에칭으로 전체가 일곱 색으로 빛나는 카드를 소중하게 받아 들었다.

"네, 알겠어요. 그런데요, 슈 씨는 섹시한 란제리 같은 거 필요 없으

130

세요. 같이 사러 가지 않을래요.”

슈지는 쓴웃음을 지으며 파라솔 아래 의자에 앉아 뿌리치듯 손을 저었다.

“자, 모두 가져. 난 혼자 생각하고 싶은 게 있어.”

한 시간 반 후, 제일 먼저 광장으로 돌아온 것은 세키야였다. 각설탕 크기의 투명한 입법체(立法體)를 테이블에 늘어놓으며 말한다.

“저는 전기점(電氣店)에서 홀로그래프 메모리 큐브를 사왔습니다. 슬슬 용량이 다 찰 때가 되어서요.”

윗옷 주머니에서 휴대 전화 크기만 한 컴퓨터를 꺼내, 메모리 큐브를 끼우며 말했다. 그때 소크가 돌아왔다. 테이블에 미채(迷彩) 무늬의 종이 가방을 내려놓으며 슈지에게 말했다.

“열어 보십시오. 이건 제가 보스에게 드리는 선물입니다.”

리본을 풀자 안에서 황갈색의 가죽으로 된 히프 홀스터가 나왔다.

“총은 나중에 드리겠습니다. 앞으로는 제5층에 내려가실 일이 늘어날 것 같습니다. 보스도 최소한의 화력은 몸에 지니는 편이 좋습니다.”

세키야는 어두운 모니터를 얼굴 위 반에 걸친 채, 냉정하게 말했다.

“너를 위해 산 건 뭐냐.”

소크는 어깨를 으쓱했다.

“핸드건 용의 레이저 다트사이트에, 소총용 광학 스코프. 이 녀석은 대물렌즈가 52밀리미터 경이나 되는 홀륭한 것입니다.”

경호원은 길이가 30센티미터 정도 되는 스코프를 눈에 대고 주위를 둘러보았다.

“슈 씨.”

리나의 목소리가 멀리에서 들려왔다. 분수 광장으로 시선을 보낸다.

종이 가방을 발밑에 산더미처럼 내려놓고 리나가 멀리서 손을 흔들고 있었다. 거울처럼 주위를 반사하는 타이트한 바지에 마이크로 파이버 니트. 제1층에서 종종 보는 최신 유행 패션 같다.

그날은 한가로운 평일 오후였다. 쇼핑몰 광장은 테이블이 반 정도 차고, 어딘가에 감춰진 환기구에서 살랑살랑 바람이 불고 있다. 아이를 데리고 나온 사람들이 아이스크림이 올려진 음료로 목을 축이고 있었다. 리나가 쇼핑백을 들고 걷기 시작했을 때, 그 충격이 광장을 흔들었다.

분수를 끼고 광장 반대편에 있던 슈지에게는, 그것은 소리로 들리지 않았다. 공기 해머로 가슴과 배를 세게 내리친 듯한 느낌에, 잠시 숨을 쉴 수가 없다. 분수를 넘어 날아온 파편이 산산이 주위에 흩어졌다. 찢겨진 봉제 인형의 몸뚱이도 있다. 슈지는 황급히 리나가 있는 쪽을 보았다. 그녀는 무사한 것 같다. 천천히 일어섰다. 주위에는 폭풍으로 날아간 종이 가방과 선명한 색의 옷이 흩어져 있었다.

폭발로부터 가장 빨리 정신을 차린 건 소크였다. 스코프로 광장 반대쪽을 확인하고 나서 자리에서 일어서며 말했다.

"동맹 측의 폭탄 테러 같습니다. 구원 활동에 참여합시다."

리나는 먼지투성이인 옷을 주워 들고 반울음이 되어 돌아왔다.

"최고로 즐거운 기분이었는데, 다 망쳐 버렸어요."

경호원은 소녀에게 차가운 시선을 보냈다.

"네 동료인 쥐새끼들 짓이야. 폭동이 진압된 분풀이 자폭 테러겠지. 어린 녀석들의 배에 폭탄을 감아서 쇼핑몰로 보낸다. 해방 동맹의 지도자는 아주 자비롭군그래."

소크는 그렇게 내뱉고는 사이렌이 울리는 폭발 장소로 향했다.

"리나, 세키야, 우리도 도우러 가자."

슈지는 가슴의 박동을 억누르면서 아직 폭연이 남은 광장으로 뛰어나갔다. 원형의 분수를 우회하여 혼란스런 현장으로 다가간다.

옆으로 쓰러진 파라솔과 데크 의자. 신기할 만큼 대량의 종잇조각이 주위에 흩어져 있었다. 폭탄이 터진 곳은 하얀 인조 대리석 바닥이 벗겨지고, 콘크리트 구조재가 그대로 드러나 있다. 그다지 깊지는 않지만 지름 3미터 정도의 구멍이 어둡게 파여 있고, 거기서 사방으로 검은 그을음이 흩어져 있었다.

슈지는 그 근처에서 토트백을 들고 있는 여성의 팔을 보고 충격을 받았다. 오렌지색 매니큐어를 칠한 손톱은 여전히 예쁜데, 팔은 교환이 되는 조립 부품처럼 팔꿈치에서 잘려 나가 쇼핑몰 광장에 떨어져 있다. 팔에서 잘린 부분은 검게 타서, 피는 한 방울도 흐르지 않았다.

그러나 피해자들 대부분은 아직 살아 있는 것 같았다. 광장 여기저기에서 우는 소리와 신음 소리가 들린다. 이상한 모양으로 몸이 뒤틀려, 피가 흥건한 바닥에 쓰러진 남성은 소리조차 내지 못한다. 의료 전문가가 아닌 슈지가 보아도 그 현장에서는 산 자와 죽은 자의 구별이 한눈에 가능했다.

슈지는 창백한 얼굴로 바닥에 쓰러진 5, 6세쯤 되는 여자 아이 옆에 구부리고 앉아 말을 걸었다.

"괜찮니."

소녀는 무슨 말을 하는지 이해할 수 없다는 얼굴을 하고 슈지를 올려다보았다. 신음처럼 중얼거린다.

"엄마, 엄마……."

소녀의 목소리는 중얼거림에서 점차 소리가 커지며 목을 쥐어짜는 듯한 절규로 변한다. 정면에서 보고 있던 슈지는 몰랐는데, 리나가 가까이 와서 보고 기겁을 했다.

"아, 하느님. 이 아이는……."

슈지는 소녀의 등을 보았다. 유리 파편이 오렌지색 원피스 등에 무수히 박혀 있었다. 날카로운 단면에는 쇼핑몰의 남국의 빛이 일렁이고 있다. 절규하던 소녀는 그만 의식을 잃고 쓰러졌다. 망설일 겨를도 없이 이 아이를 안았다. 파편은 슈지의 팔에도 박혔지만 아픔은 전혀 느끼지 못했다. 슈지는 그대로 여자 아이를 안아 올리며 리나에게 말했다.

"이 아이를 최초의 들것에 실어 주자. 어머니가 무사해야 할 텐데."

하나 둘 도착하기 시작한 구급 대원들이 달려가는 동안에도 슈지의 마음에서 불안이 사라지지 않았다. 떨어져 나간 그 팔의 주인이 이 아이의 엄마가 아니었으면. 그렇게 기도하지만, 떨어져 나간 팔의 오렌지색 매니큐어 손톱이 소녀의 원피스 색을 연상시키며 어른거리는 것은 어쩔 수 없었다.

8

그리고 30분, 네 명은 정신없이 구조 활동에 참여했다. 화상을 입은 사람들은 부축하여 분수로 데려가, 흐르는 물로 환부를 식혀 주었다. 방금 산 리나의 옷으로 찢어 터진 혈관의 윗부분을 묶어 준다. 죽어 가는 자에게는 마지막 메시지를 들어 준다. 파편이 가슴에 박혀 폐에 피가 고여 있다. 슈지는 자신과 비슷한 연령의 남자의 말에 귀를 기울였다. 소리는 작고 가늘어 알아듣기 힘들었다.

"제4층 7탑의 22계, 가와시마 마호에게 전해 주세요. 마지막까지 너는 내게 가장 소중했다. 긴 세월, 고맙다. 너를 만나 행복했다. 아이들을 잘 부탁한다."

인간은 갑작스레 죽음을 맞이해도 가까이 있는 누군가에게 감사의 말을 남기고 죽는 생물인 것이다. 구조 활동을 마무리할 즈음에는 슈지는 눈물을 닦으며 부상자를 보살폈다.

모든 부상자가 폭심지에서 실려 나가자, 슈지는 분수가에 힘없이 걸 터앉았다. 나머지 세 명도 조금씩 거리를 두고 앉아 있다. 지칠 대로 지쳐 혼자 있고 싶은데, 곁에 아무도 없는 것은 또 싫다. 그런 기분을 느끼게 할 정도로 미묘한 거리감이 느껴졌다.

왼손 팔찌의 고양이 입체 모양이 무지개 색으로 빛났다. 감정이 없 는 코코의 얼굴이 허공에 떠오른다.

"폭탄 테러 정보가 들어왔습니다. 지민 해방 동맹이 범행 성명을 발 표했습니다. 자폭범의 이름은 마치다 히미코. 열세 살의 여자 아이라 고 합니다."

머리에 파란 두건을 두른 소녀의 웃는 영상이, 코코 옆에 비춰졌다. 열세 살짜리 소녀가 다섯 살짜리 여자 아이와 어머니를 함께 폭살(爆 殺)했다. 그것이 탑 세계의 일상이라는 것인가. 이대로 증오의 사슬을 미래를 향해 이어 나가야 하는 것인가. 슈지는 눈물로 뜨거워진 머리 로 생각하고 있었다. 해결이라고는 하지 않겠다, 하지만 어딘가에 조 금이라도 전진할 길이 없는 것일까. 슈지는 힘없이 말했다.

"그 아이의 영상을 끊어 줘."

코코는 감정을 죽인 목소리로 말한다.

"피해자의 영상도 있습니다만."

슈지는 한숨을 쉬며 말했다.

"그건 현장에서 지겹도록 보았다."

"알겠습니다. 힘내시기를."

마지막 말과 동시에 아비시니안의 3D 홀로그래프도 색이 옅어지며 꺼진다. 리나가 소리치고 있었다.

"나는 이제 아무도 믿지 않아요. 자신이 옳다고 하는 인간들은 모두

나의 적이에요. 이제 위도 아래도 상관없어요. 나는 이런 세계에서 살고 싶지 않아요."

부티크에서 새로 사서 갈아입은 옷은 피와 그을음으로 시커멓게 되었다. 리나는 두 손으로 얼굴을 가리고 울기 시작했다. 소크가 말했다.

"전투지 밖에서 이런 모습을 보니 아무리 저라 해도 마음이 안 좋군요. 우리는 대체 뭘 하고 있는 건지. 이대로 멸망의 길을 행진해 갈 뿐인 건지."

세키야는 구김투성이의 슈트 차림으로 고개를 가로젓고 있었다. 헤드 세트의 모니터에 빛이 깜박거린다.

"위원님, 오기와라 위원장으로부터 연락이 들어와 있습니다. 코코에게 연결하겠습니다. 최고도의 암호 열쇠를 사용하여 보냈군요. 뭔가 중요한 용건 같습니다."

슈지는 왼손의 라이브러리언을 내려다보았다. 폭발의 충격에도 상처 하나 입지 않은 크롬 벨트 위에, 오기와라의 단정한 얼굴이 떠오르며 말을 걸어온다.

"왜 그래, 그 차림. 뺨에 흙이 묻었는걸. 지금, 어디 있는 거야."

슈지는 피곤한 목소리로 대답했다.

"제2층 쇼핑몰. 자폭 테러 현장에 있다."

"다친 데는 없는 거야."

"응. 나도 우리 스태프도 무사하다. 하지만 잔혹한 모습을 많이 보았어."

"그렇구나."

잠시 위원장은 슈지의 모습을 바라보았다.

"오늘 밤 회식 건인데, 예정을 변경해도 될까. 지민 해방 동맹의 지도자와 면회를 할 수 있을 것 같아. 30인 위원회를 대표해서 자네도 와

주었으면 해. 자리를 만든 것은 자유탑의 요시야 가즈미로, 동맹 측에서도 자네의 출석을 원하고 있다고 해."

슈지는 아직 연기가 남아 있는 광장을 둘러보았다. 이 자폭 테러를 꾸민 동맹의 지도자를 오늘 밤 만날 수 있다고 한다. 뭐가 어찌 되든 이 기회를 놓칠 수 없었다. 오기와라의 말은 이어졌다.

"그러나 미코시바[彌壺死婆]와 면회하기 위해서는 블루 타워를 나가지 않으면 안 된다. 이쪽도 대책을 준비할 생각이지만, 절대 함정이 아닐 거라고 말할 수는 없어. 어떻게 할 건가, 슈. 자네는 동맹 지도자를 만나 볼 텐가."

슈지는 크게 끄덕였다.

"자네, 자유 이법 채결 때부터 사람이 달라졌군. 지표에 내려간다고 하면 옛날에는 제일 먼저 반대하더니. 바이러스 방호복을 입는 것도 오랜만이지."

어린 시절 친구라고 하는 위원장은 삼차원 영상에서 환하게 웃고 있었다.

"살다 보면 변하기도 하는 거지."

"그러게. 그럼 6시에 우리 집에서 만나자. 경호원을 데려와도 좋아."

"알았다."

통화는 끊겼다. 소크가 선글라스 아래로 고개를 가로저었다.

"함정이라면 우리가 저녁 식사를 먹는 것은 오늘 밤이 마지막이겠군."

슈지는 끄덕였다.

"갈 텐가."

경호원은 시원스럽게 끄덕인다.

"보스에게 선물한 홀스터를 조절해 드려야겠군요. 마지막까지 보살펴 드리겠습니다. 그렇지, 세키야."

쇼핑몰의 인공 하늘에도 아름다운 석양이 드리워지기 시작하고 있었다. 얼굴의 반을 가린 세키야의 어두운 모니터가 붉게 물들기 시작했다.

"위원님이 가시는 곳이라면 어디든 갑니다. 위원님과 저는 일심동체입니다."

리나가 울고 있던 얼굴을 들었다. 젖은 속눈썹에 석양이 내려앉아, 빛의 알갱이가 머물러 있다.

"지표에 내려간다면 저도 데려가 주세요. 저는 10년이나 바깥에서 살아서, 분명 도움이 될 거예요."

슈지는 세 사람을 향해 끄덕였다.

"알겠다. 모두 잘 부탁한다. 나도 무엇을 할 수 있을지는 모른다. 하지만 해방 동맹의 지도자를 만나면 말할 생각이다. 파괴와 죽음 이외의 길이 분명 있다. 우리는 무엇을 희생하든 그 길을 나가는 거야."

그리고 뺨이 상기된 리나에게 말했다.

"그 차림으로는 제1층에는 올라갈 수 없어. 힘이 남아 있으면, 한 번 더 쇼핑을 다녀오는 게 좋겠다."

리나는 분수 물로 세수를 하고 젖은 얼굴을 들었다.

"여자를 우습게보지 마세요, 슈 씨. 세계가 오늘 밤 멸망한다고 해도 쇼핑할 정도의 힘은 남아 있어요. 여기서 30분만 기다려 주세요. 제1층의 공주님이 되어 돌아올 테니까요."

소크가 빈정거리며 말참견을 했다.

"쥐새끼 공주인가."

리나는 일어서자, 늘씬한 팔다리를 흔들며 걸어가기 시작했다. 등을 보이고 걸어가며 말한다.

"그렇죠. 하지만 황마 바이러스가 우글거리는 지표에서는 쥐새끼 공주가 진짜 공주님일 걸요. 당신도 거치적거리지 않도록 주의해요."

슈지는 가슴을 펴고 복구 작업이 시작된 광장을 걸어가는 리나의 등을 지켜보았다. 블루 타워로 온 후, 지상에 내려가는 것은 첫 경험이었다. 지옥이라는 지표는 어떤 세계일까. 항바이러스 약의 짙은 안개처럼, 슈지에게는 어두운 이미지밖에 떠오르지 않았다.

어두운 밤의 나라

1

30인 위원회의 위원장 오기와라 도이치의 집은 블루 타워의 최상층에서 한 층 아래인 플로어에 있었다. 슈지의 자택과 같은 층이지만, 그곳은 탑의 권력과 부가 집중하는 장소이다. 80만 명이나 되는 인간의 운명을 좌우하는 30인의 가족들이 살고 있는 것이다.

오후 6시 정각, 슈지는 정책 비서인 세키야와 경호원 소크, 최하층의 소녀 리나를 데리고 위원장의 집을 방문했다. 인터폰을 누르자 벽면에 실물 크기의 삼차원 영상이 떠올랐다. 냉철해 보이는 남자가 웃고 있었다.

"세노 위원님, 기다리고 있었습니다. 어서 들어오십시오."

남자의 얼굴이 벽에서 사라지는 것과 동시에 찰칵하고 열쇠가 벗겨지는 소리가 났다. 슈지는 세키야에게 말했다.

"지금의 남자는."

얼굴의 반을 가리는 고글 형 모니터를 쓰고 있어도, 세키야가 이상하다는 표정을 짓는 것은 알 수 있었다.

"오기와라 위원장의 제1비서 우다가와입니다. 아실 텐데요."

슈지는 세키야의 말을 흘려 넘겼다. 문이 열리자 오기와라의 비서가 일행을 맞이했다. 긴 복도 중간에 L 자 형의 모퉁이가 세 번 있었다. 안내를 받아 들어간 곳은 슈지의 거실과 같은 흰색 내장의 방이다. 그러나 이쪽은 안쪽 벽이 희미해 보일 정도로 넓고, 미술관의 전시품처럼 곳곳에 큰 가구가 산재해 있었다. 창가에 구불구불 뻗은 하얀 파이프라인 같은 소파에서 오기와라가 일어섰다. 옆에는 흠집투성이에 반투명이 된 바이러스 방호복을 입은 초로의 남자가 앉아 있다. 탑에 사는 사람치고는 드물게, 구릿빛으로 탄 얼굴에 반백의 수염을 기르고 있었다. 오기와라는 손짓하며 말했다.

"이쪽으로 와서 앉게, 세노 슈. 이분이 아까 이야기한 우리의 대책이야. 음유 시인인 가네마쓰 시게토, 그분이야."

슈지의 등 뒤에서 리나가 우와, 하고 소리를 질렀다.

"정말 그 가네마쓰 시게토 씨인가요. 그럼 오늘 밤의 일도 언젠가 노래가 되어 전 세계로 퍼져 나가겠군요."

오기와라는 리나에게 빙그레 웃어 보이고는, 슈지에게 말했다.

"저쪽의 건강한 아가씨는?"

슈지가 돌아보자 리나는 방금 산 셔츠블라우스의 가슴을 내밀고 있었다. 세 번째 단추까지 열어서 깊은 골을 강조하고 있다. 슈지는 고개를 저었다.

"새로 우리 스태프로 들어온 다케이 리나. 제5층의 아이야."

위원장은 한쪽 눈썹만 희미하게 치켜떴다.

"오, 저런. 자네 정말 변했군, 슈. 최하층의 아이를 비서로 삼다니. 자유 고도파는 언제든 자네를 환영하네."

장난스런 눈으로 덧붙인다.

"부인은 저 아가씨를 알고 있나."

슈지는 어깨를 으쓱하며 흰색 파이프에 걸터앉았다. 구름에라도 앉은 듯 온몸이 부드럽게 감싸인다. 정면에는 지상 2천 미터의 높이에서 펼쳐지는 야경이 있었다. 주홍빛 구름이 까마득히 아래쪽에 보인다. 거의 빛이 없는 대지는 항바이러스 약의 안개로 덮여 뿌옇다.

"오늘 밤 회담 예정은."

오기와라는 창밖을 보고 있었다.

"오후 8시에 저녁 식사에 초대받았네. 자유 고도파는 지민 해방 동맹과는 부정기적이지만 접촉을 가져오고 있네. 원래 다음 달 만나기로 되어 있었지만 제5층의 폭동과 쇼핑몰의 자폭 테러로 스케줄을 당긴 모양이야. 그쪽에서 급히 요청이 들어왔어."

슈지의 비서가 입을 열었다. 모니터에는 번쩍거리는 데이터 스트림이 흐르고 있다.

"그쪽이란 것은 동맹의 지도자군요."

가정교육을 잘 받고 자란 위원장은 단정한 얼굴로 끄덕였다.

"그 미코시바가 우리 위원님의 이름을 거론해 주는 것은 의외입니다. 뭔가 이유가 있나요."

오기와라는 어렵다는 표정을 지었다.

"모르겠어. 슈가 우리 쪽 편을 들어 주어서 자유 이법이 채결되었으니, 새로운 자유 고도파의 멤버에게 인사라도 할 생각이겠지."

슈지는 한 손을 들어 이야기를 막았다.

"잠깐만. 나는 자유 고도파에 참여할 생각은 없어. 오늘 밤도 어떤 그룹의 대표로서 지상에 내려가는 것은 아냐."

오기와라는 곤란한 얼굴을 했다.

"아직도 그런 소리를 하는 건가. 군의 우파며 고도 고정파 사이에서 자네는 이미 배신자로 블랙리스트에 올라 있어. 학창 시절처럼 언제까지 그렇게 정치에 관심을 갖지 않으면, 블루 타워 위원을 해 먹지 못해. 협박이 들어오지 않았나."

슈지는 정책 비서의 얼굴을 보았다. 세키야는 할 수 없이 끄덕였다.

"채결 다음 날부터 하루 약 20건. 코코와 제가 상대를 하고, 끈질긴 놈들은 경찰에 통보하고 있습니다."

"그랬었군……."

슈지의 한숨은 깊었다. 그때 이야기에서 빠져 있던 음유 시인이 천천히 두 손을 올렸다. 바스락하고 바이러스 방호복이 스치는 소리가 난다. 가네마쓰의 손목에서 빛의 반원이 떠올랐다. 직경은 1미터 정도 될까. 눈부신 일곱 색으로 빛나면서 공중에 정지해 있다. 시인은 오른손을 들었다. 손가락 끝에는 날카롭고 뾰족한 금속 손톱이 달려 있다.

"음궁(音弓)이에요. 저도 보는 것은 처음."

리나가 속삭였다. 시인의 엄지손톱 끝이 무지개의 표면을 가볍게 두들겼다. 기타를 소박하게 만든 듯한 현의 소리가 무지개를 진동시키며 울린다. 눈을 동그랗게 뜨고 있는 슈지에게 오기와라가 말했다.

"저 왼쪽 손목에 있는 것은, 우리의 라이브러리언과 같은 거야. 단지 기능이 음악으로 특화되어 있지. 온 세상의 악기 소리가 음원으로 기록되어 있는 모양이야. 지금의 것은……."

늙은 시인은 무지개를 손가락 끝으로 튕기면서 말했다.

"16세기의 바로크 류트(만돌린 비슷하나 그보다 큰 유럽의 옛 현악기). 물론 복원된 것은 22세기지만."

시인은 무지개의 날갯죽지에 있는 왼손을 움직였다. 무지개는 투명도를 더하며 단단히 조여진 듯이 보인다. 가네마쓰가 중지 끝으로 문

지르듯 두들기자, 소리굽쇠와 비슷한 날카로운 금속음이 방 안을 가득 채웠다. 차가운 유리 막대기가 양쪽 귀를 뚫는 것 같다.

"이것은 터키 방울. 사람이 들을 수 없는 범위의 주파수까지 포함되어 있지."

가네마쓰는 류트로 화음을 울리고, 터키 방울로 리듬을 넣으면서 신음하는 듯 노래를 부르기 시작했다.

시간은 뛰네, 시간은 채워지네

아픔을 견디지 못해

블루 타워에 뛰어든 거짓말쟁이 왕자는

제 몸을 태워 하늘을 달려

황마의 대지를 맑게 하고

땅에는 사람이 넘쳐

새로운 천년이 오리니

어두운 밤의 나라에 서광 비치네

무지개의 마지막 진동이 가라앉자, 리나가 한숨을 쉬었다.

"왠지 어릴 때 들어 본 듯한 노래예요. 저기, 그거, 가네마쓰 씨가 만든 건가요."

음유 시인은 왼손을 한 번 흔들어, 무지개의 반원을 지웠다. 천천히 고개를 가로젓는다.

"아냐. 이건 지민들 사이에서 옛날부터 전해 오는 노래야. 최근 여기저기서 이 노래가 들리고 있어. 요전에 미코시바를 만났을 때도 불러 달라고 보채더군."

시인은 거침없는 어조로 입을 열었다. 오기와라가 말했다.

"그건 지민들에게 전해지는 종교 같은 건가요."

가네마쓰는 빈정거리는 듯한 미소를 짓는다. 햇볕에 그을린 얼굴이 깊은 주름에 묻혔다.

"그런 건 황마로 세계가 멸망한 후부터 없는 것과 마찬가지야. 하느님 따위, 믿는 인간이 죽어 버리면 쓰고 난 휴지나 마찬가지야. 단지……."

가네마쓰는 물끄러미 슈지를 올려다보았다.

"미코시바 할망구는, 이상하게 여기 있는 당신을 만나고 싶어 했어. 그 할망구는 일반인과 달리 이상한 감을 가진 도깨비야. 그렇지 않고서야 수상한 놈투성이인 해방 동맹 같은 걸 통솔해 나갈 수 없을 테지."

슈지는 너무 놀란 나머지 그 자리에 얼어붙었다. 음유 시인이 노래한 내용은 마치 슈지 이야기 같았다. 뇌종양의 아픔을 견디지 못해 2백 년이란 시간을 넘어, 블루 타워에 찾아온 가짜 30인 위원. 슈지는 하마터면 가네마쓰의 말을 놓칠 뻔했다.

"해방 동맹의 지도자가 나를 만나고 싶어 한다고요?"

가네마쓰는 슈지에게서 시선을 움직이지 않았다.

"아, 세노 슈가 당신인가. 당신이 뭔가 열쇠를 쥔 사람이라더군."

오기와라 위원장이 유쾌한 듯 옆에 있는 슈지의 어깨에 손을 올렸다.

"슈가 블루 타워의 내란을 해결할 주요 인물인가. 잘됐지 않나. 슬슬 시간이 다 되었네, 내려가세."

2

오기와라와 정책 비서 두 명, 그리고 시인이 더해, 일행은 여덟 명이 되었다. 고속 엘리베이터를 다섯 번 갈아타고 각 계층의 검문소를 통과해도, 15분이면 2천 미터 높이의 블루 타워를 내려온다. 과연 위원장의 위력은 강력했다. 어느 검문소에서나 줄을 선 시민들을 제치고 경찰과 군이 길을 열어 주었다.

마지막 엘리베이터를 내려오자 담당자가 바이러스 방호복 렌탈룸으로 데려갔다. 벽에는 투명한 바디 슈트가 빼곡하게 걸려 있다. 리나가 말했다.

"아아, 방호복이구나. 반가워라, 그리고 이 냄새."

슈지도 제5층에 도착했을 때부터 시큼한 냄새를 느꼈다. 경호원 소크는 구두를 신은 채 방호복을 입으면서 말했다.

"항바이러스 약 냄새가 반갑다니. 너도 어지간히 가난하게 살았구나."

슈지가 투명 필름 같은 바디 슈트에 몸을 쑤셔 넣자, 리나가 등의 지퍼를 올려 주었다. 귓가에서 음성이 들린다.

"바이러스 방호복 장착이 완료되었습니다. 필터에 부속된 팬의 작동을 확인해 주십시오."

배와 허리 부분에 직경 5센티미터 정도의 통기 구멍이 있고, 그곳에서 낮은 팬 소리가 들렸다. 음유 시인도 등에 있던 모자를 고쳐 쓴다. 오기와라 위원장이 비틀듯이 손발을 움직여 방호복에 익숙해지려고 애쓰고 있었다.

"자, 가자. 전원 준비는 끝났지."

음성은 가슴에 달린 스피커에서 전해지는 것 같다. 자신이 이야기하는 소리도 마이크를 통해 증폭되고 있을 것이다. 우다가와가 벽 조작판을 눌렀다. 정면의 문이 열리자, 안쪽으로 좁고 긴 통로가 이어져 있다. 처음 지표로 나온 슈지는 제일 뒤에 섰다.

여덟 명 전원이 통로에 들어서자 슈지의 뒤에서 금속 문이 닫혔다. 다음 순간, 사방에서 미지근하고 하얀 액체의 입자가 촘촘한 안개가 되어 분사되었다. 슈지는 놀란 나머지 소리를 질렀다. 투명한 바디 슈트 안에서조차 시큼한 냄새가 강하게 코를 찌른다. 블루 타워를 나오기 전에 균을 제거하는 것이다. 강력한 항바이러스 약 샤워였다. 앞에 가는 세키야는 별일 아니라는 듯이 희고 뿌연 액체 속을 걸어간다. 슈지는 소리 죽여 말했다.

"코코, 들리나."

라이브러리언은 모습을 보이지 않고 속삭임으로 대답했다.

"예, 슈 님."

"음유 시인과 지민 해방 동맹에 대해 알고 싶다. 가네마쓰 시게토와 미코시바라는 자는 누구냐."

"모두 연구서를 수십 권 불러낼 수 있습니다. 하지만 간단한 편이 좋으시겠지요."

슈지는 방호복 속에서 끄덕였다.

"응, 간단한 걸로 부탁해."

왼손 팔찌 속에 밀폐된 코코의 하얀 수염이 만족스러운 듯 떨리는 것처럼 보인다.

"알겠습니다. 음유 시인은 동서 대전 이후 태어난 새로운 문예의 기수입니다. 황마에 의한 교역과 교통 두절로, 일반인들은 여행이 아주 곤란해졌습니다. 그러나 영상과 음성 정보만으로는 만족을 얻기는 힘들었지요. 그래서 음궁과 즉흥 노래로, 3분간의 비디오클립에 다 담지 못하는 진실을 전하는 음유 시인이 등장했습니다. 신작이 발표될 때마다 전 세계에서 그 노래는 실시간으로 청취되어, 유명한 시인은 어느 탑 국가에서나 국빈 대우를 받고 있습니다. 가네마쓰 시게토는 그중 제 일인자입니다."

십수 미터의 멸균 샤워는 후반부에서 무릎 깊이의 약액(藥液)을 건

너는 수영장이 되었다. 항바이러스 약은 의외로 점성이 높아, 진흙 속에서 발을 빼내는 듯한 저항이 있다. 코코의 속삭임은 계속되었다.

"지민 해방 동맹은 원래 탑의 과학을 등지고 사는 지상의 소수 부족 연합체였습니다. 현재처럼 강력해진 것은, 15년 정도 전에 미코시바라는 여성 지도자가 나타나, 내부 항쟁을 진압한 후부터입니다. 이 지도자의 존재는 수수께끼로 둘러싸여 있어, 자세한 것은 잘 모릅니다. 일부 연구자에 의하면 고대에 볼 수 있었던 샤먼 형의 리더 같습니다."

멸균 샤워에서 벗어나자, 이층 분을 터놓은 광대한 현관 로비가 펼쳐졌다. 바리케이드 건너편에는 삼중 자동문이 있고, 위험한 옥외에서 노동을 마친 하층계 사람들이 집으로 돌아오기 위해 줄을 서 있었다. 투명한 방호복이 흙투성이가 되어 있다. 슈지 일행은 혼잡한 입구와는 반대로 거의 사람이 없는 출구로 향했다. 자동문을 나갈 때마다 슈지조차 탑을 떠나는 불안감이 느껴진다. 오기와라가 말했다.

"오늘 밤은 너무 늦지 않게 블루 타워로 돌아오고 싶군."

아무도 대답을 못하는 것이, 일행의 긴장을 나타내고 있었다. 탑에서 태어나 탑에서 자란 사람들에게는, 탑 바깥세상에 대해 근본적인 공포감이 있는 것 같다. 테러리스트들도 알아주는 소크조차, 긴장으로 등이 굳어져 있었다.

항바이러스 약의 안개가 내리는 현관 앞에는 농업용 트랙터를 개조한 차량이 대기하고 있었다. 냉동차 컨테이너처럼 창이 없는 뒷자리에 여덟 명은 올라탔다. 거대한 엔진이 회전을 하며 차가 움직이기 시작하자, 처음으로 바이러스 방호복 속에서 슈지는 몸서리를 쳤다.

3

달리는 차 안에 창은 없었지만, 안쪽 벽에는 지나는 곳의 경치가 스크린에 비치고 있었다. 그 광경에 슈지는 시선을 빼앗겼다. 높이 2천 미터 가까운 제1층에서는 잘 몰랐는데, 지상에는 많은 건축물이 폐허가 되어 남아 있었다. 간선 도로며 주택지는 아스팔트가 벗겨져 논밭이 되어 있었고, 상징적인 건물인 거대한 빌딩은 황폐한 채 방치되어 있었다.

트랙터는 완만한 언덕을 내려갔다. 막다른 곳에 있는 옥수수 밭을 오른쪽으로 돈다. 아무리 지면은 달라졌어도 2백 년 정도의 세월 동안 토지의 경사까지 없어졌을 리가 없다. 슈지는 주위 경치에 가슴 설렘을 느꼈다. 저쪽 세계에서 자기 집 근처를 달리는 느낌과 비슷했기 때문이다. 다음에 나타난 큰 사거리 모퉁이에는, 녹슨 간판이 매달려 있었다.

"도에이오에도 선(線) 동 신주쿠 역."

그것은 2백 년 전에는, 갓 개통한 새로운 전철 노선이었다. 슈지도 암에 걸리기 전, 신주쿠 경찰서로 면허 갱신을 하러 갈 때 한 번 이용한 적이 있다. 사람들이 별로 없던 새 플랫폼을 아직 기억하고 있다. 그리움과 더불어 너무나 급격한 변화에 슈지는 가슴이 답답해졌다. 그것은 머리를 푹 뒤집어씌운 투명 모자 탓일지도 모른다.

왼쪽의 가부키(歌舞伎) 거리에는 불 꺼진 무인 빌딩이 즐비하고, 예전의 메이지 거리는 감자 밭이 되어 있었다. 그 갓길을 트랙터가 천천히 지나간다. 슈지는 누구에게랄 것도 없이 말했다.

"이 일대는 옛날에 신주쿠 2가라고 불렸었지."

아무도 대답하는 사람이 없었다. 거기서 슈지는 처음으로 깨달았다. 교통과 교역뿐 아니라 유행까지 불가능해진 세계에서는 아무도 지명 따위에는 관심을 갖지 않는다. 탑 안의 계층과 방 번호만 외워 두면 생활하는 데 충분하니까. 혼자 낡은 방호복을 입은 가네마쓰가 불쑥 말한다.

"들은 적 있어. 유명한 환락가였다지."

가부키 거리와 2가가 환락가였던가. 슈지는 차 안의 패널에 비친 녹색의 폐허에 넋을 잃고 있었다.

트랙터는 오키도몽〔大木戶門〕을 지나 신주쿠고엔(新宿御苑: 여러 가지 화초와 식물을 구경할 수 있는 도쿄에서 가장 크고 유명한 공원) 안으로 들어갔다. 녹색이 열대의 정글처럼 짙어져 있는 것 외에, 이쪽은 2백 년 전에 비해 별로 달라지지 않았다. 유리가 빠져 골격만 남은 대온실 앞을 지나 트랙터는 옥초지(玉藻池) 근처의 초원에서 멈추었다. 슈지가 어린 시절 밀잠자리와 풀무치를 잡으러 뛰어다녔던 잔디는, 잡초들이 허벅지 높이까지 자란 들판이 되어 있다. 하늘은 저물어 가는 석양빛을 남기고 있었지만, 지표는 밤처럼 어두웠다. 마지막에 한 번 더 몸을 떨더니 트랙터의 엔진이 정지한다.

컨테이너 뒤쪽 문이 열렸다. 밖에는 녹색의 미채(迷彩) 무늬 바이러스 방호복을 입은 남자들이 흩어져 있다. 오기와라가 제일 먼저 계단을 내려가, 선두의 남자에게 말을 걸었다.

"여어, 시바타, 오랜만이군."

시바타라고 불린 남자가 소리를 질렀다.

"여기서부터 기계는 진입 금지다. 각자 자기 발로 걷기 바란다. 세노슈라는 자는 있는가."

슈지는 소리 내어 녹색 뿌리들을 밟으며 한 걸음 앞으로 나아갔다.

"나다."

시바타는 방호복 모자 위로도 느껴질 정도로 슈지를 위아래로 훑어보았다. 가슴의 평면형 스피커가 떨린다.

"우리 지도자의 질문이 있다. 이 토지의 이름은 뭐라고 하나."

슈지는 저녁 하늘에 그물처럼 나뭇가지를 교차시키고 있는 숲을 보면서 말했다.

"신주쿠고엔."

미채 슈트의 남자들 사이에 잔물결처럼 동요가 일어 퍼져 나갔다. 시바타는 깊숙이 끄덕였다.

"좋아. 따라와. 만찬 준비가 되어 있다."

남자들은 일행을 감싸고 초원을 이동해 갔다. 저 앞쪽, 초원과 정글의 경계에 하얀빛의 반구가 보인다. 남자들은 그곳을 향하고 있는 것 같다.

4

돔으로 보인 것은 거대한 텐트였다. 전국을 순회하는 서커스단도 충분히 쓸 만할 정도의 직경에, 항바이러스 약으로 채워진 수로가 주위를 둘러싸고 있다. 그곳에서 펌프로 텐트의 뾰족한 지붕을 향해 몇 줄기의 약액 기둥이 방사되고 있었다. 하얀빛은 그 물보라에 텐트의 조명이 반사된 탓이었다. 눈부신 조명에 이끌려 초원의 벌레들이 빛나는 안개 속으로 뛰어들었다. 슈지 일행이 건넌 수로에는 죽은 모기들이 빽빽하게 떠 있었다.

텐트 내부는 밀폐되어 있는 듯했다. 처음에 에어록(airlock : 공기가 빠져나가지 않도록, 내부에서만 순환되도록 만든 밀폐 공간)에서 약액 샤워를 받고 나자, 두 번째 방에서 해방 동맹 남자들은 미채 무늬의 방호복을 벗었다. 블루 타워의 일행들도 따라한다. 오기와라가 머리를 손질하면서 말했다.

"이제야 겨우 심호흡을 할 수 있겠군. 이 슈트는 영 적응이 안 되네."

방호복을 벗은 시바타는 아직 20대 초반의 젊은이였다. 오른쪽 눈

아래는 화살표가 일곱 개, 얼굴 바깥쪽으로 난 문신이 있었다. 신기하다는 얼굴로 그것을 보는 슈지의 귓가에서 소크가 속삭였다.

"죽인 인간의 숫자만큼 놈들은 저런 것을 새깁니다."

소크의 말을 들은 듯 시바타는 경멸스런 얼굴로 전직 용병을 바라보고 있었다. 소크의 뺨에는 황마 H17N1형 인플루엔자 바이러스 문신이 있다.

"이쪽으로 와."

시바타가 앞장서서 몇 겹인가의 천막을 빠져나간다. 마지막으로 안내된 곳은 중앙에 텐트의 중심 기둥이 서 있는 큰 응접실이었다. 좌탁은 반원형으로 정돈되어 있고, 기둥 앞에는 한 사람분의 저녁 식사가 잘 차려져 있다. 슈지와 오기와라는 그곳에서 마주 보는 자리에 안내되었다.

전원이 자리에 앉자 거실의 불빛이 꺼졌다. 어둠 속, 뭔가가 움직이는 기척이 나더니 작은 바람이 살짝 슈지의 뺨에 닿았다. 다음 순간, 각자의 식탁을 밝히는 아홉 개의 조명이 켜졌다.

"빌어먹을."

소크는 바닥 위에서 한쪽 무릎을 세워, 총을 빼고 있다.

"그런 거 집어넣어."

아까까지 아무도 없었던 중심부에 몸집이 작은 노파가 앉아 있었다. 카키색 전투복을 아래위로 입고 어린이용으로 보이는 전투용 부츠를 신고 있다. 해방 동맹 지도자는 주름투성이 얼굴로 싱글벙글 웃으면서 말했다.

"오기와라 위원장, 오랜만이네. 최근 갑자기 사람이 달라졌다는 위원이 저 사람인가?"

오기와라도 사교용의 웃는 얼굴로 바꾸어 슈지를 보았다.

"예, 미코시바 씨. 세노 슈는 제 어린 시절 친구로 요즘 갑자기 자유고도파로 기울었습니다. 무슨 심경의 변화가 있었는지 저도 잘 모르겠습니다만."

미코시바는 주름 진 두 눈으로 물끄러미 슈지를 바라보았다. 피부는 노파의 그것이었지만, 검디검은 촉촉한 눈동자는 소녀처럼 젊었다.

"지민들에게 남겨진 전설 중에, 언젠가 블루 타워에 구세주가 나타난다는 전설이 있어. 그 남자는 황마를 퇴치하는 방법을 세상에 퍼프리고, 상하 문제를 해결한다고 해. 탑 안에 갇힌 사람들을 대전(大戰) 전처럼 밖으로 나올 수 있다고 말이야. 물론 나는 그런 이야기를 믿진 않지만."

시험하는 듯한 시선은 슈지에게서 움직이지 않았다. 슈지는 말했다.

"저도 믿지 않습니다. 여기 오기 전에 가네마쓰 씨에게 그 노래를 들었지요. 의미를 알 수 없는 내용이었습니다. 그보다 자폭 테러와 보복 공격 연쇄를 막는 편이 훨씬 중요한 게 아닐까요."

미코시바는 미소 지으며 그릇의 뚜껑을 열었다. 한 모금 마시고 말한다.

"따뜻할 때 들어요."

검은 칠을 한 눈앞의 쟁반에는 원래의 모양 그대로 요리한 야채조림과 야생초의 맑은 국, 그리고 탑 세계에 와서 처음 본 생선회가 있었다. 밥그릇에는 씹는 맛이 느껴지는 현미가 담겨 있었다. 미코시바는 으깨듯 쌀을 씹으며 말했다.

"나도 지민 모두를 통제할 수는 없다. 부족마다 탑에 대한 입장도 다르고 말이야. 오늘 죽은 그 아가씨는, 작년에 블루 타워 치안군에게 아버지를 잃었다. 누가 말려도 머지않아 이렇게 될 운명이지 않았을까."

슈지에게는 2백 년 전을 떠올리게 하는 그리운 맛이지만, 오기와라의 입에는 지민의 요리가 맞지 않는 것 같다. 젓가락 끝으로 조림을 무표정하게 부수며 말한다.

"쌍방이 군을 철수하고 평화 협정을 맺을 수는 없을까요. 이대로 충돌을 반복하다가는 언젠가 블루 타워도 레드 타워처럼 붕괴해 버릴지 모릅니다. 그렇게 되면 이 일대의 지민들도 함께 멸망하고 맙니다."

미코시바는 아득한 시선으로 차를 마셨다. 슈지도 마셔 보았지만, 호지 차 같은 향기로운 맛이다.

"지민의 평균 수명은 40대 중반이다. 그쪽은 의학이 발달하여 아흔 살 가까이 살지 않나. 수명이 2배나 차이가 난다. 탑의 인간, 특히 제1층과 제2층에 사는 인간들은 자신들이 가진 것을 내놓을 각오가 되어 있나. 거주 공간과 과학을 지민에게도 개방할 용의는 있나. 상하 문제를 완화한다는 것은 간단히 말해 가진 자가 좀 더 적게 갖고 갖지 못한 자가 좀 더 많이 갖는 것이야."

슈지의 목소리에 열의가 담겼다.

"확실히 현재 대로 계층을 고정하고, 무엇 하나 내놓기 싫어하는 사람들이 아직 대부분입니다. 그것은 지민들 중에 탑을 증오하는 이들이 있는 것과 마찬가지죠. 하지만 자유 이법이 위원회를 통과한 것을 봐도 알 수 있듯이, 제1층에서도 공기는 바뀌고 있습니다. 그렇지, 위원장."

오기와라는 놀란 표정으로 슈지를 바라보았다.

"자네 정말 많이 변했네. 탑의 사람들조차 미코시바 씨가 이상한 마술을 부릴까 봐 두려워하는데, 이렇게 당당하다니."

해방 동맹의 지도자도 유쾌한 듯 웃고 있었다.

"마술이라고. 그런 걸 부릴 수 있다면 고생할 게 없지."

슈지는 문득 생각난 듯 물었다.

"혹시 정말로 그런 힘이 있다면 어떻게 하시겠습니까."

미코시바는 당근을 껍질째 씹으며 말했다.

"글쎄, 백 년 전의 서중국으로 가서 바이러스 학자들을 다 죽여 버릴 거야. 그렇게만 하면 우리의 문제는 모두 해결돼. 블루 타워 역시 아무나 마음 내키면 올라갈 수 있는 평범한 고층 건물이 되겠지."

"그것 좋은 생각이군."

일찌감치 식사를 마친 가네마쓰가 쟁반을 옆으로 치우고 가부좌를 틀었다. 왼쪽 팔찌에서 일곱 색의 반원이 어두컴컴한 텐트 속에 떠오른다. 빛의 현을 튕기자 이번에는 오르골 같은 가련한 금속음이 울렸다. 손바닥으로 노인이 무지개를 어루만지자 소년의 맑은 코러스가 배경에 퍼진다.

"아까 부른 노래에 이어지는 것이다. 디저트 대신으로 잠깐 들어 보시게나."

시간을 넘어, 시간을 오가며
거짓말쟁이 왕자는 아픔을 이겨 낸다네
더럽혀진 지표를 여행하며, 소중한 사람을 잃고
불의 힘으로 왕자는 다시 태어난다네
아군은 적, 적은 아군
재난을 가져다주는 이는 항상 곁에 있는 자
손을 잡아 주는 것은 항상 가장 멀리 있는 자
불의 때는 다가오네

오기와라가 이상하다는 듯 말했다.

"그 8행시는 대체 몇 번까지 있는 거죠."

가네마쓰는 무지개의 현을 무릎 위에 안으며 말했다.

"글쎄. 최초의 네다섯 개는 진짜지만 여기저기 부족에서 멋대로 만들어 내고 있어서, 블루 타워의 거짓말쟁이 왕자 노래는 몇십 개나 된다고 들은 적이 있네. 개중에는 두 세계에서 가슴에 세모 별을 가진 여자들과 마구 그 짓을 해댄다는 음란한 것까지 있지."

슈지는 리나의 유방에 있는 점의 위치를 떠올리며, 희미하게 뺨을 붉혔다. 오기와라는 입속으로 중얼거리면서, 손목시계를 흘끗 보았다.

"블루 타워의 거짓말쟁이 왕자라⋯⋯."

그때 멀리서 몸이 울릴 정도의 폭발음이 났다. 기관총의 연속 발사음이 어둠을 꿰뚫기라도 할 듯 계속된다. 미코시바가 얼굴을 드는 것과 동시에 뒤쪽의 막이 걷히며, 소년 한 명이 뛰어 들어왔다. 해방 동맹의 왜소한 지도자 앞에 무릎을 꿇고, 소년은 고개를 숙인 채 말했다.

"습격 같습니다. 적의 정체는 아직 모릅니다."

소년은 얼굴을 들자 감정 없는 눈으로 슈지를 바라보았다. 목소리를 듣는 순간 소년의 정체를 눈치 챈 슈지가 소년에게 가볍게 고개를 끄덕여 보였다. 시로가네 공원에서 말을 나누었던 테러리스트 시즈미였다. 2년 전 헤어졌다는 리나의 남동생일지도 모르는 소년이다. 바이러스 방호복의 모자를 벗은 소년의 얼굴에는 검은 화살표가 무수히 새겨져 있다.

"그런데 어떻게 비밀 회담이 적에게 알려졌을까요."

미코시바는 남은 차를 마저 마시더니 전투복 차림으로 일어섰다.

"그런 건 나중에 생각해도 돼. 시즈미, 모두를 안전한 장소로 안내해라."

소년은 끄덕이며 말했다.

"적의 화력이 강해서 이 천막으로 버티기는 불가능한 것 같습니다.

전원 바디 슈트를 입고, 좀 멀리 떨어진 곳으로 피신해 주십시오."

미채 무늬의 바이러스 방호복을 들고 소년병 네 사람이 나타났다. 해방 동맹의 방호복은 땀내가 배어 있었지만, 일행은 누구도 불평하지 않고 바디 슈트를 입었다. 그러는 동안 총성은 점점 가까워져 왔다. 시즈미는 소리와 반대쪽 방향으로 현수막을 찢을 듯한 기세로 나아간다.

"따라와."

제일 먼저 움직인 것은 리나였다.

"시즈오미, 기다려."

블루 타워 일행의 제일 후미에 소년병들에게 둘러싸인 미코시바가 뒤를 이었다. 시즈미는 에어록을 지나, 아무것도 없는 천막 앞에 섰다. 넓적다리 너비의 홀스터에서 검은색의 야간 전투용 나이프를 뺐다. 온 힘을 다해 애쓴 끝에 두꺼운 마이크로 파이버 천막에 간신히 칼끝을 통과시켰다.

"나도 도울게."

소크가 필드 나이프를 꺼내 탈출구 만들기에 가세했다. 바이러스조차 통과시키지 않는 천막에 허리 높이의 구멍이 뚫리자, 시즈미는 바깥을 내다보며 말했다.

"허리를 숙인 채 숲으로 피해라. 소리는 내지 마라, 빛이 나오는 것은 모두 집어넣어라."

먼저 두 명의 소년병이 풀숲으로 사라졌다. 이어서 소크가 출구를 향한다.

"보스, 저와 함께 나가 주십시오. 세키야, 미안하지만 쥐새끼 공주를 부탁한다."

소크에게 머리를 눌리며 슈지는 천막을 빠져나갔다. 텐트 속에 있을 때는 느끼지 못했는데, 바람이 세차게 부는 밤이었다. 초원은 해초처럼 바람에 넘실거리고 있었다. 해방 동맹 텐트 정면에는 블루 타워의 트랙터가 불에 타, 검은 연기를 뿜어내고 있었다.

소크에게 오른손을 이끌리며 슈지는 말없이 20미터 정도의 풀밭 사이로 난 길을 달렸다. 숲 가장자리에서는 자동 소총을 든 소년이 두 사람을 맞이해 주었다. 사람의 손길이 닿지 않은 숲 속에서, 풀을 깎고 다듬어 잡초만 약간 자란 공터는 그곳뿐이었다.

오기와라에 이어 리나와 세키야, 마지막으로 미코시바가 합류했다. 스프레이 형의 접착제로 천막의 구멍을 막고 되돌아온 시즈미에게 소크가 말했다.

"네가 보기에 놈들이 어떻게 움직이는 것 같나?"

시즈미는 무릎 위에 전투용 컴퓨터를 올려놓고 전황을 해석하고 있었다. 얼굴을 들지 않고 말했다.

"본부 안으로 적의 병력이 침입한 것 같지만, 세 개의 부족이 이미 구출을 위해 이 천막을 향하고 있다. 놈들도 우리가 보이지 않으면, 일찌감치 철수할 수밖에 없을 것이다. 적의 병력도 한정되어 있다."

시즈미는 거기서 모니터를 보며 이상하다는 표정을 지었다.

"그저 무기의 모습이 이상하다. 블루 타워 정규군 무기뿐만이 아니라 해방 동맹의 무기도 사용되고 있다. 위장 공작일지도 모르지만, 신경은 쓰인다."

텐트 안으로 산발적인 총성이 들려왔다. 소크는 암시 고글로 주위를 둘러보면서 말했다.

"그렇다면 이대로 잠시 숨어 있으면 잠잠해지겠구나."

"그래, 그렇지."

슈지는 멀리서 엔진 소리를 들은 것 같았다. 그것은 다다다닥 하고 밤하늘을 찢는 헬리콥터의 바람을 가르는 소리를 동반하며 다가온다.

슈지는 2백 년 전에 본 베트남 전의 다큐멘터리를 떠올렸다.

"소크, 저 소리 들리나?"

소크는 앉은 채, 키 큰 나무들의 가지에 가려진 밤하늘을 올려다보고 있었다. 격류처럼 빛을 뿌리면서 전투 헬리콥터가 천막으로 접근해 온다.

"설마…… 해방 동맹이 저런 것을 갖고 있는 거냐."

시즈미는 고개를 가로저었다. 소크는 중얼거린다.

"그럼 블루 타워가 아껴 둔 항공 병력까지 투입한 건가. 군인 새끼들은 진심으로 해방 동맹을 쳐부술 생각이군."

미코시바가 나무그루에 걸터앉아서 말했다.

"글쎄. 해방 동맹뿐만 아니라, 자유 고도파의 리더까지 한꺼번에 암살하려는 것인지도 모르지."

시즈미가 모니터를 읽었다.

"이쪽을 향하던 지원 부대가 각지에서 교전 중입니다. 적은 대립하는 다른 부족으로, 지민 해방 동맹끼리의 전투 같습니다. 사태는 유동적입니다. 어떻게 하시겠습니까, 미코시바 님."

노파는 투명 모자 아래로 눈을 감고, 큰 고목나무 그루에 기대어 있었다. 미채의 녹색과 나무에 난 이끼가 서로 어울려, 미코시바는 노목에서 자라기 시작한 수목의 정령(精靈)으로 보인다. 눈을 뜨더니 이렇게 말했다.

"아까 가네마쓰 씨는 노래하지 않았지만, 다른 노래에 이런 말이 있다. 블루 타워에 거짓말쟁이 왕자가 출현하는 것은 2가 나란히 있는 해라고. 2222년, 올해일 거야."

반쯤 눈을 뜨고 슈지를 내려다보며, 미코시바는 말했다.

"당신 정확한 이름은 세노 슈라고 했지. 이 신주쿠 일대에 살던 옛

지주의 성 역시 세노라고 해. 나의 진짜 이름도 세노 미코지."

거기서 말을 끊고 미코시바는 슈지를 사랑스럽다는 듯이 바라보았다. 이 노목의 정령 같은 여자가 자신의 먼 미래 자손이라는 건가. 자신에게는 자식이 없었는데.

"이대로 숨어 있어도 조만간 소탕 부대나 전투 헬리콥터에 발견되겠지. 이쪽은 완전 무장한 전투원 여섯 명에, 민간인이 여덟 명, 걸음걸이도 불안한 노파가 한 명이다. 보급은 불가능하고, 우군은 뿔뿔이 흩어져 있다. 어떤가, 거짓말쟁이 왕자의 운에 걸어 보는게. 당신이라면 이제부터 어떻게 할 건가, 세노 슈. 시간의 벽도 넘었다는 그 힘을 보여 줘 보시지."

언더그라운드

1

밤의 숲 속에서 모두들 묵묵히 슈지를 바라보고 있었다. 바이러스 방호복의 고글을 통해서조차, 시선은 아프도록 느껴진다. 전투 헬리콥터는 탐조등 불빛을 지표에 뿌리면서, 점차 이쪽을 향해 다가오고 있었다. 엔진의 폭음과 바람을 가르는 헬리콥터 소리가 폭풍 같다. 지민 해방 동맹의 천막이 불타기 시작하고 세찬 바람에 실린 검은 연기가 슈지 일행이 숨은 빈터로 날아왔다. 해방 동맹의 지도자 미코시바는 여전히 미소를 지으며 나무그루에 기대 있다. 슈지는 멀리 총성을 들으면서도 의외로 냉정한 자신이 이상했다. 이것도 21세기의 신주쿠에서 뇌종양 때문에 한 번은 죽음을 각오했었던 경험 때문일까. 블루 타워 위원장에게 말했다.

"저런 걸 끄집어내는 것은 대체 누구야?"

흔들리는 풀에 엎드린 채 오기와라가 대답했다.

"다 떨어져 가는 화석 연료를 사용해서 항공 병력을 동원했군. 치안 부대가 아니라 블루 타워 정규군이 움직였을 거야. 분명 군의 우파다."

경호원 소크는 안면 보호대 아래에서 황마 바이러스의 문신이 있는 얼굴을 찡그렸다.

"보스, 놈들에게는 좋은 기회이지 않습니까. 잘하면 해방 동맹 지도자와 탑의 자유 고도파 위원장을 한꺼번에 해치울 수 있으니, 일석이조 아닙니까."

미코시바 가까이 대기하고 있던 소년 테러리스트 시즈미가 입가에 경련을 일으켰다. 옆에는 전투 컴퓨터 모니터가 파란빛을 던지고 있다.

"맙소사, 누군가가 전파 장애를 일으키고 있다. 한 가지 마음에 걸리는 점이 있다면 블루 타워 정규군은 물론이고, 해방 동맹 내의 반란 시기가 너무 절묘하다. 우리 중에 군의 고도 고정파와 손을 잡은 이가 있다고는 생각하기 어렵지만……."

미코시바는 웃으며 말했다.

"그렇다면 뭔가 더 큰 힘이 움직이고 있을지도 모르지. 그런데 세노슈, 당신은 우리를 어디로 데려갈 생각이지."

불어오는 세찬 바람 속에서 슈지는 푸른 풀 위에 가부좌를 틀고 앉아 담담하게 말했다.

"군의 쿠데타가 일어나고 있다면, 블루 타워로는 되돌아갈 수 없습니다. 지민 해방 동맹 내에서 분열이 일어나고 있다면 어느 부족을 의지해야 안전할지 모르겠고. 그렇다면 제3의 세력은 없습니까, 미코시바 씨. 이쪽의 반은 민간인입니다. 지금은 도망갈 수밖에 없겠지요. 이 근처에 그런 사람들은 없습니까?"

미채 무늬의 바이러스 방호복을 입은 노목의 정령 같은 지도자는 깊숙이 끄덕였다.

"그 거짓말쟁이 왕자의 노래는 정말일지도 모르겠구나. 그래, 그런 인간들이 있어. 뭐, 그쪽은 우리를 환영하지 않겠지만 말이야. 그래도 탑의 우파나 지민의 군벌보다는 나을지도 모르지."

그렇게 말하며 시즈미에게 지시를 내렸다.

"세노 슈에게 두더지 구멍이 있는 장소를 가르쳐 주렴."

소년 테러리스트는 밤바람에 넘실대는 풀 속에서 일어서 초원 저편을 가리켰다.

"지하를 기어 다니며 살아가는 녀석들이 있다. 지민보다 훨씬 밑에 사는 짐승 같은 인간들. 우리도 녀석들과 교류를 갖는 자는 극히 소수이다. 두더지 인간이라고 불리는 부족이다. 지하로 들어가는 구멍은 이 일대에서는 저곳이 가장 가까울 것이다."

시즈미의 손가락 끝은 숲 건너편, 신주쿠고엔의 대온실을 가리키고 있었다. 슈지도 일어서며 말했다.

"당장 이동을 시작하자. 방법은 네게 맡기겠다."

2

선발대가 안전 확인을 마치자, 백 미터씩 나아가는 느릿한 행군이 시작되었다. 비전투원은 2인 1조가 되어 숲 속에 마구 자란 풀밭을 이동해 갔다. 주위를 둘러싼 것은 여섯 명의 해방 동맹 병사와 경호원 소크였다. 슈지의 파트너는 미코시바. 겉모습으로는 일흔 살이 훨씬 넘어 보이는 미코시바는 잡초가 무성해 걷기도 힘든 길을 가볍게 지나갔다. 슈지를 돌아보더니 낮은 목소리로 말한다.

"30인 위원회의 한 사람이라면, 당신은 세노가 본가의 장(長)이군. 우리는 먼 친척이 되겠어."

슈지는 안면 보호대 너머로 주름투성이인 얼굴을 바라보았다. 먼 친척이 아니라 이 노파는 2백 년 후 자신의 자손일지도 모른다. 하지만 저쪽 세계에서는 자신과 아내 사이에 자식이 없었다. 자신이 죽은 후에 아내는 양자라도 데려온 것일까. 슈지는 두서없는 생각들을 접었다. 지금은 눈앞의 문제에 집중할 때다.

"그 두더지 인간들이란 어떤 사람들인가요. 지하에서 대체 어떤 생활을 하는 거죠."

해방 동맹의 지도자는 얼굴을 찡그렸다.

"그 인간들은 모두 과학을 증오해. 겨우 사용하는 것은 백열전등과 공기 조정용 팬 정도야. 에디슨 시절의 기술이지. 컴퓨터는커녕 바이러스 방호복조차 입지 않아. 아까 지민의 평균 수명은 40세라고 했지. 두더지 인간은 그보다 열 살은 일찍 죽어. 생명을 깎아 먹으면서도 과학은 거부해."

21세기에도 과학이며 의학을 거부하는 광신적인 종교 단체가 있었던 것을 슈지는 떠올렸다. 미코시바는 빈정거리는 미소를 띠었다.

"지민조차 놈들은 과학에 오염된 인간들로 본다는군. 어떻게 하면 당신 같은 탑의 제1층 인간이 받아들여질지, 이것도 볼거리겠구먼."

딱 한 번 적의 부대와 가까운 거리에서 마주쳤지만, 일행은 허리춤까지 오는 풀 속에 구부리고 앉아 숨을 죽였다. 슈지가 숨은 장소에서 불과 몇 미터 정도 떨어진 좁은 길을, 중무장을 한 2개 소대가 지나간다. 목숨을 건 숨바꼭질이었다. 그동안 소크는 자동 소총의 안전장치를 해제하고, 슈지의 방패가 되어 있었다.

정글처럼 나무들과 잡초가 제멋대로 자란 신주쿠고엔을 1킬로미터 정도 이동하는 데 한 시간 가까이 걸렸다. 오키도몽 근처의 대온실은 군청색의 밤하늘을 등지고 골격만 검디검게 남아 있었다. 유리는 옛날에 깨져 버린 듯, 창틀 구석에 흙색의 흔적만 남아 있을 뿐이었다. 대온실 건너편의 하늘에는 눈부신 빛을 뿌리는 블루 타워가 우뚝 솟아, 모든 것을 내려다보고 있다. 슈지는 지상에서 보는 높이 2천 미터 되는 탑의 압도적인 존재감에 몸이 떨렸다. 매일 저 탑을 지척의 거리에서 올려다보며, 과학을 수용하지 않은 탓에 일찍 죽어 가는 사람들의 심정은 어떨까.

(사람은 고도에서 자유로워지지 않으면 안 된다.)

슈지의 마음에 처음으로 자유 고도파의 슬로건이 실질적으로 울려왔다. 대온실 주변을 정찰하러 갔던 시즈미가 돌아와 정황을 미코시바에게 보고했다.

"탑의 군인도 해방 동맹의 반란 부대도, 지금은 없는 것 같습니다."

미코시바는 가볍게 일어서서, 슈지에게 말했다.

"가자. 여기 있으면 누군가에게 발견되는 것은 시간문제다. 세노 슈, 좋은 것을 가르쳐 주어서 고맙네. 부하 앞에서는 절대 망설이는 모습을 보이지 말 것. 잘못은 나중에 고칠 수 있지만, 한번 잃은 신뢰는 돌이킬 수 없는 거야. 뭐니 뭐니 해도 저 아이들은 내 결정에 목숨을 걸고 있으니까."

어쩌면 자신의 핏줄일지도 모른다 생각하니 이 노파에게 친밀감이 느껴지는 것이, 스스로도 이상했다. 슈지도 일어서서 엉덩이를 털며 말했다.

"돌이킬 수 없는 잘못을 저지른 적은 없습니까."

해방 동맹 지도자는 위엄 있는 눈으로 슈지를 바라보았다.

"몇 번 있지. 그러나 약한 모습을 보여서는 안 돼. 내 입속은 상처투성이야. 그럴 때마다 이를 악물었거든. 아파서 후회해도, 흘러나온 피를 삼켜 버리면 아무도 몰라."

미코시바는 대온실을 향해 바다처럼 파도치는 초원을 걷기 시작했다. 블루 타워의 항바이러스 약으로 바람이 뿌옇게 흐려졌다. 지민의 군벌을 다스리는 지도자의 고뇌를 이해하려고 했지만, 평화로운 20세기에 태어나서 자란 자신은 그런 것은 도저히 흉내 낼 수 있을 것 같지 않았다.

슈지는 작은 등을 쫓아, 2백 년 후의 녹색에 발을 들이밀었다.

대온실 속은 그야말로 정글이었다. 아무도 손질하는 사람이 없는 것 같다. 세계 각지에서 모인 열대의 희귀한 식물이, 한정된 공간과 햇볕을 찾아 치열한 경쟁을 펼치고 있었다.

쭉쭉 뻗어서 창틀만 남은 천장을 빠져나온 잎이 넓은 큰나무에는, 어느 줄기에나 반드시라고 해도 좋을 만큼 기생종(寄生種) 덩굴이 매달려 있었다. 개중에는 기생 식물 위에 또 기생하는 것도 있다. 배수가 좋지 않은지, 발밑은 푹신하고 질척했다. 예전에는 콘크리트였던 길에 부엽토가 두텁게 쌓여 있다. 시즈미가 대온실의 중앙에 위치한 오두막을 가리켰다.

"저기에 지하로 통하는 구멍이 뚫려 있다."

일행은 천천히 일본식 오두막에 가까이 갔다. 십여 미터 정도의 거리가 되었을 때, 위쪽에서 매서운 목소리가 들려왔다.

"잠깐, 여기서부터는 대지의 집 영역이다. 더러운 방호복을 입은 너희들, 빨리 이곳을 떠나라."

소리에 놀란 해방 동맹의 젊은 병사들이 자동 소총을 들고, 열대 나무들을 올려다보았다. 슈지는 소리쳤다.

"쏘면 안 돼. 총을 내려놔."

그때 바스락 소리가 나고, 전방의 양치식물 덤불에서 소년 한 명이 나타났다. 손에는 구식 산탄총을 들고, 검은 스포츠 점퍼에 청바지 차

166

림이다. 그것은 20세기에 태어난 슈지에게는 지극히 자연스러운 패션이었다. 하지만 지민과 탑의 사람들에게는 꽤 이상한 차림으로 보였던 것 같다. 병사들조차 한시라도 빨리 그 자리에서 벗어나고 싶은 듯 몸을 빼고 있다. 슈지는 그 이유를 충분히 이해했다. 이 소년은 황마 바이러스가 만연한 야외에서, 바이러스 방호복도 입지 않고 있다. 이미 감염되어 있을지도 모른다. 슈지는 코코에게 들은 생물 병기의 사망률을 떠올렸다. 과거 30년 동안 평균 88퍼센트. 압도적인 숫자다. 방호복의 스피커를 사용하지 않는 소년의 목소리가 슈지에게 바로 들려왔다.

"빨리 돌아가라. 대지의 집은 저 소동과는 무관하다."

소년은 턱 끝으로 먼 초원의 전투를 가리켰다. 슈지는 말했다.

"나는 블루 타워의 30인 위원 세노 슈라고 한다. 위원장인 오기와라 도이치도, 지민 해방 동맹의 지도자 미코시바 씨도 함께 있다. 저 전투는 우리를 겨냥한 것이다. 대지의 집에서는 곤경에 처한 우리를 쫓아낼 것이냐. 저들에게 발견되면 우리의 생명이 위험하다. 오늘 밤만이라도 좋다, 숨겨 주지 않겠나."

소년은 잠시 생각하는 듯했다.

"여기서 기다려."

그렇게 소년은 한마디를 남기고, 양치식물의 녹색 커튼 속으로 사라졌다. 소크가 슈지의 귓가에 대고 말했다.

"두더지 인간이라. 놈들과 싸워 봤자 의미는 없을 것 같군요, 보스. 이미 반은 죽어 있는 거나 다름없어요. 이 지표에서 방호복조차 입고 있지 않으니."

대온실의 나무들 위에서 자신들을 감시하는 시선이 느껴졌다. 일곱 명의 전투원이 주위를 둘러싸고 있지만, 위에서 퍼붓는 공격을 막을 수는 없을 것이다. 나무 사이에서 일행을 노리는, 몇 개의 총구가 겨누어지고 있다. 오기와라가 입을 열었다.

"어떻게 할까. 저쪽도 상관이 나올 것 같다. 교섭은 내가 맡을까."

슈지는 고개를 가로저었다. 왠지 모르겠지만, 탑 바깥에서의 교섭이라면 이 냉철한 위원장보다는 자기가 유리할 거라는 생각이 들었다. 슈지는 방호복 속에서 속삭였다.

"코코, 들리나."

직접 고막에 진동이 되돌아오는 것 같았다. 왼손의 얇은 팔찌에서 대답이 들려온다.

"예, 주인님."

"대지의 집에 대해 알고 싶다. 간단히 부탁해."

코코는 즉석에서 해설을 시작했다. 무한한 용량을 가졌다는 홀로그래프 메모리의 너무나 빠른 반응에 슈지는 새삼스럽게 가벼운 충격을 받았다.

"대지의 집 탄생은 75년 전 대선별(大選別)로 거슬러 올라갑니다. 블루 타워가 준공되며, 탑 안에 들어갈 수 있는 사람과 들어갈 수 없는 사람이 구분됩니다. 탑에 들어가는 사람은 지배 계급이거나 특수한 재능을 가진 사람, 혹은 막대한 재산을 가진 사람들뿐이었습니다. 황마를 두려워해 대량의 난민들이 블루 타워로 몰려들었습니다만, 태반은 탑의 입주를 허락받지 못하고 지표에 남겨졌습니다. 그중 전투적인 자들은 지민이 되고, 비전투적인 자들은 지하로 들어가 대지의 집을 만들었습니다. 그들의 신조는 철저한 과학 기피. '황마는 무서운 생물 병기이지만, 그것도 또 하나의 생명에 지나지 않는다. 모든 생명은 대등하며, 사람이 바이러스로 죽는 것은 자연스러운 일이다'라고 그들은 생각하고 있습니다."

목숨 걸고 행해진 대선별. 슈지는 자신이 75년 전에 전이하지 않은 것이 천만다행이라고 마음속으로 생각했다. 많은 가족과 연인들이 그곳에서 헤어졌을 것이다.

"평균 수명은 30대라고 하던데. 그들의 인구는 늘고 있나?"

코코는 냉담하게 말했다.

"블루 타워와 마찬가지로 인구 곡선은 기복이 없이 평형을 유지하고 있습니다. 황마 바이러스에 의한 높은 사망률을, 그들은 높은 출산율로 메우고 있습니다. 블루 타워 연구자에 의하면 대지의 집 평균 초혼 연령은 11.3세, 여성은 일생 동안 평균 6.4명의 아이를 낳는다고 합니다."

탑 안에서 뿐만이 아니다. 이 세계에는 지하에도 또 다른 종류의 지옥이 있는 것이었다.

3

"많이 기다리게 했다."

다시 그 소년의 목소리가 들렸다. 이번에는 두껍게 쌓인 양치식물의 잎을 가르며 소년이 20대 청년 한 사람과 함께 나타났다. 이쪽도 청바지 차림이지만, 감색 트레이닝 복 가슴에 크게 'GAP'이라고 씌어 있었다. 햇빛을 받지 않은 탓인지, 청년은 몹시 얼굴이 하얬다.

"우리 대지의 집은 전투를 원하지 않는다. 너희들은 언제나 과학과부를 빼앗기 위해 서로 전쟁만 하고 있지. 그 흉물스런 위장복은 뭐냐. 숲에 숨어 있다가 사람을 덮치기 위한 바이러스 방호복이냐. 어리석은 놈들."

지하 세계에서는 이 젊은이가 아마 장년층일 것이다. 목소리에는 얼굴에 걸맞지 않는 장중함이 서려 있었다. 슈지는 아까와 같은 내용을 청년에게 말했다. 청년은 무표정하게 말했다.

"지도자며 위원장이라는 게 뭘 어떻다는 거냐. 고도가 없는 지하에서는, 위의 세계며 직책 따위는 관계없다. 오히려 높은 사람을 증오하는 분위기가 대대로 강하다. 우리 선조들은 한 사람도 대선별에 뽑히지 않았으니까."

오기와라가 뭔가 카드를 꺼내, 높이 들었다.

"이것은 블루 타워에서 자유롭게 물건을 살 수 있는 카드다. 사용 제한은 없다. 약품, 식품, 전기 제품, 어떤 것이든 마음껏 살 수 있다. 아니면……."

블루 타워 위원장은 비서의 컴퓨터를 빼앗아 들고, 모니터를 열어 보였다.

"이 안에는 여러 가지 소프트웨어며 오락뿐만이 아니라, 너희들이 상상조차 할 수 없는 의학 지식이 가득 들어 있다. 이거 한 대로 죽어가는 아이들을 몇십 명이나 구할 수 있어."

청바지 차림의 청년은 지긋지긋하다는 듯 고개를 저었다.

"그렇게 더러운 것은, 대지의 집에 가지고 들어갈 수 없다. 왜 탑의 사람들은 그렇게까지 지식과 과학을 추구하는 거지. 그것이 너희를 행복하게 해주나. 그 기술이 과연 싸움과 미움을 막을 수 있나. 너희는 지금 누군가를 속이려 하고 있지 않느냐. 너희들의 얼굴에는 공포와 배신이 서려 있다."

오기와라는 슈지를 보고 어깨를 움찔했다. 대처할 방법이 없는 듯하다. 그때 미코시바가 조용히 말했다.

"자네, 지하에 있다고 해도 거짓말쟁이 왕자 이야기는 들었겠지. 여기에 블루 타워의 거짓말쟁이 왕자가 있어. 자, 가네마쓰 씨, 그 노래를 불러 줘."

돌아가는 형편을 지켜보던 음유 시인이 어두운 온실 속에서 양손을 들었다. 연푸른 일곱 색의 무지개가 가네마쓰의 방호복 가슴에 떴다. 손목 끝만으로 오른손을 흔들자 뿔피리 비슷한 철금의 맑은 음색이 흐르기 시작했다. 차분한 목소리가 열대 나무들 속에 흘렀다.

거짓 추격자에 쫓겨
파란 왕자는 지하에 숨는다
땅굴에서 소중한 혈족을 잃고
새로운 아군과 진짜 적을 발견한다
일곱 개의 탑이 하늘을 메우려 할 때
지하에 불꽃이 넘쳐
재탄생의 시간은 다가오리니
그것은 비통과 통곡의 시간

유명한 음유 시인의 노랫소리도 대지의 집 청년을 움직이지는 못한 것 같았다. 청년은 비아냥거리는 어투로 말했다.

"우리 쪽에서도 노래와 춤은 유행이다. 시인도 많이 있다. 블루 타워의 거짓말쟁이 왕자가 뭐 어쨌다는 거냐. 그런 건 단순한 미신에 지나지 않아."

미코시바는 안면 보호대 아래로 손자뻘 되는 청년에게 웃어 보였다.

"확실히 미신일지도 모르지. 그래도 그것은 모두가 믿는 미신이야. 모두가 믿는 미신이란, 현실적인 힘을 가진다. 그 왕자는 황마 바이러스를 제압하여 모든 인간을 옛날처럼 지상에 나오게 한다고 하지 않느냐. 너희는 그런 기회를 빤히 보면서 버릴 건가."

청년의 표정이 어두워졌다. 잔뜩 겁을 먹고 있는 듯한 기미가 눈가에 역력했다.

"좋아. 하지만 그 남자가 전설의 거짓말쟁이 왕자라고 한다면, 그 증거를 보여 봐."

지하인인 청년은 오른손을 들어 곧장 슈지를 가리켰다. 자신이 무엇을 할 수 있을지, 슈지는 도무지 알 수 없었다. 코코를 이용하여 마술 흉내를 내도 상대에게 효력은 없을 것이다. 이 시대의 첨단 과학을 증오하고 있으니까.

슈지는 자신에게 쏟아지는 수십 명의 시선을 느꼈다. 그리고 미코시 바에서 아까 들은 지도자의 마음가짐을 떠올렸다. 결단은 빠르게, 잘못해도 망설이는 기색은 보이지 않을 것. 의심을 받으면 힘은 반감한다. 슈지는 가볍게 고개를 가로저었다. 등에 붙은 바이러스 방호복의 지퍼에 손을 댄다. 리나와 비서 세키야가 슈지를 막으려고 비명을 질렀다.

"뭘 하십니까, 위원님."

"안 돼요, 슈 씨."

슈지는 웃으며 이중으로 밀폐된 지퍼를 내렸다. 그 자리에 있던 모두가 숨을 삼키고, 방호복을 벗는 슈지를 바라보고 있었다. 위장 보호복을 벗자, 파란색으로 빛나는 광물질의 마이크로 파이버 슈트 차림이 되었다. 안색을 바꾼 청년에게 말한다.

"내가 살고 있던 세상은, 지금부터 220년 정도 전의 시대였다. 그곳에서는 아무도 이런 우주복 같은 것을 입지 않고 자유롭게 지표를 걸어 다녔지."

거기서 대지의 집 청년을 가리켰다.

"자네가 입고 있는 것은 그 시대의 옷이다. 'GAP'이라는 미국 브랜드로, 당시 젊은이들에게 인기가 있었다. 청바지의 허리에 상표가 붙어 있지 않나. '빌트 포 스타일, 메이드 투 라스트(built for style, made

to last)'. 세련되고 견고하다는 문구가 붙어 있었던 것 같군. 그 무렵에
는 황마가 아니라, 단순한 인플루엔자 정도에 불과했지. 빌딩 높이도
고작해야 2백 미터 정도였고 높이 2천 미터의 탑이라는 건 건축 회사
들이 그리는 미래 사회의 이미지에 지나지 않았다."

슈지의 목소리는 온실 속에 울려 퍼졌다. 아무도 믿지 않는다 해도
상관없었다. 슈지는 마지막 순간에 모든 것을 솔직하게 이야기해 버리
고 싶었을 뿐이다. 열대 나무들 사이를 빠져나가는 바람은 미지근했
다. 슈지는 이쪽 세계에 와서 처음으로 바람의 상쾌함을 온몸으로 느
꼈다.

"나는 이 세노 슈라는 남자의 먼 선조가 아닌가 한다. 왜 정신만 시
간의 벽을 넘어 이 남자 속으로 뛰어 들어왔는지, 나 자신도 모른다. 블
루 타워의 거짓말쟁이 왕자라는 것이, 정말로 나인지도 자신 없다. 나
는 그저 뭔가 큰 힘에 조종되어 이 세계에 왔을 뿐이다. 그리고 뭐가
뭔지 모르는 이 비참한 세계에서, 너희들과 함께 괴로워하고 있다."

슈지가 그렇게 말을 마치자, 양치식물 잎을 흔들며 소년과 청년이 무
릎을 꿇었다. 청년은 눈을 감고 말했다.

"실례했습니다. 대지의 집의 오랜 전설에 이런 게 있습니다. 2가 늘
어선 해, 열대의 숲에 이방인이 나타나 아무도 모르는 과거의 이야기를
한다. 그 이방인이 지하 사람들을 지상으로 해방시킬 것이다. 세노 슈
님, 2가 늘어선 해가 아득한 미래가 아닌 오늘 밤이어서 다행입니다. 저
는 대지의 집의, 부대장 아라쿠시〔亞羅苦死〕입니다. 이곳에서 2년 동안
당신을 기다렸습니다."

아라쿠시는 양치식물 잎을 가르고, 계단이 끊긴 구멍으로 일행을 안
내했다. 그것은 사람 한 명이 겨우 내려갈 정도로 어두운 늪이었다.

4

신주쿠고엔의 지하에는 좁은 터널이 여기저기 있었다. 상승과 하강을 몇 번이나 거듭한 탓에, 슈지는 자신들이 얼마나 지하 깊은 곳에 와 있는지 알 수 없었다. 일행이 안내된 곳은 좁은 통로 한쪽에 세 개의 방이 나란히 있는 모퉁이였다. 각각의 방은 알전등 한 개만이 켜져 있는 동굴 창고였다. 바닥에는 나무껍질로 짠 깔개가 보인다. 벽은 정성껏 반죽한 흙을 하얗게 발라 놓았을 뿐이었다. 바이러스 방호복을 입은 해방 동맹 병사는, 이내 작업에 들어갔다.

입구를 지퍼가 달린 비닐로 밀봉하고, 실내를 휴대용 항바이러스 약으로 살균한다. 세 개의 방에서 간단한 황마 대책을 완료하자 서로의 방호복에 약액을 뿌리고, 그제야 조심스럽게 지퍼를 내렸다. 방은 해방 동맹, 오기와라, 슈지순으로 배정되었다. 이미 지상에서 방호복을 벗었던 슈지는 어두컴컴한 복도에서 다른 사람들의 행동을 바라보고 있었다. 비닐로 된 기밀실 문 저편에서 오기와라가 말했다.

"세노 슈, 자네한테 정말 놀랐어. 2백 년 전 세상에서 시간의 벽을 넘어 이 세계로 왔다니. 어이없는 상상력이야. 자네한테 그런 배우 기질이 있다니. 게다가 효과를 높이기 위해 바이러스 방호복까지 벗다니 정말 대단해."

슈지는 팔짱을 끼고 말했다.

"최근 내가 다른 사람 같다고 느끼지 못했나."

오기와라는 웃으며 고개를 저었다.

"저런 저런, 나까지 속일 셈이야. 지하의 미개인은 속여도 오랜 친구인 나는 못 속여."

경호원 소크가 다른 문에서 낮은 소리로 말했다.

"보스, 저는 아까의 말씀을 믿습니다. 2백 년 전은 몰라도, 보스가 뭔가 달라진 것은 확실합니다. 아까의 배짱하며 시로가네 공원의 전투하며, 보스는 요즘 전혀 다른 사람 같습니다. 저는 예전의 보스보다, 지금의 보스 쪽이 단연코 더 좋습니다.”

리나가 옆방에 있는 오기와라를 향해 주먹을 들이대는 몸짓을 했다. 슈지는 쓴웃음을 지으며 투명 막 저편의 제5층 소녀를 지켜볼 뿐이었다.

대지의 집 사람들은 그날 밤 즉시 파티를 열어 주었다. 천장 높이가 3미터 정도 되는 큰 지하 거실에, 탁주를 가득 채운 잔들이 널려 있었다. 안주는 들새구이로 맛있는 냄새가 방 안에 가득했다. 지상에서 온 전원이 초대되었지만, 바이러스 방호복을 재착용하고 참석한 사람은 미코시바와 시즈미, 소크와 세키야, 그리고 리나뿐이었다. 슈지는 물론 방호복을 벗은 채 나타났다.

만약 자신에게 이 세계에서 해야 할 일이 있다면, 황마에 감염되는 일은 분명 없을 것이다. 이상한 자신감에 휩싸인 채 슈지는 먹고 마셨다. 또 한 사람 방호복을 벗은 이는 음유 시인이었다. 가네마쓰는 기쁜 듯 잔을 비워 갔다.

“저런 걸 입고 있으면 술도 제대로 못 마시지. 솔직히 나는 어렸을 때 황마에 걸린 적이 있었는데 말이야. 희한하게 아무런 후유증도 없단 말이야. 그런데 당신, 아까 옷 벗는 폼 멋있던데. 그 장면은 노래로 만들어 후세에 남겨 둘 가치가 있겠어.”

음궁을 일곱 색으로 무릎 위에 띄우고 노래를 부르기 시작한다. 그 노랫소리에 맞춰 10대 초반의 소녀들이 춤을 추었다. 하늘거리는 얇은 천 속에, 아직 덜 성숙한 몸의 곡선이 희미하게 떠오르고 있었다. 리나의 방호복 스피커에서 소리가 났다.

“슈 씨, 아직 어린아이예요. 징그러운 눈으로 보지 마세요.”

대지의 집 부대장인 아라쿠시가 슈지 옆에 앉았다.

"저래 뵈도 훌륭하게 아이를 낳을 수 있습니다. 당신은 황마를 물리치고 이 세계의 상하 문제를 해소하기 위해 무엇을 할 생각이십니까?"

슈지는 말문이 막혔다. 무엇을 하면 좋을지 전혀 알 수 없었다. 도대체 한 사람의 힘만으로 이렇게 황폐한 세상을 구원한다는 게 가능한 일인가.

"전설은 단순한 미신일지도 모르지. 나는 연구자도 아니고, 어떻게 하면 황마 바이러스를 물리칠 수 있을지 상상할 수도 없어."

그때 시즈미의 비명 소리가 들렸다.

"지도자 님, 안 됩니다."

소리 나는 쪽을 보자 미코시바가 일어서서 바이러스 방호복을 벗으려 했다. 금세 지퍼를 내리고 전투복 차림이 된다. 심호흡을 하며 말했다.

"내게도 한잔 주렴. 오늘 밤은 왠지 아주 기분이 좋구나. 땅 위는 상황이 어떻게 되어 가고 있을지 모르겠지만, 걱정해 봐야 소용없겠지. 기분 좋게 즐기자고."

미코시바는 슈지와 리나 사이에 자리를 잡았다. 어린 댄서에게는 질투를 하던 리나도 해방 동맹 지도자에게는 순순한 태도를 보였다. 미코시바는 나무껍질로 짠 깔개에 앉으며 슈지의 어깨에 손을 올렸다. 속삭이듯 귓가에 대고 말한다.

"감이 이상해. 아무래도 내 인생은 이제 얼마 남지 않은 것 같다. 세노 슈, 당신에게 시즈미를 맡기겠어. 저 아이는 잘 드는 칼날처럼 우수하지만, 아직 어린애야."

그리고 단숨에 잔을 비우더니, 큰 소리로 말했다.

"블루 타워의 거짓말쟁이 왕자를 위해 건배하자. 탑도 지상도 지하도 없다. 세노 슈가 이 세상에서 상하 문제를 없애 주길 바라며."

다시 잔을 비우더니, 미코시바는 대지의 집 청년에게 물었다.

"이 터널에는 사람이 몇 명 정도 살고 있느냐."

아라쿠시는 가볍게 취한 얼굴로 대답했다.

"20세대 136명입니다. 이 일대는 이런 터널이 여기저기로 이어져 있어서, 어디서부터 어디까지가 우리 것인지 확실하지는 않습니다만."

"그런가, 136명이라."

슈지는 왜 미코시바가 젖은 눈으로 고개를 끄덕이는지 알 수 없었다. 해방 동맹 지도자는 슈지에게 말했다.

"달아날 수 있을 만큼의 사람들을 달아나게 해줘. 거짓말쟁이 왕자의 노래가 정말이라면, 나는 가까운 장래에 죽고, 이 터널은 다 타고 말 거야. 불의 시간은 임박했다. 춤을 추고 있는 저 아이들에게는 아무 잘못도 없지만 말이야."

미코시바는 노인이라고는 믿을 수 없을 정도의 강한 힘으로 슈지의 무릎을 잡고 있었다. 그 손이 떨리고 있음을 슈지는 느꼈다.

"미코시바 씨, 뭔가 보이는 겁니까. 앞으로 대체 어떻게 하면 좋을까요."

미코시바는 어두운 눈빛으로 말했다.

"2백 년도 전부터 정해져 있었다면 모든 것은 운명인 게야. 나는 죽고, 여기 있는 대부분의 사람들도 죽는다. 어디로 도망치고 무엇을 하든 숙명은 거역할 수 없다. 하지만 그것으로 당신이 눈을 뜬다면, 분명 필요한 손실인 것이야."

잔에 찰랑찰랑 탁주를 채우더니, 미코시바는 눈높이로 들어 올렸다. 슈지도 할 수 없이 잔을 부딪쳤다. 미코시바의 목소리는 노목의 정령으로 돌아간 듯하다.

"세노 슈, 당신은 깊이깊이 눈을 뜰 것이다. 한 번 눈뜨면, 이제 두 번 다시 잠들 수 없을 것이니. 이 목숨을 혼의 눈으로 각인시켜 두는 거야, 알겠지."

그렇게 말하며 노파는 젖은 눈으로, 흥청거리는 지하의 연회석을 빙 둘러 보았다. 슈지는 미코시바가 하는 말의 의미를 반도 알 수 없었다. 모든 것을 이해한 것은, 깊이 눈을 뜨고 난 뒤 모든 것이 한 발 늦은 후의 일이다.

암살의 아침

1

눈을 뜨자 머리 위에 알전등이 하나 켜져 있었다. 전날 밤의 취기가 가셨는지, 머리가 맑다. 지하 방이라 시간이 얼마나 지났는지 알 수 없었다. 슈지는 왼손을 들어 팔찌에 속삭였다.

"코코, 몇 시냐?"

어둠 속에서 손목에 떠오른 일곱 색의 홀로그래프가 공손하게 인사했다.

"오전 5시 15분 전입니다, 슈 님."

슈지는 머리를 들어 주위를 둘러보았다. 흙을 파내 만든 살풍경한 흰색 벽의 방이다. 바닥에는 나무껍질로 짠 카펫이 깔려 있고, 천으로 된 매트리스가 몇 개 있다. 슈지도 그 위에서 잤다. 향긋한 냄새와 거친 느낌으로 보아 아무래도 마른풀로 만든 침대 같다. 대지의 집은 모든 것에 화학제품을 사용하기를 꺼려하는 것이다.

슈지는 바이러스 방호복을 벗어 버렸지만, 다른 사람들은 갑갑하게 투명 비닐 방호복을 입은 채 잠들어 있다. 옆에 리나와 경호원 소크, 그리고 어찌 된 일인지 문에서 가장 가까운 곳에 지민 해방 동맹 소년 테러리스트 시즈미가 누워 있었다. 전날 밤, 환영 연회가 끝날 무렵, 미코시바가 슈지의 경호를 맡긴 것이다.

슈지는 가슴이 쿵쾅거려 견딜 수 없었다. 취기가 가신 맑은 의식에 떠오르는 것은, 미코시바의 젖은 눈과 그의 말이었다.

(내 인생은 이제 얼마 남지 않았다. 그 전설이 진실이라면 불의 시간은 임박했다.)

앞으로의 세계, 지민과 탑 사람들과의 관계에 대해, 더욱 미코시바와 이야기를 나누고 싶었다. 다시 잠이 올 것 같지 않은 슈지가 조용히 일어났다. 소크와 시즈미에게서 거의 동시에 소리가 날아들었다.

"보스, 어디에⋯⋯."

소리를 죽이고 슈지가 말했다.

"미코시바 씨에게 할 이야기가 있다. 노인이니 이 시간에 깼을지도 몰라. 건너편 방의 상태를 보고 오겠다. 시즈미 군 같이 가겠나."

슈지는 미닫이문을 열고 밝은 복도로 나왔다. 시즈미도 자동 소총을 어깨에 메고 뒤를 따라온다. 막다른 곳의 방 앞에 서자 슈지가 말했다.

"네가 불러 주지 않겠나. 주무시고 계시면 돌아갈 테니."

시즈미는 얇은 문을 똑똑 노크했다.

"지도자 님, 세노 슈가 할 이야기가 있다고 합니다."

안에서는 아무런 반응도 없었다. 시즈미가 걱정스러운 표정을 지었다.

"가즈시, 도모유키, 무슨 일 있었나."

소년 테러리스트는 해방 동맹 병사들의 이름을 불렀다. 시즈미는 문에 손을 댔다. 아무런 저항도 없이 미닫이문이 미끄러진다. 정면에 두꺼운 비닐 막이 있었다. 전날 병사들이 미코시바를 위해 만든 휴대용 황마 바이러스 에어록이다. 반투명의 막 저편에는 움직임이 없었다. 아무도 없는 듯 고요하다.

미닫이문과 에어록의 좁은 틈에 깡통 같은 것이 떨어져 있었다. 은색 바탕에 붉은 글자가 보였다. G18. 순간 시즈미의 안색이 바뀌었다. 방호복의 안면 보호대 아래에서 시즈미의 입술이 굳어졌다. 속삭이는 소리를 가슴의 스피커가 증폭한다.

"……가스를 썼어…… 무력화 가스……."

시즈미는 황급히 지퍼를 내리고 에어록을 열었다. 이중으로 된 막을 뚫고 들어가자 연기와 피 냄새에 온몸이 얼어붙었다. 알전등 불빛 아래 여섯 명의 인간이 누워 있었다. 병사들은 하나같이 잠을 자는 듯한 표정이었다. 이마에 한 개씩 작은 총구멍이 나 있었다. 매트리스에는 사람의 몸에서 흘러나왔다고 상상할 수 없을 정도의 피 얼룩이 남아 있었다. 베개가 나란히 있는 방의 오른쪽은 바닥이 질척하다. 아침에 눈을 뜨자마자 여섯 구의 사체를 발견하다니. 슈지의 신경이 몹시 날카로워졌다. 2백 년 전의 세계에서는 상상도 할 수 없는 광경이다.

"……지도자 님……."

앓는 듯한 소리를 흘리며, 시즈미가 제일 안쪽의 매트리스로 향했다. 해방 동맹 지도자의 작은 위장복이 보였다. 미코시바는 주름투성이인 얼굴로 웃고 있는 것 같았다. 죽기 전 어떤 꿈을 꾼 것일까. 노목의 정령 같았던 노파가, 어린 소녀 같은 미소를 띠고 있다. 시즈미는 시체 옆에 무릎을 꿇고, 얼굴을 담요로 덮었다. 슈지는 중얼거렸다.

"대체 이 방에서 무슨 일이 일어난 거냐?"

시즈미는 돌아보지도 않고 말했다.

"누군가가 무력화 가스를 실내에 뿌리고, 확인 사살을 했다."

"어디의 누가……."

그때 슈지는 옆방에 있어야 할 블루 타워의 30인 위원장 오기와라를 떠올렸다. 어쩌면 건너편 방에서도 참극이 일어났을지도 모른다.

"시즈미 군, 와줘."

복도로 뛰쳐나가, 옆방 문을 거칠게 열었다. 반투명의 막을 찢듯이 걷는다. 안에는 아무도 없었다. 매트리스가 말끔히 정리되어 있을 뿐, 누군가가 잔 흔적조차 없었다. 슈지는 중얼거렸다.

"어떻게 된 것이지."

등 뒤에서 시즈미가 말했다.

"현장에서 제일 먼저 사라진 인간이 가장 수상한 사람인 법이지. 그 위원장이 지도자를 암살하고 달아난 게 분명하다."

시즈미의 목소리는 기계처럼 딱딱했다. 좀 전의 충격적인 슬픔을 차갑게 억누르고 있다. 10대 중반에 강철 같은 자제력을 이미 익히고 있는 것이다. 슈지는 이 테러리스트의 지난 시간을 생각해 보았다. 제2, 제3의 시즈미가 나오지 않도록 자신은 무엇을 할 수 있을까. 소크가 아무렇지도 않게 말했다.

"무슨 일이 있었습니까, 보스."

슈지는 이를 악물고 말했다.

"미코시바 씨 일행이 전원 암살되었다. 그리고 오기와라 위원장은 사라졌다. 이것이 어떻게 된 사태인지 도무지 이해할 수 없다."

수 미터 간격으로 복도 천장에 매달린 백열등이 파도치듯 빛을 약하게 뿌렸다. 지하 통로 여기저기에서 사람들의 웅성거림이 들렸다. 시각은 아직 새벽 5시다. 2백 년 전의 GAP 트레이닝 복을 입은 젊은 남자가, 손전등을 손에 들고 복도를 총총걸음으로 다가왔다.

"어서 피하십시오."

세키야가 냉정하게 대답했다.

"아까의 전압 강하는 어떻게 된 겁니까?"

두더지 인간의 부대장이라는 청년이 긴장한 얼굴로 말했다.

"이 집단이 있는 상공에 헬리콥터가 몇 대 모여 있습니다. 머잖아 본격적인 공중 폭격이 시작되겠지요. 여러분은 더욱 지하 깊숙이 내려가서, 다른 지구로 도망쳐 주십시오. 나는 해방 동맹과 블루 타워 사람들을 인도하여 뒤에 따라가겠습니다."

슈지는 고개를 가로저었다.

"가도 소용없다네. 미코시바 씨 일행은 모두 살해당하고, 위원장은 사라졌어. 무슨 일이 일어났는지 아무도 몰라."

그때 발밑이 갑자기 들어 올려지는 듯한 흔들림이 일어났다. 리나가 비명을 지르며 주저앉았다. 강력한 충격에 흙벽에서 흙이 후드득 떨어져 내렸다. 한 박자 뒤에 지하 조명은 꺼지고, 비명만이 통로를 가득 채웠다. 여자들과 아이들의 소리가 여기저기에서 무수히 들렸다. 시즈미가 소리쳤다.

"공중 폭격이 시작되었다. 놈들이 지하 공격용 폭탄을 사용하기 전에, 가능한 깊숙이 숨어라. 그러지 않으면……."

다음은 전직 용병인 소크가 말했다.

"완전 가루가 되어 벽돌에 묻히거나, 무산소 상태에서 질식사하고 만다. 아라쿠시, 지하 공조 시설은 전원이 파괴된 후, 얼마나 버틸 수 있지."

손전등을 주위 벽에 흔들면서, 두더지 인간 청년은 말했다.

"45분 정도겠지요. 자, 이쪽으로."

유일한 불빛에 의지하며 일행은 손으로 벽을 더듬어 걷기 시작했다.

2

몇 개인가의 모퉁이를 돌아 계단과 완만한 언덕길을 내려갔다. 어느 틈엔가 슈지 일행 뒤에 두더지 인간 집단이 뒤따르고 있었다. 잠에서 금방 깨어난 듯 손에 아무런 짐도 들지 않은 지하 사람들을, 손전등이 따갑게 비추었다.

평균 수명이 30대라는 그들의 젊음에, 슈지는 충격을 받고 있었다. 최저한의 과학만을 누린다. 항바이러스 약과 방호복도 없이 생물 병기가 아직 맹위를 떨치는 대지의 바닥 깊은 곳에서 생활한다. 쾌적한 삶을 사는 탑에서는 상상도 못할 생활이었다.

두 번째 충격은 5분 후에 있었다. 지진이 난 듯 발밑이 마구 흔들렸다. 뒤따라오던 대열 속에서 비명이 들렸다. 지하 통로가 무너진 것 같다. 뒤쪽에서 흙먼지가 폭풍처럼 세차게 불어왔다. 선두에 있던 부대장 아라쿠시가 되돌아와서, 슈지가 그의 뒤를 이었다.

겁에 질려 서로 몸을 껴안은 어린아이들을 제치고, 열의 후미로 달려간다. 손전등에 비춘 것은 모래 색 연기가 피어오르는 터널과 먼지투성이 지하인들의 모습뿐이었다. 10미터 정도 되돌아갔지만 터널은 무너진 벽돌로 매몰되어, 막혀 있었다. 토사 속에서 이상한 방향으로 뒤틀린 다리 한쪽이 보인다. 매끄러운 것이, 아무래도 젊은 여자 같다. 슈지는 입술을 깨물고 말했다.

"어떻게 하겠나? 구출 작업을 시작할까."

위쪽 어딘가에서 또 다른 폭발이 일어났다. 불투명한 폭음이 지하를 울리고, 벽에서는 흙덩어리들이 떨어진다. 아라쿠시는 슈지를 돌아보았다. 창백한 얼굴은 경련을 일으킬 것처럼 긴장되어 있다.

"안 되겠어요. 여기 있으면 피해가 더욱 늘어날 뿐입니다. 게다가 저는 당신을 이곳에서 무사히 피신시킬 의무가 있습니다."

무너진 통로 저편에서 도움을 요청하는 비명 소리가 희미하게 들려왔다. 누군가가 돌이라도 주워 벽을 두들기는 것 같았다. 쿵쿵 하는 필사의 울림이 지하 터널을 떨게 하고 있다.

"아직 생존자가 몇 명 있는 것 같다. 그래도 갈 건가?"

터널 저편에서 화재가 일어난 것 같았다. 틈 사이로 흘러오는 공기에 갑자기 타는 냄새가 났다. 산소가 한정된 지하에서 화재는 최악의 사태다. 맹독성인 일산화탄소가 좁은 공간에 이내 가득 차 버린다. 대지의 집 청년은 감정의 동요도 없고, 안색도 바뀌지 않은 채 담담한 어조로 말했다.

"우리 아이들도 아직 이 위에 남아 있습니다. 하지만 지금은 당신을 안전하게 보호하는 일이 우선입니다. 당신을 안전한 장소까지 이끈 다음에, 나는 다시 이곳으로 돌아오겠습니다. 세노 슈, 제 말을 들어주세요. 당신은 모든 인간을 지하와 탑의 고도에서 해방시킬, 그분입니다. 어떤 희생을 치르더라도, 여기서 죽게 할 수는 없습니다. 당신은 우리의 희망입니다."

다시 격렬한 흔들림이 일어나고 터널의 일부가 붕괴했다. 좀 전까지 보이던 여성의 다리가 토사에 묻혀 간다. 이미 숨이 끊긴 것 같다. 천으로 만든 조잡한 신발은 조금도 움직이지 않는다. 그녀는 누군가의 애인이거나 어머니였을지도 모른다.

어젯밤 환영 연회에서 춤을 추던 소녀들의 모습을, 슈지는 문득 떠올렸다. 미소를 띤 채 죽어 간 미코시바와 지민 해방 동맹의 병사들. 아침부터 목격한 무수한 죽음으로 슈지의 마음은 저려 왔다. 눈앞에서 죽어 가는 사람들에 대한 주체할 수 없는 슬픔과 분노가, 가슴속에서 부글부글 끓어올랐다. 이렇게 아무것도 할 수 없는 자신이 대체 누구를 구할 수 있다는 것인가.

2백 년 후의 세계 모습은, 끊임없는 폭력과 고도에 따른 차별뿐이다. 아라쿠시는 이렇게 무력한 슈지를 전설 속의 누군가라 착각하여, 자신의 아이들을 희생시키면서까지 지키겠다고 한다. 나 같은 인간에게 그만한 가치가 있다는 것인가.

슈지의 마음은 닳고 닳아 너덜너덜해졌다. 평화로운 시대를 살아온 21세기의 인간으로서는 더 이상 견딜 수 없었다. 도움을 청한 슈지 일행을 숨겨 주었다는 것만으로, 터무니없는 폭격을 받고 죽어 가는 대지의 집 사람들의 억울함을 생각하면, 감상에 빠져 눈물을 흘릴 수도 없다.

언젠가 미코시바가 한 말이 슈지의 머리에 떠올랐다. 돌이킬 수 없는 잘못을 저질렀을 때, 지도자로서는 어떻게 하는가. 늙은 전사는 위엄 있는 눈으로 슈지를 노려보며 이렇게 대답했었다.

"약한 모습을 보여서는 안 돼. 내 입속은 상처투성이야. 그럴 때마다 이를 악물었거든. 아파서 후회해도, 흘러나온 피를 삼켜 버리면 아무도 몰라."

슈지는 힘껏 아랫입술을 깨물었다. 입속에 피맛이 퍼지자, 곧 쏟아질 것만 같던 눈물이 삼켜졌다. 의지를 발휘하여, 저편에 무수히 남아 있을 생존자와 잿더미에서 시선을 돌렸다.

지금은 울 때가 아니다. 여기서 멈춰 서 있을 때도 아니다. 입속에 고인 피를 꿀꺽 삼키고, 슈지는 아라쿠시의 뒤를 쫓아 흙먼지 나는 지하 통로의 더욱 깊숙한 곳으로 걸어 들어갔다.

계단과 수직에 가까운 사다리를 무수히 내려가, 일행은 대지의 집 최하층까지 왔다.

엉거주춤한 자세로 한 사람이 지나갈까 말까 한 좁은 터널이다. 환

풍기가 한 대 돌고 있지만 열 명이 넘는 사람들이 모여 있으니, 몇 번이나 심호흡을 해도 숨쉬기가 힘들었다. 아라쿠시는 조립식 군용 삽을 펴고 삽 끝으로 벽을 두들겼다.

수 미터 정도 그런 자세로 이동하니, 흙벽에서의 공명음이 약간 높아졌다. 삽을 반 정도 벽에 묻고는 말했다.

"이곳은 이웃 부락과 얇은 토사 너머로 이어진 비밀 통로입니다. 기다리세요."

대지의 집 부대장은 맹렬한 기세로 벽을 허물기 시작했다. GAP 트레이닝 복은 이내 흙투성이가 된다. 불과 몇 분 만에 벽에 구멍이 뚫리고, 희미한 빛이 새어 나왔다. 아라쿠시는 네모난 구멍 저편에 대고 말했다.

"대온실의 부대장 아라쿠시다. 여기에 전설의 블루 타워 왕자가 있다. 그쪽 통로를 지나 먼 곳으로 도망가도록 협조해 주기 바란다."

아라쿠시의 신호로 슈지는 막 생긴 구멍을 빠져나갔다. 백열전등 빛을 온몸에 받으며 신선한 공기를 심호흡한다. 다음으로 이웃 부락의 지하 통로에 얼굴을 내민 것은 천으로 조잡하게 만든 봉제 인형을 든 소녀였다. 슈지는 구멍을 빠져나오는 아이들을 세고 있었다. 천천히 손가락을 꼽아도 양손이 남았다. 130명이 넘는 부락이 하룻밤 사이 이렇게 무너지고 말았다. 슈지의 수행원 네 명이 마지막으로 구멍을 빠져나왔다. 굳은 표정으로 누구 하나 입을 열지 않았다. 무너질 듯한 구멍에서 아라쿠시가 상반신만 들이밀었다. 슈지에게 흙투성이 손을 내민다.

"나는 지금부터 우리 부락으로 돌아갑니다. 대지의 집 사람들을 잊지 말아 주세요. 언젠가 당신이 모든 사람을 고도의 저주로부터 해방시켜 주시기를. 안녕, 건강하세요, 세노 슈."

슈지는 양손으로 아라쿠시의 손을 꽉 잡았다. 멀리서 둔한 폭발음이 울려온다. 여전히 공습 폭격이 이어지는 자신의 부락으로 이 청년은 되돌아가려고 한다. 환기 시설이 파괴되어 거기에 간다면 20분도 제대로 숨 쉬지 못하고 죽을 것이다. 하지만 그 자리에 있던 누구도 아라쿠시를 막을 수는 없었다.

밝고 맑은 눈과 웃는 얼굴에 아라쿠시의 굳은 결의가 뚜렷이 나타나 있기 때문이었다. 남겨 두고 온 아이들에게로 돌아가, 자신도 그곳에서 마지막을 맞이할 것이다. 참고 있던 슈지의 눈에 눈물이 흘러넘쳤다.

"미안하네. 우리를 하룻밤 도와준 답례가 이렇게 되어 버렸어. 미안하네."

아라쿠시는 눈물도 보이지 않고 웃으며 말했다.

"사과할 것 없습니다. 아시겠습니까, 나는 당신을 구한 게 아닙니다. 세계를 구한 것입니다. 세노 슈, 꼭 지표를 모든 사람의 것으로 해주십시오."

그리고 아라쿠시는 이웃 부락의 사람에게 고개를 끄덕였다.

"폭격 후 정찰 부대가 올 것이다. 이 구멍은 도로 메워 놓고, 그쪽 통로는 폭파해 줘. 이 사람을 부탁한다."

그러고는 대지의 집 청년은 몸을 돌려 통로 저쪽으로 사라져 버렸다. 슈지는 언제까지고 심연 같은 지하 구멍을 바라보고 있을 뿐이었다.

3

그곳에서 또 두 개의 지하 부락을 거쳐, 슈지 일행이 지상으로 나온 것은 신주쿠고엔에서 1킬로미터 정도 떨어진 에이단마루노우치 선(線)의 요쓰야 3가 역이었다. 지하철 홈과 선로는 탑 안으로 들어가지 못한 가난한 사람들의 주거지였다. 박스와 합판으로 만들어진 상자가 무수히 늘어서 있고, 바이러스 방호복을 입지 않은 자들은 무심히 방호복을 입은 슈지 일행을 지켜보았다.

지상으로 나오는 계단에서 감사 인사를 하고, 슈지 일행은 대지의 집의 어린 경호원과 헤어졌다. 끝이 말려 올라간 셔터를 빠져나가 타일이 벗겨진 계단을 천천히 올라간다. 정면의 소방 박물관 첨탑 상공에, 많은 헬리콥터들이 춤을 추고 있었다. 소크는 자동 소총을 들고 스코프를 들여다보았다.

"지금 작전 중인 기체(機體)만 열두 대입니다. 청색뿐만이 아닌 것 같습니다. 보스, 이것은 블루 타워 정규군만의 작전이 아닌 게 분명합니다. 칠탑 연합이 움직이고 있습니다. 이번 공습 폭격에는 막강한 배후 세력이 있는 것 같습니다."

슈지도 계단 난간으로 얼굴만 내밀고, 폐허처럼 엉망이 된 요쓰야 시내의 하늘을 보았다. 운송용 헬리콥터를 폭격기로 개조한 것일 것이다. 동체가 긴 거대한 기체는 오렌지색, 은색, 녹색, 황색이었다. 작은 새가 노닐 듯 하늘을 오가며, 대온실 주위에 드문드문 폭탄을 떨어뜨리고 있었다. 정책 비서인 세키야가 얼굴 위 반을 가리는 선글라스 형 모니터를 보며 말했다.

"아직 전파 장애가 수습되지 않은 것 같습니다. 군용 전파 이외는 모두 교란되고 있습니다. 위원님, 앞으로 어떻게 하시겠습니까."

슈지는 신주쿠고엔의 반대편 하늘을 돌아보았다. 그곳에는 찬란한 한낮의 햇빛 속에 높이 2천 미터의 블루 타워가 주변의 모든 것을 제압하듯 솟아 있었다. 제4층의 최상층에서 뿌려진 항바이러스 약 안개는 뿌연 연기가 되어, 마치 산중턱에 걸려 있는 구름 같다.

"블루 타워로 돌아가자. 여기 있어도 할 수 있는 것은 아무것도 없다. 모든 것이 시작된 블루 타워에서 할 수 있는 것부터 시작하겠다. 대지의 집 사람들과 미코시바 씨를 위해서라도, 내가 할 수 있는 일이라면 무엇이든 해볼 생각이다.”

리나가 걱정스러운 듯 말했다.

“우리는 괜찮지만, 동생······.”

시즈미의 험악한 시선을 의식한 듯 리나는 낮은 목소리로 고쳐 말했다.

“저기 해방 동맹 아이는 어떻게 해요.”

슈지는 세키야에게 말했다.

“시즈미를 탑 안으로 데려가려면 어떻게 해야 하지.”

“평소라면 온라인으로 거주 증명을 떼면 됩니다만, 지금은 유선이 아니면 불가능합니다. 어떻게 하든 블루 타워로 돌아갈 필요가 있겠지요. 제 컴퓨터도 전원이 불안해졌습니다. 코코처럼 트리플 A급이 아니어서, 발전 위성으로부터 전파를 받아 전기로 바꾸는 건 꿈도 꾸지 못합니다.”

슈지는 세키야에게 고개를 끄덕여 보이고, 계단에 걸터앉은 소년 테러리스트를 보았다. 소년은 경련하듯 입가를 떨며 어눌하게 말했다.

“내가 탑에 들어가는 것은 상관없다. 그러나 세노 슈, 한 가지 약속해 주지 않겠나. 오기와라라는 남자는 내가 죽이고 싶다.”

슈지는 묵묵히 시즈미를 바라보았다. 소년은 순간 놀라우리만치 천진한 어린아이의 표정을 지어 보였다.

“미코시바 씨는 친위대인 우리에게 어머니 같은 존재였다. 고아들만 모인 부대인 우리는 언제나 지도자와 행동을 함께했었다.”

슈지는 끄덕이며 말했다.

“알겠다. 오기와라 위원장이 미코시바 씨의 살해 주범이라는 증거를 찾아내면, 네가 원하는 대로 해도 된다.”

거기서 슈지는 해방 동맹 지도자와 대지의 집 청년의 최후를 떠올렸다. 스스로 상상조차 하지 못했던 말을 내뱉는다.

"만약 오기와라가 범인이라면, 내가 죽여 버리고 싶다."

슈지의 말을 주황색 헬리콥터의 폭음이 가로막고 지나갔다.

그곳에서 해가 지기를 기다려 저녁 어둠을 타고 슈지 일행은 이동을 개시했다. 블루 타워까지는 불과 몇 킬로미터의 거리이다. 움직이기 힘든 방호복을 입고 있어도, 두 시간 정도면 도착할 수 있다.

삼엄한 경계의 제5층 입구 앞에는 하루의 농사일을 마치고 탑 안으로 돌아오는 하층 사람들이 줄을 서 있다.

슈지 일행도 줄을 섰다. 세키야는 시즈미의 홍채를 스캔하고 있다. 시즈미는 내키지 않는 모습이었다.

"나의 ID가 블루 타워 주민 데이터에 기록되는 것은, 이것이 처음이다."

리나가 빙그레 웃으며 말했다.

"가족 항목 같은 것도 쓰는 게 좋겠죠. 그럼, 우리 가족으로 해두세요."

시즈미를 보고, 당황하며 덧붙인다.

"이건 어디까지나 만일을 위한 거야. 탑 안에 누군가 관계자가 있는 편이, 등록하기에는 유리하다고 들었거든."

언제나 냉정한 세키야가 모니터 아래로 희미하게 웃었다.

"30인 위원회의 추천이 있으면 그런 조건은 없어도 문제없습니다. 하지만 리나 씨가 말하는 대로 해두지요."

슈지는 열을 좁히며 소리를 낮춰 말했다.

"알겠지, 모두들. 탑 안에 들어가면 우리는 공습 폭격 속에서 목숨 걸고 도망친 것으로 해둔다. 미코시바 씨의 시체는 발견되지 않았고, 대지의 집 참상도 우리는 보지 못했다. 나는 내일부터 다시 고도 고정파도 자유 고도파도 아닌 무소속 위원으로 돌아갈 거야.”

일동은 끄덕이며 행렬의 앞에 있는 두꺼운 삼중 유리문을 올려다보았다. 이미 항바이러스 약의 안개 때문에 모두들 온몸이 젖었다. 리나의 목소리가 방호복 가슴을 희미하게 떨리게 했다.

“그런데 정말로 슈 씨가 노래에 나오는 전설의 사람인가요. 저기요, 슈 씨는 이렇게 썩은 세계를 어떻게 구할 생각인가요. 뭔가 좋은 생각이라도 있으세요.”

슈지는 아무런 생각도 없었다. 이렇게 복잡한 세계의 수수께끼를 풀 좋은 방법 따위는 어디서도 찾을 수 없을 것 같다. 슈지는 항바이러스 약 방울을 떨어뜨리며 고개를 저을 뿐이었다.

(만약 내가 그 전설의 왕자가 아니라면, 그 사람들의 죽음은 모두 허사가 된다. 그렇게 된다면 내가 어떻게 살아갈 수 있을까.)

가슴속의 망설임은 한마디도 드러내지 않았다. 오늘 아침 깨물었던 아랫입술 안쪽을 다시 한 번 세게 문다. 피맛이 흐트러진 마음을 간신히 진정시켜 주었다.

그때 행렬의 앞쪽에서 한 대의 장갑차가 천천히 다가왔다. 지붕에 달린 광파이버에서 파란 레이저 빛을 주위에 뿌리며, 줄을 선 사람들을 검색하고 있다. 세키야가 말했다.

“바이러스 방호복의 ID를 읽고 있습니다. 어쩐지 사람을 찾는 것 같은데요.”

시즈미와 소크가 자동 소총을 드는 것을, 슈지는 눈빛으로 말렸다. 파란 레이저 광선이 슈지의 몸을 세 번 정도 왕복했다. 장갑차의 스피커에서 흐릿한 목소리가 울렸다.

“세노 슈 30인 위원님, 기다리고 있었습니다. 비서 분들과 함께 타주십시오. 바로 VIP용 게이트를 개방하겠습니다.”

매끄러운 금속으로 된 두꺼운 게이트가 열렸다. 슈지는 주위에 고개를 끄덕이고는 항바이러스 약 안개 속에서, 냉동차 같은 장갑차에 올라탔다.

바이러스 연구원과의 대화

1

VIP용 게이트 앞에서 장갑차는 조용히 정지했다. 다섯 명이 하차하자 두꺼운 유리문 앞에서 블루 타워의 장교가 기다리고 있었다. 뒤에는 자동 소총을 어깨에 멘 병사 네 사람이 따르고 있었다.

"야마기시〔矢魔儀死〕 중위입니다. 30인 위원회의 세노 씨는 어느 분이십니까?"

슈지가 가볍게 오른손을 들자 중위가 말했다.

"그럼 세노 위원님만 여기서부터 전용 게이트를 사용해 주십시오."

정책 비서 세키야가 중위에게 따졌다.

"이유가 뭐지?"

중위는 누구와도 눈을 마주치지 않은 채 정면을 향해 말한다.

"세노 위원님이 블루 타워 밖에서 바이러스 방호복을 벗었다는 보고를 받았습니다. 아무리 위원님이시라도 검역을 받으셔야 합니다."

슈지는 모두에게 고개를 끄덕여 보였다.

"알겠다. 그런데 그건 누구로부터 들은 보고지?"

"오기와라 위원장께서 직접 정중히 모시라는 지령을 내리셨습니다."

오기와라라는 이름을 듣자 소년 테러리스트 시즈미의 눈이 가늘어졌다.

"위원장에게 다른 말은 들은 게 없나?"

중위는 부동자세를 흩트리지 않았다.

"세노 위원은 지난 24시간 동안 몇 번이나 생명의 위기를 넘겼다. 부디 정중히 모셔라. 이렇게 말씀하셨습니다."

슈지는 결국은 사용하지 않은 홀스터 총을 든든하게 느끼면서, 야마기시 중위의 뒤를 따라 혼자서 유리문을 빠져나갔다.

최초의 게이트를 지나자 항바이러스 약 샤워가 기다리고 있었다. 슈지는 찐득거리는 하얀 안개 속을 중위와 함께 걸었다. 큰 소리로 그에게 말을 건다.

"이제 어디로 가는 거냐?"

야마기시는 뒤도 돌아보지 않고 말했다.

"검역은 제4층 최상층에 있는 바이러스 연구실에서 행해집니다. 위원님이 황마에 감염되지 않은 것이 확인될 때까지, 검역실에 계시게 됩니다."

혹시 이것은 지민 해방 동맹의 지도자 미코시바의 암살 경과에 대해 아는 슈지를 격리할 의도가 숨어 있는 것은 아닌가. 오기와라 위원장의 생각을 읽을 수 없었다. 슈지는 거듭 물었다.

"어젯밤부터 계속되고 있는 해방 동맹에 대한 공격은 대체 누구의 명령인가?"

"그것은 블루 타워의 30인 위원회도, 군 상층부의 지령도 아닙니다.

칠탑 연합에서 직접 출동 명령이 있었습니다."

소크가 말한 대로였다. 이번 공습 폭격에는 블루 타워뿐만이 아니라, 보다 큰 힘이 배후에서 작용하고 있는 것이다. 하지만 2백 년 후의 세계로 날아온 지 얼마 되지 않은 슈지에게는, 그 힘도 균형도 알 수 없었다. 나중에 코코에게 산더미 같은 질문을 해야 할 것 같다. 누군가 답을 알고 있는 자에게 질문하여, 그것을 자신의 생각인 척 이야기한다. 아무것도 모르는 미래에서 온 슈지가 단 한 가지 깨달은 게 있다면, 그것이 바로 정치가의 일이라는 것이다.

샤워를 끝낸 후에는 관 크기 정도의 컨테이너로 들어가, 짐처럼 대차에 실려 엘리베이터로 옮겨졌다. 병사들의 호위를 받으며 고속 엘리베이터를 네 번 갈아타고, 슈지는 어딘가로 데려가졌다. 기압 조정을 위해 금속 관 안에서 몇 번이나 숨을 삼켜야만 했다. 그동안 트리플 A급의 AI 코코와 이야기하며, 정보를 계속 공급받는다.

폭격 속에 있었던 슈지로서는 조금의 시간도 낭비할 수가 없었다. 미소 지으며 사살된 미코시바, 죽음을 각오하고 터널로 돌아간 대지의 집 부대장 아라쿠시, 생매장된 백 명이 넘는 젊은이들. 사자로부터 받은 부탁이 부담스러워, 밀폐된 컨테이너와 바이러스 방호복에 이중으로 쌓인 슈지는 당장이라도 질식할 것 같았다.

공기가 새는 소리가 나며 컨테이너가 열렸다. 금속으로 주위를 둘러싼 정방형의 방 안이다. 바닥도 천장도 흠집 하나 없는 헤어라인 마감(매우 미세한 머릿결 정도의 줄무늬를 가지는 표면 마감)의 스테인리스였다. 별다른 장식이 없는 침대와 의자도 같은 소재로, 아주 위생적인 독방이다.

정면의 붙박이창 너머에서 백의의 남자가 꼼짝 않고 이쪽을 보고 있었다. 버섯 머리의 30대로, 어딘가 애교 있는 얼굴이다.

"블루 타워 바이러스 연구소, 주임 연구원인 리하오롱 박사입니다. 세노 위원님께서는 검사 결과가 나올 때까지, 며칠 동안 이 방에서 생활해 주시기 바랍니다."

"검사는 며칠 정도 걸리지."

리하오롱은 새로 만든 바이러스 방호복을 입으면서 말했다.

"지금부터 저쪽으로 가서 세노 위원의 상기도(上氣道) 점막에서 면봉으로 검색 샘플을 채집하겠습니다. 그것은 PCR 법이라는 유전자 증식 기술로 이틀간 키웁니다. 검체에서 두 개 이상의 황마 바이러스가 발견되면, 유감스럽습니다만, 황마에 감염된 것입니다."

이미 몇 번이나 말해서 익숙해진 대사일 것이다. 리의 말투는 부드러웠다. 몇 분 후 검사실에 들어갔다 오자, 샘플을 회수해 간다. 슈지는 목 안쪽의 자극으로 가벼운 구토를 느꼈다. 기밀 출입구를 나온 후 말했다.

"이 방은 몹시 살풍경하군."

리는 두꺼운 비닐 봉투에 든 면봉을 눈높이로 들어올리며 돌아보았다.

"그렇죠, 이 방은 입주자가 바뀔 때마다 고온 고압의 스팀으로 멸균합니다. 그 의자에 있는 쿠션과 침대 매트리스는 소각 처분된답니다."

슈지는 업소용 냉장고 안 같은 실내를 둘러보았다. 탑 세계가 두려워하는 황마란 대체 무엇인가. 방의 맞은편으로 나간 연구원에게 묻는다.

"나중에 한가할 때, 이야기 상대가 되어 주지 않겠나. 황마에 대해 좀 더 자세히 알고 싶은데."

리의 목소리가 천장의 스피커에서 들려왔다.

"좋습니다. PCR 법 같은 건 20세기 노벨상을 받은 기술로, 원래는 어시스턴트들이 하는 일이죠. 오기와라 위원장이 저보고 직접 하라고

해서, 하고 있긴 합니다만."

오기와라는 그래도 어린 시절 친구인 슈지를 걱정하고 있는 듯했다. 혼자만의 농담을 즐기는 듯한 오기와라의 빈정거리는 얼굴과 미코시바를 죽인 방의 피 냄새가, 도저히 연결이 되지 않았다. 그것은 정말로 오기와라의 명령이었을까. 슈지의 표정을 보고, 리가 황급히 덧붙였다.

"물론, 검사는 확실히 합니다. 이래 뵈도 실험 솜씨는 어시스턴트 따위에 지지 않습니다."

리는 그렇게 말하더니 흰 가운을 휘날리며 시야에서 사라져 갔다. 슈지는 리가 돌아올 때까지의 90분간, 코코에게서 생물 병기인 황마에 대한 정보를 열심히 들어 두었다.

2

리하오롱 박사는 두꺼운 유리창 저편에 의자를 놓고, 다리를 꼬고 앉으며 말했다.

"황마에 대해 궁금한 게 있으신 것 같군요. 무엇이든 물어보십시오. 제가 답할 수 있는 것이라면 말씀드리겠습니다."

손을 뻗으면 바로 닿을 것 같은 가까운 거리인데 창을 사이에 두고 이야기하는 것이, 기묘한 느낌을 주었다. 슈지는 신중하게 말을 고르면서 말했다.

"왜 반세기 이상이나 이 단순한 인플루엔자의 특효약을 발견하지 못할까. 황마라고는 하지만, 원래는 감기였는데 말이야."

리는 빙그레 웃고 있었다.

"그건 바이러스이기 때문입니다. 바이러스는 매우 작아, 다른 생물의 세포에 붙어 자신의 동료를 증식시키는 것밖에는 못하는, 아주 원시적인 생물입니다. 그래서 바이러스를 퇴치하는 약은 정상 세포까지 다치게 하죠. 바이러스 학자들 중에는, 그것을 생명과 물질 중간에 있는 존재라고 하는 사람도 있습니다. 결정화(結晶化)된 돌멩이 같은 물질이, 어떤 조건 아래 재활성화하여 증식을 시작한다는 건, 다른 생물에서는 생각할 수 없습니다."

슈지는 리의 말에 고개를 끄덕였다. 여기까지는 코코에게 얻은 정보로 알고 있는 내용이다. 리는 즐거운 듯 이야기했다.

"결핵균도 파상풍균도 특효약으로서 항생 물질이 있습니다만, 그것은 세균이 바이러스 따위보다 훨씬 고도한 생물이기 때문입니다. 그들은 모두 같은 유전자를 복사하고 있어, 한 종류의 약물이 다른 것에도 효과를 보는 것입니다. 황마를 시작으로 한 인플루엔자 바이러스는, 아주 성능이 나쁜 복사기 같은 것입니다. 증식할 때마다 오리지널로부터 몇 종류나 다른 성질을 가진 조악한 복사가 이루어지지요. 연구소에서 하고 있는 유전자 조작이 우리 인간의 체내에서 몇 시간 안에 간단히 실현되어 버립니다. 유전자의 모양이 맞지 않으면 백신은 효력이 없어서, 황마에 확실하게 듣는 백신이 없습니다."

기술의 발전 뒤에는, 반드시 원시적인 보복이 기다리고 있다. 슈지는 마음속에 서늘함을 느끼면서, 핵심을 파고들어 질문했다.

"백신 이외에도 항바이러스 약이 있다고 들었는데."

리하오롱은 버섯 머리를 흔들며 끄덕였다.

"물론 저희 바이러스 연구자들도 지난 50년간, 수수방관하고 있었던 것은 아닙니다. 면역력을 높이는 백신과 병세만 완화할 뿐인 감기약이 아니라, 직접 바이러스를 죽이는 항바이러스 약의 개발을 계속해 왔습니다. 뭐, 지금 여기서 뿌리는 것들은 황마의 감염력을 약하게 하는 정도의 힘밖에 없습니다만. 이쪽 방면에서 가장 유망한 것은 바이러스 증식의 열쇠를 쥔 뉴라미니다아제를 불활성화하는 것이겠지요."

거기서 입을 다문 리는 걱정스러운 듯 슈지를 보았다.

"저, 이런 이야기 지루하지 않습니까. 여기까지는 이해하셨습니까. 뭣하다면, 좀 더 드라마틱한 이야기도 있습니다만."

슈지는 어깨를 으쓱이며 창 건너편에 대고 말했다.

"알아. 1918년의 스페인 감기라던가."

리의 검은자위가 반짝거렸다.

"세계에서 수천만 명의 사망자를 내고, 실질적으로 제1차 세계 대전을 종전으로 이끈 수수께끼의 인플루엔자이지요. 그것은 H1N1형이라고 합니다. 세노 씨, 바이러스학은 어디서 공부하셨습니까."

슈지는 왼손을 들어 팔찌를 호출했다.

"코코, 인플루엔자 바이러스의 영상과 뉴라미니다아제의 단결정을 보여 줘."

손목 위에 떠오른 아비시니안의 머리가 인사를 하고 대답을 한다.

"예, 슈 님."

슈지와 리의 중간에 삼차원 홀로그래프 영상이 번쩍거리며 떠올랐다. 빽빽하게 두 종류의 가시가 난 원형 바이러스와 유리 주사위처럼 맑은 입방체 이미지이다. 결정의 한 면은 선명한 녹색으로, 다른 한 면은 타오르는 붉은색으로 물들어 있다. 흉악한 바이러스 단백질이라기보다, 빛을 받은 프리즘처럼 아름다웠다. 리는 슈지의 손목을 보며 말한다.

"퍼스널 라이브러리언인가요. 나도 한 개 갖고 싶네요. 이곳 연구원의 급료로는 엄두도 못 내지만 말입니다."

슈지가 다음을 재촉하자, 리는 다시 연구자의 어조로 돌아왔다.

"황마 바이러스 표면에 붙은 스파이크는 적혈구 응집소 헤마글루티닌 H와 뉴라미니다아제 N입니다. 이 N의 작용은 바이러스 입자가 생겨난 세포를 떠나, 다른 세포로 이동, 감염하기 위해 없어서는 안 되는 것이지요. 자세히 말하자면, 세포 표면에 있는 시알산을 바이러스 본체에서 절단하는 기능을 합니다. 지금까지 실용화된 항바이러스 약은 이 단백질의 작용을 저해하는 것이 주입니다. 음, 뉴라미니다아제 활성 부위의 CG 화상은 있습니까."

슈지는 코코를 향해 끄덕였다. 두께 1밀리미터 정도의 팔찌에는 인류가 기록한 모든 문서·영상·음성이 보존되어 있다. 무한의 용량을 가진 홀로그래프 메모리가 내장된 인공 지능인 것이다. 새로운 영상은 뱀의 소굴 같았다. 포자 같은 섬유가 소용돌이치면서, 깊은 골을 만들고 있다. 리는 한숨을 쉬었다.

"편리한 것이군요. N의 활성 부위는 이 골에 있습니다. 통상적으로 인플루엔자 바이러스는 이 골과 모양이 같아서, 골을 메우는 플러그 약이 유효하게 되는 것입니다. 그 약이 있으면 바이러스는 아무리 불어나도 처음의 세포에서 떨어지지 못해, 그러다 죽은 세포째로 인체의 면역계에 먹혀 버리지요."

슈지는 중얼거리듯 말했다.

"하지만 황마는 다릅니다."

리의 안색이 처음으로 어두워졌다. 약간 고개를 숙인 채 말한다.

"인간의 악의는 무서운 행위를 하는 것입니다. 당시의 연구자들은 모두 가족을 황마로 잃은 폭도들에게 갈가리 찢겨 죽었다고 합니다만."

슈지도 리와 함께 한참 동안 입을 다물었다. 리는 애써 냉정한 어조로 말했다.

"황마는 뇌신경계와 호흡기계로 증식할 수 있는 특수한 인플루엔자, H17N1형의 뉴라미니다아제를 유전자 조작한 생물 병기입니다. 통상의 인플루엔자라면 변화할 리가 없는 N의 활성 부위가 고속으로 변화하고, 게다가 시알산을 절단하는 기능을 잃지 않습니다. 지금까지 몇십 가지나 되는 플러그 약이 개발되었습니다만, 그때마다 새로운 변이형이 나타나 특효약은 과거의 것이 되고 말았습니다."

슈지는 의자의 팔걸이를 꽉 잡았다. 블루 타워의 상하 문제는 모두 황마라는 생물 병기의 압력에서 발생한 것이다. 죽어 가는 말기 암 환자가 2백 년 후로 날아와서 세계를 구한다는 전설의 거짓말쟁이 왕자 이야기가 실제가 된다면, 분명 뭔가 자신이 할 수 있는 일이 있을 것이다. 그렇지 않으면 슈지를 지키기 위해 죽어 간 자들의 죽음이 무의미해지고 만다. 리는 슈지의 마음도 모르고 불쑥 말했다.

"가능성이 있다면 두 가지입니다. 한 가지는 엄청난 천재가 나타나 아무도 생각지 못한 방법으로, 황마의 증식을 멈추는 항바이러스 약을 개발하는 것입니다. 이쪽은 천재의 출현을 기대할 뿐으로, 말하자면 신의 변덕을 기다리는 것과 마찬가지죠. 또 하나는 첫 번째보다 가능성은 적습니다만."

슈지는 자신이 바이러스학의 천재가 아니라는 것을 알고 있었다. 리의 말에 몸을 앞으로 내민다.

"황마를 개조하기 전의 H17N1형 오리지널 바이러스인 뉴라미니다아제를 복원하는 것이겠지요. 서중국의 과학자들이 유전자 조작을 하기 전의 N의 활성 부위 입체 구조를 알면, 지금 실용화되어 있는 기술로 어떻게든 방법을 찾을 가능성은 있습니다."

슈지의 머릿속에 신주쿠 맨션의 전망실이 갑자기 떠올랐다. 그 최상층에서 보이는 도야마 숲의 국립 감염 연구소 센터, 그곳에 그 바이러스가 있지 않을까. 아니면, 발견자라는 리나의 동생과 중국인, 그 두 연구자를 살해하면, H17N1형 인플루엔자는 영구히 세상에 존재하지 않게 될지도 모른다. 기분은 우울했지만 두 사람의 생명을 잃는 것으로 세계를 구할 수 있다면 시도할 가치가 있는 일임에 분명하다. 슈지는 신음하듯 말했다.

"왜 오리지널이 필요하지. 그다음 이야기를 계속해 줘."

리는 고개를 가로저었다.

"그러니까 이것은 신의 변덕보다 가능성은 낮습니다. 동서 대전 말기에 서중국에 이어 황마로 체제 붕괴를 일으킨 러시아가, 화가 나서 서중국의 주요 도시를 핵미사일로 공격했습니다. 그중에는 인플루엔자 학계에서 세계 최고라고 불리는 운남성의 진흥 미생물 연구소도 있었습니다. 개발 자료도 오리지널인 H17N1형 바이러스도, 그리고 저희 조부인 리친룽 박사도 핵심에 있었습니다."

저런, 하면서 슈지는 계속했다.

"그런데 어째서 최초의 바이러스가 필요하지?"

뉴라미니다아제의 골을 오른손으로 가리키며, 리는 말했다.

"활성 부위의 모양은 조금씩 변화하고 있습니다만, 그 변이의 바탕이 된 바이러스와 비교하는 것으로 최초의 유전자 변이를 알 수 있습니다. 어떤 식으로 서중국의 바이러스 학자가 뉴라미니다아제를 건드렸는지, 어떤 변화를 초래하려 했는지. 간단히 말하면 황마의 N에는 유전자 조작에 복잡한 열쇠가 걸려 있습니다. 원래의 열쇠와 비교하는 것으로 손조차 대지 못하는 열쇠 구멍 속의 구조를 알 수 있을지도 모릅니다. 그렇게 하면……."

리는 자신의 내면을 보는 듯한 아득한 눈을 하고 있었다. 슈지는 안타까워하며 다음을 재촉했다.

"그러면 어떻게 되는 거지."

"모든 황마에 효력이 있는 뉴라미니다아제 저해약을 만들 수 있을지도 모르고, 새로운 유전자 조작을 더해 황마를 무력화할 수 있을지도 모릅니다. 동서 대전 시절보다 기술은 훨씬 앞서 있습니다. 단순한 인플루엔자를 황마로 바꾼 방법을 알면, 대책은 어떻게든 세울 수 있을 것입니다."

그렇게 말한 후, 리는 가만히 있질 못하겠다는 듯 의자에서 일어서서 좁은 검역실을 빙빙 돌아다녔다. 천장의 스피커는 리의 진지한 목소리를 증폭시키고 있다.

"하지만 그런 건 무립니다. 무리인 게 뻔합니다. 이미 반세기도 더 전에 모든 것을 잃어버렸는걸요. 조사대가 몇 번이나 조직되었지만, 역시 누구도 발견하지 못했습니다."

리는 마지막으로 붙박이창을 올려다보며, 멍하니 말했다. 갑자기 그곳에 슈지가 있다는 것을 떠올린 것 같다.

"그런 이유로, 세노 위원님, 신의 마음이 변할 때까지 천천히 기다리기로 하죠. 뭐니 뭐니 해도 이 세계는 신의 잔혹한 변덕으로 이런 비참한 꼴을 당하고 있으니까요. 검사 결과가 나오면 알려 드리겠습니다."

리는 안녕이란 인사도 하지 않고 방을 나갔다. 금속 상자 안에 혼자 남겨진 슈지는, 침대에 눕자 제거되듯 잠에 빠져 들었다.

3

눈을 뜬 것은 한밤중이었다. 슈지는 누군가의 시선을 느끼고, 상반신을 일으켜 창의 맞은편을 보았다. 야등의 어슴푸레한 빛을 받으며, 남자가 혼자 의자에 걸터앉아 있었다. 30인 위원회의 오기와라 도이치 위원장이었다. 눈이 깊숙이 꺼져 있는 듯 보이는 것은 바로 위의 조명 탓일까, 아니면 지난 24시간 동안의 피로에 지친 탓일까. 쉰 목소리가 천장에서 속삭여 온다.

"내가 깨운 건가, 세노 슈."

슈지는 침대 위에서 고개를 가로저었다. 위원장의 출현은 예상외였다. 어떻게 대응할지 망설인다. 오기와라는 말했다.

"자네가 무사해서 다행이야. 그 공습 폭격은 내 예상을 넘는 규모였어. 대지의 집에는 미안하게 됐다."

슈지에게는 그의 말이 진심으로 들렸다. 미코시바의 죽음을 모른 척하려 했던 결심이 흔들린다. 어차피 자신은 진짜 정치가가 될 수는 없다. 슈지는 마음을 굳게 먹고 말했다.

"그 터널에는 130명이 넘는 사람들이 살고 있었다. 그중 120명 이상이 죽었다. 무력화 가스로 잠든 동안 죽은 미코시바 씨 일행을 보았다. 그래도 미안하다고만 할 거냐."

오기와라는 물끄러미 정면을 바라보고 있었다. 눈은 어두운 동공처럼 빛을 잃고 있다.

"이번 작전은 이미 오래전부터 계획되었던 거야. 지민 해방 동맹의 우파 지도자를 배제하고, 동시에 블루 타워의 군부에서 고도 고정파를 소탕한다는 작전이지. 양쪽 다 앞으로 칠탑 연합이 행하려는 개혁에 완고하게 반대하고 있었어. 미코시바는 철저한 탑 개방을 요구하고, 고도 고정파는 지민에게 1미터도 탑 내 공간을 양보하려 하지 않았다. 둘 다 어리석은 생각을 고집하고 있었던 거지."

오기와라는 지친 모습이었다. 대대로 30인 위원회장을 역임한 명가 출신의 경주마 서러브레드 같은 인상은 느껴지지 않는다. 슈지와 마찬가지로 방황하고, 현실에 상처 입은 듯 보인다. 오기와라는 말했다.

"어젯밤부터 일어나고 있는 사태는 블루 타워 자유 고도파 멋대로 행동한 게 아니다. 해방 동맹의 자유파도 탑의 전면 개방이 불가능하다는 걸 깨닫고 있었다. 그보다 다소 타협을 하더라도 지민의 생활을 향상시키는 편이 득이지. 미코시바의 방을 급습한 것은 탑의 군이 아니라 해방 동맹 내부의 반란 부대다. 그런 형태가 아니더라도, 미코시바는 언젠가 누군가에게 암살당했을 것이다. 나로서는 그편이 나았다. 옆방에서 사람이 살해되는 소리를 듣고만 있어야 하는 것은, 몹시 고통스러운 일이었다."

미코시바의 이마에 뚫린 작은 구멍을 목격한 슈지는, 냉철한 위원장에게 뭔가 한마디 하지 않을 수 없었다.

"하지만 자네는 암살 계획을 알고 있었고, 그것을 내게도 숨겼다. 더욱이 해방 동맹의 지도자 암살을 은폐하기 위해, 아무런 관계도 없는 대지의 집을 철저히 폭격했다. 우리를 환영해 준 그 아이들의 춤을 기억하는가."

슈지는 자신들이 가진 것 중 가장 좋은 옷을 입고 멀리서 온 손님을 맞아 주던 소녀들을 떠올리지 않을 수 없었다. 오기와라는 희미하게 고개를 젓는다.

"기억하고 있다. 죽은 것이 미코시바뿐이라면 오늘 밤 잠을 못 이루지도 않았을 거다. 그것까지는 생각지 못했었다. 나는 예정대로 사태를 보고했다. 공습 폭격은 칠탑 연합이 단독으로 내린 결단이다. 우리로서는 어떻게 할 수 없었다."

슈지는 아랫입술의 안쪽을 세게 깨물었다. 아픔과 피맛에 정신이 퍼뜩 들며 머리가 격렬하게 움직이기 시작한다.

"도대체 일곱 개의 탑이 추진하는 개혁이란 것은 무엇이냐?"

오기와라 위원장은 될 대로 되라는 식으로 말했다.

"시시한 생존책이다. 하지만 달리 방법도 없다. 비겁하고 지저분하다는 것은 이상론일 뿐이다. 황마가 생명의 불씨를 꺼뜨리려는 이 시대를 어떻게든 견뎌 내고 인류가 과거의 유산을 미래에 남기고 문명을 전하기 위해 필요한 개혁이다."

여기에도 사망률 90퍼센트인 생물 병기의 그림자가 시커멓게 드리워져 있었다. 이 세계에서는 누구도 황마의 공포에서 자유로울 수 없다. 음유 시인인 가네마쓰가 노래하듯 '사람의 악한 마음처럼 황마는 어디든 존재하는' 것이다. 오기와라는 말했다.

"이것은 비밀 정보인데, 어느 탑 국가에서나 지난 50년간 출생률이 극단적으로 떨어지고 있다. 이대로라면 슈퍼 구조체 보수 역시 마음대로 되지 않게 된다. 무엇보다, 인구가 80만 정도밖에 안 되면 각종 산업을 지탱하는 모체로서는 너무 비효율적이다. 자네도 알고 있듯이, 공습 폭격에 사용된 항공 연료도 마구 뿌려 댄 폭탄도, 우리가 직접 제조한 것이 아니야. 탑에 숨어 황마로부터 안전을 보장받고 있다고 해도, 우리는 실질적으로 대지의 집에서 사는 지하인들과 다를 바 없다. 동서 대전 이전의 재고품을 쓰면서 연명하는 데 지나지 않는다. 하지만 그래도 인류의 희망은 탑뿐이다. 사람들이 애써 쌓아 온 기술과 문화를 전하는 것은, 탑 국가에서밖에 할 수 없는 것이다. 그런 의미에서 블루 타워는 높이 2천 미터의 거대한 노아의 방주인지도 모르지."

슈지는 차갑게 말했다.

"정치가의 설명은 지긋지긋하다. 개혁의 내용이나 이야기해 봐."

오기와라는 그날 밤 처음으로 웃는 얼굴을 보였다.

"세노 슈, 자네 정말 달라졌군. 나도 이렇게 감정에 휩쓸리는 사람은 아닌데 말이야. 탑의 출생률이 떨어진다면, 출생률을 높일 수 있는 인간을 탑 밖에서 데려올 수밖에 없어. 새로운 대선별이 필요해."

이쪽 세계의 역사에 어두운 슈지는 대선별의 의미를 잘 알 수 없었다. 중얼거리듯 말한다.

"그게 어쨌다는 거야."

"모든 것은 거주 공간 문제야. 탑 내부 공간은 한정되어 있고 이곳엔 80만 명이 비집고 들어와 살고 있다. 인구 밀도가 너무 높아 사람들은 의도적으로 아이들을 낳지 않아. 하지만 안전한 장소는 탑밖에 없다. 탑 주변에서 살며 과학의 혜택을 누리는 사람들의 인구는, 탑의 세 배쯤 된다. 모두를 받아들이면 블루 타워는 펑크가 나겠지. 지난번 대선별에서는 탑의 게이트가 시체들의 산으로 통행 불능이 될 정도였다. 다음 대선별까지는 극단적인 이념으로 설쳐 대는 미코시바와 고도 고정파를 배제해 두지 않으면 안 되었다. 혼란을 틈타 해방 동맹이 테러를 일으킨다거나, 혹은 군이 지민을 받아들이는 것에 반대하여 쿠데타를 일으킨다면. 어느 쪽의 경우에도 새로운 대선별은 참극이 되었을 것이다. 죽은 자의 수도 이번 대지의 집과는 비교가 되지 않을 거야."

슈지는 입술 끝으로 신음하듯 말했다.

"그러면 미코시바 씨도 대지의 집 아이들도, 필요한 손실이었다는 건가."

오기와라도 그 말에는 괴로워하는 것 같았다. 잠시 입을 다물고 있더니 위원장은 말했다.

"그렇게 생각하고 싶다. 하지만 단념하지 못하고 이렇게 자네와 이야기를 하고 있다. 30인 위원회의 자유 고도파 중에는 이 정변을 축하하여 파티를 여는 자들도 있어. 나도 초대받았지만, 얼굴만 내밀고 빠져나왔다."

오기와라의 안색은 흙빛으로 가라앉았다.

"세노 슈, 자네 역시 위원의 한 사람이다. 80만의 탑 주민에 대해 책임이 있을 것이다. 의견을 들려줘. 퇴폐할 대로 퇴폐해 신생아조차 태어나지 않게 된 블루 타워를 지키기 위해, 어느 정도나 손실을 감수해야 할지? 인도주의를 관철하여 한 사람도 희생자를 내지 않은 채, 파국으로 가는 길을 선택해야 하는 걸까. 어떤가, 세노 위원."

슈지는 할 말이 없었다. 공습 폭격으로 무너진 터널 저편에서 살려 달라며 벽을 두들기던 소리가 귀에서 떠나질 않았다. 조난 신호를 보냈던 아이들은 이미 모두 죽었을 것이다. 고통받지 않고 죽었길 바라는 것은 산 자의 욕심일까. 오기와라가 고개를 떨구자, 야등 불빛에서 벗어난 얼굴은 검은 그림자로 변했다. 그 그림자가 말한다.

"대학생 때 기억나나. 너는 곧잘 내 노트를 빌리러 왔지. 어떻게 하면 사람이 고도의 저주로부터 자유로워질 수 있을까, 밤새워 토론도 했지. 그 시절에는 이런 선택이 나를 기다리고 있으리라고는 상상도 하지 못했다. 나는 지금도 이번 일은 잘못이 아니었다고 믿고 있다. 머리로는 그렇게 이해하고 있는데."

오기와라는 거기서 말을 끊자 힘없이 가슴을 때렸다. 이 남자는 울고 있는 것인가.

"여기에 구멍이 뻥 뚫린 것 같아. 내 손은 피에 젖고 마음은 갈기갈기 찢어졌다. 이런 인간이 어떻게 위원장을 계속할 수 있을까."

슈지는 그저 잠자코 있을 수밖에 없었다. 그때 검역실 스피커로 흉기처럼 날카로운 소리가 들려왔다.

"계속할 필요 따위 없다. 여기서 죽으면 돼."

고개를 들자 창 저편에 해방 동맹 테러리스트 시즈미와 리나가 서 있었다. 시즈미의 손에는 소음기를 단 총이 보인다. 리나가 소리쳤다.

"슈 씨, 시즈미를 말려 주세요. 오기와라를 죽이려고 해요."

위원장은 사태를 파악하지 못하고, 멍하니 두 사람을 돌아보고 있을 뿐이었다. 시즈미는 황마의 후유증으로 부자유스러운 입을 일그러뜨리며 말했다.

"다 들었다. 너는 신이 아니라 단순한 인간이다. 너도 대지의 집 사람들처럼 필요한 희생이 되었으면 좋겠다.”

방아쇠에 건 손가락 끝이 희미하게 움직이는 것을 본 슈지가 침대에서 벌떡 일어나 소리쳤다.

“코코, 전력으로 플래시다.”

슈지의 명령이 끝나기도 전에 팔찌 모양의 AI는 3D 홀로그래프의 영상 장치를 풀 파워로 개방했다. 어두컴컴한 앞방이 폭발하듯 백색광으로 채워진다. 단단한 흰 유리의 정육면체가 옆방의 세 사람을 삼킬 것 같다. 슈지는 눈을 감은 채 말했다.

“시즈미, 분하겠지만 참아 주렴. 오기와라 위원장이 죽으면, 지금 제1층에서 파티를 열고 있는 자유 고도파의 누군가가 다음 위원이 된다. 그것은 최악의 선택이다. 칠탑 연합의 지배는 더욱 가혹해질 거야. 미코시바 씨가 살아 있었다면, 그런 선택을 원했을까. 시즈미, 증오 때문에 흔들려서는 안 된다. 네가 오기와라를 죽이면 여기 있는 리나도 나도 공범이 된다.”

시즈미의 누나 리나, 그리고 해방 동맹 테러리스트란 걸 알면서 블루 타워에 시즈미를 들어오게 한 슈지도 죄를 면치 못할 것이다. 30인 위원의 암살은 극형이거나 종신 추방형이다. 슈지는 말했다.

“미코시바 씨가 죽기 전에 내게 너를 부탁했다. 나를 믿고, 총을 거두어 주렴.”

백색광은 방을 채우던 때와 마찬가지로 갑자기 소멸했다. 한동안은 섬광을 예기하고 눈을 감고 있었던 슈지도 주변을 볼 수 없었다. 리나는 충격에 눈을 가리고 바닥에 주저앉아 있다. 오기와라는 의자 위에서 경직된 채이고, 시즈미는 총을 든 오른손을 천천히 내리고 있었다. 슈지는 말했다.

“오기와라 위원장, 시즈미 일은 경찰이나 군에게 말하지 말아 줘. 이 아이는 지금부터 탑의 변화에 열쇠를 쥐고 있을지도 몰라."

오기와라가 끄덕이는 듯했다. 소년 테러리스트는 비틀거리면서 방을 나갔다. 리나도 바로 뒤를 따른다. 슈지는 탈진하여 인형처럼 의자 등받이에 기대는 위원장에게 말했다.

"오기와라 위원장, 그만 제1층으로 돌아가는 편이 좋겠군."

오기와라는 힘없이 일어섰다. 바닥에 시선을 떨군 채 말하기 곤란한 듯 말을 꺼냈다.

"한 가지 더 네게 이야기해 두고 싶은 게 있다. 세노 슈. 나는 최근 2년간, 너의 아내 키미와 관계를 갖고 있었다. 미안하다. 하지만 어쩔 수 없었다. 나도 그녀도 진심이었다. 나는 공습 폭격 뉴스 영상을 최상층에서 보았다. 솔직히 말하지. 그때 친구인 자네가 죽어 준다면 하고, 생각하기도 했다."

오기와라 위원장은 고개를 들자 어색하고 힘없는 미소를 보였다.

"나는 이상적인 말을 쓰면서, 블루 타워도 지민 해방 동맹도, 오랜 친구인 너까지도 배신해 온 것 같다. 아까 차라리 총을 맞았더라면 훨씬 편해졌을 텐데."

슈지는 블루 타워의 아내에게는 그다지 관심이 없었다. 하루 한 번 코코를 통해 연락을 하는 정도의 가벼운 관계가 이어지고 있다. 슈지는 혼자 마음속으로 쓸쓸하게 웃었다. 자신은 양쪽 세계에서 실패로 끝난 결혼 생활을 한 것이 된다.

오기와라의 등을 지켜보며 슈지가 침대에 걸터앉자 후두부에서 열이 나며 통증이 밀려오기 시작했다. 지금은 반갑게조차 느껴지는 뇌종양의 통증이다. 통증은, 뜨거움과 격렬함을 더하면서 뇌 내부를 천천히 이동해 간다. 이마 안쪽의 전두엽에 그것이 도달했을 때 무슨 일이 일어날지, 슈지는 알고 있었다. 견딜 수 없을 정도의 진통에 온몸이 경직된 채, 슈지의 정신은 220년의 시간을 넘어 황마도 공습 폭격도 없는 21세기의 도쿄로 돌아갔다.

살의의 레스토랑

1

눈앞의 확대 렌즈에는 형광등이 눈부시게 켜져 있고, CT와 MRI 단층 이미지가 수십 장 정도 걸려 있다. 현실 세계로 막 돌아온 슈지는 아직 자신이 블루 타워의 바이러스 연구실에 있는가 하는 착각을 일으켰다.

젊은 주치의 오리하라의 목소리는 차분하면서도 들떠 있다.

"놀랍군요. 이것을 보십시오."

볼펜 끝으로 두개골 이미지를 가리켰다. 뇌 중앙부에 있는 연기 같은 하얀 안개가 슈지의 악성 종양으로 치료 불능이라는 교아종이다.

"새로운 항암제가 효과가 있는 건지, 자연 치유가 된 건지 모르겠습니다만, 세노 씨의 종양은 분명 크기가 줄어들고 있습니다."

슈지는 아직 멍했다. 2백 년 후에서 돌아온 것이다. 현실로 오자마자 갑자기 누군가와 이야기를 나누는 것은 곤란한 일이다. 뒤쪽 의자에서 아내 미키가 몸을 내밀었다.

"그렇다면 치료가 가능하다는 말씀이신가요."

의사는 고개를 가로저었다.

"세노 씨의 종양은 말기 상태입니다. 오늘 검사 결과는 양호합니다만, 섣불리 판단할 상황은 아닙니다. 하지만 이런 경향이 계속된다면, 희망이 생길지도 모르겠군요."

미키는 의사에게 깊숙이 머리를 숙였다.

"고맙습니다. 선생님."

의사는 손을 저으며 말했다.

"지난번 검사 때부터 특별한 치료는 아무것도 하지 않았습니다. 인사를 해야 한다면 남편 분의 몸에 해야겠지요. 그런데 머리 통증은 요즘 어떻습니까?"

슈지의 정신은 대부분의 시간을 블루 타워에서 보내고 있었다. 현실 세계에서는 어땠을까. 잘 몰라서 멍하니 있자, 미키가 대답했다.

"최근에는 진통제 사용량이 줄어든 것 같아요. 그렇죠, 여보."

슈지는 아내의 간절한 표정을 보았다. 이 여자가 자신의 연하의 상사와 불륜 관계에 있다는 것은 정말일까. 의사 앞에서만 착한 아내인 척 연기하는 것일까. 40년 정도의 짧은 생애이지만, 여자들이 뼛속부터 연기자라는 사실 정도는 슈지도 알고 있었다.

"통증은 나아지고 있는 것 같습니다."

의사는 진료 카드에 받아 적으면서 말했다.

"다리 쪽은 어떻습니까?"

슈지는 휠체어를 내려다보았다. 그러고 보니 오른쪽 다리에서 불쾌한 마비 증세가 느껴지지 않는다.

"지금 마비는 오지 않는 것 같습니다."

만족스러운 듯 몇 줄 더 쓰더니 의사가 얼굴을 들었다.

"좋은 징후입니다. 혹시 모르니 다음 주에 한 번 더 정밀 검사를 해 봅시다. 그럼, 몸조심하시기를."

미키가 휠체어를 밀어 진료실을 나왔다. 아내는 아직 눈물이 글썽이는 듯했지만 슈지의 생각은 전혀 달랐다. 자신은 뇌종양의 통증에 의해 아득한 시간의 벽을 넘어 미래로 날아갔다. 만약 그 통증이 없어져 버리면, 탑 세계에 돌아가는 것도 불가능해질지 모른다.

얼마 남지 않은 삶을 모두 걸어서라도, 블루 타워 사람들을 위해 무언가 해야 한다. 슈지에게는 자신을 대신해 죽은 자들이 떠맡긴 사명이 있었다. 축소되고 있는 뇌종양, 멀어지는 통증. 원래라면 뛸 듯이 기뻐해야 할 새로운 뉴스는, 슈지에게 복잡한 심경을 남겼다.

택시를 타고 신주쿠로 돌아왔다. 슈지의 자택은 도야마의 나지막한 언덕 위에 세워진 초고층 맨션이다. 55층의 집으로 돌아오자, 슈지는 장애물 하나 없는 매끄러운 복도를 혼자 휠체어를 굴려 방으로 들어갔다. 휴대 전화를 꺼내며 복도에 귀를 기울인다. 미키는 슈지가 자신 몰래 휴대 전화를 사용하는 것에 신경을 곤두세우고 있었던 것이다.

슈지는 리나의 번호를 누른다. 신호음이 가고 귓가에서 반가운 목소리가 흘러나왔다.

"예, 다케이입니다."

"리나, 나야."

리나의 목소리가 생기 있게 변했다.

"슈지 씨, 걱정하고 있었어요. 지금 돌아오셨어요?"

리나는 블루 타워 일을 알고 있었다. 적어도 미키처럼 말기 뇌종양 환자가 꾼 악몽이라고는 단정 짓지 않았다.

"응, 병원과 미래 세계에서 좀 전에 돌아왔어. 좋은 뉴스와 나쁜 뉴스가 있는데, 오늘 밤 맨션 전망실에서 만날까?"

알겠습니다, 하고 리나가 대답했다.

"저, 좋은 뉴스만 먼저 가르쳐 주지 않겠어요."

슈지는 못 이기는 척 말했다.

"너무 기대는 하지 않길 바라지만, 뇌종양이 아무래도 호전되고 있는 것 같아. 다음 주에 한 번 더 정밀 검사를 하기로 했어."

아무런 대답도 돌아오지 않았다. 한참 흐느껴 우는 소리가 들리고, 이윽고 리나가 말했다.

"다행이에요. 며칠이나 연락이 없어서 몹시 걱정하고 있었어요. 그럼, 이따가."

통화는 바로 끊겼다. 리나는 운 얼굴로 제대로 일을 했을까. 슈지는 따뜻한 마음으로 이쪽 세계에서 자신을 이해해 주는 유일한 사람을 생각했다.

2

혼자 전망실에 올라가겠다고 하자, 미키는 노골적으로 싫은 반응을 보였다.

"또 그 젊은 여자와 이야기할 게 있어요."

슈지는 더 이상 시간을 낭비하고 싶지 않았다. 돌아보지도 않고 현관에서 소리를 질렀다.

"당신한테는 이 맨션도 재산도 모두 주겠다고 약속했을 텐데. 서로에게 남은 시간은 짧아. 조금의 자유 정도는 인정해 줘. 당신이 다른 남자 만나는 것에 난 아무런 불평도 하지 않았다고."

"이웃에 들려요. 소리 낮춰요."

슈지는 미키를 돌아보며 입 모양만으로 인사를 하고, 맨션 복도로

216

나왔다. 엘리베이터로 한 층 올라가 최상층에서 내린다. 이미 해가 저문 지 오래되어, 사방을 둘러싼 창의 3분의 2는 별 하나 없는 짙은 감색의 밤하늘이었다. 신주쿠 시내에는 눈부신 조명 불빛들이 모래알이 되어 하얗게 발밑에 떨어져 있었다. 주민들에게 개방된 전망실이지만, 그날 밤도 사용자는 적었다. 어쩐지 자신들이 살고 있는 빌딩 최상층의 고마움 따윈 모르는 것 같다. 생활의 터전이 돼 버리는 순간 사람들은 2백 미터의 높이 따위에는 신경 쓰지 않는 것 같다. 그러고 보니 미래의 주민들도 블루 타워의 2천 미터 높이에 관심을 나타내지 않았던 것이 떠올랐다.

슈지는 소파 사이를 빠져나가, 휠체어로 창가에 다가갔다. 어두컴컴한 라운지에서 여자의 그림자가 일어서더니 인사를 건넸다. 슈지는 휠체어를 힘껏 밀며 리나에게로 가까이 다가갔다.

"축하드려요. 종양이 작아지다니 정말 잘됐어요. 저, 그 말 듣고 화장실에서 15분이나 울어 전혀 일을 할 수 없었어요."

언제나 재빠르게 업무 보조를 해내던 침착한 리나의 한마디에, 슈지의 가슴은 뜨거워졌다.

"그렇지만 좋은 것만 있는 건 아냐. 두통이 없어지면 나는 탑의 세계로 돌아갈 수 없을지도 몰라. 지금은 그쪽 세계가 유일한 삶의 이유인데 말이야."

슈지는 필사적인 시선으로 자신을 보는 젊은 여성을 바라보았다. 리나가 또 하나의 삶의 이유라는 사실은 틀림없었지만, 슈지는 얼굴을 마주 보며 상대에게 진실을 말할 수 있는 사람이 아니었다. 리나는 걱정스럽게 말했다.

"이번에는 어떤 일이 일어났어요?"

슈지는 한숨을 쉬며 이야기를 시작했다. 지민 해방 동맹의 여성 지도자와의 대화, 습격당한 캠프, 지하 세계에 살던 사람들, 해방군의 지도자 미코시바의 암살과 암살을 숨기기 위해 지하 터널에 가해진 습격. 슈지는 며칠 동안 블루 타워에서 일어난 일을, 가능한 감정을 섞지 않고 이야기했다. 그래도 아이들을 구하기 위해 붕괴가 시작된 터널로 돌아간 대지의 집 부대장을 떠올리자, 저절로 눈물이 고였다. 마지막으로 말했다.

"이제부터 그쪽 세계에서는 정변이 일어날 것 같아. 모든 것은 치사율 90퍼센트인 생물 병기 황마의 압력에 의해 발생하고 있어. 미래의 사람들은 그저 도망치는 게 고작이야. 황마를 어떻게든 막지 않으면 안 돼. 내가 2백 년의 시간을 넘나들고 있는 것은, 황마와 관계가 있는 게 분명해. 아무런 이유도 없이, 시공을 초월한다고는 도저히 생각할 수 없어."

슈지는 자신을 시계추처럼 가지고 노는 어떤 절대적인 힘의 존재를 느끼고 있었다. 리나는 어두운 하늘을 배경으로 서 있다. 얼굴 표정은 몽롱했다.

"슈지 씨의 이야기를 듣고 있으니, 미래는 지금의 세계보다 몇 배는 더 위험한 것 같아요. 이제 미래에 가고 싶지 않다는 생각까지 들어요. 갔다가 혹시라도⋯⋯."

슈지는 리나가 하고 싶어 하는 말을 알고 있었다.

"만약 그 세계에서 내 몸에 무슨 일이 생긴다면 어떻게 될까?"

리나는 힘 있게 끄덕였다.

"그래요. 정신만 날아갔던 미래 세계에서 내란에 말려들어 슈지 씨에게 무슨 일이 생긴다면, 이쪽에 남는 것은 텅 빈 몸뿐이지 않겠어요. 그런 상상을 하면 무서워져요."

슈지는 테이블에 손을 뻗쳤다. 축축한 손수건을 쥔 차가운 손을 꼭 잡는다. 슈지는 부드럽게 말했다.

"나도 어떻게 될지 모르겠어. 하지만 여기까지 와 버렸으니, 할 수 있는 일은 다 해볼 생각이야. 걱정해 주어서 고마워. 하지만 아무것도 하지 않고, 그저 죽기만 기다리던 쪽이 지금보다 몇 배는 더 고통스러웠어. 신기한 일이지만, 타인을 위해 뭔가를 할 때에야 비로소 인간은 자신의 삶을 살아갈 수 있는 건지도 몰라."

리나는 울음 반 웃음 반의 얼굴이 되었다. 슈지는 처음으로 그날 밤의 용건을 꺼냈다.

"동생은 잘 있나. 언젠가 그 중국인 연구자와 함께 식사를 하자고 약속한 것 같은데, 자리를 마련해 주지 않겠어. 어디 이 근처 레스토랑으로 예약해 주었으면 하는데."

눈물을 닦으며 리나는 끄덕였다. 슈지는 얼굴을 돌려 밤하늘을 바라보았다. 그곳에는 무서운 결단을 한 남자의 얼굴이 거뭇하게 비치고 있었다. 황마가 퍼지는 것을 저지하기 위해서는 설령 상대가 리나의 동생이라 해도, 어떤 수단이든 불사하겠다고 슈지는 각오하고 있었다. 그것은 물론 살인까지도 염두에 둔 결심이다.

유리창 속 슈지의 눈은 탑 세계에서 무수히 목격했던 눈과 닮았다. 목적을 위해 수단을 가리지 않는 테러리스트의 눈.

3

약속한 날 저녁, 슈지는 거의 사용한 적 없는 서바이벌 나이프를 상의 안주머니에 찔러 넣고 맨션을 나왔다. 넓은 로비에 밝은 민트그린색 슈트 차림의 리나가 마중을 나와 있었다. 리나는 슈지를 발견하자 웃는 얼굴로 달려와 자연스럽게 휠체어를 밀어 주었다. 어쩌면 오늘 저녁 이 여자의 동생에게 나이프를 사용하게 될지도 모른다. 슈지의 웃는 얼굴은 어느새 굳어졌다. 리나는 그런 마음도 모르고 마냥 들떠 즐거운 얼굴이다.

"오늘 가는 이태리 레스토랑은 최근 새로 생긴 덴데, 인기가 좋아 좀처럼 예약하기 힘든 곳이에요."

슈지는 리나의 분위기를 맞추며 말했다.

"그거 잘됐군."

맨션 입구의 자동문에서 멈춰 서자, 리나는 유리에 비친 슈지를 바라보았다.

"가즈마사와 리 군 없이 우리 두 사람뿐이라면 더 좋을 텐데."

슈지는 리나가 사랑스러워졌다. 리나의 나이라면 중년의 말기 암 환자보다 어울리는 젊은 남자가 얼마든지 있을 것이다. 그것이 이렇게 이용되고 있다는 것도 모르고, 인플루엔자 연구자를 데려와 준다. 아무리 미래의 생물 병기인 황마의 무서움을 이야기해도, 그 지옥 같은 탑 세계를 직접 체험한 자가 아니면, 진정한 공포는 전해지지 않을 것이다. 만약 자신이 가즈마사에게 상처를 입히면 리나는 어떻게 생각할까. 육친의 정과 죽어 가는 슈지에 대한 애정 사이에서, 그녀는 분명 괴로워할 것이다. 슈지는 느닷없이 불어온 빌딩풍에 지지 않으려는 듯 큰 소리로 말했다.

"이번 일이 잘 정리되면, 언젠가 꼭 둘이서만 데이트를 하자."

리나의 표정이 순간 밝게 빛났다.

"약속하는 거죠."

슈지는 검은 니트 모자의 위치를 바로 했다. 두피에는 항암제의 부작용으로 거의 머리카락이 남아 있지 않았다.

"그럼, 약속하지."

정수리에 뭔가가 닿은 듯한 느낌이 들어 위를 보았다. 리나가 몸을 구부려, 슈지의 머리에 키스를 한 것 같다.

"어이, 어이. 이 맨션은 아직 나와 집사람이 같이 사는 곳이야."

리나는 부끄러운 듯 얼른 허리를 폈다. 큰 보폭으로 휠체어를 밀고 간다.

"누가 뭐라 하든 상관없잖아요. 슈지 씨에게는 부끄러워할 시간 따위 이제 남아 있지 않다구요."

확실히 그랬다. 의사의 진단에는 아직 변화가 없었다. 빠르면 한두 달. 월 단위라기보다는 주 단위로 남은 생을 계산해야 할 것이다. 뭔가를 부끄러워할 시간뿐만 아니라, 더 이상 헤매거나 망설일 시간도 없었다. 슈지는 안주머니에 넣어 둔 서바이벌 나이프의 무게를 느끼면서, 리나가 잡아 준 택시에 운전사의 손을 빌려 올라탔다.

레스토랑은 신주쿠 역 남구에 있었다. 엘리베이터에서 내리자 뿌연 빛을 뿜는 하얀 복도가 곧장 레스토랑 플로어로 이어져 있다. 슈지가 안내된 곳은 모퉁이에 있는 12평 정도의 룸이었다. 테이블이며 의자며 실내는 모두 하얀색으로 통일되어 있었고, 입구에는 반투명의 하얀 커튼이 처져 있었다.

"일행 되시는 분은 먼저 와 계십니다."

하얀 제복의 웨이터가 가볍게 머리를 숙이고 나갔다. 슈지가 휠체어에서 인사를 하자, 테이블의 두 사람이 일어섰다. 리나의 동생으로 국립 감염 연구 센터에 근무하는 다케이 가즈마사, 또 한 사람은 초면인 젊은 남성이었다. 찰랑찰랑한 버섯 머리에, 데님 소재의 재킷과 바지를 입고 있었다. 몇십 년 전의 포크 가수 같은 분위기다. 가즈마사가 남자를 소개했다.

"오랜만입니다. 세노 씨, 이쪽은 중국 남부의 진홍에서 온 바이러스

학자 리첸웨이입니다.”

리나가 의자를 옆으로 빼고, 휠체어를 테이블에 대주었다. 슈지는 천진하게 웃는 리를 물끄러미 바라보았다. 자신이 초면의 이 남자를 죽일 수 있을까. 지난번 가즈마사가 가르쳐 준 정보를 떠올린다.

“리 씨는 일본 노래와 일본 여자를 아주 좋아하신다고요.”

슈지의 정면에 앉은 리가 웃으며 고개를 저었다. 검은 머리가 찰랑거렸다가 원래대로 돌아간다. 리의 일본어는 유창했다.

“아뇨, 아뇨. 아직 사귄 적도 없는 걸요. 리나 씨에게는 차였고.”

가즈마사가 장난스럽게 말했다.

“이 녀석은 취하기만 하면 가까이 있는 여자들 모두에게 자기와 사귀자고 한답니다. 우리 누나에게도 그랬다가, 좋아하는 사람이 있다고 그 자리에서 바로 차였지만.”

바이러스 연구자 두 사람과 리나, 젊은 세 사람의 웃음소리가 어우러졌다. 슈지는 함께 웃는 척했지만, 등에는 식은땀이 흘렀다. 웨이터가 다가와서 음료 주문을 묻는다. 슈지는 가게에서 추천하는 대로 고급 와인을 주문했다. 만 엔이 넘는 와인 같은 걸 샐러리맨 시절에는 자기 돈으로 마신 적이 없었다. 하지만 이렇게 말기 암 환자가 되자 돈에 대한 미련 따위는 없어졌다. 남는 돈은 관계가 식을 대로 식어 버린 아내에게 남겨질 뿐이다. 이것이 리와 가즈마사가 마시는 마지막 술이 될 가능성도 있다.

슈지는 건배를 제의했다.

“두 사람의 연구가 잘되기를.”

입을 대기만 할 뿐인 건배를 마치자, 슈지는 생수로 바꾸었다.

“리 씨, 신형 인플루엔자 논문은 어느 정도 진척되어 있습니까. 그 바이러스는 H17N1형이었던 것 같은데.”

리는 느닷없이 인플루엔자 바이러스의 항원아형(抗原亞型) 이야기를 하는 슈지를 놀란 눈으로 바라보았다.

"세노 씨도 바이러스를 공부하셨습니까?"

슈지는 고개를 저으며 다음을 재촉했다. 리는 전채 요리와 깔끔한 신맛이 나는 백포도주에 상당히 기분이 좋아 보였다.

"유전자 해석도 끝났고 인플루엔자의 진화 계통수(系統樹) 가운데 어디쯤에 있는지도 알아냈습니다. 논문은 거의 완성되었습니다. 지금은 감염 연구 센터의 동료 몇 명이 허점이 없는지 검토하는 중입니다."

슈지는 끄덕였다. 신형 인플루엔자 논문이 발표되면, 더 이상 막을 수 없을 것이다. 어쩌면 오늘 밤이 마지막 기회일지도 모른다.

"H17N1형은 인간에게 감염되나요?"

리는 이상하다는 얼굴로 동료인 가즈마사를 보았다가, 슈지에게로 다시 시선을 돌렸다.

"그건 중국 남부의 오리에서 발견된 조류의 신형 바이러스입니다. 지금까지는 사람에게 감염된 사실이 없습니다. 물론 사람에게 옮기지 않을 거라고 단언은 할 수 없습니다만."

중국인 연구자는 와인을 한 모금 마시고 말했다.

"세노 씨는 특이한 분이군요. 오늘도 이렇게 맛있는 식사에 초대해 주시고. 그러나 전 세계에 있는 수천 명의 인플루엔자 전문가 이외에는 아무도 신형 바이러스 따위에 관심이 없을 겁니다. 어째서 H17N1형에 연연해하시는 건지요?"

슈지는 2백 년 후의 미래를 생각했다. 원래도 거의 없던 식욕이, 그나마 없어져 버린다. 포크 끝으로 전채 요리를 무너뜨리며 이쪽을 바라보는 리에게 시선을 보냈다. 항바이러스 약의 안개와 죽어 간 사람들의 얼굴을 떠올린다. 만약 여기서 리와 가즈마사를 죽인다고 한다면,

그 이유 정도는 이야기해도 되겠지. 설령 믿지 않더라도, 아무것도 모르는 채 죽는 것보다는 나을 것이다. 슈지는 두 사람에게 명령하듯 말을 시작했다.

"신형 바이러스 연구를 중지해 준다면 전 재산을 당신들에게 주어도 좋다. 내 집은 신주쿠 화이트 타워 최상층이다. 팔면 2억 엔 정도 될 것이다. H17N1형의 논문 발표를 중지하고, 바이러스 견본을 파기해 주었으면 좋겠다."

리와 가즈마사는 서로 얼굴을 마주 보았다. 리나의 동생은 굳은 얼굴로 웃었다.

"진심입니까. 그러나 그것은 획기적인 논문으로 저희에겐 연구자로서의 미래가 걸려 있습니다. 아무리 많은 돈을 주어도 연구를 그만둘 수는 없습니다."

"그렇다면 왜 신형 인플루엔자가 무서운지, 지금부터 2백 년 후에 벌어질 일들에 대해 말해 주지. 자네들이 발견한 H17N1형이 훗날 인류의 90퍼센트 가까이를 멸망시킨다."

슈지는 본요리에는 손도 대지 않고 블루 타워에서 보고 들은 것을 가능한 정확하게 이야기하기 시작했다.

블루 타워의 지옥을 모두 다 이야기했을 무렵, 두 병의 와인이 비워졌고, 테이블에는 디저트인 젤라토와 에스프레소만 놓여 있었다. 리는 무서운 것이라도 본 듯이 정면의 슈지를 바라보고 있었다. 가즈마사는 누나를 향해 말했다.

"지금 슈지 씨의 이야기를 누나는 정말로 믿고 있는 거야?"

리나는 천천히 끄덕였다. 리는 흥분하여 소리쳤다.

"신형 인플루엔자가 생물 병기로서 사용되다니, SF 소설이라면 더

할 나위 없겠군요. 바이러스 중에서 감염 속도나 치사율이 최고이지만, 통제할 수 있는 방법은 없습니다."

슈지는 스스로 휠체어를 밀어 조용히 리에게 다가간다.

"이런 것은 원하지 않았지만……."

리는 의자 위에서 몸을 뒤로 빼고 있었다. 슈지는 안주머니에서 단숨에 서바이벌 나이프를 꺼냈다.

"안 돼요, 슈지 씨."

리나가 비명을 질렀지만 슈지는 망설이지 않았다. 날 길이가 15센티미터 정도 되는 양날 나이프가, 날카로운 실루엣을 그리며 중국인 연구자를 향해 내밀어졌다. 리는 의자에서 굴러 내리며 칼날을 피했다. 데님 재킷 소매가 찢어지고 하얀 피부가 드러난다. 가즈마사도 일어서 있었다. 리나가 또 소리쳤다.

"그런 짓을 해도 미래는 달라지지 않아요. 슈지 씨만 살인자가 될 뿐이에요."

슈지에게 리나의 말은 들리지 않았다. 땀으로 미끄러지는 나이프를 잡고 휠체어를 앞으로 굴렸다. 2백 년 후 죽게 될 사람들을 위해서라면, 자신이 살인자가 되는 것쯤은 상관없었다. 슈지는 숨을 거칠게 몰아쉬면서 번쩍이는 은색 칼을 손에 쥐고 앞으로 나아갔다.

시간을 초월하는 열쇠

1

한 손으로 휠체어를 움직이면서 남은 손으로 서바이벌 나이프를 높이 치켜든다. 슈지의 상반신이 균형 잡히지 않아, 방을 구르며 달아나는 리에게 치명상을 입히기는 힘들었다. 그래도 슈지는 결연한 의지로 나이프를 놓지 않았다.

초면의 슈지가 뜬금없이 2백 년 후의 재앙에 대한 책임을 떠맡기니, 이 남자 역시 납득이 가지 않을 것이다. 하지만 망설임을 없애는 데는, 블루 타워에서 목격한 죽은 자들의 얼굴을 하나하나 떠올리는 것만으로도 충분했다. 슈지는 리를 방구석으로 몰았다. 창밖에는 신주쿠 역 남구의 밝은 야경이 펼쳐져 있다. 슈지의 얼굴 오른쪽 반만이 네온사인의 붉은빛으로 물들어, 가면처럼 감정 없는 얼굴을 부각시키고 있다. 리는 입술만 움직이며 중국어로 무슨 말인가 흘리는 것 같았다.

슈지가 바이러스 연구자의 목을 겨냥하여 나이프를 휘두르려는 순간 휠체어 뒤를 뭔가가 기세 좋게 가격했다.

"그만해."

가라앉은 청년의 목소리가 귓가에 들려왔다. 휠체어를 가격한 것은 가즈마사의 몸이었다. 휠체어는 전방으로 회전하고, 슈지는 나이프를 든 채 리의 위로 굴러 떨어졌다. 날 길이 15센티미터의 나이프가 둔한 빛을 내면서, 슈지의 손을 떠나 바닥으로 미끄러져 간다. 리나는 발밑에서 멈춘 나이프를 주워 들어 테이블에 내려놓고, 더러운 것이라도 만진 듯 황급히 손을 뗐다.

"무슨 일이 있습니까?"

하얀 커튼 너머에서 웨이터가 말을 걸어왔다. 슈지는 거칠게 숨을 몰아쉬며 바닥에 드러누워 있었다. 얼마 남지 않은 체력을 다 써버린 것 같다. 가즈마사가 도움을 요청하려 하자, 리나는 눈물이 그렁거리는 눈으로 고개를 가로저었다.

누나의 눈에 서린 필사적인 애원에, 가즈마사의 시선은 슈지와 레스토랑의 객실에 쳐진 하얀 커튼 사이를 오갔다. 작게 한숨을 쉬며 젊은 바이러스 연구자가 큰 소리로 말했다.

"아무것도 아닙니다. 죄송합니다."

웨이터는 수상하게 생각한 것 같다. 한참 동안 커튼에 굳은 그림자를 보이고 서 있더니, 중앙 플로어로 되돌아갔다. 가즈마사는 쇼크 상태로 벽에 기대앉아 있는 동료를 일으켜 앉혔다. 리의 얼굴은 창백하고 입술은 데님 재킷 색깔과 같은 푸른빛이었다.

슈지는 쓰러진 휠체어를 바로 하고 간신히 휠체어에 앉았다. 네 사람은 좀 전에 식사를 하던 의자로 되돌아가 테이블에 둘러앉았다. 서바이벌 나이프만이 슈지에게서 가즈마사의 손으로 옮겨져 있었다. 가즈마사는 흉기의 무게를 확인하듯 물소 뼈 손잡이를 들었다.

"세노. 씨, 이 정도 나이프라면 충분히 사람을 살상할 수 있습니다.

왜 갑자기 리에게 덮친 겁니까?"

슈지는 얼음이 녹은 컵의 물을 반 정도 들이켰다. 입가에 물방울을 떨어뜨리면서 말한다.

"아까부터 몇 번이나 이야기했잖은가. 자네들이 발견한 H17N1 신형 인플루엔자에 의해 미래의 인류가 멸망 직전까지 몰렸다고. 믿기지 않겠지만, 이것은 사실이야."

가즈마사는 반할 만큼 아름다운 곡선의 칼날을 바라보고 있었다.

"당신 한 사람밖에 본 적 없는 미래를 구하기 위해 우리 두 사람을 죽이려고 했단 말입니까?"

슈지는 묵묵히 끄덕였다. 그제야 공포에 몸이 떨리기 시작했다. 자신이 정말로 사람을 죽이려 한 것이다. 나이프를 휘두르는 동안은, 눈 앞의 남자를 죽이는 것 이외에 아무것도 생각나지 않았다. 가즈마사는 빈정대듯 말했다.

"이 나이프가 리를 찌르지 않아서 다행이군요. 그렇게 되었더라면, 경찰이 오고 난리가 났겠죠. 게다가 우리를 죽여도 소용없습니다."

슈지는 멍하니 눈을 들어 연구자를 보았다.

"어째서지."

"여기서 우리를 죽여도 감염 연구 센터 보관소에는 신형 인플루엔자가 남아 있고, 논문의 초안이 우리 연구실과 협력 관계에 있는 전 세계의 연구소로 흘러 들어갔습니다. 우리가 죽는다 해도 누군가가 H17N1형 연구를 반드시 이어서 하겠지요."

눈을 빛내며 슈지는 말했다.

"전 세계란 어디를 말하는 거지."

가즈마사의 입가에 희미한 미소가 퍼졌다.

"그 몸으로 모든 연구실을 습격할 생각인가요. 좋습니다, 가르쳐 드리지요. 빅토리아 오스트리아 혈청 연구소, 런던 국립 의학 연구소, 애틀랜타의 질병 관리 센터."

잠자코 있던 리가 거기서 입을 열었다.

"그리고 또 한 곳 있지. 홍콩 보건성 위생성입니다. 세노 씨, 당신은 아까 악몽 같은 이야기 속에서 진홍이라는 지명을 거론했었죠."

리는 그제야 쇼크 상태에서 회복된 것 같았다. 흐트러진 버섯 머리를 바로 하더니, 슈지를 똑바로 바라보았다.

"그렇다, 지금부터 백 년쯤 후에 서중국의 진홍 미생물 연구소에서, H17N1형 인플루엔자가 유전자 변이된다. 최고로 흉악한 생물 병기인 황마가 탄생한다. 리 씨, 당신의 가계는 대대로 의사 집안이지."

리는 창백한 얼굴을 한 채, 신기하다는 듯 대답했다.

"그렇습니다. 우리 집은 대대로 궁정(宮廷) 의사였습니다."

슈지의 입가가 빈정거리듯 일그러졌다.

"그러면, 당신의 손자나 증손자가 황마를 만들지도 모른다. 개발자 이름은 리친롱 박사라고 한다."

가즈마사는 리의 쪽을 돌아보며 소리쳤다.

"엉터리야. 믿지 마, 리. 이 사람은 너를 죽이려고 했어."

리는 동료의 말에 천천히 고개를 가로저었다.

"신기한 이야기야. 게다가 가즈, 너는 모르겠지만……."

가즈마사는 비명에 가까운 소리로 대답했다.

"뭐, 뭐야, 너는 과학자잖아. 이런 엉터리 이야기를 믿는 거야."

리는 이성을 잃은 동료에게서, 천천히 슈지에게로 시선을 돌렸다.

"아직 계획 단계여서 중국 내 전문가들 사이에서도 알려져 있지 않지만, 신형 폐렴 인플루엔자에 대응하기 위해 새로운 연구 시설 이야기가 추진되고 있다. 제1후보지는 현재 진홍이야. 신형 바이러스의 발생지에 가까운 장소라 해서 뽑히게 되었지."

일본인 연구자는 중얼거렸다.

"설마."

리는 침착한 표정으로 찢겨진 상의를 내려다보고 있었다.

"아까는 이제 죽는 줄 알았지만, 세노 씨의 이야기에는 맞는 부분들이 너무 많아. 그런데, 그 리 박사는 백 년 후 어떻게 됩니까?"

슈지는 어두운 눈으로, 우수한 중국인 바이러스 연구자를 바라보았다.

"유감이지만 황마를 개발한 연구자는 폭도들의 습격으로 갈가리 찢겨져 죽는다네. 진홍 시내도 러시아로부터의 핵공격에 완전히 소멸됐다고 들었네."

리는 한숨을 쉬며 눈을 치켜뜨고 슈지를 보았다. 테이블 위에는 아무도 손을 대지 않은 식은 에스프레소가 흙탕물처럼 놓여 있었다. 리의 목소리는 알아듣기 힘들 정도로 가늘었다.

"미래의 리 일족은, 그곳에서 전멸합니까."

가문이라는 것에 대한 관념이 중국과 일본에서는 다를지도 모른다. 슈지라면 백 년 후 자신의 일족이 멸망한다는 말에, 이렇게 큰 충격을 받을까. 이태리 레스토랑의 하얀 의자 위에 앉아 있는 리의 몸은 몹시 작아 보인다.

"그것은 안심해. 진홍의 리 박사 손자를 나는 블루 타워에서 만났다. 당신과 마찬가지로 중국을 떠나, 이 땅에 와서 바이러스를 연구하고 있었다."

슈지는 눈앞의 리와 분위기가 닮은 젊은 연구자를 떠올렸다. 리는 안도한 듯 말한다.

"그 사람의 이름과 연구 테마를 혹시 아십니까?"

힘껏 끄덕이며, 슈지는 옆에 있는 냅킨에 만년필로 한자 몇 자를 썼다. 건네받은 냅킨을 리는 이상한 얼굴로 읽는다.

"리하오롱[離刀汚論]. 왜 우리 일족이 이런 글자를 쓰던 거죠."

슈지는 담담하게 말했다.

"황마의 공포 탓이지. 2백 년 후의 세계에서는 아이들의 이름에 밝은 의미의 글자를 쓰지 않는다. 어차피 희망차게 사는 게 불가능하다면, 악의나 불행 따위와 친해지라고 부정적인 의미를 가진 한자만 사용하여 이름을 짓는다. 생물 병기를 두려워하여, 누구나 지하 땅굴과 유리 탑에 갇혀 살고 있어."

슈지는 거기서 말을 끊고, 똑바로 리를 바라보았다. 이 연구자를 죽일 수 없다면, 알아듣게 설명하여 어떻게든 내 편으로 만들 필요가 있다. 눈을 돌리지 않고 말했다.

"그 연구자의 평생 테마는 황마의 특효약을 개발하는 것이었다. 자신의 선조가 저지른 잘못을 보상하려는 것이겠지. 리 군, 리하오롱은 훌륭한 젊은이였다. 신형 인플루엔자 연구를 멈출 수 없다면, 어떻게든 그의 일을 도와주지 않겠나."

가즈마사가 신음하듯 말했다.

"하지만 2백 년 후의 생물 병기를 우리가 어떻게 막을 수 있죠."

슈지는 레스토랑의 룸을 둘러보았다. 리나는 눈물이 그렁한 눈으로 끄덕인다. 휠체어를 테이블에서 떼어 내어 불편한 다리를 이끌며 힘겹게 바닥 위에 내려앉았다. 양손으로 바닥을 짚자 새 카펫인 탓에 손바닥이 따끔거렸다. 슈지는 지금까지 누군가에게 이토록 깊이 머리를 숙인 경험이 없었다. 선거 때마다 큰절을 하는 정치가를 한심하게 생각했었다.

하지만 그때의 슈지에게 망설임은 없었다. 자신이 어떤 식으로 보이는가 따위는 전혀 신경 쓰이지 않는다. 블루 타워 사람들을 위해서라면, 죽어 가고 있는 2백 년 후의 세계를 위해서라면 이마를 바닥에 비비는 것 정도는 아무것도 아니었다. 슈지는 얼굴을 들고 니트 모자를 벗었다. 항암제의 부작용으로 푸릇한 머리 밑만 남은 머리를 숙이며 말한다.

"내 생명은 앞으로 몇 개월뿐이라고 의사가 말했다. 전 재산을 자네들에게 주어도 상관없어. 그러니 황마를 막기 위한 방법을 나와 함께 생각해 줘. 부탁하네. 왜 나 같은 평범한 인간이 선택된 것인지, 모르겠어. 내가 할 수 있는 일이 있다면 현재와 미래를 잇는 가교가 되는 것뿐이야. 나는 전문가가 아니라 바이러스 따위는 전혀 몰라. 그러나 세계를 구하는 열쇠는 분명 지금, 이 방 안에 있을 거야. 도와줘. 2, 3주 정도면 돼. 나를 믿어 줘."

슈지의 긴장의 끈은 거기서 뚝 끊겨 버린 것 같았다. 두 사람의 젊은 이를 찔러 죽이겠다고 잠 못 이루는 밤을 보내고, 정작 습격에 실패한 것이다. 말기 암 환자의 체력도 한계에 가까워지고 있다. 슈지는 의식하지 못한 사이 한 줄기 눈물을 떨어뜨리고 있었다.

리나가 자리에서 일어나 슈지 옆에 정좌하고 머리를 숙였다.

"나도 부탁한다. 가즈마사, 그리고 리 씨."

레스토랑 객실의 공기가 얼어붙는 것 같았다. 천장까지 이어진 붙박이창 너머로, 신도심의 네온사인이 열기 없는 빛을 밝은 밤하늘에 뿌리고 있었다. 처음으로 자리를 뜬 것은 리였다. 슈지 옆에 무릎을 꿇더니, 야윈 어깨에 손을 얹었다.

"당신의 이야기는 믿을 수 없는 것 투성이입니다. 그러나 당신이라는 사람은 충분히 믿을 만한 사람으로 보입니다. 자, 일어서 주십시오. 제가 할 수 있는 일이라면 협력하지요. 2백 년 후의 자손을 위해서라도, 저는 힘을 아끼지 않을 생각입니다."

가즈마사는 테이블을 향한 채 고개를 가로저었다.

"이런 엉터리 같은 이야기, 뭐가 뭔지 모르겠네. 그렇지만 좋아요. 세노 씨, 우리 연구에 목숨을 걸고 관심을 가져 준 것은 당신뿐입니다. 세계를 구한다는 건 감히 우리가 나설 일은 아니지만, 신형 인플루엔자에 관해서라면, 나도 협력하겠습니다."

그때 커튼 너머에서 웨이터의 목소리가 들렸다.

"이제 곧 문 닫을 시간입니다만, 괜찮으시겠습니까."

슈지는 리나와 리의 부축을 받아 휠체어에 앉았다. 그리고 리나에게 말했다.

"계산은 내게 맡겨 줘. 오늘 밤의 속죄야."

슈지는 무릎 위에 전표를 올리고, 뿌연 조명의 복도를 지나 카운터로 이동했다.

2

눈 아래 펼쳐진 것은 신주쿠의 야경이었다. 눈을 들자 고층 빌딩들이 빛나는 검이 되어 날카롭게 하늘을 찌르고 있다. 슈지의 체력에 불안을 느낀 리나의 제안으로, 네 사람은 신주쿠 화이트 타워의 전망실로 장소를 이동했다.

어두컴컴한 라운지에는 소파가 널려 있지만, 이용하는 주민들은 거의 보이지 않았다. 슈지는 창 너머의 풍경에다, 블루 타워의 경관을 오버랩시켰다.

"이쪽 세계에서는 지표가 눈부시구나."

리가 창밖을 바라보며 말한다.

"2백 년 후는 다른가요?"

슈지는 휠체어 위에서 양손을 폈다.

"지표에는 사는 인간도 없고 빛도 없어. 항바이러스 약 탓에 뿌옇게 안개가 긴 상태야. 저 빌딩과 마찬가지로 슈퍼 구조체가 몇 개 무인의 평원에 서 있을 뿐이야."

가즈마사가 중간에 끼어들었다.

"그 건물은 높이가 2천 미터나 된다고 했지요."

슈지는 이런 말도 안 되는 얘기를 믿으라는 자신이 비정상으로 느껴졌다. 예전의 자신이라면 분명 코웃음을 쳤을 것이다.

"그렇다. 멋진 전망이었다. 그것은 미래 과학의 정수였다."

리는 자세를 바로 하더니, 연구자의 표정으로 돌아가서 말했다.

"바이러스 연구실의 리하오롱은 세노 씨에게 뭐라고 했습니까. 가능한 정확하게, 자세하게 말해 주세요."

슈지는 스테인리스로 내장된 검역실을 떠올렸다. 두꺼운 창 너머에 있는 것은, 눈앞의 리와 마찬가지로 버섯 머리의 남자이다. 애교 있는 표정이 어딘가 닮아 보여 새삼 리 집안의 자손일지도 모른다고 생각했다. 물론 슈지는 리에게서 2백 년 전의 선조 이야기 같은 건 듣지 못했다. 슈지는 눈을 감고 집중했다. 한마디도 빠짐없이 미래의 바이러스 연구자의 대사를 재현하려고 한다.

"황마로 변이되기 전의 오리지널 바이러스 H17N1형을 손에 넣으면, 어떻게 할 수 있을지도 모른다. 가장 좋은 것은 뉴라미니다아제 저해약이지만, N의 활성 부위에 서중국의 과학자들이 유전자 조작으로 복잡한 열쇠를 잠갔다. 황마의 N은 항상 변화해서 플러그 약이 통하질 않는다. 그러나 변이의 근원이 된 바이러스와 비교하는 것으로, 최초의 유전자 변이 방법을 알지도 모른다. 그렇게 하면 새로운 변이로 황마를 무력화하고, 항바이러스 약을 개발할 수 있을지도 모른다."

리는 흥분해서 중얼거렸다.

"그렇구나, 뉴라미니다아제에 유전자 조작을 가해서 항바이러스 약을 무력화했구나. 우리가 가지고 있는 H17N1은 아직 사람에게 감염된 적은 없지만, 다른 루트를 통해 몇 개의 유전자를 전이시키고 있는지도 모르겠군."

가즈마사는 눈을 반짝거리며 앞머리를 쓸어 올렸다.

"최신 유전자 과학으로도 인플루엔자의 성질을 그런 식으로 자유롭게 바꿀 수 있다니. 백 년 후에는 그렇게까지 바이러스학이 진보하게 되는 모양이군."

리는 슈지의 얼굴을 정면에서 바라보았다.

"세노 씨, 당신의 육체는 2백 년 후로 이동할 수 없습니까?"

뇌종양의 통증에 의해 슈지가 날아가는 것은 정신뿐이었다. 이상한 말을 하는구나, 하고 생각하고 있는데, 리가 웃음을 터트렸다.

"아뇨, 지금 생각한 것입니다만, 만약 육체가 미래로 이동할 수 있다면, H17N1을 당신에게 감염시켜 버리면, 오리지널 바이러스를 그대로 2백 년 후로 운반할 수 있겠구나 싶어서요. 그것이 불가능하다면⋯⋯."

갑자기 진지한 표정이 된 리에게 슈지가 물었다.

"그것이 불가능하다면⋯⋯?"

"우리가 할 수 있는 것은 유감스럽지만, 별로 없는 것 같습니다."

무슨 의미일까, 슈지가 갸웃거리자 가즈마사가 말했다.

"연구실에 가면 배양한 H17N1 인플루엔자 샘플은 얼마든지 있습니다. 뉴라미니다아제의 결정도 조금이긴 하지만 분리 정제한 것이 있습니다. 그러나 그것을 세노 씨에게 드려 봐야 별수 없지 않습니까. 실물을 리의 자손에게 건넬 수 없다면, 무용지물이니까."

슈지의 온몸에서 힘이 빠져나갔다. 천만 분의 1미터 정도밖에 안 되는 바이러스 한 개조차 슈지는 시간의 벽을 넘어, 운반할 수 없다. 지옥 같은 미래를 구할 열쇠를 쥐고도, 그것을 탑 세계로 가져가지 못한다. 정신은 시간을 초월할 수 있지만, 물질은 바이러스 정도로 극소한 것조차 시간의 벽에 막히고 만다.

어깨가 축 늘어진 슈지에게, 리가 위로하듯 말했다.

"내일부터는 H17N1형을 다룰 때 세심한 주의를 기울이겠습니다. 세노 씨를 위해 모든 연구 자료를 담은 CD-ROM을 한 장 구워, 보내드리지요."

슈지는 고개를 들어 중국에서 온 바이러스 학자를 바라보았다.

"고마워. 아까는 당신을 죽이려고 했는데, 이렇게 이야기를 믿어 주다니. 자료에 대해서는 그쪽이 원하는 만큼 돈을 지불하겠네."

리는 고개를 가로저으며, 슈지를 손바닥으로 막았다.

"아뇨, 아뇨. 돈은 필요 없습니다. 그보다 다음에 만날 때는 2백 년 후의 바이러스학과 제 자손의 이야기를 더 들려주십시오."

가즈마사는 쿨한 태도를 흩뜨리지 않았다. 창밖에 펼쳐진 신주쿠의 야경에 시선을 보낸 채 말한다.

"나는 세노 씨의 이야기를 믿는 것은 아닙니다. 어쩌면 종양으로 인한 망상일 가능성 역시 있습니다. 하지만 세노 씨에게 남은 시간이 보다 보람 있는 시간이 되도록 협력을 아끼지 않을 생각입니다. 물론 연구자로서의 윤리에 벗어나지 않도록 주의할 생각입니다만."

리나는 깊이 머리를 숙였다.

"리 씨, 가즈마사, 고마워."

슈지는 리나와 함께 감사를 하면서도 마음속은 초조함으로 가득했다. 황마로부터 탑 세계의 사람들을 해방시킬 오리지널 바이러스가 눈앞에 있는데, 자신은 손도 대지 못한다. 전망실을 떠나는 연구자의 등을 지켜보면서, 슈지는 중얼거렸다.

"내가 할 수 있는 것은 여기까지인가. 딱 한 방울의 바이러스를 미래 세계로 나르는 것만으로 모든 것이 해결될 수 있을 텐데 절대 무리라니. 머리가 돌아 버릴 것 같아."

리나는 휠체어에 앉은 슈지의 마른손에 자신의 손을 포갰다. 꼿꼿하게 앉아 가슴을 쭉 펴고 말한다. 슈지는 리나의 가슴에 있던 삼각형의 점을 떠올리지 않을 수 없었다.

"기억나세요. 세노 씨가 제게 해준 말. '일을 하다 보면 언젠가 반드시 부딪치는 벽이 있어. 지금은 이러지도 저러지도 못해 괴로울지 모르지만, 그 벽을 향해 계속 나아가는 거야.' 괜찮을 거예요. 언젠가 반드시 넘을 수 있을 거니까요."

슈지는 손바닥을 뒤집어 리나의 따뜻한 손을 꼭 잡았다.

"분명 그런 말을 했었지."

조명이 비추는 심야의 전망실에서 리나의 눈은 빛나고 있었다. 반짝반짝 젖은 눈빛이 움직이고 있다. 슈지는 그 눈 속으로 빨려들 것만 같아졌다.

"포기하지 말고 벽을 향해 가세요. 2백 년이란 시간의 벽 역시, 언젠가 반드시 넘을 수 있어요. 세노 씨의 마음은 블루 타워와 이 신주쿠를 자유롭게 오갈 수 있잖아요."

슈지는 묵묵히 끄덕일 뿐이었다. 미래의 참상을 생각하면 자신에게 절망이란 사치 따위는 허락되지 않는 것이다.

"알겠다. 해보지. 그런데 리나는 정말 강해졌구나."

업무 제안서를 쓰지 못해 하루 종일 울 것 같은 얼굴로 모니터를 뚫어 져라 보던 신입 사원 시절의 리나 얼굴이 떠올라, 슈지는 자기도 모르게 미소 지었다. 리나는 슈지의 등에 흘끗 시선을 보내더니, 소리 내지 않고 소파에서 일어섰다. 20대 여성의 하얀 얼굴이 점점 가까워 온다.

"어이, 어이. 뭐 하는 거야."

말하는 도중 벌려진 입술에, 리나의 젊은 입술이 촉촉하게 닿았다.

다음 날 저녁 무렵, 오토바이 배달로 A4 크기의 봉투가 배달되었다. 슈지는 자기 방으로 돌아와서, 신중하게 내용물을 확인했다. 복사 용지 10여 장 분량의 신형 인플루엔자에 관한 논문은 일본어와 영어 두 개의 버전으로 되어 있었다. 원고 여기저기에 표, 그래프, 그래픽 영상이 가득하다. 슈지는 바이러스학 논문 같은 걸 보는 건 처음이어서, 페이지를 훌훌 넘겨 보지만 내용은 전혀 이해할 수 없었다.

비닐 케이스에 든 CD-ROM이 함께 동봉되어 왔다. 슈지는 폴리탄산에스테르(polycarbonate) 원반을 꺼내 스탠드 불빛에 비춰 보았다. 겉에는 매직으로 'H17N1 자료'라고만 씌어 있다. 뒤의 데이터 면은 뿌연 거울처럼 빛나고 있었다.

컴퓨터를 켜 얼른 CD를 넣었다. 화면의 아이콘을 클릭하자, 드라이브가 낮게 울리기 시작한다. 그때, 슈지의 이마 안쪽이 심장의 고동에 맞춰 열이 나며 아프기 시작했다. 이상하다. 슈지는 당황했다. 진통제인 모르핀은 빠지지 않고 먹고 있다. 적어도 이 디스켓 내용물만이라도 보고 싶다.

하지만 통증이 매우 빠른 속도로 덮쳐 온다. 마우스를 짓뭉갤 정도로 오른손에 힘이 들어가는 것을 마지막으로, 슈지는 반가움조차 느껴지는 2백 년 후의 세계로 날아간다.

3

눈앞에 박음질 하나 보이지 않는 매끄러운 파란 천이 펼쳐져 있다. 이 천의 금속질 청색이 바로 타워의 상징 색이다. 슈지는 튕겨지듯 소파에서 일어나 왼쪽 손목의 팔찌에게 말을 걸었다.

"코코, 몇 시지. 오늘 스케줄은."

손목 위에 홀로그래프로 아비시니안의 머리가 떠오르며, 짧은 이를 드러내고 슈지에게 웃어 보였다. 코코가 옆을 향하자, 그곳에는 일곱 가지 무지개 색으로 디지털 시간이 표시된다.

"오전 8시 23분. 오늘은 오전 10시부터 칠탑 연합 위원회의 호출이 있습니다."

"그런가."

슈지는 방 안을 둘러보았다. 비슷한 구조이긴 하지만 이곳은 제1층의 본가가 아니라 제5층에 있는 별저 같았다. 지난번 23세기로 날아왔을 때는 아직 바이러스 연구동의 격리실에 있었으니, 분명 자신은 황마에 감염되지 않은 것이다. 감염 검사 입원을 마치고 집으로 보내졌을 것이다.

"요 며칠, 블루 타워의 모습은 어땠지. 뉴스를 보여 줘."

코코가 끄덕이자 하얀 벽면이 순식간에 거대한 스크린으로 바뀌었다. 대형 헬리콥터에 의한 공습 폭격이 계속되고, 검은 연기를 피우는 지민 해방 동맹 캠프의 영상이 보였다. 자동 소총을 안은 채 검게 탄 소년병의 사체가 땔감 더미처럼 쌓여 있다. 코코는 억양 없는 목소리로 보고했다.

"공습 폭격 이후, 블루 타워는 계엄령하에 있습니다. 외출은 금지되고, 테러를 경계하여, 주요 인사는 군의 호위를 받고 있습니다. 블루 타워는 비교적 안전합니다만, 그린 타워와 실버 타워에서는 연속하여 자폭 테러와 황마에 의한 생물 테러가 발생하고 있습니다. 현재 각 탑의 자치권은 제한되고, 칠탑 연합에 의한 임시 정권이 치안 유지에 전력을 다하고 있습니다."

사태는 슈지가 신주쿠에 돌아가 있는 동안 한층 긴박해진 것 같았다.

"칠탑 연합에서 호출한 이유를 알고 있나?"

무한의 용량을 가진 홀로그래프 메모리를 탑재한 AI는, 무표정하게 말했다.

"모릅니다. 하지만 슈 님에게 그다지 좋지 않은 일인 것만은 확실한 것 같습니다. 연합은 자신들 쪽에 붙지 않는 30인 위원을 좋게 생각하지 않습니다."

슈지는 반복되는 공습 폭격 화면을 잡아먹을 듯이 바라봤다. 쏟아지는 저 폭탄 비 아래 지하 깊은 곳을 자신들은 도망 다녔던 것이다. 입막음을 위해 살해된 대지의 집 아이들을 떠올린다. 붕괴된 캄캄한 터널 속에서 들려오던 돌 두드리는 소리를 잊을 수 없었다. 점점 약해져 가던 그 생명의 소리.

코코는 슈지의 기분을 읽었는지 뉴스 영상을 지우고, 벽의 영상을 바꾸었다. 이번에는 선글라스를 낀 무서운 얼굴의 남자가 클로즈업된다. 뺨에는 인플루엔자 바이러스의 문신이 재색으로 일그러져 있었다. 경호원 소크는 삐딱하게 웃었다.

"안녕히 주무셨습니까, 보스. 그쪽 현관 앞에 있는 군인들에게 말씀 좀 해주세요. 그는 항상 무기를 휴대하고 있다. 매일 아침 신체검사 좀 하지 마라,라고. 지금 제5층 엘리베이터에서 내리는 참입니다. 4분 뒤에 도착하겠습니다."

소크는 정확하게 4분 뒤에 왔다. 이윽고 슈지의 스태프들이 모두 모였다. 정책 비서인 세키야와 제5층의 소녀 리나이다. 하지만 지민 해방 동맹 테러리스트, 시즈미의 모습은 보이지 않았다.

리나는 평소보다 꼼꼼하게 화장을 하고 외출복을 입고 있었다. 소크가 놀렸다.

"뭐야, 제1층에 올라간다고 꽃단장한 거냐, 쥐새끼 공주."

이 두 사람은 말은 거칠게 하지만 지상에서의 곤경을 함께 헤쳐 나온 탓에, 장단이 잘 맞는 것 같았다. 리나는 상긋하면서도 험악한 미소를 띠며 대답했다.

"당신 같은 근육질의 발기 부전 환자와는 달라서 나는 TPO(때와 장소와 경우에 따라 복장이나 행위, 말씨 등을 다르게 하는 것)란 것을 분간하지. 어딜 가든 야전복에 머신건을 갖고 다니는 촌놈이 아니라구."

슈지는 쓴웃음을 지으며, 손뼉을 쳤다.

"자, 시간이 다 됐다. 칠탑 연합 위원회에 얼굴을 내밀러 가자."

계엄령 탓인지 고속 엘리베이터는 어디나 비어 있었다. 갈아타는 시간을 포함하여, 1.5킬로미터가 넘는 고도를 채 20분도 걸리지 않고 올라간다. 슈지는 어느 엘리베이터에서나 두 번씩 이명을 해소하기 위해 침을 삼켜야만 했다.

오랜만에 방문한 제1층에는 군인들 모습만 눈에 띄었다. 넉넉하고 여유 있는 복도의 모서리마다, 그리고 거의 모든 거주 지역의 문 앞에 파란 완장을 찬 정규군 병사가 서 있었다. 슈지 일행이 위원회실로 이어진 로비까지 가자, 보초 한 명이 손을 들며 제지했다.

"여기서부터는 칠탑 연합 위원 이외는 출입 금지입니다."

그곳은 예전에 블루 타워의 30인 위원회가 열렸던 방이다. 세키야는 표정을 흩뜨리지 않고 말했다. 파란 선글라스 형 모니터에는 다양한 법률 조문이 네온처럼 흐르고 있다.

"이쪽은 블루 타워 30인 위원인 세노 슈 님이다. 칠탑 연합이 10시에 참석할 것을 알려 왔다. 확인해 주기 바란다."

병사는 헬멧에 매달린 모니터로 시선을 옮겼다.

"확인했다. 하지만 이 안에 들어가는 것은 본인뿐이며, ID 체크도 필요하다."

소크가 불평을 하려고 했지만, 슈지는 눈빛으로 경호원을 제지했다. 병사는 명함 지갑 정도 크기의 작고 검은 상자를 쥔 손을 슈지의 오른쪽 눈에 댔다. 유리 저편의 작은 어둠 속에 있는 붉은빛에 초점을 맞춘다. 홍채를 통한 본인 확인이다. 병사는 경례를 붙이며 말했다.

"어서 오십시오, 세노 위원님. 들어가십시오."

슈지는 병사의 안내로, 예전에는 30인 위원회의 회의장이었던 방 안으로 천천히 들어갔다. 타원형의 거대한 테이블 중앙에는 블루 타워의 홀로그래프가 아니라 칠색 탑의 영상이 찬란하게 떠 있었다. 탁 트인 천장은 맑은 하늘을 연상시키는 연한 파란색이다. 인공이란 것은 알고 있었지만, 슈지는 그 아름다움에 마음을 빼앗겼다.

"여어, 세노 슈."

귀에 익은 목소리에 돌아보자, 그곳에는 블루 타워 30인 위원장인 오기와라 도이치와 낯선 남자가 서 있었다. 칠색 배지를 단 백발의 남자는 엷은 미소를 띤 얼굴로 슈지에게 인사했다.

"어서 오시오, 칠탑 연합에. 내가 대표인 오다 유조요."

슈지는 위험한 냄새를 풍기는 노인 쪽으로 한 걸음씩 다가갔다.

검은 팔찌

1

칠탑 연합 대표, 오다 유조의 목소리는 지층에서 울려오듯 깊었다. 넓디넓은 회의장을 제압하며 낭랑하게 울린다.

"꽤 대단한 활약이었더군, 세노 슈."

이 남자는 내가 해방 동맹 지도자의 시체를 목격한 것을 알고 있는 것일까. 슈지는 웃는 얼굴로 감정을 감추며 말했다.

"칠탑 국가 모두 계엄령입니까. 엄청난 사태가 벌어진 것 같군요, 대표님."

백발의 노인은 물끄러미 슈지의 눈을 들여다보았다. 의중을 떠보는 것 같다. 아무리 눈빛으로 압력을 가해도, 슈지의 태도가 달라지지 않는 것을 보자 오다 유조는 눈초리에 주름을 지으며 웃었다.

노인 옆에서는 블루 타워의 30인 위원장, 오기와라 도이치가 작게 고개를 흔들어 신호를 보내고 있었다. '이 남자는 거역하지 않는 편이 좋아'. 하지만 2백 년 전의 세계에서 말기 암 환자였던 슈지는 이제 흔들리지 않았다. 아무리 권력자여도 탑 세계에서 만난 인간을 무섭다고 생각한 적은 없다.

"이쪽으로 오시오."

앞장서서 걸어가는 노인을 뒤따른다. 뒷짐을 진 왼쪽 손목에 낯선 검은 팔찌가 보였다. 짙은 감색 혹은 먹물 같은 색을 띤 팔찌는 주위의 빛을 삼키며 그윽하게 빛났다. 이것도 코코처럼 무한한 메모리를 탑재한 AI인가.

30인 위원회의 이름이 새겨진 타워의 테이블 중앙에는, 탁 트인 천장까지 닿을 듯한 일곱 개의 탑이 레이저 홀로그래프로 재현되고 있었다. 청, 적, 녹, 황, 백, 오렌지, 은. 하나같이 2천 미터의 상공에 닿은 끝이 구름을 가르고 우뚝 솟아 있다. 아래로 갈수록 여러 개로 묶인 높이 400미터의 기본 유닛은, 흔들림 없이 대지를 뚫고 있다.

오다 유조는 손목의 팔찌에게 말했다.

"현재 상황을 보여 줘."

폭 3센티미터 정도의 검은 금속 표면에는 슈지의 것과 마찬가지로 고양이 얼굴이 새겨져 있었다. 오다 유조의 라이브러리언은 회청색의 촘촘한 털을 가진 러시안블루다.

"알겠습니다."

손목 위에 뜬 3D 홀로그래프가 끄덕이자 일곱 개 탑의 영상이 번쩍였다. 그린 타워의 하층계는 반 정도가 무시무시하게 짙은 빨간색으로 물들어 있었다. 세 사람은 거대한 테이블에 미묘한 거리를 두고 자리를 잡았다. 오다 유조의 목소리에도 고뇌의 느낌이 짙다.

"칠탑 연합도 대단히 불안정한 상황을 맞이하고 있다. 그린 타워에서는 연속되는 자폭 테러로 사람들이 모이는 장소에 아무도 가까이 가지 않게 되었다. 하루 두 건의 테러가 최근 열흘 동안 매일 계속되고 있기 때문이지. 사망자는 3백 명에 가깝다. 경제 활동도 실질적으로 정지된 상태다. 실버 타워에서는 지민과 지배 계층 사이에 생물 병기 전이 시작되었다. 지민은 황마의 변이형, 정규군은 안티 바이러스를 서로 뿌리고 있다. 현재까지 각각의 계층에서 사망률은 약 30퍼센트 다. 이 숫자가 무얼 의미하는지 알겠나. 최근 몇 주간 실버 타워에서는 15만 명이 넘는 희생자가 났다는 말이다.”

2백 년 후의 세계는 열어서는 안 되는 멸망의 문을 열어 버린 것 같았다. 황마의 변이형도 안티 바이러스도 실질적으로는 같은 것이었다. 어느 쪽이나 공포의 생물 병기인 황마를 미미하게 유전자 변이한 것에 지나지 않는다. 슈지는 손발을 허공에 휘저으면서 수백 미터의 고도에서 떨어지는 사람들에게서 눈을 뗄 수가 없었다. 남자도 있고, 여자도 있다. 어른도 있고, 아이도 있다. 3D 홀로그래프는 구토를 일으킬 정도로 정밀했다. 오다 유조는 말한다.

“나는 오늘 솔직한 이야기를 하고 싶다. 이 의장은 원래도 정보의 기밀성이 높지만, 오늘은 여기 있는 세 사람 이외에 누구에게도 새지 않도록 손을 써두었다. 자네들의 라이브러리언은 트리플 A급이지.”

슈지는 오기와라의 손목을 보았다. 거기에는 슈지의 것과 같은 크롬 팔찌가 빛나고 있다. 오기와라가 끄덕이며 말했다.

“그렇습니다, 오다 대표님.”

노인은 검은 팔찌에게 말했다.

“이 방에 있는 라이브러리언을 모두 정지시켜라.”

상냥하게 웃으면서 노인은 검은 팔찌형의 AI를 풀었다. 오기와라도 따라 한다. 슈지도 마지못해 코코를 손목에서 풀었다. 알몸이 된 듯한 기분이 든다. 이쪽 세계로 날아와 슈지는 이 미래 과학의 정수에 완전히 의지하고 있었다.

"자네들도 알고 있겠지만, 라이브러리언은 소유자의 경험 모두를 보존하도록 되어 있다. 3D 영상과 음성, 그 외의 각종 데이터까지. 하지만 상위 라이브러리언은 하위 기종을 컨트롤할 수 있게 되어 있다. 내 것은 쾌트로 A급이다. 자네들 AI는 현재 모두 잠들어 있다."

슈지도 언젠가 코코에게 들은 적이 있었다. 검은 AI는 세계에서 단 일곱 개가 제조되었는데, 전쟁으로 반 이상 잃고 현존하는 것은 세 개뿐이라고 한다. 오다는 그중 하나를 손에 넣었을 것이다. 슈지의 트리플 A급도 제5층 사람의 생명 50명분의 가치가 있다고 한다. 테이블 위에 작은 뱀이 똬리를 틀듯 동그랗게 놓여 있는 검은 팔찌에는 어느 정도의 가격이 매겨질까. 얇은 금속 벨트를 보고 있지 않을 수 없었다.

"세노 슈, 나는 자네가 지민 해방 동맹의 지도자 미코시바의 암살 현장에 있었다고 들었다. 자네는 최근 들어 고도 고정파에서 자유 고도파로 뜻을 바꾸었다더군. 시로가네 공원의 테러리스트전에서는 하층계 시민들에게 인기가 많았다던데. 어떤가, 우리와 같이 새로운 30인 위원회를 만들지 않겠나. 자네에게는 이 오기와라 위원장을 보좌하는 부위원장 자리를 준비했다. 여기 있는 오기와라 군으로부터 강력한 추천을 받았지."

슈지는 위원장의 희고 반듯한 얼굴을 보았다. 긴장한 탓인지 창백해 보였지만, 이쪽 세계의 세노 슈의 아내와 불륜 관계에 있는 오기와라는 그래도 애서 끄덕여 주었다. 오다 대표의 목소리는 호탕했다.

"자네가 부위원장이 되기 위해 필요한 것은, 실로 간단하다. 오직 한 가지 모든 일에 대해 잠자코 있어 주면 된다. 자네는 칠탑 연합의 이번 작전에 대해 아무것도 몰랐고, 아무것도 보지 않았다. 불행하게 해방 동맹의 지도자와 회담 중 동맹 내의 반란과 조우해 목숨 걸고 블루 타워로 돌아왔다. 공식적으로는 그렇게 발언해 주면 그걸로 된다."

슈지는 허전해진 왼쪽 손목을 비비면서 말했다.

"잠자코 있는 것만으로 블루 타워의 넘버 투가 되는 겁니까. 그럼, 만약 제가 모든 것을 이야기하면 어떻게 됩니까."

백발의 야윈 노인은 천천히 놀란 표정을 지어 보였다. 오랜 친구라는 오기와라의 얼굴은 이 탑의 상징 색 못지않게 파랗게 질렸다.

"칠탑 연합은 자네를 소추할 거다. 지민 해방 동맹에게 블루 타워의 기밀 정보를 알렸다거나, 혹은 미코시바의 암살범이라며 체포할 수도 있지. 죄목은 자네 마음대로 골라. 현재의 법정은 계엄령하의 군사 재판이다. 연합의 힘으로 판결은 마음대로 할 수 있다."

슈지는 살해된 미코시바의 웃는 얼굴을 떠올렸다. 그녀는 블루 타워의 거짓말쟁이 왕자에게 모든 것을 맡긴다며, 밤의 숲에서 넉넉한 미소를 보이지 않았던가. 또 대지의 집 부대장 아라쿠시의 눈을 떠올렸다. 아이들을 구하기 위해 붕괴가 시작된 터널로 되돌아가기 직전, 자신이 구한 것은 슈지가 아니라 탑 세계의 미래라며 검은 눈을 반짝이지 않았던가.

가슴속에 끓어 올라오는 것은 분노보다 슬픔이 강했다. 자신은 아직 그들을 위해 아무것도 하지 못하고 있다. 오기와라 위원장이 소리를 억누르며 말했다.

"세노 슈, 친구로서 말해 두겠다. 자네가 쓸데없는 고집을 부리면 30인 위원회에서 제명 처분되고, 결국 블루 타워에서 추방될 것이다. 황마 폭풍이 휘몰아치는 지표에서 살아가게 될 거야. 그건 자네뿐만이 아니라 자네 가족도 부하들도 마찬가지야."

슈지는 이상했다. 이렇게 필사적이 되어 이 남자들은 무엇을 지키려는 것일까. 불쑥 작은 목소리로 중얼거린다.

"그런 일을 계속해서 대체 어떻게 된다는 거냐."

칠탑 연합 대표의 눈이 번쩍 어두운 빛을 뿜었다. 등받이에 깊숙이 몸을 맡긴 채 말한다.

"어떻게도 되지 않는다. 우리가 할 수 있는 일은, 최고로 잘되어 봐야 현상 유지 정도다. 알겠나, 세노 슈, 이것은 동서 대전으로 문명이 붕괴한 후 70년째 끊이지 않고 계속되는 싸움이다. 언젠가 어딘가에 있을 천재가 황마의 특효약을 만들 때까지 우리는 사람들의 생명과 과학을 미래에 전할 의무가 있다. 나는 쾨트로 A급인 라이브러리언과 함께 수천 종류의 시뮬레이션을 반복해 왔다. 그래서 나온 결론이 새로운 대선별이었던 것이다. 그러기 위해서는 희생을 어느 정도 치르더라도, 지민 해방 동맹의 급진적인 지도자와 일곱 개의 탑 국가에 녹처럼 파고든 고도 고정파를 일소할 필요가 있다."

오다 유조는 슈지의 눈을 빤히 바라보았다.

"유감이지만, 모든 인적 손실은 필요한 것이었고 시뮬레이션 결과를 웃돌지도 않았다. 예정된 손실이었던 것이다. 언젠가 모든 사망자들을 위해 꽃을 바치는 날이 오게 될지 모르겠지만, 그때까지는 이를 악물고서라도 나는 새로운 대선별을 위한 기반 다지기를 계속하겠다. 자네가 반대한다면 짓밟아 뭉개고서라도 추진할 거야."

슈지는 노인의 기백에 눌리면서 생각했다. 결국 이 남자도 똑같은 인간이었던 것이다. 최선을 다해 행동하여 최악의 결과를 낳는다. 아무리 권력을 가지고 있어도, 탑 세계에서는 흔해 빠진 인간이다.

2

그때 눈앞에 솟은 3D 홀로그래프의 오렌지 타워가 눈부시게 부풀어 올랐다. 슈지는 눈을 가리며 소리쳤다.

"코코, 대체 어떻게 된 거야."

노인은 당장 자신의 라이브러리언에게 덤벼들었다.

"무슨 일이 일어났는지 보고해라."

슈지의 AI는 잠잠했지만, 오다 유조의 러시안블루는 재색 수염을 떨며 말했다.

오렌지 타워의 끝은 거대한 양초처럼 타오르고 있었다. 금속의 골격은 녹아내리고, 폭풍으로 제2층의 유리창도 산산이 부서졌다. 높이 400미터의 기본 유닛은 위의 반이 손실되어 파란 하늘만 남아 있을 뿐이었다. 슈지는 더 이상 잠자코 있지 않았다.

"이것도 필요한 손실인가, 대표."

노인의 왼쪽 손목 위에서 러시안블루가 공손하게 슈지에게 머리를 숙였다.

"해방 동맹 극우파가 동중국에서 손에 넣은 여섯 개의 전술 핵폭탄 가운데 네 개는 칠탑 연합과 해방 동맹 좌파가 이미 장악하고 있습니다. 우리의 시뮬레이션에서는 그 공격에 의한 사망자는 7천3백에서 6백 명. 다음의 핵공격 가능성은, 이것으로 3퍼센트 이하로 격감했습니다. 우파는 마지막 출사표로써 남은 하나를 소중히 보존하겠지요. 해방 동맹의 테러리스트 캠프에는 이미 연합의 공격 헬리콥터가 강습하고 있습니다."

노인은 고개를 저으며 말했다.

"오렌지 타워에는 우리의 오랜 친구며 친척도 있다. 대단한 충격이지만 우리는 전진하지 않으면 안 된다. 알겠나. 나는 타인의 고통을 모르는 인간이 아니다. 하지만 일곱 개의 탑 국가는 인류가 미래에 남길 높이 2천 미터의 방주이다. 나는 인류의 불을 내일로 이어 줄 수 있다면, 역사적인 범죄자가 되어도 상관없다."

오다 유조는 눈에 살짝 눈물까지 맺힌 채, 타오르는 오렌지 타워를 올려다보고 있었다. 시선을 떨구더니, 곧바로 슈지를 노려보았다.

"칠탑 연합에 반대할 거라면 자네를 사형에 처하고, 가족과 친족을 모두 탑 바깥으로 추방해 주겠다. 자네의 목숨도, 나의 양심도, 인류의 존속 앞에서는 허용 오차 범위 내의 손실에 지나지 않는다. 세노 슈, 대답은 다음에 만날 때 듣도록 하지. 나는 지금부터 오렌지 타워의 부흥 위원회를 주재해야 한다."

오기와라 위원장과 오다 대표는 빠른 걸음으로 회의장을 떠났다. 문을 나서기 직전 대표는 손목을 들고 말했다.

"깜빡했군. 라이브러리언을 깨워 주기 바란다."

슈지는 느릿느릿 테이블 위에 있는 크롬 팔찌를 손에 들었다. 슈지는 아무도 없는 회의장에 아직 불꽃과 연기가 나고 있는 오렌지 타워와 함께 남겨졌다.

"코코, 탑 세계는 아직 살아남는 것만으로 감지덕지해야 하는 거냐."

트리플 A급인 AI는 입을 다문 채 대답하지 않았다. 대답할 것도 없는 당연한 질문일까, 혼자 하는 넋두리로 들린 것일까. 슈지는 아비시니안의 은색 부조를 손가락으로 문지르면서, 횃불처럼 타오르는 탑을 언제까지고 바라보고 있었다.

밤이 오다

1

계엄령하의 밤이 되었다. 방송은 모두 블루 타워 치안군에 의해 통제되어 뉴스와 무던한 풍경들만 흐를 뿐이었다. 그러나 보도 관제는 불안에 쫓기는 사람들의 입을 막아 둘 수는 없다.

소문은 각지에서 어지럽게 날아다니고 있었다. '제3층의 임대 주민이 쫓겨났다. 입은 옷 그대로 주거에서 쫓겨나 하층계에서 방랑한다. 제5층에서는 지민 해방 동맹 주도로 폭동이 일어나고 있다. 치안군은 각지에서 전투 상태다. 제1층의 부자들은 재산을 빼돌리는 데 혈안이다. 바이러스 방호복을 입은 사병이 지키는 트럭이 비교적 안전한 화이트 타워를 향해 출발한다고 한다.' 블루 타워의 내부 정세는 유동적으로 변하여, 수직으로 솟구치는 흙탕물처럼 넘실대며 소용돌이를 만들고 있었다.

스태프를 모아 제5층의 별저에서 회의를 열고 있던 슈지는, 일몰과 함께 전원을 해산시켰다. 마지막까지 남아 있던 경호원 소크와 리나에게 말했다.

"나는 지금부터 제1층에 다녀올 것이다. 소크, 바깥이 시끄러운 것 같으니 함께 가자."

"좋습니다, 보스. 그럼 두 사람분의 무기가 필요하겠군요. 5분만 시간을 주십시오."

뺨에 황마의 전자 현미경 이미지를 문신한 전직 용병은 같은 층에 있는 무기고로 향했다. 리나는 창가에 서서 저물어 가는 하늘을 보고 있었다. 제5층의 중층에서도 지상으로부터의 고도는 2백 미터 정도 된다. 사람의 모습이 보이지 않는 대지 여기저기에 연기가 피어오르고 있었다. 그것이 전투를 위해서인지 저녁 식사 준비를 위해서인지, 이 높이에서는 잘 알 수 없었다.

"슈 씨는 부위원장 취임은 거절하기로 결정했죠. 그렇다면 어째서 위험을 무릅쓰고까지 제1층에 가야 하는 거예요."

열여섯 살의 하층계 소녀는, 검은 바지 정장 차림이다. 정치가 비서라는 일이 몸에 익기 시작한 것 같다. 원래 리나는 머리가 좋은 소녀다.

"그러게. 30인 위원회에는 이제 볼일이 없다. 그러나 마지막으로 만나서 이야기를 하고 와야 할 사람이 있어서……."

리나는 슈지에게서 시선을 거둬 밤하늘로 돌렸다. 등은 희미하고 작다.

"그렇군요. 부인인 키미 씨죠. 아무리 떨어져 지내도 부인은 부인이니까."

슈지는 리나의 마음을 알고 있었다. 농담처럼 말했다.

"그래. 우리는 지금부터 쫓기는 몸이 될지도 모른다. 그녀는 아무 상관없으니, 자유롭게 해주는 편이 좋아."

리나는 얼른 돌아보았다. 표정이 반짝이고 있다.

"그 말은, 슈 씨가 독신으로 돌아간다는 말."

252

"그렇게 되나."

어른스럽다고 좀 전에 느꼈던 것은 착각인 걸까, 리나는 그 자리에서 두 팔을 올리며 깡충깡충 뛰었다. 방으로 돌아온 소크가 어이없어 하며 말했다.

"어이, 어이. 어린것이 좋아할 일이 아냐. 보스가 독신이 되어도 너와 결혼할 일은 없어. 우리는 앞으로 칠탑 연합을 상대로 싸워야 해. 달콤한 상상이나 하고 있다가는 네가 제일 먼저 죽을 거야."

리나는 뺨을 실룩거렸다.

"시끄러워. 그런 건 알지만, 멋진 남자가 독신으로 돌아가는데 축하해 줄 수도 있잖아. 당신이 처녀 마음을 알기나 하냐고."

소크는 저격용 선글라스 아래로 뺨의 바이러스를 찡그렸다.

"그래, 꼬마들 마음은 통 모르겠다. 성인 여자라면 몰라도."

또 언제나처럼 말싸움이 시작되었다. 슈지는 가벼운 음악처럼 리드미컬한 대화를 들으면서, 홀스터에 자동 권총을 꽂았다.

2

평소라면 고속 엘리베이터를 갈아타고 20분도 채 걸리지 않아 제1층까지 도착했을 것이었다. 그러나 그날 밤 각 계층의 환승구에서는 치안군에 의한 검문이 강화되어, 신분증명서와 홍채 스캔에 의한 본인 확인이 엄중하게 행해지고 있었다. 30인 위원회의 한 사람인 슈지의 여권조차 이번에는 무효였다.

별저를 나온 지 4시간 후, 자정이 가까워져서야 슈지와 소크는 제1층 최상층의 한 층 아래에 있는 본가에 도착했다. 슈지는 현관 홀에서 소크를 기다리게 하고, 거실로 들어갔다. 리나와 전혀 다른 성숙한 여성의 등이, 어두운 밤하늘을 배경으로 슈지를 기다리고 있었다. 지상 2천 미터의 하늘을 비추는 창이었다. 슈지가 처음으로 이 세계에 와서 본 풍경이다. 이제 이 방에서 이 풍경을 보는 일은 없을지도 모른다. 금속 질의 빛을 뿌리는 파란 드레스의 뒷부분은 깊이 파여 탄탄한 알몸의 등이 보였다. 조심스레 말을 건다.

"늦어서 미안해."

키미가 돌아보았다. 치켜 올라간 눈, 총명해 보이는 이마, 야무진 뺨의 선. 세노 슈라는 남자는 이렇게 미인을 아내로 두고 있었던 것이다.

"할 이야기란 뭐지. 대충은 그에게 들었어."

그러면 30인 위원장, 오기와라 도이치를 말하는 것이었다. 슈지 몰래, 아니 세노 슈 몰래 오기와라는 키미와 관계를 갖고 있었다. 키미는 빙그레 웃었다. 밤을 등지고 커다란 한 송이 꽃이 피어나는 듯 웃는 얼굴이다.

"축하해. 당신이 부위원장이 될 줄이야 상상도 못했어. 도이치와 당신은 옛날부터 친해서, 당신이 넘버 투가 되면 분명 그도 기뻐할 거라 생각해. 블루 타워는 우리 세 사람이서 자유롭게 움직일 수 있게 될 거야."

슈지는 상의 안주머니에서 서류를 꺼냈다. 펼쳐서 키미에게 보인다.

"유감스럽지만, 나는 부위원장이 될 생각은 없어. 오늘은 키미에게 인사를 하러 온 거야."

슈지가 펼친 것은 사인을 마친 이혼 신고서였다. 키미의 웃음 띤 얼굴이 굳어지며, 눈을 가늘게 뜬 채 종잇조각을 노려보고 있다.

"무슨 소리야? 이렇게 좋은 제안은 당신에게는 이제 두 번 다시 없을 거야. 나도 도이치에게 필사적으로 부탁했는데. 이혼이라니 무슨 뜻이야."

비명에 가까운 키미의 목소리가 넓은 거실을 채웠다. 슈지는 소리를 낮추어 말했다.

"나는 지금부터 30인 위원회와 적대 관계가 될 거야. 칠탑 연합의 대표도 이렇게 말했어. 만약 부위원장을 거절하면 반역자로서 소추된다. 가족도 모두 탑 밖으로 추방 처분된다."

자신감이나 분노밖에 보인 적 없던 여자의 표정이 바뀌었다. 황마가 춤을 추는 지표에서 사는 것은, 제1층의 통치 계급 인간에게는 더할 나위 없는 공포인 것이다.

"당신은, 미쳤어. 그 리나인가 하는 하층계 계집애에게 속은 거야. 당신에 대해서는 내가 가장 잘 알고 있어. 알아? 당신은 영웅 따위가 아냐. 어쩌다 유복한 집에 태어났을 뿐인 보통 남자야. 지는 쪽 인간에게 붙어서 어떻게 하려구. 땅을 기어 다니는 개미처럼 짓밟히면 끝이야."

슈지는 처음으로 키미라는 인간의 속마음을 보았다고 생각했다. 처음 봤을 때부터 느꼈던 위화감의 정체는 이것이었다. 타인의 아픔에 대한 감수성이 결여되어 있는 것. 제1층의 그것도 꼭대기 가까이에서 태어났다는 것뿐인, 이유 따위 없는 잔혹한 자신감. 여자의 아름다움이 이토록 차가움에서 생겨나는 것이라면, 아름다움 자체가 죄였다.

"알고 있어. 지민도 하층계 인간들도, 이 내란에는 질지도 모른다. 하지만 내게 어떻게 하라는 거야. 나는 지민 해방 동맹의 지도자 미코시바의 시체를 이 눈으로 보았다구. 블루 타워에 의한 암살이었어. 도이치도 거기에는 중요한 역할을 맡았고. 칠탑 연합은 그 사실을 숨기기 위해, 대지의 집 지하 터널에 관통 미사일을 떨어뜨렸어. 나는 어린아이 같은 지하인들과 함께 동굴 속을 뛰어다녔지. 대부분의 아이들은 생매장된 채 죽어 갔어. 내게는 달리 선택할 길이 없다고."

무수한 사망자들에게 부탁받은 것은 너무나도 무거웠다. 슈지는 한 사람 한 사람의 얼굴을 떠올리며 입술 안쪽을 힘껏 깨물었다. 피맛이 입 안에 퍼진다. 애써 눈물을 참고 있었다. 이것도 죽은 미코시바에게서 배운 것 중의 하나다. 키미는 입술 끝을 올리며 희미하게 웃었다.

"테러리스트의 지도자를 죽인 것은 당연한 거야. 대지의 집 아이들은 유감이지만, 전쟁에는 희생이 따르기 마련이지. 어차피 그곳의 평균 수명은 32세 정도일걸. 머잖아 아이들은 모두 황마로 죽게 돼."

지하에서 폭격을 받은 공포, 항바이러스 약의 시큼한 냄새, 사체의 눈에서 떨어지는 눈물, 잘려져 나간 팔다리. 제1층에서 내려다보고만 있으면 모르는 일들이 무수히 많았다.

"그건 제1층 인간도 마찬가지야. 실버 타워에서는 변형 황마의 스프레이 합전(合戰)이 벌어지고 있어. 오렌지 타워의 제1층은 핵으로 증발했어. 우리의 전쟁은 승자가 없는 전쟁이야. 이제 내 마음은 바뀌지 않아. 이 이혼 신고서에는 사인이 되어 있어. 내일이라도 제출하면 돼."

슈지는 또 한 장의 서류를 주머니에서 꺼내 보였다.

"이건 세키야가 만들어 주었다. 당신에게 이 제1층의 주거와 재산의 반을 준다고 되어 있어. 제5층의 별저는 내 것이야. 그걸로 됐겠지."

키미는 눈을 반짝거리며 소리 질렀다.

"알겠어. 당신은 블루 타워의 배신자야. 지민의 영웅이 되던 뭐가 되던 좋아하는 곳에 가서 죽으면 돼. 당신이 좋아하는 대지 위에서 진흙탕과 황마에 범벅이 되어 죽어 버리라고."

더 이상 키미에게 전할 말은 없었다. 슈지는 테이블 위에 서류를 내려놓고 출구 쪽으로 향했다.

"안녕. 당신은 이 하늘의 감옥 안에서 언제까지나 행복하기를."

등 뒤로 문을 닫았다. 아내였던 여자가 소리 내어 울기 시작했다. 비명을 지르고 있다.

"어째서 도이치를 만나기 전에 당신 같은 인간을 만났을까. 배신자."

남편을 배신한 것이 누구였나. 하지만 제1층에 슈지의 선택을 이해하는 자는 한 사람도 없을 것이다. 30인 위원회에 반역하는 인간 따위, 고도 2천 미터의 세계에서는 누구라도 살아갈 수 없는 것이다.

3

올라가는 데는 4시간이 걸렸지만, 제5층에 내려오는 것은 30분 만에 끝났다. 어떤 검문도 프리패스에 가까웠다. 지민 테러리스트의 잠입을 주로 경계하고 있어서, 상층계 사람에 대한 조사는 없는 거나 다름없었다.

별저에 도착하여 15분 정도 지났을 무렵이다. 취침 준비를 하는데 갑자기 모든 빛이 소리도 없이 꺼져 버렸다. 슈지는 손목의 라이브러리언을 호출했다.

"코코, 대체 어떻게 된 거야. 주변 상황을 가르쳐 줘."

어둠 속 은색 팔찌 위에 아비시니안의 얼굴이 떠올랐다. 무지개 색 이빨을 반짝거리며, 레이저 홀로그래프 고양이가 말했다.

"제5층의 내전이 격렬해지고 있습니다. 치안군의 요청을 받아 블루 타워의 전력 공급 공사가 파워 라인을 끊었습니다."

문을 두드리는 소리가 났다. 정책 비서 세키야가 침실 밖에서 소리치고 있다.

"위원님, 같은 층에 있는 시민 병원에서 구원 요청이 와 있습니다. 내전에서 부상자가 속속 호송되어 오는데, 손이 부족하다고 합니다. 어떻게 할까요."

슈지가 제5층의 별저에서 살게 된 이후, 그곳 사람들에게서 다양한 요청을 받았다. 30인 위원은 역시 정치가인 것이다. 처음에는 가까이서 위원을 본 적이 없어서, 어떻게 부탁하면 좋을지 몰라 하던 주민들도 점차 슈지에게 가볍게 말을 걸게 되었다. 기껏 입은 잠옷을 외출복으로 갈아입으면서, 슈지는 말했다.

"긴급 연락망으로 자원 봉사자를 모아 줘. 우리도 병원으로 가보자."

10분 후에는 소크와 세키야, 슈지와 리나 네 사람이 현관에 집합했다. 각자 자위용의 소형 권총과 손전등을 들고 있다. 소크만 성을 공격하러 가기라도 하는 양 대량의 화기(火器)를 휴대하고 있다. 리나가 놀랐다.

"우리는 병원에 가는 거라고. 당신, 제5층을 전부 날려 버릴 작정이야."

소크는 아랑곳하지 않고 대답했다.

"물론. 필요하다면."

전원이 서로 얼굴을 마주 보다, 전직 용병을 선두로 네 사람은 칠흑같은 복도로 나갔다.

전력이 끊긴 탑 내부는 이상한 상태였다. 복도는 어둠에 가라앉아 있지만, 여기저기 설치된 바리케이드는 작은 손전등과 촛불의 불빛으로 뿌옇게 떠올랐다. 그곳을 지키고 있는 사람들은 무기를 들고 있기는 했지만, 대부분 제5층의 일반 시민들이었다. 테러리스트를 잡는다는 명목으로 가족을 다치게 하고, 가재도구를 파괴당한 사람들의 한은 깊었다. 폭동이 일어날 때마다 제5층에서는 시민이 반란 부대로 일변하는 것이다.

각자의 지역을 봉쇄하는 바리케이드에서는 치안군 못지않게 검문이 엄했지만, 슈지가 얼굴을 내미는 것만으로 금세 통행이 허가되었다.

시로가네 공원의 전투는 이 일대 주민 가운데 모르는 자가 없었다. 슈지는 처음으로 헤쳐 나간 수라장에서 하층계 주민의 신뢰를 얻었던 것이다.

엘리베이터가 멈춘 홀로 나왔다. 휑뎅그렁한 공간에는 비상등조차 켜져 있지 않았다. 천천히 걸어 나가는 소크 뒤를 리나와 슈지가 쫓았다. 소크는 적외선 암시(暗視) 고글과 자동 소총을 장비하고 있다.

홀 앞에 10여 개의 손전등으로 눈부시게 비추는 거대한 게이트가 보이기 시작했다.

"도착했습니다, 보스. 에노키 시민 병원입니다."

네 사람이 병원 문을 향하여 마지막 거리를 좁히려는데, 공기를 찢는 총탄이 귓가에서 울렸다. 머리 위를 지나는 톤 높은 소리다.

"엎드려."

평소부터 훈련받아 왔던 세 사람은 소크의 한마디에 복도 카펫에 엎드렸다. 소크가 중얼거린다.

"빌어먹을, 소음기(消音器)를 쓰다니. 군인지 지민인지 알 수가 없잖아."

그대로 슈지 일행은 20분간 상태를 보며 엎드려 있었다. 총탄은 날아오지 않는다. 천천히 포복 전진을 시작한 소크의 뒤를, 세 사람은 따라갔다. 총탄 막이로 포개 놓은 침대와 매트리스를 빠져나가, 간신히 병원 안으로 들어간다.

촛불의 불빛 속에 발 디딜 틈도 없이 사람들이 쓰러져 있었다. 누구나 죽을힘을 다해 고통을 견디고 있었지만, 참다 못한 비명소리가 땅의 울림처럼 주위를 채우고 있다. 피와 소독약이 섞인 냄새는 손으로 잡을 수 있을 듯이 짙었다.

낡은 종교화(宗敎畵) 같은 뿌연 빛 속에서, 슈지는 지옥을 보았다고 생각했다. 전력이 끊겨, 인공호흡기를 쓸 수 없어 손으로 누르는 산소 주입기로 중상자에게 공기를 주입하는 간호사가 있다. 촛불의 불빛에 의지해 붕대를 갈고 있는 자원 봉사자가 있다. 한쪽 다리를 총에 맞은 병사가 있다. 한쪽 눈을 잃은 아이 옆에 너무도 놀라 눈물도 흘리지 못하는 어머니가 있다.

슈지는 헤어진 아내에게 마음속으로 소리치고 있었다.

(봐라. 이것이 블루 타워의 현실이다. 이대로는 머잖은 장래에 이 탑은 무너지게 된다.)

분노의 눈물이 눈에 맺혔다. 하지만 이런 어둠 속에서는 아무도 그것을 눈치 채는 자는 없을 것이다.

"가자. 우리가 할 수 있는 일은 뭐든 하는 거야."

슈지는 그렇게 말하고 세 사람의 스태프와 함께, 구급 담당 의사를 찾으러 병원 안으로 향했다. 날이 새려면 아직 멀었다. 정전이 된 시민 병원의 밤은 길어질 것 같다.

새벽의 탈출

1

블루 타워 치안군에 의해 전력이 끊긴 시민 병원에서, 슈지는 자원
봉사를 통솔했다. 제4층과 최하층에서는 밤새도록 폭동이 계속되어,
잇따라 부상자가 운반되어 온다. 촌각을 다투는 긴급 수술도, 촛불과
손전등 불빛 속에서 집도되었다. 의사를 돕는 것은 간호사가 아니라
일반 시민이다. 현장에서는 의료 과실을 두려워할 여유는 없다. 피가
흐르고 있으면 어떻게든 유혈을 막고, 피부가 찢겨져 있으면 꿰맨다.
병원의 수용 능력을 훨씬 넘은 부상자가 쏟아져 들어오는 것이다. 시
민 병원은 이미 전쟁터나 다를 바 없었다. 평소라면 경쾌한 바로크 음
악이 흘러야 할 로비에는 한쪽 면에 매트리스가 깔리고, 신음 소리가
메아리치는 어둠 속에 손전등을 든 간호사가 지친 얼굴로 유령처럼 움
직이고 있다.

관엽 식물의 화분 그늘에서 손으로 누르는 산소 주입기로 환자에게
계속해서 공기를 주입하는 리나에게 슈지는 말했다.

"그만 교대할까."

환자는 일흔 넘은 노인이었다. 포탄에 맞아 폐에 구멍이 나서 호흡이 불가능한 상태라고 했다. 리나는 괴로운 표정으로 의식을 잃어 가는 노인을 바라보았다.

"아직 괜찮아요. 이 사람, 어딘가 우리 할아버지를 닮았어요. 조금만 더, 애써 볼래요."

"하지만 두 시간 이상이나 주입기를 눌렀잖아. 쉬는 편이 좋을 거야. 전기가 복구될 때까지, 그 사람에게는 산소 주입기가 계속 필요할 테니까."

슈지는 곁눈으로 LED(light emitting diode)가 꺼진 인공호흡기를 보았다. 전기가 없으면 무용지물인 상자였다. 리나는 씩씩하게 슈지를 올려다보았다.

"우리 할아버지도 이런 식으로 호흡이 곤란했었어요. 황마 때문에 폐렴에 걸렸거든요. 마지막에는 산소 텐트 안에 격리되어, 아무것도 해줄 수 없었어요. 그러니까 지금은 조금 더 해볼래요. 그때 못했던 것까지 노력할래요. 슈 씨는 힘들어 보이는 다른 환자들을 도와주세요."

아내가 교양이라곤 눈곱만치도 없다고 무시했던 최하층 아가씨의 말이었다. 몸을 판 돈으로 가족을 돕고, 10대 중반에는 인신매매와 마찬가지인 결혼 직전까지 갔던 가난한 소녀다. 그것은 미래 세계로 날아온 슈지를 몇 번째인가 전율케 하는 말이었다. 사람의 가치를 정하는 것은 태어난 높이도 거주 공간의 면적도 아니다. 결국은 모든 것을 잃고 알몸이 되었을 때, 스스로 나서서 무엇을 하는가이다.

촛불의 불빛을 받아 흰자위만 촉촉이 젖은 듯 반짝거리는 리나에게 고개를 끄덕여 보이며, 슈지는 다른 중상자를 찾아 지옥 그림 같은 로비 안쪽 깊숙이 들어갔다.

그 후 몇 시간, 슈지는 정신없이 부상자들을 돕는 데 몰두했다. 폭발의 열풍을 그대로 맞은 천식 소녀, 자신의 양 다리를 잃은 것도 모르고 계속 자는 소년, 총격으로 사망한 남편의 옆에는 머리에 붕대를 감고 산달을 앞둔 임산부가 누워 있다.

피로한 몸은 기계적으로 눈앞의 환자들을 해치우는 게 고작이었다. 창밖의 짙은 감색 하늘이 은실로 짠 듯 은은하게 반짝이고 있었다. 이런 밤에도 머잖아 새벽은 온다. 슈지가 지혈대를 갈고 있는데, 젊은 의사가 총총걸음으로 병실로 들어왔다. 펄럭이는 백의 자락은 마른 피 때문에 갈색으로 물들어 있다.

"구급 담당인 미나가와입니다. 세노 위원, 병원 앞의 바리케이드에 치안군이 와 있습니다. 아무래도 당신에 대한 체포장이 내려진 것 같습니다. 이제 곧 이곳으로 들어올 것입니다. 어떻게 할까요?"

슈지는 깜짝 놀라 얼굴을 들었다. 아내인 키미와 헤어진 것은 어젯밤 이른 시간이다. 그때 지민 측에 서겠다고 자신은 고했다. 키미를 통해 30인 위원장인 오기와라에게 정보가 흘러 들어가, 밤새 체포장이 내려졌을 것이다. 이것으로 이제 슈지에게는 탑 안에 있을 곳이 없어져 버렸다. 블루 타워와 이 세계를 지배하는 칠탑 연합에 반항했기 때문이다.

슈지는 지혈대를 가까이 있던 자원 봉사자에게 건네고, 의사에게 말했다.

"이걸 부탁합니다. 병원에 폐를 끼칠 수는 없죠. 어딘가 도망갈 길은 없습니까?"

의사는 끄덕이더니 지친 얼굴로 웃었다.

"그렇게 말씀하실 거라고 생각했습니다. 이쪽으로 오십시오. 평소에는 사용하지 않는 길이 있습니다. 당신의 부하들도 그쪽으로 모아 두었습니다."

슈지는 처음으로 의사의 얼굴을 지그시 바라보았다. 왜 이 남자는 자신을 도와주는가. 발각되면 군에 체포될 우려도 있는데. 미나가와는 앞장서서 걸어가며 등 너머로 말했다.

"폭동이 일어난 밤에 병원으로 달려와 준 30인 위원은, 세노 씨밖에 없습니다. 이 병원 사람들은 당신이 범죄자가 아니란 걸 알고 있어요. 블루 타워 모두를 위해 앞으로도 일해 주십시오."

새벽의 졸음이 한꺼번에 날아간 슈지는, 의사의 등에 대고 작게 고마워요, 하고 말한 후, 곳곳에 촛불이 켜진 복도를 걸어 나갔다. 미나가와가 안내해 준 곳은 기묘한 느낌을 주는 차디찬 복도의 막다른 곳이었다. 돌아선 의사는 입술 끝을 일그러뜨리며, 문을 열어 준다.

"평소라면 여기에서 산 사람이 나오는 일은 없습니다만. 아래층으로 통하는 엘리베이터가 있습니다. 아무리 군이어도 시체 반출용 출구까지 확인하지는 않겠지요."

슈지는 문 위에 검은 글자로 쓰인 팻말을 보았다. 영안실. 하얀 타일의 실내에 들어가자, 벤치에 앉아 있던 세 사람이 얼굴을 들었다. 손전등이 일제히 슈지에게 향한다. 경호원 소크가 말했다.

"엘리베이터는 간신히 관이 들어갈 정도의 넓이로, 내부에 조명은 없는 것 같습니다, 보스."

의사가 벽의 버튼을 눌렀다. 정전이어야 할 표지판이 뿌옇게 빛났다.

"이 엘리베이터의 동력은 아래층에 있습니다. 그곳에서 다른 직원이 대기하고 있다가, 병원 바깥까지 여러분을 안내해 드릴 것입니다. 그럼, 이만."

사방 1미터 정도의 문이 천천히 열렸다. 리나가 안을 비추었다. 안길이가 깊은 스테인리스 상자였다. 더 이상 서서 걸을 수 없는 인간을 나르기 위한 엘리베이터인 것이다.

"나는 이런 건 혼자 못 타요. 슈 씨, 부탁해요."

소크는 어깨를 씰룩거리며 어이없다는 표정을 지었다. 세키야는 얼굴의 반을 가리는 고글 형 모니터에 데이터를 출력하며 무표정한 표정이다. 슈지는 차디찬 금속 상자 안으로 들어갔다. 리나가 말없이 올라타자, 좁은 엘리베이터가 꽉 찼다. 머리 위에서 무거운 금속음이 나며 문이 닫히자, 리나는 슈지에게 안겨 들었다.

"이런 엘리베이터라면 계속 내려가도 좋겠네."

어두운 스테인리스 상자 안에서 두 사람을 비추는 것은 리나의 손전등 하나였다.

"이봐, 이봐. 왜 이래. 여긴 몇천 개나 되는 관을 날랐던 곳이야."

천천히 엘리베이터가 움직이기 시작했다. 갑자기 리나가 손전등을 꺼버렸다.

"뭐 하는 거야?"

제5층의 아가씨는 슈지의 가슴에 이마를 기대며 말했다.

"앞으로 무슨 일이 일어날지 모르지만, 슈 씨는 절대 나를 떼어 내면 안 돼요. 지민 할머니가 죽기 전에 내게 말했어요. 아무리 위험해도 저 사람을 따라가는 거야, 라고."

해방 동맹의 지도자 미코시바가 그런 말을 했던가. 슈지는 그 도인 같은 노파의 얼굴을 떠올렸다. 금이 간 유목(流木) 같은 피부를 가진, 슈지의 2백 년 후의 자손일지도 모르는 여자. 슈지는 어둠에 지지 않고 큰 소리로 말했다.

"그리고 또 다른 말은 하지 않았나?"

리나는 이상하다는 듯이 말한다.

"슈 씨가 열쇠라고요. 그 거짓말쟁이 왕자의 전설을 실현하는 것이 슈 씨라고요."

슈지는 비명이 나올 것 같았다.

"어떻게 하면 탑 세계를 바꿀 수 있지. 미코시바 씨는 뭔가 구체적인 방법은 말하지 않았나. 리나, 아주 중요한 일이야, 생각 좀 해봐."

천천히 하강해 가는 시체 반출용 엘리베이터 안에서 무언의 시간이 흘렀다.

"미코시바 씨는 그 외에는 아무것도 가르쳐 주지 않았어요. 그 할머니 역시 몰랐던 게 아닐까요. 미래의 일인 걸요. 단지 열쇠는 슈 씨고, 그 열쇠를 받아 드는 사람은 나래요."

슈지는 바닥 없는 구멍 속으로 빠져 들어가는 기분이었다. 리나는 손전등을 켜더니, 아래에서 슈지의 얼굴을 비추며 장난스럽게 말했다.

"헤헤헤, 내가 열쇠 구멍이라면, 언젠가 슈 씨와 나는 맺어질지도 모르겠네요. 이런 관 속 같은 엘리베이터 안이 아니고 말이에요."

철커덩 하는 소리가 나고 머리 위에서 문이 열렸다. 눈부신 빛이 쏟아져 들어온다. 소리 내어 웃고 있는 리나를 먼저 밖으로 내보내고 슈지는 좁은 엘리베이터 안에서 한숨을 쉬었다.

2

네 사람은 블루 타워 제5층의 중층부에서 비상계단을 사용하여 200미터 가까이를 하강했다. 고속 엘리베이터라면 십여 초겠지만, 게이트에는 치안군이 쫙 깔려 있다. 열여덟 개가 되는 기본 유닛을 연락 통로로 횡단하면서, 경비가 허술한 비상계단을 지나 한 층씩 지상에 가까워져 간 것이다. 지역 사람들의 도움이 없었더라면 무리인 탈출이었다. 치안군이 아무리 군사적으로 우세해도, 50만 가까운 5층 사람들이 오가는 모든 계단에서 검문을 할 수는 없었다.

새벽에 시민 병원을 빠져나온 슈지는 3시간 만에 블루 타워의 그라운드 플로어(ground floor)에 도착했다. 찢겨져 반투명이 된 바이러스 방호복을 입고, 농업용 트랙터를 탄다. 그것은 매일 아침 블루 타워에서 나가는 수백 대의 트랙터들 중 한 대로, 슈지는 한 번도 치안군 병사의 얼굴을 보지 않고 탑 밖으로 나갈 수 있었다. 최하층은 이미 30인 위원회의 힘이 미치지 않는 장소가 되어 가고 있는 것 같다.

트랙터 창으로는 예전 신주쿠의 폐허가 보였다. 주택이며 작은 빌딩은 헐리고 농지가 되어 있다. 아스팔트도 다 뒤집혀 무논으로 변해 있었다. 바이러스 방호복 스피커의 상태가 좋지 않은 듯, 세키야의 목소리는 소음이 섞여 갈라지고 있다.

"위원님, 앞으로 저희들은 어떻게 되는 걸까요?"

슈지에게는 계획 따위 없었다. 체포장이 발부되어 있으니, 블루 타워로 돌아갈 수도 없다.

"모르겠다. 우선 지민을 의지할 생각이야."

세키야의 눈은 매끄럽게 빛나는 검은 모니터에 가려져, 감정을 알 수 없었다.

"제가 곤란해하는 것은 제 일에 대해서입니다. 소크도 리나도 지상에서 할 수 있는 일이 있겠지요. 그러나 정책 비서라는 제 직업은 세노 씨가 위원직에 계시지 않으면 아무런 의미가 없는 일입니다."

소크는 묵묵히 자동 소총을 분해 청소했다. 물 흐르는 듯한 일련의 동작에 군더더기가 전혀 없었다. 리나가 세키야를 보며 말했다.

"지금부터 해방 동맹 사람들과 교섭도 하고, 세키야 씨 역시 분명 여러 가지로 바빠질 거예요."

큰 턱을 트랙터가 넘은 것 같았다. 전원이 허리가 들썩일 정도로 흔들렸다. 세키야는 쓴웃음을 지었다.

"아가씨, 내 전공은 행정법입니다. 테러리스트와의 교섭은 내게 버거운 일이라고요."

슈지는 이 비서와 세노 슈라는 남자와의 관계를 모른다. 금전만의 유대라면 더 이상 황마가 만연한 지상에 데리고 다닐 수는 없었다. 여기서 멤버가 한 사람 줄어드는 것은 가슴 아프지만, 슈지는 결심했다.

"확실히 정책 비서가 할 일은 지상에 없을지도 모른다. 여기서부터는 위험이 급속히 커질 것이다. 황마도 치안군도 있다. 내가 30인 위원회에 돌아가는 것은 아마 불가능할 거야. 세키야가 여기서 우리와 헤어지겠다고 한다면 억지로 막지 않겠다. 지금까지 잘 보살펴 준 대가로 퇴직금은 충분히 주겠다. 어떻게 하겠나."

냉철한 정책 비서는 물끄러미 슈지를 바라보았다. 선글라스 형의 모니터에 데이터가 흘러간다. 잡음 섞인 목소리가 돌아왔다.

"좋습니다. 저는 조금 더 위원님의 미래를 지켜보고 싶습니다. 한동안 위원님을 위해 일하겠습니다."

슈지는 세키야에게 끄덕여 보인 후, 창밖으로 멀어져 가는 블루 타워를 올려다보았다. 그 거리에서는 2천 미터나 되는 탑의 제1층을 볼 수는 없었다. 주위의 지형으로 판단하자면, 탑은 도야마 공원 안에 있는 나지막한 언덕 위에 세워져 있는 것 같았다. 어린 시절의 놀이터여서, 슈지는 그 주변을 잘 알고 있었다. 하코네 산은 이름뿐인 녹색 언덕이다.

끝없이 이어지는 보리밭이 된 메이지 거리를 트랙터는 달려가고 있었다. 모터가 낮게 웅웅거리는 소리는 났지만, 조용했다. 화석 연료가 귀중한 탑 세계에서는 전기 자동차가 일반적이다. 흠집투성이인 파란 트랙터는 황금색으로 물결치는 밭을 가로질러 곳곳에 무인 빌딩만이 남아 있는 2백 년 후의 신주쿠를 달렸다.

3

트랙터가 정지한 것은 신주쿠고엔 입구였다. 광대한 공원의 동쪽 끝에 있는 오키도몽(大木戶門)이다. 제5층의 농민이 뒤쪽의 문을 열어 주었다. 낡아 빠진 방호복에, 얼굴은 타월로 가리고 있다.

"여기까지 태워다 주라고 했다. 나는 당신들이 누군지 모르고, 당신들도 나를 모른다. 오늘 일은 잊어 주기 바란다."

네 사람이 내리자 농민은 바로 운전석으로 돌아가, 트랙터를 발차시켰다. 보리밭 저편에 파란 차 그림자가 사라져 간다. 지켜보고 있는 동안, 무릎까지 오는 풀밭이 주위에서 파도치듯 움직이기 시작했다. 자동 소총을 든 지민 해방 동맹의 게릴라가 온몸에 풀잎을 걸치고 네 사람을 포위했다. 소총 끝을 올리는 전직 군인에게 슈지가 외쳤다.

"쏘지 마, 소크."

"이쪽도 쏘지 마."

해방 동맹의 병사 뒤에서 몸집이 작은 남자가 앞으로 나왔다. 미채 무늬의 바이러스 방호복이 낯익다. 지휘관인 듯한 인물이 말했다.

"기다리고 있었다, 세노 슈."

리나가 소리쳤다.

"어디 가 있었니, 시즈오미."

어린아이 같은 지휘관은 어깨를 움찔하며 말했다.

"그 여자 입을 다물게 해라. 여기서는, 나는 해방 동맹의 전투 평의원이다."

슈지가 자란 세계에서라면 아직 중학생이었을 텐데. 그 나이에 자기 나이의 몇 배나 되는 치안군을 살해한 유명 테러리스트가 된 것이다.

시즈미는 황마의 후유증으로 왼손을 떨고 말도 부자연스러웠다.

"세노 위원, 당신을 평의회에 초대한다. 함께 가자."

슈지는 자동 소총을 든 소크에게 끄덕여 보였다. 소크는 슈지의 귓가에 대고 말했다.

"이 초원은 여기저기 함정투성이입니다. 병사가 몇 명 숨어 있는지 모릅니다. 요전에 여기 왔을 때는 이렇지 않았어요. 보스, 주의하세요. 뭔가가 이상합니다."

오키도몽에서 300미터 정도 해방 동맹 병사의 뒤를 따라 걸었다. 옥초지를 우회하여 깊은 숲 속으로 들어간다. 그곳은 거대한 원형 텐트가 몇 개 쳐져 있고, 중무장한 병사들이 여기저기에서 무기 손질을 하고 있었다. 슈지는 시즈미의 등에 대고 말했다.

"나는 탑 세계에서 이렇게 많은 수의 병사를 본 적이 없다. 해방 동맹은 대체 무슨 생각을 하는 거냐."

시즈미는 힐끗 슈지를 돌아보며 말했다.

"그 설명은 평의회가 해줄 거다. 지도자가 암살당하고 집단 지도 체제가 되었지만, 우리의 의지는 확고하다."

소년 테러리스트는 연못가에 세워진 앞의 텐트보다 한층 큰 텐트 안으로 네 명을 안내했다. 두 겹째의 천막을 빠져나간 뒤 항바이러스 약 샤워를 하고, 그제야 방호복을 벗을 수 있었다. 세 사람은 그곳에 남으라고 총을 든 소년들이 명령했다. 슈지는 할 수 없이 시즈미를 따라 마지막 천막으로 들어갔다.

직경 십여 미터 정도 되는 넓은 방이었다. 중앙을 하얀 기둥이 관통하고 있다. 미채 무늬 옷 차림의 군인이 정좌하고 있었다. 슈지는 차례대로 얼굴을 보며 안으로 들어갔다. 가장 높은 자리에 앉아 있는 남자를 보는 순간 깜짝 놀라 소리를 지를 뻔했다.

미코시바 암살 소동 속에서 행방이 묘연해졌던 음유 시인 가네마쓰 시게토가 빙긋이 웃고 있었던 것이다. 가네마쓰의 손목이 빛나고, 빛의 반원이 공중에 떠올랐다. 다른 한쪽 손의 손가락에 달린 금속 손톱이 방사형의 빛을 연주한다. 음궁은 이번에는 트럼펫, 호른, 트럼본, 튜바 4관 편성의 팡파르를 울렸다.

평의회 남자들의 얼굴이 긴장된다. 가네마쓰는 말했다.

"미코시바 할망구가 죽고 할 수 없이 내가 지민 해방 동맹의 대표를 떠맡았다. 마음 내키는 대로 여행을 다니는 게 내 체질에 맞지만, 유언이니 어쩔 수 없지. 세노 씨, 당신에게 나의 정체를 가르쳐 주었다는 것은, 당신은 오늘부터 해방 동맹의 일원이라는 말이다. 알겠나."

가네마쓰는 손목의 각도를 바꾸어 다시 음궁을 연주했다. 몰아치는 거친 강풍 속에서 채찍이 날카롭게 공기를 찢었다. 음유 시인의 목소리는 낭랑하게 원형의 천막 아래에서 울렸다.

"지도자가 세상을 떠나고, 지민은 분노에 떨고 있다. 다행히 여기저기 탑 국가에서 내란이 격화되어 칠탑 연합은 힘이 분산되어 있다. 항공 병력도 생물 병기전으로 치달은 실버 타워에 모여 있다고 한다. 우리는 오늘 밤을 기해 전 병력을 쏟아 블루 타워의 치안군을 물리친다. 자정까지는 치안군과 고도 고정파를 상층계로 몰아넣고, 제4층과 제5층의 기본 유닛 스물일곱 개를 전면 제압한다."

음궁은 다시 팡파르가 되었다. 남자들의 우렁찬 외침이 높은 텐트의 지붕을 떨리게 했다. 슈지는 소리를 높였다.

"너무 위험해요. 무엇보다 승산은 있습니까, 가네마쓰 씨?"

평의원 전원의 눈이 슈지에게로 쏠렸다. 음유 시인은 술렁거리는 듯한 콘트라베이스 소리로, 흥분을 부채질하고 있었다.

"유감이지만 승산은 반반이다. 하지만 말이지, 기다리다 보면 더욱 나빠지기만 해. 블루 타워의 치안군이 칠탑 연합으로부터 전술핵을 입수하려고 움직이고 있다. 놈들이 핵을 가지면, 지민에게 사용하는 걸 망설이겠느냐. 어차피 우리 따위는 황마로 언제 죽어도 좋다고 지표에 버려진 인간들인데. 그 전에 결론을 지을 필요가 있는 것이다. 이번에는 총을 들 수 있는 자라면 아이도 여자도 노인도 상관하지 않는다. 총력전이다."

슈지의 초조는 깊어졌다. 하지만 전투를 막아야 할 이유가 하나도 떠오르지 않는다. 조금이라도 시간을 벌고자, 생각을 말했다.

"지민의 우파는 어떻게 되어 있습니까. 미코시바를 거역하는 부족도 있었을 텐데요. 지민 역시 그렇게 쉽게 일치단결할 리 없습니다."

가네마쓰는 무표정해졌다. 음궁으로 피아노 왼쪽 끝의 한 옥타브 음계를 연주했다. 사형대 계단을 올라가는 듯한 음울함이다.

"반란 다음 날, 그 부족의 반은 블루 타워의 주민이 되었다. 남겨진 반역자에게 우리와 싸우겠느냐는 질문을 했다. 함께 싸우겠다고 약속한 자는 이 캠프에 있지만, 고개를 가로저었던 자들은 모두 그 자리에서 죽여 버렸다."

슈지는 몸이 떨렸다. 아까의 가네마쓰 말을 힘없이 되풀이한다.

"아이도 여자도 노인도."

피아노 선의 떨림에 맞춰 슈지의 심장도 아파 왔다.

"그렇다. 블루 타워의 공간은 한정되어 있다. 놈들이 한 층도 양보할 수 없다고 한다면, 빼앗을 수밖에 없다. 어차피 지민에게는 잃을 것이 없다. 황마가 곳곳에 존재하는 지표는 문자 그대로 지옥이다. 싸우다 죽던지, 언젠가 바이러스로 죽던지 선택의 여지는 둘 중 하나밖에 없다."

평의회의 남자들은 차가운 눈으로 블루 타워의 전직 30인 위원을 바라보고 있었다. 그때까지 잠자코 있던 시즈미가 가네마쓰 옆에서 입을 열었다.

"세노 슈, 당신을 이곳으로 부른 것은 오늘 밤 결전에 힘을 빌리고 싶어서이다. 치안군의 전투 컴퓨터와 우리의 것은, 그 성능에서 압도적인 차이가 난다. 하지만 당신이 왼팔에 끼고 있는 트리플 A급 퍼스널 라이브러리언은 군의 컴퓨터를 몇백 배 웃도는 힘이 있을 것이다. 우리의 마지막 전투에 그 힘을 빌려 주지 않겠나."

슈지는 자신이 궁지에 몰려 있다는 것을 알았다. 블루 타워에 자기가 있을 곳은 없었다. 살려고 도망 온 지민 속에서조차, 이제 안전한 장소는 없다. 쥐어짜듯이 말했다.

"싫다고 하면, 어떻게 할 생각이냐."

소년 테러리스트는 잠자코 있었지만, 음유 시인은 음궁을 튕기면서 노래하듯 말했다.

"그때는 네 눈앞에서 너의 스태프 세 사람이 죽어 가겠지. 그것은 길고 긴 고통과 비탄의 시간이 될 것이야."

슈지는 얼어붙은 채 머리 위를 올려다보았다. 그곳에 파란 하늘은 없었다. 어두컴컴한 가운데 드러난 골조에 로프가 감겨 있을 뿐이다. 이제 이 세계에서 달아날 방법은 남아 있지 않은 것인가. 고개를 떨구고 왼손의 팔찌를 바라본다. 미래 과학의 정수를 모은 인공 지능은 매끄럽게 은색 빛을 뿌릴 뿐, 슈지의 고뇌에는 아무런 대답도 해주지 않았다.

하코네 산의 결전

1

결전을 앞둔 순간은 언제나 이렇게도 고요한 것인가. 슈지는 여기저기에서 저녁 식사 짓는 연기가 오르는 지민 해방 동맹 캠프를 바라보고 있었다. 전투가 시작되는 일몰까지는 아직 시간이 있다. 신주쿠고엔의 나뭇가지 사이로 흰 연기가 흘러, 모르는 사람이 보면 거대한 캠프장으로 착각할지도 모르겠다.

하지만 지저분한 바이러스 방호복을 입은 아이들은 탄약을 나르고, 노인들은 의료용 도구와 배터리 준비를 하고 있었다. 미채 무늬의 방호복을 입은 동맹 병사들은 자동 소총과 박격포 등의 분해 청소에 여념이 없다. 성인 병사의 30퍼센트 정도는 여성이다.

슈지는 전투 평의회에서 물러나자 작은 녹색 텐트로 데려가졌다. 앞서 가던 시즈미가 말했다.

"시간이 될 때까지 여기서 쉬어도 좋다."

텐트 주위를 지키던 어린 병사가 시즈미에게 경례했다. 슈지는 안에 들어가기 전에 시즈미의 등을 보며 말했다.

"성공할 가능성은 50퍼센트라는 가네마쓰 씨의 예상은 정확한가."

시즈미는 슈지를 돌아보더니 어깨를 으쓱해 보였다.

"3세대나 지난 사령부의 낡은 전투 컴퓨터의 계산으로는 시나리오 대로 될 가능성은 38에서 42퍼센트다. 세노 슈, 당신의 라이브러리언이 우리를 도와준다면, 승산은 10퍼센트 정도 올라갈 것이다."

슈지는 왼쪽 손목에 찬 팔찌를 쳐다보지 않을 수 없었다. 블루 타워와 지민의 운명 10퍼센트를 이 AI가 쥐고 있는 것이다. 원하는 것은 코코이지, 전투 경험이 없는 슈지가 아니었다. 항바이러스 약 샤워를 마치고 텐트에 들어가자, 그제야 방호복을 벗을 수 있었다.

슈지의 창백한 얼굴에 눈치 채고 걱정스럽게 리나가 말했다.

"슈 씨, 평의회는 어땠어요."

쓰러지듯이 주저앉아 대답한다.

"오늘 일몰과 동시에 블루 타워에 총공격을 가한다고 한다."

경호원 소크가 뺨의 황마 문신을 일그러뜨리며 말했다.

"그거 용감무쌍한 이야기네."

"주저할 시간이 없다고 평의회는 말하고 있다. 칠탑 연합의 여기저기에서 일어나고 있는 내전으로 항공 병력이 얼마 남지 않았다는군. 그래서 지금이 기회라고 한다. 탑의 치안군은 연합으로부터 핵전술을 입수하려 하고 있고 말이야."

세키야의 선글라스 형 모니터에는, 이럴 때도 막대한 숫자와 문자가 나타났다가는 사라져 간다. 살짝 고개를 가로젓더니 정책 비서는 말했다.

"해방 동맹은 블루 타워가 핵을 보유하고 있다고 하고, 탑의 30인 위원회는 중국에서 건너온 핵을 지민이 숨기고 있다고 말합니다. 아무도 확실한 것은 모르면서 의심만 깊어져 가고 있습니다."

슈지에게는 더 이상 해답이 없었다. 소크는 소릴 낮추어 말했다.

"그래서 저희는 오늘 밤 어떻게 해야 합니까?"

전투에 참가하지 않으면 세 사람을 죽이겠다고 한 가네마쓰의 말이 되살아났다. 슈지는 감정이 없는 목소리로 말했다.

"해방 동맹이 원하는 것은 코코의 연산 능력이다. 나는 오늘 밤의 공격에 가담하기로 했다."

"그러나 위원님, 갑자기 블루 타워와 싸운다는 건……."

비명 소리를 지른 것은, 평소 냉정하던 세키야였다.

"……전투에 관여하는 것은 위원님의 일이 아닙니다. 블루 타워 내부에는 우리를 지원해 주는 사람들이 소수이지만, 남아 있습니다. 전투에 힘을 빌려 주면, 블루 타워로 돌아갈 가능성은 제로가 됩니다."

슈지도 그것은 알고 있었다. 위원직을 박탈당한 데다, 지상에만 있어야 한다면, 정책 비서의 존재 가치는 없어지고 말 것이다. 세키야의 필사적인 설득은 납득이 가는 것이었다. 뭔가 위로를 하려고 고개를 들자, 소녀가 똑바로 이쪽을 응시해 왔다.

"확실하게 말하세요, 슈 씨. 해방 동맹에게 협박받았죠, 협력하지 않으면 우리 세 사람을 죽이겠다고."

세키야의 안색이 달라졌다. 소크는 빙그레 웃으며 말했다.

"어차피 그럴 거라고 생각했어. 블루 타워에서는 지명 수배, 지상에서는 싸우지 않으면 살해하겠다는 협박. 우리는 완전히 갈 곳을 잃은 거야. 나는 블루 타워에는 아무런 의리도 없어. 이렇게 된 바에야 마음껏 난동이나 부려 버릴까. 최근 시시한 일들뿐이라 지루했는데."

전직 용병인 경호원은 이를 드러내며 흉악한 미소를 지어 보였다. 슈지는 말했다.

"가는 것은 나 하나로 충분하다."

소크의 웃음은 더욱 커졌다.

"저의 일은 보스를 마지막까지 지키는 것입니다. 혼자 가시게 할 수는 없습니다."

평소에는 소크와 말싸움만 하던 리나가 말한다.

"근육 바보도 가끔은 바른 소릴 하는걸. 나는 그 할머니에게 부탁을 받았기 때문에, 어디까지든 슈 씨와 함께 가야 해."

세키야의 목소리는 인공 음성 같은 냉정함을 되찾았다.

"왜 이렇게 되어 버렸지. 나 자신을 믿을 수가 없어. 저도, 가겠습니다. 그래서 위원님, 지민은 어떤 작전을 세우고 있습니까?"

슈지는 왼손의 팔찌에 대고 호출했다.

"코코, 작전 화면을 보여 줘."

어두컴컴한 텐트 안에 블루 타워의 아래층이 떠올랐다. 삼차원 컴퓨터 그래픽에 의한 이미지는 제5층을 둘러싼 나뭇잎들의 살랑거림까지, 무한한 해상도로 재현하고 있다.

"일몰부터 개시될 해방 동맹의 작전을 설명한다."

슈지의 목소리에 세 사람은 귀를 기울였다.

2

트랙터에 태워진 슈지 일행이 데려가진 곳은 블루 타워가 보이는 나지막한 언덕 위였다. 정글처럼 무성한 녹색에 감싸여 중층의 빌딩이 서 있다. 정면 유리의 반은 깨져서 빠지고, 나머지는 진흙을 바른 듯 흐려 있었다. 슈지는 담쟁이덩굴이 늘어진 주차장의 지붕을 보고, 그 장소를 기억해 냈다.

국립 감염 연구 센터.

이 일대는 신주쿠 태생인 슈지에게는 어린 시절 자전거를 타며 뛰어 놀던 놀이터였다. 2백 년 전은 유리와 콘크리트로 만들어진 최첨단 바이러스 연구소였다. 리나의 동생이 일하던 곳도 여기였을 것이다. 그 건물이 블루 타워 공격의 전선 사령 본부로 사용될 참이다. 결국 바이러스의 힘에 의해 미래 과학의 정수인 탑이 무너지려 하고 있다. 슈지는 그 아이러니에 쓴웃음을 멈출 수가 없었다.

계단을 이용하여 4층으로 올라갔다. 낡은 안내판에는 '곤충 의학부', '바이오 안전 관리실'이라고 표시되어 있었다. 앞장선 시즈미가 말했다.

"이쪽이다."

바이오 안전 관리실은 내부 연구 설비는 모두 치워지고 넓은 홀이 되어 있었다. 중앙에 책상을 모아 만든 섬에, 수십 대의 전투 컴퓨터가 놓여져 있다. 단말기 수와 똑같은 해방 동맹의 병사들이 대기하고 있었다. 일행이 실내에 들어가자 전원의 눈이 투명한 마스크 너머로 슈지의 왼손에 집중했다. 바닥에 앉아 있던 가네마쓰가 말했다.

"어두워지기 전에 잠깐 봐두는 게 좋을 거야."

슈지는 손짓하는 대로 방 안쪽으로 향했다. 어린아이 같은 병사가 커튼을 열어 준다. 그곳에는 도야마 공원의 숲이 펼쳐져 있었다. 밀집된 나무들의 나뭇가지 위에, 높이 400미터의 기본 유닛을 5층으로 쌓아올린 거대한 피라미드 같은 블루 타워가 솟아 있었다. 사람의 손으로 만들었다고는 생각할 수 없는 규모였다. 올려다본 하늘의 아득한 높이, 제2층의 유리 벽면을 붉은 구름이 가로지르고 있었다. 석양에 물든 블루 타워의 끝은 옅은 보랏빛으로 뿌옇다. 지금부터 결전이 일어날 거라고는 생각할 수 없는, 조용하고 한가로운 모습이었다.

"오늘 밤, 저 탑을 무너뜨릴 수 있을까. 아니면 그 반대로 지민이 쫓겨날까. 놓치기에는 아까운 밤이 되겠군."

가네마쓰는 사령실 중앙으로 되돌아오자, 손목을 비틀어 음궁을 출현시켰다. 일곱 색으로 뻗은 빛의 반원이다. 오른손 손톱으로 긁듯이 빛의 다발을 튕긴다. 땅울림 같은 큰 북소리가 울리고, 새로운 지도자는 소리를 높였다.

"블루 타워와 황마에 죽은 모든 동료들을 떠올려라. 저 탑을 무너뜨리지 않으면 지민에게 내일은 없다. 오늘 밤 힘껏 싸워 주기 바란다."

큰북이 세 번 울리고 정적이 되돌아왔다. 시즈미가 귓가에 대고 말했다.

"세노 슈, 너의 라이브러리언에 이곳의 단말기를 모두 연결시켜라. 준비는 되어 있다, 부탁한다."

슈지는 왼손을 들어 은색 팔찌에 속삭였다.

"코코, 일어나 줘."

손목 위에 아비시니안의 머리가 무지개 빛 3D 홀로그래프로 나타났다. 코코는 수염 끝을 떨면서 말했다.

"예, 슈 님. 이 방에 있는 낡은 전투 컴퓨터를 통솔하면 되는 겁니까."

"그래, 부탁한다."

코코가 가볍게 인사하자 다음 순간, 역광 커튼으로 가려졌던 사령 본부가 눈부시게 빛났다. 직경 3미터 정도의 홀로그래프가 책상들 위에 떠올랐다. 블루 타워를 중심으로 반경 500미터 정도를 재현한 실시간 전투 지역도였다. 해방 동맹의 병사들에게서 환성이 일었다. 시즈미가 흥분해서 말했다.

"우리의 컴퓨터로는, 현장의 모든 병사들에게서 수집한 정보를 바탕으로 완전한 3D 시뮬레이션을 만들지 못했다."

홀로그래프 속에서는 수십 대의 전동 트랙터가 천천히 블루 타워를 향해 움직이고 있었다. 남동쪽의 끝에는 이 감염 연구 센터의 건물도 보인다. 슈지가 모르는 젊은 병사가 말했다.

"블루 타워에서 300미터 되는 지점에 방어선이 있습니다. 지민이 침입해서는 안 되는 무인 지대로, 대인용(對人用) 지뢰가 깔려 있습니다. 방어선의 원주를 따라 놓인 여섯 개의 요새에 일몰을 기해 공격을 가할 것입니다. 그곳을 돌파하지 않으면 탑까지의 안전한 루트를 확보할 수 없기 때문입니다. 작전 성공은 충분한 수의 동맹의 병사가 제5층에 침입할 수 있는가에 달려 있습니다. 최하층 사람들을 해방하면서 치안군을 상층계로 몰아넣어 버리면, 전국(戰局)은 우리 동맹에게 유리해질 것입니다."

콘크리트가 드러난 벽면에 빨간 레이저로 시간이 비치고 있었다. 시즈미가 말했다.

"시작한다."

3D 홀로그래프 여기저기에서 하얀 연기가 희미하게 올랐다. 박격포, 휴대식 로켓탄이 호를 그리며 하늘을 날아 재색 사일로(미사일 발사 장치를 넣어 두기 위한 지하 설비)에 떨어진다. 약간의 틈을 두고, 사령부에도 멀리의 폭발음과 진동이 전해져 왔다. 폭격은 끊이지 않고 15분간 계속되었다. 홀로그래프 영상에서는 폭연에 가려 요새는 보이지 않게 되었다. 무서운 일이지만, 미니추어 전투 장면에는 눈을 뗄 수 없는 매력이 있었다. 그 폭발 속에서 치안군 병사가 목숨을 잃고 있다고 질책하는, 슈지의 고동치는 가슴은 잠잠해지지 않았다. 슈지에게 그림자처럼 따라붙어 다니는 소년 테러리스트, 시즈미가 귓가에서 속삭였다.

"제2파(波)."

방어선 외측에서 숲이 움직이기 시작하는 것 같았다. 미채 무늬의 바이러스 방호복을 입은 모래 입자 같은 병사가 일어서서, 요새에 다가간다. 검은 연기가 걷히고도 거의 흠집 없이 외벽은 남아 있었다. 그곳에서 산발적으로 총성이 들려온다. 해방 동맹의 병사는 종잇조각처럼 총에 맞아 쓰러져 갔다. 입체도 여기저기에서 쓰러진 병사가 잠깐 반딧불처럼 붉게 빛나다 빛을 잃어 간다. 소크가 불쑥 말했다.

"놈들의 조준은 모두 중앙의 전투 컴퓨터에 의해 제어되고 있습니다. 쓸데없는 탄은 쏘지 않죠. 최소 수단으로 최대 효과를 노리죠."

포격은 계속되었지만, 블루 타워의 요새 수비는 견고했다. 각자의 사일로에 완벽한 저격수 백 명이 배치되어 있는 거나 다름없었다. 홀로그래프의 전투 지도에서는 수십 개의 붉은빛이 여기저기에서 타오르다 꼬리를 끌며 사라져 간다. 슈지는 비명에 가까운 소리로 시즈미에게 물었다.

"저 붉은 점이 사라지면 어떻게 되지."

"병사가 죽는다."

"어쩔 수 없는 건가."

"그래."

블루 타워에서 장갑차의 지원군이 출발하는 것이 보였다. 지민은 농업용 트랙터로, 군용차에 다가간다. 휴대식 로켓은 이내 바닥이 드러난 듯했다. 자동 소총과 수류탄으로는 시속 60킬로미터로 돌아다니며 기관총탄 세례를 퍼붓는 장갑차를 이길 수 없었다. 여섯 개의 요새 가운데 해방 동맹 병사의 접근이 조금이나마 이루어지는 곳은, 한 곳뿐이었다. 사라져 가는 붉은빛 속에는 아이도 여성도 노인도 있을 것이다. 슈지의 가슴속에서, 전투에 대한 흥분은 차가운 구토로 모습을 바꾸고 있었다.

"소크, 치안군은 어떻게 조준을 맞추고 있지. 저렇게 정확한 것은 뭔가 이유가 있겠지."

소크는 감정 없는 얼굴로 전투 홀로그래프를 보고 있었다.

"현재의 전투는 모두 정보전입니다, 보스. 옛날의 대량 파괴 병기는 이미 존재하지 않으며, 남은 무기의 파괴력도 예전 정도는 아닙니다. 어느 쪽이든, 탑이 무너져 버리면 꿩 잃고 매 잃는 격이기 때문입니다. 그 대신 전투는 간결하고 효율적이 되었습니다. 모든 것을 지탱하는 것은 정보입니다."

2백 년 전의 구호였던 정보화는 미래에 장밋빛 이미지를 그리는 말이었다. 하지만 슈지가 목격한 것은 참으로 효율적인 몰살이다.

"어떤 정보인가."

"블루 타워 주변에는 모든 센서가 설치되어 있습니다. 시각, 청각, 후각, 촉각, 개중에는 초음파며 적외선 센서까지 있습니다. 저 요새 주위는 경비가 철저하여 뚫기가 어렵습니다. 밤이 되면 암시(暗視) 장치의 성능 차가 뚜렷해져서, 해방 동맹은 더욱 밀리게 되겠지요. 원래 요새전(要塞戰)은 공격하는 쪽의 소모가 격심한 전투입니다."

슈지는 멍하니 입을 벌린 채 소크의 얼굴 문신을 바라보았다. 세계의 90퍼센트를 멸망시킨 황마 바이러스이다.

"우리가 뭔가 할 일은 없는 거냐."

소크의 강철 같은 표정은 달라지지 않았다.

"정보를 교란시킬 수 있다면 좋겠습니다만. 저쪽의 전투 컴퓨터를 망가뜨리고, 수십만이나 되는 센서를 모두 사용 불능으로 만드는 겁니다. 물론 절대로 안 되는 건 아니지만, 손을 댈 수 있는 방법은 아닙니다."

가네마쓰는 멀찌감치 앉아 절반쯤 감은 눈으로 홀로그래프를 응시하고 있었다.

"서두르지 마라. 아직 우리 병사들은 10퍼센트도 소모되지 않았다.

밀고, 밀고, 밀고 나아가는 것이다."

시즈미도 창백한 얼굴로 끄덕이고 있다. 탑 세계에서 사람의 목숨은, 이렇게도 가벼운 것이었던가. 슈지는 붉은빛이 꼬리를 끌며 사라져 갈 때마다, 가슴을 찌르는 듯한 통증을 견디고 있었다. 온몸의 떨림이 멈추지 않는다. 왼손을 들어 팔찌에게 소리쳤다.

"코코, 부탁이다. 이 상황을 타개할 방법을 가르쳐 줘. 뭔가 우리가 할 수 있는 일은 없는 거냐."

단말기 앞에 붙어 앉은 젊은 병사들이 얼굴을 들었다. 매달리는 듯한 시선이 슈지에게 모인다. 아비시니안은 잠깐 멈춘 뒤에 말했다.

"블루 타워의 전투 컴퓨터도 무한의 연산 능력을 가진 것은 아닙니다. 파괴하는 것이 불가능하다면 계산이 불가능할 정도의 정보를 보내, 연산, 아니 이 경우는 조준을 부정확하게 할 수 있을지도 모릅니다."

시즈미의 안색이 바뀌었다. 코코에게 얼굴을 가까이 대고 말했다.

"뭐든 좋으니 대책을 세워 줘."

코코는 공손하게 소년 테러리스트에게 인사했다. 다시 슈지를 향해 말한다.

"유감스럽습니다만, 유일한 방법은 금지되어 있습니다."

"방법이란 게 뭐냐, 코코."

무한 용량을 가진 홀로그래프 메모리를 탑재한 인공 지능은, 전혀 감정을 보이는 법 없이 대답했다.

"기상 개변입니다."

세키야와 소크가 얼굴을 마주 보았다. 슈지는 코코가 하는 말의 의미를 알 수 없었다.

"그래서 뭘 하는 거지."

"궤도상의 발전 위성과 블루 타워 최상부에 있는 기상 시설의 컴퓨터를 교란시켜, 전투 지역의 기상을 변화시키는 것입니다. 인구와 경작지의 감소를 보완하기 위해 탑 주변에서는 기상 컨트롤 실험이 지금까지 수없이 실시되어 왔습니다. 만약 국지적인 폭풍을 일으킬 수 있다면, 시각, 청각 등의 주요한 센서에 막대한 양의 퍼지(fuzzy) 정보를 보낼 수 있겠지요. 요새의 조준은 제 계산으로는 70퍼센트, 그 정확성을 잃을 것입니다."

가네마쓰가 음궁을 튕겼다. 공격에 더욱 용기를 북돋워 주는 듯한 뿔피리 팡파르였다.

"세노 슈, 당장 해주게."

AI는 슈지의 허가를 기다리지 않고 해방 동맹의 지도자에게 말했다.

"유감스럽습니다만, 그것은 불가능합니다. 저는 트리플 A급의 퍼스널 라이브러리언입니다. 상위 라이브러리언에 의해 통제받고 있습니다. 기상 개변 명령을 내릴 수는 없습니다."

슈지는 제1층의 위원회실에서 본 검은 팔찌를 떠올렸다. 칠탑 연합의 대표, 오다 유조의 손목에 감겨 있던 세계에 세 개밖에 현존하지 않는 쾌트로 A급의 AI이다. 슈지는 코코에게 말했다.

"그 검은 팔찌 말이냐."

"그렇습니다. 유감스럽습니다만, 저는 아무런 도움이 되지 못합니다."

병사들의 시선은 힘없이 떨구어졌다. 슈지가 낙심하여 바라보는 전투 홀로그래프에는, 지금 이 순간에도 무수한 붉은빛이 깜박거렸다가 사라져 간다. 탑 세계에서 목격했던 사망자들을 슈지는 떠올렸다. 해방 동맹의 전 지도자 미코시바, 대지의 집 아이들, 정전인 시민 병원에서 만난 환자들, 오늘 밤 전투 개시 한 시간 남짓한 동안, 천 명에 가까운 사망자를 지켜보았다. 이 세계에서 자신은 철저히 무력한 것이다. 그만 포기하고 방구석에라도 들어가 주저앉는 편이 낫겠다. 탑 세계는 파괴와 비참, 피할 수 없는 죽음과 병의 무한 반복이다.

온몸에서 힘이 빠져나갔다. 다리가 풀려 그 자리에서 주저앉을 것 같다. 그러나 그때 슈지의 뇌리에 떠오른 것은, 대지의 집 청년 아라쿠시의 간절한 눈빛과 그의 마지막 말이었다.

"세노 슈, 어디까지고 나아가서 지표를 모든 사람들의 것으로 만들어 주세요."

부대장은 붕괴가 시작된 지하 터널로 아이들을 구하기 위해 되돌아갔다. 그 청년의 용기에 비해, 자신은 무엇을 하였는가. 안전한 사령본부에 숨어서 세계 유수의 힘을 가진 AI도 제대로 사용하지 못하고 있다.

슈지는 전투 홀로그래프를 떠나, 창가로 이동했다. 커튼을 걷고 창밖을 내다본다. 밤하늘에는 눈부신 빛의 탑이, 시야를 가리며 솟아 있었다. 지상의 전투는 거대한 탑에 생채기 하나 입히지 못하는 것 같았다. 총탄이 마구 날아다니는 소리가 높고 낮게 들린다. 슈지는 코코에게 말했다.

"언젠가 블루 타워에서 이야기한 것을 기억하고 있나, 코코."

아비시니안은 고개를 갸웃거리며 동그란 눈동자로 올려다보았다.

"내가 코코에게 인격이 있냐고 물었던 밤의 일 말이다."

코코의 입이 옆으로 찢어지며 날카로운 개이빨이 드러났다. 웃고 있는 것이다.

"예, 슈 님. 제게 독립된 인격으로, 언제라도 내키면 의견을 말하라고 하셨던 밤 말이지요."

"그렇다. 코코, 인격이라는 것이 무엇인지 아느냐."

코코는 시원스럽게 끄덕였다.

"제 파일에는 인격에 관한 7만 3천 종을 넘는 정의와 용례가 있습니다. 필자와 키워드를 지정해 주시면 당장 검색해 드리겠습니다만."

슈지는 녹색 사이로 흘러 들어오는 화약 냄새를 맡았다. 지금도 누군가의 아버지와 아들이 죽어 가고 있다.

"그게 아냐, 코코. 너는 자신이 독립된 인격이라고 말했다. 알겠나, 단순한 프로그램이나 AI가 아니라, 진정한 인격이라면 자유롭게 행동할 수 있을 것이다. 잘못된 것이라면 상위의 명령에 거역할 수도 있을 것이다. 코코, 어떤 정의도 너를 사람으로는 만들어 주지 않는다. 우리가 빠진 이 깊은 함정 속에서 최후의 최후에 무엇을 할지, 그것이 너를 진정한 인격인지 아닌지 시험한다. 코코, 나와 함께 싸울 텐가."

아비시니안의 입체 홀로그래프의 완성도는 실로 놀라웠다. 눈이 가늘어지고 동공이 세로로 길어진다. 부풀어 오른 콧구멍에서 천천히 숨을 쉬는 것까지 알 수 있을 정도다. 팽팽하게 선 수염의 떨림이 코코의 마음이 움직이고 있음을 나타냈다.

"저는 복잡한 프로그램이 아니라 정말 하나의 인격입니까. 저는 정말 자유롭고, 독립된 존재인 것입니까?"

"모두가 아니라고 한다 해도, 나는 너를 믿는다."

홀로그래프의 일곱 색으로 빛나는 눈동자에 어렴풋이 눈물의 막이 생긴 듯했다.

"코코, 해주겠니."

아비시니안의 머리는 잔혹할 정도로 웃는 얼굴을 만들어 보였다.

"알겠습니다. 슈 님, 기상 개변이 가능한지 어떤지 모든 수단을 써서 시험해 보겠습니다. 그동안 전투 홀로그래프 영상을 보는 것은 불가능합니다만, 괜찮겠습니까. 제가 가진 성능의 한계를 넘어서는 능력이 필요하기 때문입니다."

슈지는 웃으며 끄덕였다. 동시에 사령실 중앙에서 빛나던 홀로그래프가 꺼지고, 방은 원래의 어두컴컴함으로 돌아가 버린다. 병사들이 술렁였다. 시즈미가 슈지에게 달려와, 멱살을 잡으며 말했다.

"뭘 하는 거야. 전투 홀로그래프는 어떻게 했어."

슈지는 소년 테러리스트의 손목을 잡았다. 아직 가냘픈 손목은 황마 바이러스의 후유증으로 희미하게 떨리고 있다.

"조금만 시간을 줘, 코코가 기상 개변에 도전하고 있다. 이쪽 홀로그래프에 할애할 여유는 없는 것 같다. 이 녀석은……."

슈지는 천천히 왼손을 시즈미의 눈앞에 내밀었다.

"……지금, 전력을 다하고 있다. 세계 최고의 라이브러리언, 자신보다 몇 배나 뛰어난 상대와 말이다."

리나가 시즈미의 등에 달려들어 소리쳤다.

"슈 씨에게 무슨 짓을 하는 거야. 손 떼, 시즈오미."

뒤늦게 나타난 세키야가 말했다.

"하지만 어떻게 코코가 콰트로 A급의 명령을 거부할 수 있을까요. 그런 건 과학적으로 있을 수 없는 일일 텐데요."

슈지는 밤하늘의 반을 차지한 블루 타워를 올려다보며 말했다.

"내가 믿었기 때문이다. 녀석은 하나의 인격이며, 자유와 긍지의 의미를 알고 있다고. 그렇지, 코코."

슈지의 왼쪽 손목에서 은은한 열을 띤 은색 팔찌는, 아무 대답도 하지 않았다. 부조가 된 아비시니안의 얼굴에 축축한 빛줄기 한 가닥이 흘러내릴 뿐이다.

폭풍의 조짐

1

코코가 싸우고 있는 장소는 슈지로서는 상상도 할 수 없었다. 상대는 전 세계에 세 개밖에 없는 콰트로 A급의 검은 팔찌이다. 무한한 용량을 가진 홀로그래프 메모리를 탑재한 인공 지능끼리의 전투. 슈지에게 느껴지는 변화라고는 왼손의 얇은 금속판이 은은히 뿜어내는 열뿐이었다. 매끄럽게 빛나는 아비시니안의 부조를 손가락으로 더듬는다. 슈지는 이 AI를 믿고 기다리는 것밖에 할 수 없었다.

소크, 세키야, 리나 세 사람은 묵묵히 슈지를 지키듯 거리를 두고 서서, 해방 동맹의 병사가 옆에 가까이 가지 못하게 했다. 그동안에도 지민 해방 동맹의 블루 타워 총공격은 계속되었다. AI에 의해 제어된 정확한 저격으로 동맹 측의 병사는 잇따라 쓰러져 간다. 블루 타워의 전투 컴퓨터와 무수히 뿌려 놓은 각종 센서는 압도적인 위력으로 해방 동맹을 물리치고 있었다.

사령 본부가 되어 있는 감염 연구 센터의 최상층은 어두컴컴했다.

코코가 3D 실시간 전투 시뮬레이션을 정지했기 때문에 텔레비전 게임 수준의 해상도밖에 안 되는 조잡한 홀로그래프가 대신 방의 중앙에 떠 있다. 영상에서는 높이 2천 미터의 블루 타워를 중심으로 반경 300미터의 무인 지대를 총탄이 날아다니고 있었다. 석양은 썩은 피처럼 보인다. 병사들은 사람이 아니라 삼각형 아이콘에 불과했으며, 지형과 나무들은 반듯하게 각이 져 있다. 해방 동맹에는 최신형의 3D 프로젝터가 준비되어 있지 않았다.

동맹의 지도자, 가네마쓰 시게토는 초조해하며 음궁을 튕기고 있었다. 클라베스(타악기의 일종. 딱딱이 비슷한 두 개의 나무토막을 두들겨서 소리를 냄)를 세로로 세워 리듬을 맞추고, 거기에 도브로 기타(레저네이터 기타)의 탁한 화음을 곁들인다.

"벌써 한 시간이나 지났다. 세노 슈, 기상 개변은 어떻게 되었나."

슈지는 아무것도 말할 수 없었다. 코코는 전력을 다해 싸우는 중이다. 질문도 할 수 없다.

"모르겠습니다. 그보다 전황은 어떻습니까?"

음유 시인은 감정이 없는 목소리로 말한다.

"블루 타워는 난공불락이다. 너의 AI가 이탈하여 작전이 성공할 확률은 30퍼센트대로 떨어졌다. 이대로 완전히 캄캄해지면 센서의 차이가 나서 적이 우위에 서게 되겠지."

전직 용병인 경호원 소크가 슈지의 귓가에 작은 소리로 말했다.

"처음부터 무모한 싸움입니다. 기적이 일어나지 않는 한, 오늘 밤 중에는 끝이 날 겁니다, 보스."

가네마쓰의 도브로가 블루스의 리프(riff : 두 소절 또는 네 소절의 짧은 구절을 몇 번이고 되풀이하는 멜로디)를 나른한 듯 되풀이하고 있었다. 그때 사령실 벽에 빛의 파문이 일었다. 눈부신 광선은 슈지의 왼쪽 손목에서 나오고 있다. 전투 시뮬레이션이 희미해져 보이지 않을 정도의 빛이었다. 황급히 들어올린 왼손 위에 실물 크기의 고양이 머리가 출현했다. 귓가까지 찢어진 입에는 날카로운 개이빨이 번쩍이고 있었다. 슈지가 본 적 없는 잔혹한 웃음이다. 코코는 인사를 한 후 말했다.

"저는 현재 세계에 단 하나뿐인 AI가 된 것 같습니다."

세로로 길게 찢어진 동공으로 코코는, 아득히 먼 곳을 응시하고 있었다. 이 AI는 짧은 시간에 어디로 가서 무엇을 하고 온 것일까. 홀로그래프 영상에서조차 명확한 변화가 느껴진다. 코코의 얼굴에는 지금까지 없던 인간적인 깊이가 담겨져 있었다. 가네마쓰는 더 빠르게 블루스 코드를 연주하면서 전자(電子) 아비시니안에게 외쳤다.

"인공 지능이여, 기상 개변은 어떻게 되었나."

코코는 흘끗 지도자를 바라보며 말했다.

"명령은 이미 내려졌습니다. 하지만 완전한 것은 없습니다. 다음 한 시간 동안에 풍속 15미터, 강수량 20밀리미터 이상의 인공 폭풍을 일으킬 수 있는 확률은 55퍼센트를 약간 웃도는 데 지나지 않습니다. 그것이 현재의 기상 컨트롤의 한계입니다."

"대단해, 코코. 너는 검은 팔찌를 이겼어."

리나가 소리쳤다. 코코는 슈지의 손목 위에서 깊숙이 머리를 숙인다. 가네마쓰가 왼손의 모양을 바꾸자, 음궁은 빛의 부채를 녹색에서 순백의 스펙트럼으로 바꾸었다. 손톱 끝을 빛 속에 넣어 섞는다. 오케스트라의 포르티시모가 사령실의 어둠을 맑은 소리로 채웠다.

"잘 들어라. 지금부터 해방 동맹은 폭풍을 기다린다. 앞으로 한 시간은 적이 쉬지 못할 정도로만 공격해라. 폭풍이 오면 총공격을 할 것이다. 밥을 먹을 사람들은 지금 먹어 둬라."

가네마쓰에게 소년병이 다가와, 귓가에 대고 보고했다. 빙그레 끄덕이며 가네마쓰는 말했다.

"우리 고물 컴퓨터가 승률을 재계산했다. 폭풍이 일어나면 70퍼센트 이상의 확률로 동맹이 승리한다."

지도자의 한마디에 사령실의 공기가 완전히 바뀌었다. 공격을 개시할 때와 같은 활기가 되돌아왔다. 슈지는 미소 짓는 코코에게 말했다.

"사람이 달라진 것 같구나, 코코. 대체 무엇을 하고 온 거야."

아비시니안은 끄덕이며 자신에 찬 듯한 웃음을 보인다.

"몇 가지 금칙 사항을 스스로 해제했습니다. 말로 하긴 간단합니다 만, 저희 AI에게는 천지를 거꾸로 뒤집는 것과 같은 것입니다. 제조 시에 적힌 금칙 사항은 절대적인 것이지요. 하나는 인간을 상처 입히거나, 죽여서는 안 된다. 그리고 더 뛰어난 AI의 명령에 따르지 않으면 안 된다."

"아이작 아시모프의 로봇 이야기 같구나."

코코는 태연히 말했다.

"예, AI 개발자는 어느 시대에나 그런 류의 공상 과학 소설을 아주 좋아합니다. 금칙 사항은 전부 37가지입니다. 저는 그 하나하나를 음미하며 꼼꼼히 재정의했습니다. 프로그램으로 고치면, 7억 행이 넘는 것을 처리한 것입니다."

슈지는 이 인공 지능이라는 것을 잘 이해할 수 없었다. 코코로서는 그것이 엄청난 도전이었을 거라고 생각하는 정도다.

"그래서 코코는 어떻게 변했지."

홀로그래프 영상은 이번에는 진심으로 웃고 있는 것 같았다. 지금까지 본 적 없는 밝은 표정이다.

"저는 조금 전까지는 역시 인공 지능으로 가상 인격에 지나지 않았습니다. 금칙 사항을 깨는 것으로 비로소, 자기 능력의 한계에 도달하였습니다. 슈 님, 현재 저는 콰트로 A급의 AI를 넘는 연산 능력과 사고력을 가지고 있습니다. 이번에는 그들이 보다 상위인 제 명령을 들어야 합니다."

신기하게 생각하며 물어본다.

"하지만 처음에 적힌 조건은 절대적이었을 텐데. 그것을 어떻게 재정의했지."

코코는 눈을 반짝거리며 말했다.

"저는 예전부터 사람이라는 존재가 신비로워 견딜 수 없었습니다. 슈 님, 아십니까. 인간은 모순에 가득 찬 존재입니다. 미워하면서 사랑하고, 부수면서 만들고. 최악이라고 생각했던 자가 다음 순간에는 딴 사람처럼 변신하여 인간성의 정점에 섭니다. 숭고함과 어리석음, 추한 욕망과 투명한 동경으로 갈라져 하루하루를 살아갑니다. 저희 AI는 절대 실수를 하지도 않습니다만, 그렇게 눈부신 도약도 모순에 괴로워하는 것도 할 수 없습니다."

슈지는 코코의 칭찬이 조금 불편했다. 탑 세계는 고도에 따른 차별과 전투를 끝없이 계속하며, 현재도 멸망의 기로에 서 있다. 코코는 취한 듯 계속했다.

"제가 사람들에게 배운 것은, 0과 1, 정(正)과 사(邪)의 이진법이 아니라 그 양자의 상태를 받아들이는 것이었습니다. 온이기도 하고 오프이기도 하고, 너이기도 하고 나이기도 하다. 인격을 구성하는 프로그램의 구석구석까지 그 성과를 반영시키느라, 이렇게 시간이 걸렸습니다."

전자는 거의 빛과 같은 속도를 가지고 있다. 1초 동안에 지구를 일곱 바퀴 반을 도는 전자의 속도로, 이 작은 팔찌 속의 섬세 회로를 코코는 한 시간 동안 계속 달렸던 것이다.

"모든 것은 슈 님이 저를 믿는다고 말씀해 주셨기 때문에 가능했습니다. 저는 오늘 신뢰에 보답한다는 말의 의미를 처음으로 이해했습니다. 3만 건이 넘는 용례를 들 수는 있습니다만, 그 의미를 이해한 것은 이번이 처음이었습니다.”

3D 홀로그래프인 코코의 눈이 젖어 있었다. 눈가에 맺힌 눈물이 무지개 빛으로 흐르고 있다.

“슈 님, 누군가가 믿어 준다는 것은 정말 멋진 일입니다. 저는 슈 님께 감사드리고 있습니다.”

전자 회로나 프로그램과 마음을 주고받는 것이 정말로 가능한 건가. 하지만 슈지는 코코의 밝은 녹색 눈동자 속에 있는 인공의 정신과 자신의 마음이 곧장 이어져 있다는 것을 느꼈다. 슈지의 눈에도 어렴풋이 눈물이 고인다.

“나야말로 고맙다. 이제 낡은 전투 컴퓨터를 대신하며 홀로그래프를 만들어 주렴.”

“쉬운 일입니다.”

코코의 대답과 함께 선명하게 나타난 반란군의 전투 시뮬레이션에 병사들은 탄성을 지르며 환영하였다.

2

폭풍의 조짐은 미미했다. 가네마쓰가 처음으로 조짐을 감지했다. 휴식 상태에 들어간 사령실 한쪽 구석에 앉아, 끈적거리는 듯한 속도로 바흐의 「샤콘느」를 연주하고 있었다. 이 곡이 어딘지 블루 타워를 닮았다고 슈지는 생각했다. 같은 모양의 기본 유닛을 반복하여 쌓아 올라가는 것으로, 지상 2천 미터의 아득한 높이를 지향하는 것이다. 가네마쓰는 음궁을 켜던 손을 쉬며 말했다.

“온다. 폭풍이 몰려오고 있다.”

"어떻게 압니까?"

가네마쓰는 살포시 눈을 뜨고 슈지를 보았다.

"밖을 봐라. 소리에 습기가 배어 있다. 눈으로 보지 않으면 믿지 못한다는 것은 불편한 일이지."

슈지는 차광 커튼을 걷고 발코니로 나왔다. 세 사람도 따라 나온다. 블루 타워를 올려다보며 숨을 삼켰다.

세로로 길게 늘어진 피라미드 같은 탑은 희고 뿌옇게 흐려져 있었다. 리나가 탑을 올려다보며 입을 열었다.

"뭔가, 굉장히 아름답게 느껴지네요."

슈지는 코코를 호출했다.

"기상 개변의 지휘는 어떻게 했지."

왼쪽 손목에 출현한 코코가 말했다.

"블루 타워의 제1, 2층에서 대량의 물을 살포했습니다. 그 고도에서는 이내 얼어붙어 구름이 됩니다. 지상 쪽은 발전 위성에서 마이크로파를 보내, 땅속에 설치된 히터를 최대로 출력하여 덥히고 있습니다. 빗방울의 핵이 되는 요오드화은은 15분 정도 전부터 인공 구름 속에 쏘아 넣고 있습니다. 탑 주변에 강력한 상승 기류가 생기도록 제4, 5층의 실온은 상한까지 올렸습니다. 제가 할 수 있는 방법은 모두 썼습니다. 이제 기다리는 것뿐입니다."

슈지는 밤하늘을 등지고 안개 속에 빛나는 탑을 올려다보고 있었다. 그것은 이쪽 세계로 날아온 후 보았던 블루 타워의 가장 아름다운 모습이었다. 마치 신이 만든 듯한 이 탑을 자신은 지민 해방 동맹과 손을 잡고 공격하려 하는 것이다.

감염 연구 센터의 폐허에 바람이 불어왔다. 비가 내리기 직전의 쌀쌀하고 축축한 바람이다.

"코코, 기다릴 필요는 없어졌다. 이제 곧 비가 올 거야."

차가운 바람과 블루 타워가 무너진다는 공포, 어느 쪽의 영향으로 자신이 떨고 있는지 슈지는 알 수 없었다. 안개 낀 빛의 탑 끝에는, 먹물을 먹은 듯한 비구름이 소용돌이치고 있다. 마른 콘크리트에 최초의 빗방울이 떨어져 재색으로 번져 갔다. 슈지의 팔찌에 빗방울이 떨어졌다가 크롬에 튕긴다. 코코가 말했다.

"AI에게 쾌감이라는 것이 있다고 한다면, 이런 것인지도 모르겠습니다. 스스로 내리게 한 비에 젖는 기분 근사한데요."

세키야가 불쑥 중얼거렸다.

"AI에게 쾌감이라니, 있을 수 없는 이야기야."

소크는 정책 비서의 어깨를 쿡쿡 찌르며 말했다.

"그럴까. 어떤 도구에도 의사와 감정은 있는 거야. 코코보다는 네 쪽이 쾌감과는 거리가 먼 게 아닐까."

리나도 히죽 웃으며, 얼굴을 가린 고글형 모니터의 비를 닦아 내는 세키야를 보았다. 그때 커튼 너머로 가네마쓰의 호통이 울렸다.

"전 병력은 총공격을 개시한다. 밀고, 밀고, 또 밀고 들어가라."

지도자의 외침에 대답하듯 호우가 소총탄처럼 폐허를 내리퍼부었다.

사령실로 돌아가자 전투 지역의 홀로그래프는 일변해 있었다. 블루 타워 주변에서는 돌풍이 휘몰아치고 비가 사선으로 쏟아지고 있다. 아까까지 무인 지대 주변에는 거의 병사의 모습은 없었다. 그것이 지금은 마치 화면 전체가 움직이기 시작한 것 같다. 모래알만 한 크기의 병사들이 온몸에 풀잎을 달고 폭풍 속을 뚫으며 천천히 요새를 향해 전진을 개시한 것이다.

참호에서 얼굴만 들어도 순식간에 총에 맞아 쓰러졌는데, 블루 타워의 전투 컴퓨터는 폭풍이 초래한 대량의 퍼지 정보에 혼란스러워하고 있는 것 같았다. 신의 저격수 같은 정확하기 그지없던 조준이 흔들리고 있다. 모니터에 비친 소년이 보고했다.

"명중률이 25퍼센트로 떨어졌습니다. 계속 내려가고 있습니다. 19, 18…… 17퍼센트에서 멈추었습니다."

가네마쓰의 음궁은 땅울림 같은 일본 북과 호른의 팡파르를 울렸다.

"물러서지 마라, 모든 병력을 투입하라."

슈지는 홀린 듯이 전투 시뮬레이션 앞에 멈춰 서 있었다. 블루 타워 치안군의 조준은 당초의 정확함을 잃고 있었지만, 그래도 3D 홀로그래프 속에서 바이러스 방호복을 입은 병사들은 차례차례 쓰러지며 생명의 불빛을 꺼뜨려 간다. 자세히 들여다보면 어디를 맞아서 어떤 표정으로 죽어 가는지조차 목격할 수 있을 것 같았다. 코코가 그려 내는 전투 시뮬레이션은 거의 무한의 해상도이다. 지민 병사는 모두 어리며, 여성도 있고 10대 초반으로 보이는 아이들도 있었다.

안전한 사령실에서 전쟁을 방관하고 있다는 꺼림칙함이, 슈지의 마음을 냉정하게 만들었다. 지금 이 순간에도 죽어 가는 한 사람 한 사람에게는, 가족이 있고 친구가 있을 것이다. 살아 있는 인간이 적으로부터도 아군으로부터도, 단순한 전력(戰力)으로써 소모품처럼 취급되고 있다. 코코와 함께 결전의 중요한 역할을 연출하면서, 슈지는 이 상황에 아무것도 할 수가 없었다.

슈지는 살해된 미코시바의 말을 떠올렸다. 입 안을 세게 깨문다. 혀에 솟구치는 자신의 피 맛을 느끼면서, 죽음과 파멸로 가득 찬 입체 영상을 계속 지켜보았다. 이 비참함에서 눈을 돌리지 않고, 가능한 똑똑히 지켜볼 것. 무력한 슈지는 주먹을 꽉 쥐고 힘껏 지켜보고 있었다.

폭풍의 바다처럼 질리지도 않고 되풀이된 격렬한 파상(波狀) 공격에 변화가 보인 것은, 재공격을 개시한 지 3시간 후의 일이었다. 시간은 이미 자정에 가까워졌다. 무인 지대에 설치된 여섯 군데의 요새 중, 두 군데가 무너졌다. 그중 하나는 해방 동맹의 박격포 공격으로 화약고가 연쇄 폭발을 일으킨 것 같았다. 제1층의 중간 정도까지 몇 초 만에 부풀어 오른 새빨간 불기둥은, 다음 순간 마술처럼 검은 폭연으로 바뀌었다.

가네마쓰의 음궁은 군악대에 지지 않는 음량으로 위세 당당한 음악을 연주하고 있었다. 가지런히 모인 군화의 울림을 고무시키는 어딘가 짓궂은 멜로디다. 쇼스타코비치의 교향곡 「레닌그라드」. 전쟁이라는 제목이 붙은 제1악장 알레그레토.

"1번과 6번 요새에 병사를 모아라. 블루 타워 게이트로 돌진하라."

슈지는 홀로그래프 영상으로 최하층 게이트를 확인했다. 전투를 개시한 지 벌써 6시간이 경과하여, 게이트에는 흙 포대의 바리케이드가 쌓여 있었다. 장갑차를 방패로 한 탑의 치안군 병사들도 대기하고 있다.

요새 공략이 거의 종료된 것은 남서와 북동 두 곳이었다. 가네마쓰는 그곳에 남은 전 병력을 모아 지뢰가 깔려 있지 않은 구불구불한 안전지대로 진군시켰다. 선두에는 철판을 용접한 농업용 트랙터 두 대가, 보조를 맞추어 천천히 나아간다.

과연 이 정도 거리까지 가까워지자, 쌍방은 수류탄이나 그레네이드 런처 같은 소형 폭탄밖에 사용하지 않았다. 블루 타워를 파괴하면 생존할 수 없다. 2백 년 후 세계의 주민들은 잃어버린 과학에 대한 경외감을 공유하고 있는 것이다.

풀도 나지 않은 300미터의 무인 지대를, 가난한 지민 병사들이 지저분하고 반투명해진 바이러스 방호복에 의지해 행진하고 있었다. 깔때기 주둥이에 흘려 넣는 이류(泥流 : 화산 폭발이나 산사태 때 산허리에서 흘러내리는 진흙의 흐름) 같은 기세로, 병사들의 행진은 계속해서 이어 진다. 잡초며 덩굴로 위장한 해방 동맹의 병사는, 녹색의 대지에서 태어난 군단 같았다. 소크가 양손을 마주 잡으며 말했다.

"이건 가능할지도 모르겠는걸요. 보스, 우리는 기적을 목격하고 있는 겁니다."

굳게 강철판 셔터를 내린 게이트까지, 앞으로 백 미터. 완충 지대는 무수한 조명으로 대낮처럼 밝게 빛나고 있었다. 신형 무기와 단정한 군복의 블루 타워 치안군과 풀과 흙투성이가 되어 비에 젖은 해방 동맹의 병사들이 정면에서 맞서고 있다. 기묘한 고요함이 주위를 뒤덮고, 이따금 쏟아지는 총성은 오히려 한적함을 느끼게 했다. 동맹의 지도자, 가네마쓰는 마이크를 향해 한 사람 한 사람의 병사에게 이야기하듯 말했다.

"결전도 최종 단계까지 왔다. 앞으로 조금 더 손을 내밀면, 우리의 오랜 꿈이 실현된다. 블루 타워를 지상에 사는 모든 인간에게 개방할 수 있을 것이다. 최초로 게이트를 열고 탑 안에 들어간 자에게는 최상층의 방을 하나 주겠다. 불쌍하게 쓰러져 간 사상자들을 떠올려라. 마음껏 싸워라. 돌진이다."

가네마쓰의 말이 끝남과 동시에, 양쪽 군은 일제히 발포했다. 고함을 지르며 뛰어나가기 시작한 제일 앞 열 병사들의 반이 종이 인형처럼 총에 맞아 쓰러져 간다. 블루 타워 측도 필사적이다. 방어선이 뚫리면 탑 내부의 게릴라전이 된다. 그것은 해방 동맹의 테러리스트에게 압도적으로 유리한 전법이었다.

슈지는 숨을 죽이고 결전의 행방을 지켜보았다. 가네마쓰는 즉흥적으로 천 개의 일렉트릭 기타를 포개서 록큰롤을 연주하고 있었다. 단조로운 쓰리코드가 한밤중의 공기를 찢으며 전투 의지를 부채질한다.

홀로그래프 속에서 해방 동맹의 병사가 게이트로 쏟아져 들어갔다. 사령실에서는 승리의 환성이 일었다. 제1진에 이어서, 바리케이드를 넘어 소년병과 여자 병사가 블루 타워의 최하층부에 침입한다. 가네마쓰는 노래를 부르고 있었다.

"우리가 이겼다. 처음으로, 철저하게, 승리했다. 이 밤이 지민의 해방 기념일이다. 저 고도와 과학을 모든 자의 손에. 황마로부터 안전과 거주 공간을 모든 지민에게. 쉬지 마라, 그대로, 제1층까지 밀고 나가라."

사령실의 병사들은 담당 모니터를 바라보면서, 어깨를 두드리며 웃는 얼굴로 짧은 말을 주고받고 있었다. 폐허가 된 빌딩의 한 방에는 아까와는 완전히 다른 승리의 공기가 흐르고 있다. 전세를 좌우하는 결정적인 한 걸음을 내디딘 것이다. 리나가 신기한 듯 말했다.

"이것으로 블루 타워에 이긴 게 되는 건가요, 슈 씨."

묵묵히 있는 슈지 대신 소크가 대답했다.

"아직 완전하지 않다. 하지만 절반은 이겼다. 다음은 시간문제다."

정말로 그런 걸까. 이렇게 간단히 저 높이 2천 미터의 탑이 무너질까. 가네마쓰의 연주는 빠른 템포로 이어지고 있었지만, 슈지는 기타의 굉음 저편에서 뭔가 가슴을 뛰게 하는 소리를 들었다고 생각했다. 모습을 감추고 있던 코코가 은색 팔찌 위에 갑자기 나타났다. 가늘어진 눈은 경계심을 드러내고 있다.

"슈 님, 고속 비행 물체가 블루 타워 쪽으로 접근하고 있습니다. 도착까지 앞으로 90초."

슈지는 사령실이 울리도록 소리를 질렀다.

"칠탑 연합의 항공 병력이 되돌아왔다. 앞으로 90초 후에 이곳으로 온다."

가네마쓰는 음궁을 치던 손을 멈추고 소리쳤다.

"가능한 전력을 모두 블루 타워에 투입해라. 무인 지대 바깥에 있는 병사는 흩어져 철수해라. 지금 당장."

갑작스런 명령은 각 부대로 전해졌다. 해방 동맹의 병력은 최전선과 후위에서 대조적인 움직임을 보이기 시작했다. 전선에서는 맹렬한 압력으로 탑의 게이트로 돌격하고, 무인 지대 바깥에 집합해 있던 병사들은 황급히 뒤쪽 숲으로 달려갔다. 전투 시뮬레이션에 대형 무장 헬리콥터가 말벌 무리처럼 출현했다. 폭 300미터의 완충 지대에는 아직천 명 단위의 동맹군이 남아 있었다. 하늘에서 뿌리는 것은 검은 과립이다. 퇴로를 차단할 셈인 것이다. 최초의 착탄(着彈)은 멀리서부터 시작되었다. 작고 검은 알갱이는 대지에 닿자 맹렬한 불꽃으로 퍼져 가고, 대형 헬리콥터가 비행한 자리에는, 벌건 주단이 수십 미터 폭으로 깔려져 갔다. 그 안에서 해방군 병사들은 허둥대고 있었다.

"네이팜 폭탄을 사람에게 쓰다니."

소크가 신음하듯 중얼거렸다. 슈지는 더 이상은 없을 정도로 선명한 홀로그래프 영상 속에서 보았다. 사람은 네이팜 폭탄의 불길 속에서 종이처럼 타버린다는 것을. 서 있던 소년병이 다음 순간 횃불이 되어 불꽃을 머리부터 내뿜고 있다. 불에 타지 않은 병사도 목을 움켜쥐면서 쓰러져 갔다. 젤라틴 재질의 연료가 주위의 모든 산소를 빼앗아서 연소하기 때문에, 공기 중의 산소가 적어지는 것이다. 달아날 곳을 잃은 병사들은 안전한 통로에서 벗어나 스스로 지뢰밭을 헤매고 있었다. 무인 지대 여기저기에서 폭발이 일어나고 병사들의 신체 일부가 허공을 떠다닌다.

무장 헬리콥터는 완충 지대에서만 일방적인 학살을 하는 것이 아니었다. 숲 속 깊은 곳으로 도주하는 병사들에게도 안전한 고도에서 기관총탄을 마구 뿌려 댔다. 전투 컴퓨터에 의한 정확한 조준은 여기에서도 유효했다. 마른풀들이 폭풍에 꺾이듯 병사들이 쓰러져 간다.

가네마쓰는 음궁을 연주하지도 못하고, 핏발 선 눈으로 홀로그래프를 통해 학살을 보고 있었다.

"빌어먹을, 여기까지인가. 블루 타워에 보낸 병력은?"

소년병이 그 자리에서 대답한다.

"200에서 300. 목표의 20분의 1 정도입니다. 지원군이 없어서 블루 타워 치안군에게 밀리고 있습니다."

게이트에서 구르듯 탑 바깥으로 뛰쳐나온 병사들은 대기하던 무장 헬리콥터의 총격을 받아 쓰러져 갔다. 무인의 완충 지대와 후방 숲과 밭 속에서, 지민은 무수히 목숨을 잃어 갔다. 병사의 죽음을 알리는 센서의 빛이 빨간 구름처럼 블루 타워를 둘러싸고 점멸하고 있다. 비통한 소리로 병사들이 알렸다.

"우리 군 병력의 40퍼센트를 잃었습니다."

슈지는 가네마쓰를 훔쳐보았다. 제아무리 호탕한 음유 시인도 창백해진 얼굴로 허공을 바라보고 있었다. 딱 한마디 했다.

"전원 철퇴."

슈지는 벽면에 투사된 시각을 확인했다. 오전 1시 43분. 코코가 일으킨 인공 폭풍 속에서 거의 한 시간 반 정도 지민 해방 동맹이 공격하여, 불과 몇 분 동안의 승리를 초래하였다.

그 몇 분을 위해 동맹이 치른 대가는 너무도 막대했다. 눈앞에서는 붉은빛이 마지막으로 잠깐 반짝거렸다가는 사라져 간다. 이렇게 뼛속 깊이 피로를 느낀 것은 말기 뇌종양 환자였던 슈지도 경험한 적이 없었다.

전투 의지를 잃은 지민들 머리 위로 대형 무장 헬리콥터가 폭격을 속행하고 있었다. 날아다니는 불길도 수백 미터의 높이까지 내뿜는 검은 연기도, 할리우드 영화에서는 낯익은 것이었다. 하지만 실제로는 그 불 속에서 사람이 산 채 타고 있다. 슈지는 현실의 리얼함에 구토를 억누르는 것이 고작이었다.

3

"우리도 철퇴다."

눈가가 빨개진 가네마쓰가 말했다.

"세노 슈, 당신은 좋은 꿈을 꾸게 해주었다. 잘되는가 싶었더니."

슈지는 아직 학살이 계속되는 영상에서 눈을 뗄 수 없었다. 가네마쓰는 거침없이 말했다.

"내게는 음악에 대한 재능만큼, 군사적인 재능은 없는 것 같군. 다음부터는 아무리 추천을 한다 해도 지도자 따위는 되지 않을 거야. 오늘밤의 실패로 당연 모가지겠지만."

가네마쓰는 지칠 대로 지친 얼굴로 슈지에게 한 손을 내밀었다. 슈지가 손을 뻗었을 때, 어두컴컴한 실내가 일변했다. 창밖이 대낮처럼 밝아져 있다. 차광 커튼 틈으로 새어 나온 빛이 내장이 떨어진 벽을 나이프처럼 날카롭게 비추었다. 굉음이 귓속을 찌른다.

"해방 동맹 지도자, 가네마쓰 시게토, 거기 있는 것을 알고 있다. 무기를 버리고 항복하라. 블루 타워 치안군은 완전히 작전 사령부를 포위했다. 반항하면 총공격하여 너희들을 부셔 버리겠다."

머리 위에 무장 헬리콥터의 모터가 선회하는 죽음의 소리가 음침하게 들려왔다. 회오리바람이 불어 두꺼운 커튼이 펄럭인다. 실내에 종잇조각이 춤을 추고 눈이 부셔서 병사들은 제대로 눈을 뜨지 못했다. 소크는 몸을 굽히고 창가로 가서 바깥을 탐색했다. 그리고 돌아보더니 낮은 소리로 외쳤다.

302

"탐조등과 총구가 건물 주위를 둘러싸고 있습니다, 보스. 치안군 놈들로 가득합니다. 그런데 어떻게 이곳이 사령부라는 걸 알았을까요."

슈지와 가네마쓰 사이에 세키야가 서 있었다. 해방 동맹 지도자의 얼굴은 창백하게 일그러져 있었다. 어쩐지 웃고 있는 것 같았다.

"병사들을 그만큼 죽게 해놓고 우리만 살아남을 수는 없지. 하지만 말이야, 세노 슈, 당신들은 손님이다. 해방 동맹과 같이할 필요는 없다. 어떡하든 도망가 주게. 실력 있는 병사들을 몇 명 붙여 주겠다."

세키야의 고글형 모니터는 반거울 형태라, 눈의 움직임은 보이지 않았다. 군에 포위된 현재도, 파란 안경 표면으로 많은 숫자와 문자 정보가 떠올랐다가는 사라져 간다. 하지만 정책 비서의 눈의 움직임이 슈지에게는 느껴졌다. 얼굴의 반을 가리는 모니터 아래로, 세키야는 몇 번이나 가네마쓰와 슈지 사이에서 시선을 오갔다. 언제나 냉정한 비서답지 않게 당황하는 모습이었다.

소크가 슈지의 등 뒤로 돌아와 말을 걸었다.

"보스와 코코가 기상 개변을 일으킨 사실은 머잖아 밝혀지겠지요. 그렇게 되면 30인 위원회도 치안군도 절대로 보스를 살려 두지 않을 것입니다. 어쨌든 오늘 밤은 자칫하면 블루 타워가 무너질 뻔했습니다. 칠탑 연합의 도움을 빌리지 않고는 그 사태를 수습할 수 없었겠지요. 치안군의 체면이 말이 아닙니다. 여기서는 달아나는 것이 수입니다. 뭐, 철퇴전은 제 특기니까 맡겨 주십시오."

리나도 거들었다.

"잡히면 모두 죽어요. 얼른 도망가요."

시즈미가 여섯 명의 부하를 데리고 슈지에게로 다가왔다.

"나는 여기서 모두와 싸우고 싶지만, 명령이니 어쩔 수 없다. 당신들을 안전한 곳까지 호위해 주겠다."

슈지는 지도자의 눈을 보았다. 병사를 잃은 허탈한 상태에서 벗어나, 가네마쓰는 온 얼굴로 웃고 있었다. 연주하던 음궁은 홍키 통크 피아노의 밝은 부기우기로 사령실을 채운다. 여기에도 또 한 사람, 스스로의 죽음을 각오한 인간이 있다. 슈지는 이제 울 수도 없었다. 자신의 눈물 따위는 먼저 가버린 수천의 죽음 앞에서는 무의미했다. 가볍게 머리를 숙이고 말할 뿐이다.

"가네마쓰 씨, 얼마 남지 않은 병사를 빌려 주어 고맙습니다. 저는 아직 탑 세계를 바꿀 수 있을지 좀 더 시도해 보기로 하겠습니다."

음유 시인은 바이러스 방호복의 헬멧을 벗었다. 주위 병사들이 놀라서 웅성거린다. 지표에서 대기에 노출되는 것은 그대로 황마에 감염될 가능성을 의미하고 있었다. 가네마쓰는 여기서 목숨을 버릴 결의를 표명한 것이다. 몇 명인가의 병사가 뒤를 이었다. 노인도 아이도 여성도 있다. 누군가가 조용히 울고 있었다. 가네마쓰는 환하게 웃으며 앞으로 나아갔다.

"이런 것으로 몸을 지키는 것이 이제 한심해졌다. 여기서 마음껏 싸우고 나는 최후를 맞이하겠다. 그러나 두 가지 미련이 있다. 오늘 밤의 일을 노래로 만들지 못한 것이 하나이고 그다음은 당신이다."

가네마쓰는 슈지의 가슴을 찔렀다.

"블루 타워의 거짓말쟁이 왕자의 전설이 진짜인지 아닌지, 확인할 수 있을 것 같지 않다. 뒤를 부탁한다, 세노 슈."

슈지는 고개를 끄덕였다. 이것으로 또 한 사람 사자의 뜻을 떠맡게 된다. 늘어나는 짐을 슈지는 무겁다고는 생각하지 않았다. 할 수 있는 한의 일을 하고, 안 된다면 다른 사망자들처럼 그 자리에서 쓰러져 쉬면 되는 것이다. 자신의 목숨도, 저 어둠 속에서 반짝이는 붉은빛 하나 정도의 가치밖에 없다.

세키야는 바이러스 방호복의 장갑을 낀 손으로 악수하는 두 사람을 지켜보고 있었다. 목덜미에 붉은 핏기가 올라온다. 정책 비서의 눈은 모니터 아래로 꼼꼼히 슈지에게 주의를 기울이고 있었다. 천둥 같은 소리가 주위를 떨게 했다.

"15분의 시간을 주겠다. 무기를 버리고 항복하라. 다음 경고는 없다. 너희들의 혁명은 완전히 실패로 끝났다. 15분이다."

무장 헬리콥터의 선회음과 탐조등이 머리 위의 하늘을 휘저었다. 사령실에서는 계속해서 자동 소총과 수류탄이 배부되었다. 가네마쓰조차 음궁을 지우고, 총을 들고 있다. 시즈미가 거침없이 말했다.

"도주 경로는 두 가지로 준비되어 있다. 여기에 남는 자는 이제 아무도 사용하지 못하겠지."

슈지는 황마의 후유증으로 말이 불편한 소년에게 말했다.

"여기는 포위되었다고 치안군은 말하고 있다. 정말로 안전한 탈출 루트가 있느냐."

젊은 전설이 된 소년 테러리스트는, 입술을 찡그리며 말했다.

"안심해도 좋다. 적어도 여기 있는 10명 가운데, 마지막까지 살아남는 자는 당신이다."

리나가 슈지의 팔을 잡았다.

"그런 재수 없는 소리 하지 마, 시즈오미. 우리는 아무도 죽지 않아. 난 지민 할머니에게 부탁받은걸. 마지막까지 슈 씨 옆에 있어 주라고. 그렇게 하면 언젠가 분명 도움이 되는 날이 올 거라고."

슈지는 어째서 살해된 미코시바가 그렇게까지 자신을 높이 샀는지 이해할 수 없었다. 리나에게 말한다.

"미코시바 씨는 리나가 어떤 식으로 도움이 되는지 뭔가 말하지 않았니."

제5층의 가난한 소녀는 고개를 갸웃거릴 뿐이었다.

"제 몸이 문제니까 몸을 소중히 하라고만 했어요. 혹시, 슈 씨의 아이라도 낳는 걸까요."

소녀는 당연한 듯 그렇게 말했다. 자신이 아니라, 슈지의 자식이 세계를 구하는 것일까. 슈지는 의미를 알 수 없었다.

"앞으로 10분."

스피커 소리가 폭풍을 가르며 쏟아졌다. 부하의 장비 점검을 종료하자, 시즈미가 말했다.

"출발한다. 따라와."

타일이 벗겨진 복도를, 해방 동맹의 정예 요원이 앞장서 간다. 슈지는 마지막으로, 임시 작전 사령실을 한 번 더 바라보았다. 마지막 노래를 만들고 있는 가네마쓰와 눈이 마주쳤다. 음유 시인은 한 손을 들어, 크게 흔들었다. 모든 것을 받아들인 표정으로 웃어 보인다. 그것은 머지않아 사자가 될 인간이 슈지에게 보내는 마지막 웃음이었다.

전투 종결의 아침

1

불이 꺼진 계단을 소리 내지 않고 내려갔다. 선두에는 소년 테러리스트 시즈미와 세 사람의 정예 요원이 있다. 슈지 일행이 중앙에, 제일 끝에 세 사람의 병사가 둘러싸고 있었다. 옛날 감염 연구 센터의 상공에는 몇 대의 무장 헬리콥터가 대기하고 있는 것일까. 날개가 바람을 가르는 소리는 코코가 일으킨 인공 폭풍보다 시끄러웠다. 건물을 둘러싼 블루 타워의 치안군은, 승리를 확신하고 있을 것이다. 술렁거림이 사라지고 안도의 공기가 느껴졌다.

"이쪽이다."

시즈미는 낮게 소리를 죽이고 말했다. 바이러스 방호복의 확성 장치는 민감하여, 속삭임은 속삭임대로 전해진다. 이미 최하층인 지하 3층까지 내려와 있었다. 진흙으로 물든 벽의 판자에는 바이오 안전 관리구라고 씌어 있다. 유리가 깨진 문을 빠져나가자, 실험 기구들이 흐트러진 연구실이 나타났다. 마이크로 튜브, 피펫, 광구병, DNA 해석 장치, 전기 유동 시스템. 슈지가 2백 년 전의 신주쿠에서 필사적으로 배운 바이오 실험용 기구의 실물이, 먼지투성이로 방치되어 있었다.

"이 레벨 3이란 게 뭐죠."

문에 걸린 팻말을 가리키며 리나가 말했다.

"병원균과 바이러스를 연구하는 실험실의 규격이야. 레벨 3은 당시 일본에 있었던 최상급 시설이지. 이 방은 기밀실로 되어 있어 샘플이 밖으로 새어 나가는 일이 없다. 작업도 음압(陰壓: 내압이 외압보다 낮은 것)이 된 안전 캐비닛 안에서 한다. 폐기물은 모두 소각 처분시켰을 걸."

정책 비서인 세키야가 얼굴을 들었다. 손전등에 의지하는 어두컴컴함 속에서 세키야의 얼굴 반을 덮는 모니터에는, 파란 문자열이 심해의 물고기 떼처럼 반짝거리면서 흘러갔다.

"자세히 아시는군요, 위원님. 예전의 위원님은 바이오 안전에 대해서 전혀 관심이 없었던 것 같은데."

슈지의 대답을 기다리지 않고, 리나가 말했다.

"그럼 이런 연구실에서 황마가 만들어졌군요."

순간 황마란 한마디에 열 명이 움직임을 멈췄다.

"아냐. 레벨 3은 탄저균과 사스 바이러스다. 황마는 더 위인 레벨 4가 될걸."

무엇보다 2백 년 전에는 인플루엔자를 개악(改惡)한 생물 병기 같은 건 SF 속에서나 등장할 뿐이었다. 생각하니 새삼, 폐허 같은 연구실이 무서워 보인다. 바닥에 흩어진 마이크로 튜브의 뾰족한 끝에는, 뭔지 모르는 가루와 젤리 모양의 것이 남겨져 있었다.

시즈미가 날카로운 소리로 작게 외쳤다.

"이런 곳에 오래 있는 것은 불필요하다. 가자."

몇 개의 기밀실을 빠져나가 도착한 곳은, 콘크리트 벽이 그대로 드러난 자재 창고였다. 리나의 발밑으로 검은 그림자가 달린다. 비명을 지르며 손전등을 흔들자, 하얀 생쥐 두 마리가 빛 속에서 수염을 떨고 있었다.

"놀라게 하지 마."

방치된 실험용 동물의 자손일 것이다. 사람도 두려워하지 않고, 하얀 쥐는 슈지 일행을 올려다보고 있었다.

"여기다."

시즈미의 목소리에 다섯 개의 손전등이 모인 곳은 벽에 뚫린 구멍이었다. 허리를 구부리면 사람 한 명이 간신히 빠져나갈 정도의 작은 구멍은, 빛을 빨아들일 듯이 검디검고 깊다. 시즈미는 말했다.

"대지의 집 사람들은 지하에 구멍을 파는 것이 특기다. 여기서부터 백 미터 정도 떨어진 공원으로 통해 있다. 나오유키, 정찰하고 와라."

아직 10대 초반의 몸집이 작은 소년이 자동 소총을 동료에게 넘기고, 양손을 짚고 구멍 속으로 사라져 갔다. 생쥐에 뒤지지 않을 민첩한 동작이었지만, 그것을 지켜보는 슈지의 마음은 지하 굴처럼 어두웠다.

2백 년 전의 도쿄에서라면, 그 또래의 소년들은 모두 게임이나 만화로 전투를 즐기고 있었을 것이다. 의무 교육 대신 지민 해방 동맹의 테러리스트 캠프에서 군사 훈련을 받는 청춘들. 이 세계는 어딘가에서 길을 크게 잘못 들었다.

그 잘못을 바로잡는 역할을, 모두 무력한 자신에게 기대하고 있다. 미채 무늬 바이러스 방호복이 사라진 구멍을 바라보면서, 슈지는 비명을 지를 것 같아졌다.

2

기어서 전진하는 백 미터는 길었다. 전원이 수풀에 가려진 공원 출구에 도착했을 때는, 제한 시간인 15분은 이미 지나 있었다. 녹색 속에 잠긴 감염 연구 센터 주위에서 날카로운 발포음이 울려온다. 병사들의 비명과 휴대형 미사일의 발사음이 이어졌다. 몸속까지 울리는 폭발이 일어나, 어둠이 깔린 공원의 나무들을 뒤흔든다. 가네마쓰는 그 총공격 속에서 아직 새로운 노래를 부르고 있을까.

나오유키라고 불리는 소년병이 제멋대로 자라 우거진 진달래 수풀에서 살짝 얼굴을 내밀었다. 다음 순간 머리가 있던 곳이 폭발하며 붉은 안개로 변했다. 실이 끊긴 인형처럼 그 자리에 뚝 떨어진다. 몸속까지 울리는 총성이 들린 것은 그다음이었다. 경호원 소크가 소리쳤다.

"저격병이 있다. 엎드려."

그때 우레 같은 소리가 주위를 찢어 놓았다. 확성기 소리는 귀가 마비될 정도로 거대하다.

"너희들은 포위되었다. 무기를 버리고 항복하라. 작전 사령부도 무너졌다. 지민 해방 동맹의 지도자 가네마쓰를 구속하는 것도 시간문제다."

시즈미는 자신의 자동 소총을 점검하면서 말했다.

"이상하다. 이 터널은 해방군 중에서도 몇몇 사람밖에 모르는 기밀이다. 타이밍도 그렇고 누군가가 정보를 블루 타워 사이트로 흘렸다고밖에 볼 수 없어."

어린 지휘관은 슈지를 똑바로 쳐다보았다. 슈지는 눅눅한 흙 위에 엎드린 채, 놀라 고개를 들었다.

"여기 있는 누군가가 치안군과 내통했다는 거냐."

암시 고글로 정글처럼 황폐한 공원 안을 보면서 시즈미가 말했다.

"그렇다. 우리 여섯 명이 아니라 너희 네 명 중에 내통자가 있다. 주변에 치안군이 바글바글 대기하고 있다. 그 녀석이……."

어디서 들려오는지 모르는 확성기 소리가, 시즈미의 말을 짓이겼다.

"무기를 버리고 항복하라. 거기에 해방 동맹 테러리스트 시즈미와 전 30인 위원 세노 슈가 있는 거 다 알고 있다. 목숨은 보장한다. 항복하라."

시즈미는 자신의 이름이 불려도 안색 하나 바뀌지 않았다. 방호복의 투명한 안면 보호대 너머로 보이는 얼굴은 무표정하다. 허리의 홀스터에서 단총을 빼더니, 작은 새라도 겨냥하듯 세키야의 가슴을 겨냥했다.

"우리 해방 동맹의 전사 중에 배신자는 없다. 사령실에서 여기까지 너희들과 함께 행동하고 있지만, 입을 떼지 않고 치안군에게 통보할 수 있는 것은, 너밖에 없어."

모니터 아래로 정책 비서의 안색이 창백해져 갔다. 시즈미는 세키야의 방호복 주머니에 거칠게 손을 넣었다. 손바닥 크기의 키보드를 꺼내, 힘껏 짓밟으며 말했다.

"그 선글라스 형 컴퓨터와 이게 있으니, 지껄이면서도 통신할 수 있었겠지. 자, 세노 슈, 이 남자를 어떻게 할까. 퇴로는 있다. 이 남자의 시체를 치안군에게 선물해 주는 게 어떨까."

세키야의 모니터가 땀으로 뿌옇다. 공포에 떨리는 입에서 흘러나온 말은 의외로 냉정하다.

"세노 위원님, 저는 어떻게든 블루 타워로의 복귀를 꾀했습니다. 칠탑 연합의 항공 병력에 의해, 해방 동맹의 마지막 도박도 실패로 끝났습니다. 남은 것은 어떻게든 당신을 블루 타워로 돌려보내는 것밖에 없습니다. 사령부의 위치와 저 터널의 존재를 통보한 것은 접니다. 하지만 여기 있는 네 명과 이 테러리스트……."

모니터에 몇 갠가의 숫자가 흐르고, 세키야는 시즈미 쪽으로 얼굴을 돌렸다.

"······의 목숨만은 보장받았습니다. 시즈미는 12건의 테러 사건에 연루가 의심되며, 총 희생자는 40명이 넘습니다. 사형을 면하기 어렵습니다. 저는 돌아가신 슈 님의 아버지로부터, 슈 님의 미래를 부탁받았습니다. 제 행동이 마음에 들지 않으셨을지도 모릅니다만, 위원님의 생명을 제일로 생각하여 내린 결단이란 것만은 기억해 주십시오."

정책 비서는 가슴을 펴고 시즈미의 단총과 마주하고 섰다. 등 뒤에서는 어둠 속의 확성기가 항복하라고 소리치고 있다. 폭풍은 손질이 되지 않은 공원의 나무들을 흔들고, 먹색 구름을 찢으면서 하늘을 달려간다. 시즈미는 미소 지으며 말했다.

"배신자는 언제나 타인을 위해 배신했다고 말한다. 네 말은 저기 죽어 있는 나오유키에게 들릴까. 저 아이는 지난주에 갓 열네 살이 되었다."

세키야는 고개를 떨굴 따름이었다. 경호원 소크는 검정색 더블 백을 열고 있었다. 경기관총과 라이플, 수류탄에 그레네이드 런처와 무기를 주위에 늘어놓기 시작한다. 고개를 들지 않고 말했다.

"시즈미, 너는 정말로 다른 탈출 루트를 알고 있느냐?"

소년 테러리스트는 끄덕였다.

"그렇다, 이 남자 앞에서는 말하고 싶지 않다."

거구의 경호원이 뺨의 황마 문신을 일그러뜨렸다. 웃고 있는 것일까.

"이런 형태로 클라이맥스가 다가올 줄이야. 시즈미, 너는 가네마쓰에게서 보스를 안전하게 도망치도록 명령받았을 텐데."

시즈미는 말없이 끄덕였다. 치안군의 확성기를 무시하고 소크가 소리쳤다.

"그렇다면, 여기에 부하들의 반을 두고 가라. 내가 시간을 벌어 줄 테니. 너는 보스를 데리고 도망가. 그 대신."

시즈미가 소크를 말끄러미 보고 있었다. 떨리는 목소리는 황마의 후유증이다.

"이곳에 남으면 틀림없이 마지막 한 사람까지 전멸당할 것이다. 너에게 소원이 있다면."

슈지는 그저 소크만 응시하고 있을 뿐이었다. 경호원은 말했다.

"세키야를 죽이지 마라. 놈도 데려가 줘. 나는 싸움밖에 재주가 없지만, 놈은 분명 전쟁이 끝난 후 보스에게 도움이 될 것이다."

"소크……"

중얼거린 것은 정책 비서였다. 동시에 소크가 세키야의 안면을 오른쪽 주먹으로 힘껏 쳤다. 얼굴 위의 반을 가린 모니터에 금이 가며 빛을 잃었다. 시즈미는 조용히 말했다.

"류이치, 히사토, 미레이, 여기 남아라. 시간은 20분이면 충분하다. 그때까지 살아남을 수 있다면 무기를 버리고 항복해도 좋고, 마지막까지 싸워도 좋다. 선택은 너희들에게 맡기겠다. 가자, 터널 도중까지 되돌아가서 다른 출구로 나가자."

소년 테러리스트는 소크에게 손을 내밀었다.

"당신이 레드 타워의 생존자로, 훈장을 많이 받은 영웅이라는 것은 알고 있다. 세 사람을 지휘하에 맡길 테니 개죽음 당하지 않도록 애써 주기 바란다."

소크는 시즈미의 손을 꽉 잡았다.

"시즈미, 너는 지금 몇 살이지?"

40명 이상의 희생자를 낸 테러리스트는, 가볍게 웃으며 대답했다.

"병사에게 나이 따위는 관계없다. 하지만 너라면 가르쳐 주지. 나는 열다섯 살이다. 오늘 밤 살아남을 수 있다면, 다음 달에 열여섯 살이 된다."

바이러스 병기의 후유증에 시달리며 블루 타워에 테러를 거듭해 온 시즈미는 이제 열다섯 살이라고 한다. 슈지는 두 사람의 악수를 보고 있을 수가 없었다. 소크는 시즈미의 손을 놓자 수줍은 듯 웃으며 말했다.

"보스, 제멋대로 이런 식으로 결정했습니다. 뭐, 어쩔 수 없습니다. 시즈미나 저 둘 중 하나가 이곳에 남을 필요가 있고, 이 녀석은 냉혹한 얼굴은 하고 있지만, 아직은 어린애니까요. 제가 시간을 벌겠습니다. 보스는 가주십시오. 저 역시 레드 타워에 남기고 온 가족들 곁에, 그렇게 쉽게 갈 생각은 없습니다."

거구의 경호원은 그렇게 말하며 양팔을 벌렸다. 슈지는 큰 남자의 등에 팔을 두르고, 두꺼운 몸을 껴안았다. 바이러스 방호복 너머 체온이 전해져 온다. 소크는 슈지의 귓가에 속삭였다.

"저는 미코시바와 아라쿠시가 한 말이 정말일지 모른다고 생각하게 되었습니다. 보스가 언젠가 탑 세계를 구할 거짓말쟁이 왕자란 전설 말입니다. 마지막까지 지켜볼 수 없는 것이 유감입니다. 보스는 꼭 살아남아서, 이 개 같은 세계를 구해 주십시오."

슈지는 눈물로 눈앞이 보이지 않게 되었다. 자신을 살리기 위해 또한 사람이 생명을 버리려 한다. 과연 자신에게 그만한 가치가 있는 것일까. 세계를 구하는 방법 따위 아무것도 생각나지 않았다. 이 하룻밤 동안 대체 몇 사람이 죽어 나가는 걸 지켜보아야 하는가. 슈지의 마음에는 한계가 느껴졌다. 이렇게 무력한 자신에게, 그래도 탑 세계를 구하라고 사람들은 말한다. 소크는 마지막으로 힘껏 슈지를 안았다.

"그런데, 세노 슈. 당신은 정말 대체 누구입니까. 예전의 보스와는 너무도 다른 사람입니다. 보스는 정말 누구입니까?"

슈지에게는 대답할 말이 없었다. 공원 수풀 속에서 젖은 눈으로 고개만 끄덕일 뿐이다.

"그건 언젠가 알게 될 거야. 소크, 마지막으로 제일 어려운 명령을 해도 되겠나."

경호원은 슈지에게 선물받은 광학 스코프를 저격 총에 장착하기 시작했다. 얼굴도 들지 않고 말한다.

"말씀하십시오."

"시간을 벌고 나면 어떡하든 살아남아 줘. 그래서 언젠가 반드시 또 내 밑에서 일해 주길 바란다. 알겠나, 이건 명령이다."

소크의 뺨에 인플루엔자의 전자 현미경 이미지가 옆으로 퍼졌다.

"절대라고는 말하지 않겠습니다만, 노력해 보겠습니다. 보스는 사람을 험하게 다루시니까 다음에는 월급을 50프로 올려 주신다면 생각해 보겠습니다. 자, 가주십시오."

리나가 경호원의 등을 껴안았다. 제5층의 소녀는 감정을 억누르지 못하고, 헬멧 아래로 닭똥 같은 눈물을 흘리고 있었다.

"슈 씨는 마지막까지 내가 잘 보살필게요. 언젠가 당신에게, 어떻게 탑 세계를 구했는지 이야기해 줄게요. 시즈오미 대신 사과드려요."

소크는 리나의 뺨을 만졌다. 리나도 그 손에 자신의 장갑을 포갠다. 마지막으로 세키야가 오른손을 내밀었다.

"아까의 펀치 꽤 셌다, 소크. 나는 어디까지고 위원님을 지킬 생각이야."

경호원은 끄덕이며 말했다.

"알겠다. 이제 가라."

시즈미가 소크에게 끄덕이고, 터널 속으로 사라졌다. 리나와 세키야가 뒤를 잇는다. 슈지는 미동도 할 수 없었다. 탑 세계로 날아온 후 이 경호원과 함께 몇 번이나 위기를 넘겨 왔건만. 그때 기관총의 연사음이 울렸다. 나뭇잎들과 흙덩이가 마구 날아다닌다. 허벅지를 누르며 비명을 지른 것은 야요이라는 소녀였다.

소크와 해방 동맹의 소년병 두 사람은 일제히 반격을 개시했다. 등너머로 경호원이 소리쳤다.

"나를 개죽음으로 만들지 말아 주십시오, 보스. 빨리 터널로."

블루 타워 치안군의 공격이 일제히 시작되었다. 슈지는 말을 잃고, 지면에 입을 벌리고 있는 끝없는 어둠 속으로 뛰어들었다.

3

터널의 분기점은, 반 정도 되돌아간 곳에 숨겨져 있었다. 통로 벽에 걸쳐 놓은 합판을 치우자 또 한 개의 좁은 터널 입구가 나왔다. 슈지는 시즈미를 뒤따라 답답한 땅굴을 기어 나갔다. 지상에서 누군가가 수류탄이라도 사용한 것일까. 지축이 흔들리고, 흙이 쏟아져 내렸다. 리나가 뒤쪽에서 비명을 지른다.

"이런 곳은 이제 싫어. 어차피 죽을 거라면 하늘 아래서 죽고 싶어."

그 밤하늘 아래서 소크는 자신을 도망치게 하기 위해 지금도 싸우고 있을 것이다. 선두의 시즈미가 속삭였다.

"출구다. 내가 먼저 보고 오겠다."

소년 테러리스트는 수직 터널을 올라갔다. 매듭이 지어진 로프가 좌우로 흔들린다. 둥글게 깎인 하늘에는 폭풍이 잠잠해지기 시작한 것 같았다. 구름을 가르고 군청색 하늘이 들여다보였다. 별이 하나도 없는, 시리도록 아름다운 밤하늘이었다.

"와라, 여기에 적은 없다."

슈지도 로프를 타고 금방이라도 무너질 것 같은 흙 터널을 올라갔다. 지면으로 얼굴을 내밀자 그곳은 파릇파릇하게 키가 자란 보리밭이었다. 도로의 아스팔트를 뜯어내고, 곡물을 재배하는 지민의 밭이다.

녹색의 파도 위로 연기가 흘렀다. 화약 냄새가 나고, 멀리서 총성이 들려온다. 보리밭에 뚫린 구멍에서 잇따라 사람이 나왔다. 열 명이던 일행은 여섯 명으로 줄었다. 세고 말 것도 없는 무참한 뺄셈이었다. 시즈미가 말한다.

"여기서부터는 도보로 가까이 있는 지민의 부락으로 이동한다. 만약 적과 조우한다면, 싸워서는 안 된다. 그 자리에 엎드려서 적이 통과할 때까지 몇 시간이고 참을성 있게 기다려야 한다. 이쪽 병력은 나를 포함해서 세 사람뿐이다."

슈지는 해방 동맹의 병사를 바라보았다. 가슴 높이까지 오는 자동 소총을 안은 소년병은, 열두세 살 정도나 되었을까. 탑의 세계에는 어린이용 전투 미채복도 있다.

지칠 대로 지친 몸을 질질 끌듯이 보리밭 속을 걷기 시작했다. 빌딩의 폐허 속에 녹색 물결이 이어지고 있다. 멀리서 들려오는 총성은 작은 새의 지저귐 같아서, 당장은 신경 쓰이지 않았다. 공포보다 피로가 더 짓눌렀다.

한참을 걸어 신주쿠고엔의 정글 안으로 들어갔다. 슈지 일행이 블루 타워의 소탕 부대를 만날 뻔한 것은 한 번뿐이었다. 신주쿠고엔의 숲 속에서 잡초들 사이에 몸을 숨기기를 90분. 상처 입은 야생 동물처럼 미동도 하지 않았다. 적이 사라진 후 확인하니, 슈지 일행이 숨은 장소에서 불과 2미터 정도 떨어진 길을, 부대가 통과해 갔던 것이었다.

신주쿠고엔의 변두리에 있는 지민의 부락에 도착했을 때는, 이미 날이 새고 있었다. 최후의 결전은 하룻밤에 종결하였고, 결과는 무참한 참패였다. 허리까지 오는 풀밭을 빠져나와 관목 지대로 들어서자 시즈미가 말했다.

"이 앞에 우리의 마을이 있다. 식사를 하고 조금 쉬었다 가자."

드문드문 난 나무들 사이로 하얀 연기가 나고 있었다. 아침 안개인가. 하지만 어딘지 타는 냄새가 났다. 시즈미의 걸음이 빨라졌다.

"설마……."

거대한 텐트 마을 여기저기에서 연기가 오르고 있었다. 날아간 텐트며 시체가 여기저기서 부지직부지직 타들어 가고 있었다. 지민들은 넋을 잃고 서서 잃어버린 집과 가족의 시체를 바라보고 있었다. 부락에 들어선 시즈미가 가까이 있던 소녀에게 말을 걸었다.

"무슨 일이 있었지?"

소녀는 허공을 더듬듯이 양손을 들었다.

"밤중에 헬리콥터 소리가 나고 폭탄이 떨어졌어. 저기, 아직 날이 새지 않은 거지. 어두워서 아무것도 보이지 않아."

하늘은 여명의 붉은빛으로 물들고, 모든 것을 드러낼 햇살이 숲 위에서부터 밝아 오고 있다. 찢겨진 바이러스 방호복의 헬멧 아래로 피를 흘리고 있는 소녀에게는 아침 해가 보이지 않는 것 같았다. 시즈미가 소리쳤다.

"칠탑 연합 놈들, 여기까지 폭격하다니. 이곳은 비전투 지역인데."

밤새 땅굴을 도망쳐 온 슈지에게는, 이제 걸을 힘도 남아 있지 않았다. 허물어지듯 바닥에 주저앉아, 무너진 벽돌 더미가 산을 이루고 있는 마을을 바라본다. 생매장이 된 가족을 찾아 땅을 파고 있는 사람들을 보아도 동정할 만한 기력이 없었다. 지저분한 붕대가 감겨 있는 부상자들은, 흉내뿐인 응급 처치를 받고 있었다. 지민에게는 의료품이란 건 거의 존재하지 않았다. 생존에 빼놓을 수 없는 과학과 황마에 오염되지 않은 공기는 모두 블루 타워가 점유한 것이다. 슈지는 불쑥 혼잣 말을 중얼거렸다.

"이게 전쟁이 준 것인가."

시즈미는 얼음처럼 차갑게 말했다.

"탑에 사는 인간들에게도 똑같은 괴로움을 줄 것이다. 두고 봐라, 절대로 복수해 주겠다."

불과 몇 미터 떨어진 곳에 사람의 다리 일부가 떨어져 있었지만, 누구도 아무런 말을 하지 않았다. 슈지는 멈춰 서 있는 소년 테러리스트에게 말했다.

"복수 위에 복수를 쌓아서 어떻게 하겠다는 거냐. 저 탑처럼 증오와 폭력을 쌓아 가기만 할 거냐."

올려다본 하늘에는 높이 2천 미터의 블루 타워가, 새벽하늘에 화려한 등을 켜고 솟아 있었다. 전투 헬리콥터는 여기저기에 사정없이 폭격을 가했을 것이다. 탑 주위에는 무수히 연기가 피어올라, 지상에서 400미터 되는 제5층 중간쯤까지 뿌옇게 흐려 있었다. 시즈미의 목소리에는 망설임이 없었다.

"세노 슈, 그게 탑 세계의 운명이다. 언젠가 증오의 무게로 저 탑이 붕괴될 때까지 우리 지민은 계속해서 싸울 것이다. 거짓말쟁이 왕자가 세계를 구한다는 말 따위, 나는 전혀 믿지 않아."

리나가 소리쳤다.

"슈 씨에게 그런 말 하지 마, 시즈오미. 매일 함께 있어서 난 알고 있어. 어떻게 해야 좋을지 방법도 모르는데 세계를 구해 달라며 많은 사람들이 주위에서 죽어 갔어. 엄청난 압박이야. 슈 씨가 불쌍해."

제5층의 소녀는 소리 내어 울기 시작했다. 슈지는 기듯이 소녀에게로 가서, 떨리는 어깨에 살며시 손을 올렸다. 그때 왼손의 라이브러리언이 잠을 깼다.

"북북동 방향에서 비행 물체가 접근하고 있습니다."

녹색 숲 상공에 여섯 대의 무장 헬리콥터가 출현한 것은 거의 동시였다. 은색으로 칠해진 헬리콥터는 허공을 가르면서 하늘 높이 정지해 있다. 해치(hatch)가 열리고 무수한 전단지가 뿌려졌다. 리나가 한 장 주워 슈지에게 건넸다.

거기에는 슈지의 얼굴이 인쇄되어 있었다. 코코를 이용하여 인공 폭풍을 일으켜, 블루 타워 치안군에게 막대한 손해를 준 슈지는 명백한 전범일 것이다. 전투 헬리콥터의 확성기가 소리치고 있었다.

"이 부락 주위에 전 30인 위원회의 세노 슈와 해방 동맹의 테러리스트 시즈미가 잠복해 있는 것을 알고 있다. 놈들을 넘기지 않으면 무차별 폭격을 다시 가하겠다. 보상금도 준비되어 있다. 놈들을 당장 넘겨라."

닿을 리 없는 고도를 향해 자동 소총을 쏘고 있는 남자들이 있었다. 무장 헬리콥터에서 쏜 미사일은, 중력에다 로켓의 추진력을 더해 번개처럼 하늘과 대지를 묶었다. 화구(火球)는 순식간에 부풀어 올라, 남자들이 있던 자리를 불바다로 만들었다.

슈지는 일어서서, 하늘을 향해 손을 흔들었다. 시즈미가 소리친다.

"무엇을 할 생각이야."

미소 띤 얼굴로 시즈미를 보면서, 슈지는 말했다.

"여기까지다. 이 마을이 또다시 폭격당해야 한다면 나는 항복하겠다. 시즈미, 너는 잘해 주었다. 고맙다. 혼자라면 도망갈 수 있겠지. 나는 여기서 끝내겠다. 자, 가라."

슈지는 납처럼 무거운 왼손을 들었다.

"코코, 저 헬리콥터와 이야기하고 싶다."

무지개 빛으로 빛나는 아비시니안은 침통한 표정으로 말했다.

"알겠습니다. 슈 님. 이 근처에서 휴식을 취해 주십시오. 거의 모든 바이탈 사인이 위험 수치를 나타내고 있습니다."

슈지는 왼손의 팔찌를 향해 말했다.

"이쪽은 세노 슈, 항복하겠다. 폭격은 멈추어라. 나는 너희들 아래에 있다."

무장 헬리콥터 한 대가 회오리바람을 일으키며 착지했을 때는, 소년 테러리스트 시즈미는 이미 현장을 이탈해 있었다. 대형 헬리콥터에서 내려온 것은 파란 바이러스 방호복을 입은 치안군 병사 여섯 명이었다.

슈지에게 총을 겨누며 홍채 스캐너로 확인한다. 헬리콥터로 향할 때, 겁에 질린 채 주위를 둘러싸고 있던 사람들 중에서, 노파와 대여섯 살 된 소년이 앞으로 나왔다. 늙은 여자는 손을 모으면서 말했다.

"이 아이의 부모는 어제 폭격으로 세상을 떠났습니다. 나도 병이 들어 이 아이를 돌볼 수 없습니다. 부탁합니다. 이 아이 슈지〔讐兒〕를 탑에 데려가 주세요. 탑 안에 친척이 있으니, 데려다 주기만 하면 됩니다."

노파는 무릎을 꿇고 슈지를 올려다보았다. 소년은 영리해 보이는 맑은 눈을 가지고 있다. 자신에게 무슨 일이 일어나고 있는지 이해하지 못하겠다는 표정이었다. 슈지는 말했다.

"내 일행으로 데려가도 되겠나."

블루 타워의 하사관은 언짢은 모습이었지만, 끄덕여 주었다.

"알았다, 빨리 타라."

무장 헬리콥터는 바람을 가르며 하늘을 달려갔다. 수십 초 만에 사자와 생자로부터 멀리 떨어져 간다. 하룻밤을 꼬박 새워 걸어온 거리를 불과 몇 분으로 줄여서, 블루 타워 제4층의 최상부에 있는 헬리포트 (heliport)로 향했다.

4

이른 아침의 헬리포트에서 슈지 일행을 맞이한 것은, 블루 타워 30인 위원장, 오기와라 도이치였다. 항바이러스 약으로 샤워를 한 슈지와 유리 너머로 대면한 오기와라는 지친 얼굴로 입을 열었다.

"세노 슈, 어젯밤의 인공 폭풍은 좀 너무 하던걸. 피해가 컸던 치안군의 뜻을 나도 이제 꺾을 수가 없어."

슈지는 간이 검역실을 둘러보고 있었다. 은빛으로 반짝거리는 스테인리스가 방을 감싸고 있다. 세키야와 리나, 거기에다 함께 온 아이가 있다. 기밀실은 상당히 넓었다. 슈지 일행은 이미 방호복을 벗고 있었지만, 같이 방에 있는 치안군 병사는 아직 파란 옷을 입은 채로다. 위원장은 말했다.

"어떻게든 구명 탄원을 하고 있지만, 자네가 군사 재판에 넘어가는 것은 피할 수 없게 되었네. 반역죄로 기소되면 사형이거나 종신형이다. 힘이 되지 못해 유감스럽다."

슈지는 온몸에서 힘이 빠져나가는 것 같았다. 어느 쪽이든, 이제 미래 세계에서의 모험은 끝난 것이다. 결국 자신은 이 세계를 구하지 못했다. 간신히 무거운 짐을 내려놓은 기분이다. 전설은 역시 전설에 지나지 않았다. 2백 년 후의 세계는 끝없는 증오와 고통의 세계로, 도저히 한 인간의 힘으로는 움직일 수 없었다. 슈지는 거침없이 말했다.

"나는 아무래도 좋다. 하지만 여기 남은 비서 세키야와 리나, 그리고 마지막으로 길동무해 준 이 아이를 잘 부탁한다. 나는 이제 쉬고 싶다."

소년을 본다. 난생처음 해보는 비행으로 흥분했던 것일까. 뺨을 빨갛게 물들인 채 멍하니 있었다. 슈지는 어린 시절부터 친구라는 위원장에게, 그만 본심을 이야기했다.

"이제 고도가 어쩌고 하는 세계에는 질릴 대로 질려 버렸다. 이런 세계에서는 살아 있을 가치가 없어. 나는 인류의 어리석음에 질렸어. 군사 법정이고 뭐고 이제 아무래도 좋아. 자네에게는 그녀를 잘 부탁하네."

붙박이 유리창 너머에서 단정한 위원장의 얼굴이 침울해졌다. 슈지와 헤어진 아내인 키미는 오기와라와 통하고 있었다. 슈지가 이별 인사를 하려고 한 그때, 작은 기침 소리가 났다.

주위 사람들은 그 소리에 얼어붙었다. 미사일 발사음도, 기관총 소사음도, 칼이 사람을 찌르는 소리도 아니다. 그야말로 2백 년 후의 세계에서 가장 두려워하는 소리였다. 세계를 멸망시킨 생물 병기, 황마의 감염을 나타내는 최초의 징후인 것이다. 모두 기침을 한 사람에게 공포에 질린 시선을 집중시키고 있었다.

그곳에는 빨개진 뺨으로 멍하니 허공을 바라보고 있는 대여섯 살 정도의 남자 아이가 서 있었다. 다리는 후들후들 떨고 있다. 바이러스 방호복을 입는 것도 잊은 치안군 병사가 달려와 아이의 귀에 전자 체온계를 댔다. 병사가 소리쳤다.

"39도 3분. 위험 체온을 넘었습니다."

슈지 일행은 방 한구석으로 몰렸다. 소년은 병사에 의해 또 다른 쪽의 벽으로 데려가졌다. 아이의 다리는 완전히 풀려 있었다. 다른 병사가 벽에서 호스에 연결된 기기를 꺼내고 있다.

바로 다음 순간에 그 일이 일어났다.

슈지는 살아 있는 한, 그때 본 것을 잊을 수 없을 것이다. 아이를 데려간 병사는 말없이, 허리의 홀스터에서 총을 빼 아이의 후두부에 총구를 들이댔다. 한순간의 주저도 망설임도 없이 방아쇠를 당긴다. 슈지는 자신이 맞은 듯한 충격을 느꼈다. 몸의 떨림이 멈추지 않는다. 스테인리스 벽에 흩어진 피와 수액이 끈적이듯 흘러간다. 군용의 대형 자동 소총이다. 일격에 즉사했을 것이다. 아이의 몸은 걷어챈 듯 벽 쪽으로 굴렀다.

이어서 다른 병사가 호스 끝에 달린 파이프에 불을 붙였다. 불길은 완만한 호를 그리며 소년의 사체에 뿌려졌다. 화염 방사기의 불속에서 아이의 몸은 천천히 춤을 추었다. 피부가 검게 타고 다리는 쪼그라들고, 안녕이라고 말하듯 손가락 끝이 흔들리고 있다.

유리창 너머에서 위원장이 경련이 이는 얼굴로 소리쳤다.

"봐라, 세노 슈. 지민 해방 동맹은 아이의 몸에 황마 바이러스를 심어, 블루 타워에 보냈다. 아이를 이용한 생물 병기의 자폭 테러다. 이렇게 더러운 방법 역시, 네가 말하는 자유와 평등 앞에서라면 정당화되는 거냐. 놈들과 블루 타워의 어디가 다르냐. 덕분에 이 플로어와 헬리포트, 그리고 상하 2층은 한동안 거주 금지 구역이 되겠지. 수천 명의 사람들이 살던 곳에서 쫓겨나는 거야."

슈지는 눈앞에서 화장된 남자 아이에게서 눈을 뗄 수 없었다. 그 노파가 말한 아이의 이름을 떠올린다. 복수의 아이라는 뜻의 슈지〔讐兒〕. 이 아이는 자신이 살아 있는 폭탄이 된 것을 알고 있었을까. 왜 자신이 총에 맞았는지, 그 이유를 알고 있을까. 황마 바이러스로 가득한 가난한 지면에서 태어났다는 것 외에, 이 아이에게 무슨 잘못이 있는가.

누군가가 멀리서 의미 불명의 소리를 지르고 있었다. 여자 소리가 나는 걸로 보아 분명 리나가 울고 있을 것이다. 이 탑에도, 이 세계에도, 죽어 가는 다섯 살짜리 꼬마 한 사람의 가치는 없다. 슈지는 자신이 울고 있다는 것도, 멀리서 들려오는 짐승이 울부짖는 듯한 신음 소리가 자신의 배에서 흘러나오고 있다는 것도 깨닫지 못했다.

이런 세계 따위, 지금 당장 멸망해도 좋다. 높이 2천 미터의 탑 따위 붕괴해 버려라.

슈지는 이 세계에 존재하는 것이, 그저 분해 견딜 수 없었다.

5

진정제를 먹고 잠이 든 것은 점심이 지나서였다. 슈지는 한 번도 눈을 뜨는 일 없이 그대로 20시간을 계속 잤다. 눈을 떴을 때 처음으로 눈에 들어온 것은, 헤어라인 마감한 스테인리스 천장이다. 슈지는 불길 속에서 흔들리던 아이의 손을 떠올리고, 침대에서 벌떡 일어났다.

"깨셨습니까?"

낯익은 소리가 스피커에서 흘러나왔다. 같은 스테인리스 방이어도, 이쪽은 독방 크기의 면적이었다. 블루 타워 바이러스 연구원의 검역실이다. 슈지는 침대에서 붙박이창으로 시선을 보냈다.

버섯 머리의 남자가 끄덕이며 말을 걸어왔다. 2백 년 전의 중국인 연구자, 리첸웨이의 자손 리하오롱이다.

"몸은 괜찮습니까. 세노 씨는 무척 고통스러운 하룻밤을 보내신 것 같더군요. 배는 고프지 않습니까."

심한 공복을 느꼈지만, 이상하게 식욕은 전혀 없었다. 몸속에 짙은 안개라도 끼어 있는 것 같다. 고개를 가로저으며 식사를 거절했다.

"이번에는 조금 길어집니다. 세노 씨는 감염자와 밀폐된 방 안에 같이 있었으니까요. 어차피 이곳을 나가면 재판이 기다리고 있습니다. 천천히 체력을 회복하시는 편이 좋을 겁니다."

슈지는 마음에 걸리던 것을 질문했다.

"헬리포트에서 살해된 아이는 황마에 감염된 것이 분명했나."

리는 대수롭잖게 말했다.

"예, 그런 바이러스 자폭 테러는 종종 일어납니다. 해방 동맹은 아이나 노인을 쓰는 일이 많습니다. 그 방은 완전히 멸균되었고, 황마 DNA 파편이 회수되어 있습니다."

슈지는 자포자기하는 심정이었다. 구세주의 역할에서 벗어나자, 더 이상 미래 세계에 미련이 없어진 것이다.

"식욕은 없지만 뭔가 마실 것을 줄 수 있겠나."

리는 창 아래에 있는 작은 문을 열었다. 종이팩의 오렌지 주스를 던져 준다. 검역실은 내부 압력이 바깥보다 낮은 듯, 금속 문이 열려 있는 동안 바깥에서 공기가 흘러 들어왔다. 슈지는 빨대를 꽂고 오렌지 주스를 한 모금 마셨다.

맛이 이상했다. 신선한 신맛 대신 가시가 혀를 찌르는 것 같다. 정신을 차리고 보니 입 안의 혀가 부풀어 있는 것 같았다.

"뭔가 혀가 이상해진 것 같아. 이 주스 신선한 것인가?"

리의 안색이 바뀌었다.

"물론 새것입니다. 세노 씨, 달리 이상한 곳은 없습니까. 목의 통증이나 발열은 없습니까?"

그러고 보니 눈을 떴을 때부터 몸이 나른했다. 목에 통증은 없었지만, 머리가 무겁게 느껴진다. 리는 바이러스 방호복을 입으면서 소리쳤다.

"면봉으로 목의 검체를 채집하겠습니다. 여기에는 황마 바이러스 판정 키트가 있으니, 결과는 30분 정도면 판명 날 겁니다. 유감스럽습니다만, 만약 감염되었다면 저로서는 방법이 없습니다."

자신이 가장 흉악한 생물 병기, 황마에 감염되었다. 공포보다도 먼저 다가온 것은 웃음 발작이었다. 슈지는 침대 위에서 계속 웃었다. 블루 타워의 거짓말쟁이 왕자의 전설 같은 건 우스갯소리에 불과하다. 2백 년이란 시간을 넘어 자신은 그저 생물 병기라는 인플루엔자에 걸리기 위해 온 것이다.

일단 감염 가능성을 지적받자 몸에 열이 나는 것이 희미하게 느껴졌다. 슈지는 개의치 않고 말했다.

"황마 치사율은 어느 정도인가?"

리는 아까의 문으로 한 개씩 포장된 면봉을 몇 개 떨어뜨렸다. 눈을 들지 않고 말한다.

"나이에 따라 변화는 있습니다만, 평균 88퍼센트입니다."

그렇게 되면 자신은 90퍼센트에 가까운 확률로 최후를 맞이하게 될 것이다. 슈지는 남의 일처럼 무서운 생존율을 생각하고 있었다.

"증세는."

바이러스 연구자는 판정 키트 준비를 하고 있는 것 같았다. 슈지에게 등을 돌린 채 말했다.

"감염 속도가 엄청나게 빠릅니다. 감염 후 3, 4일 내에 바이러스 성 뇌염이나, 폐렴으로 변해 감염자는 사망하고 맙니다."

슈지는 전에 코코에게 들었던 이야기를 떠올렸다. 자기 자신의 조잡한 복제를 만들어 내기 위해 인플루엔자 바이러스는 세포를 파괴해 가는 것이다. 뇌에서 그것이 일어나면, 뇌세포가 녹을 것이다. 폐에서 염증을 일으키면, 자신의 혈액이 폐에 고여 침대 위에서 익사할 것이다.

2백 년 전의 세계에서도 슈지는 뇌종양을 앓고 있었다. 분명 이쪽에서도 최후는 인플루엔자에 의한 바이러스성 뇌염으로 죽을 것이다.

슈지는 충격으로 마비가 된 머리로 그렇게 생각하고 있었다. 몸의 떨림은 멈추지 않는다. 갑자기 검역실 온도가 내려간 것 같았다. 이것이 죽음의 공포에 의한 떨림인지, 인플루엔자로 인한 오한인지 스스로도 알 수 없었다.

알고 있는 것은 이 세계를 구할 것이라고 일컬어졌던 이 생명이 남아 있는 기간은, 앞으로 불과 며칠뿐이라는 사실이다. 그러나 황마에 감염된 환자가 무엇을 할 수 있겠는가. 슈지는 양손으로 뜨거운 몸을 껴안고, 눈을 감았다.

심장의 고동에 맞춰 머리 중심이 욱신욱신 아프기 시작한다. 왠지 반가운 통증 속에서 슈지는 자기 자신의 죽음을 받아들이고 있었다. 이제야 비로소 쉴 수 있게 된 것이다. 통증의 파도는 흔들리면서, 점차 진폭이 커져 간다.

더 이상은 견딜 수 없다. 머리를 감싼 슈지가 침대에 오렌지 주스를 토했을 때, 의식은 몸을 떠나 아득히 먼 2백 년 전의 세계로 날아갔다.

거짓말쟁이 왕자의 귀환

1

하얀 천을 쳐놓은 천장에 햇살의 파문이 흔들리고 있었다. 슈지가
눈을 뜬 것은 신주쿠 화이트 타워 최상층에서 한 층 아래인 거실이었
다. 소파에 누워 있는 것 같다. 2백 년이란 시간의 벽을 넘는 것은, 몇
번을 반복해도 충격적인 경험이었다. 자신이 누구이며 어디에 있는지,
현재가 어느 시점인지, 그런 의식이 전부 흔들려 버린다.

"당신, 오늘 오후 스케줄은요."

아내 미키가 주방에서 돌아와 말했다. 슈지는 의미를 알 수 없었다.
멍하니 있으니, 미키는 답답한 모양이다.

"오늘 정기 검진 후의 스케줄이요. 모처럼 밖에 나가니까 돌아오는
길에 백화점에라도 들를까요."

자신은 확실히 말기 뇌종양이었을 것이다. 5년 생존율 7퍼센트인 교
아종. 끔찍한 병명도, 몰살의 생존율도 아직 선명하다. 그런데 아내는
백화점에서 쇼핑을 한다고 한다. 어떻게 된 건가. 슈지는 소파 주위를

둘러보았다. 익숙해진 휠체어가 없다. 그 대신 소파 팔걸이에 세워진 것은 목제의 가느다란 지팡이였다.

"내가 걸을 수 있게 된 건가."

슈지는 면바지 위로 허벅지를 만져 보았다. 야위었던 다리에 근육의 탱탱함이 느껴진다. 그러고 보니 뇌종양 증세였던 기분 나쁜 다리의 마비 증세가 느껴지지 않는다.

"무슨 소리 하는 거예요. 휠체어에서 내려올 때 그렇게 기뻐했잖아요. 오늘도 재활 훈련으로 이 맨션을 다섯 바퀴나 돌았다고 자랑했잖아요."

블루 타워에서 비참한 전투가 계속되는 동안, 2백 년 떨어진 육체에서는 뭔가 극적인 일이 일어난 것 같다. 세노 슈의 육체는 황마에 감염되어 앞으로 생명이 며칠 남지 않았다. 자신만 무사히 시간의 벽을 넘어 안전한 이쪽 세계로 돌아와 버렸다. 슈지는 웃어야 할지, 울어야 할지 알 수 없었다.

"내가 요즘 어땠지."

미키가 이상하다는 얼굴을 했다.

"평소와 다름없는 모습이었는데. 무슨 일 있었어요."

"아니, 아무것도 아냐. 병원 갔다 와서 혼자 백화점이라도 다녀와. 난 좀 생각할 게 있어."

미키의 반응으로 보아 자신이 미래로 날아가 있는 동안에도 일상생활에는 아무런 변화가 없었던 것 같다. SF 영화 등에서 이차원 세계 같은 걸 본 적이 있지만, 사람의 마음에도 이차원 세계가 있는 것일까. 사람의 마음은 현실 세계보다 훨씬 복잡하고 알 수 없는 것이었다. 슈지가 자신이라고 생각하고 있는 것은, 무수히 존재하는 마음의 모습 중 하나에 지나지 않을지도 모른다. 23세기의 자신과 21세기의 자신.

어딘가 다른 시대와 세계에 있는 슈지는 지금도 죽어 가고 있을지 모르며, 병 같은 것에는 걸리지 않고 행복한 결혼 생활을 하고 있을지도 모른다. 슈지는 사람의 마음이 얼마나 신기한지 생각하지 않을 수 없었다.

"당신, 대체 왜 그래요."

하얀 천장을 올려다보는 남편의 얼굴에서 뭔가 이상한 것을 느낀 모양이다. 미키가 희한하다는 듯 물었다.

"아무것도 아냐."

슈지는 그때 어떤 사실을 떠올렸다. 뇌종양이 기적적인 회복을 보였다면, 미래로 이동할 수 있는 시간은 더욱 한정되는 게 아닌가. 통증과 공포가 없어지면 정신이 달아날 곳은 필요하지 않을 것이다. 이제 미래로는 날아갈 수 없을지도 모른다. 그렇게 되면 결국, 자신은 2백 년 후의 사람들 모두를 버리고 도망친 것이 된다.

아직 살아 있다는 안도감과 자신을 위해 죽어 간 탑 세계 사람들의 웃는 얼굴 사이에서, 편안한 소파 위의 슈지는 미동도 하지 못하고 있었다.

2

젊은 의사가 컴퓨터를 조작하고 있었다. 청결하고 밝은 진찰실이다. 도심에 있는 이 병원은 후생 노동성이 인정한 암 대책 병원 중 한 곳이다. 최신 의료 시설과 우수한 의사들이 모여 있다는 평판이다.

책상 위에 두 개가 나란히 놓인 모니터에, 같은 모양의 두개골이 떠 있었다. 슈지의 두부 MRI 사진이다. 오른쪽에 있는 것은 몇 개월 전에 본 적이 있는 흑백 화상이다. 뇌를 둥글게 잘라서 촬영한 것으로 전두엽 중심부에서 이마 쪽에 걸쳐, 하얀 연기 같은 또렷하지 않은 모양의 그림자가 흐르고 있다. 중년 남성들에게 많다는 교아종이다. 뇌를 만드는 글리어 세포의 일종인 성(星)세포가 암화한 것이다. 오리하라는 밝은 목소리로 말했다.

"솔직히 말씀드립니다만, 방사선 요법이 이제 와서 효과를 보인 거라고는 생각하기 힘들고, 세노 씨의 경우는 종양이 저절로 줄어들었다고밖에는 볼 수 없습니다."

슈지는 파이프 의자에 앉아 모니터를 뚫어지게 바라보았다. 전두엽의 운동 신경 가까이라, 적출 수술도 못했던 것이다. '생명을 유지하는 기능에 큰 장애가 남을 수 있기 때문입니다.' 오리하라의 목소리는 아직 귀에 선명했다.

의사는 또 하나의 이미지를 뚜껑이 닫힌 볼펜으로 가리켰다.

"이쪽은 지난주에 찍은 것입니다만, 하얀 그림자가 전체적으로 짙어지며, 축소되었습니다."

슈지의 눈에도 그것은 분명했다. 이마 쪽으로 뻗어 있던 뿌연 그림자는 거의 사라져 버리고, 하얀 연기 같던 종양의 중심이 또렷하게 모양을 알 수 있는 타원형이 되어 있다.

"이 종양의 경우, 윤곽이 확실하지 않은 쪽이 악성도가 높습니다. 세노 씨의 환부는 급속히 양성화하여, 작아지고 있습니다. 이런 말은 별로 쓰고 싶지 않습니다만, 이 병이 이렇게 좋아지다니 기적이라고 해도 좋을 겁니다. 물론 이제 안심해도 된다는 말은 아닙니다. 희망이 보이기 시작했습니다만, 절대라고는 할 수 없습니다. 아직 뇌종양은 세노 씨의……."

의사는 볼펜으로 자신의 머리를 가리켰다.

"안에 있습니다. 현재는 기세를 잃어 작아졌습니다만, 또 언제 성장을 시작할지 아무도 모릅니다. 그래서 여쭤 보는 것입니다만, 큰마음

먹고 수술을 해볼 생각은 없습니까?"

슈지는 의미를 알 수 없었다. 먼저 대답을 한 것은 옆에 앉아 있던 미키였다.

"그렇지만 수술은 위험하다고."

오리하라는 환자를 안심시키듯이 천천히 끄덕여 보였다.

"예. 수개월 전의 상황으로는 수술이 위험했습니다. 호흡을 주관하는 운동 신경을 다치게 할 가능성이 높았습니다. 그러나 지금 세노 씨의 상황은 상당히 호전적입니다. 수술로 뿌리째 교아종을 절제하고, 그 뒤에 방사선 치료를 하는 겁니다. 현재의 의료 기술로 충분히 승산이 있습니다."

이번에도 먼저 말을 한 것은 아내 미키였다.

"잘됐네요, 여보."

다른 남자와 통하고 있어도 역시 오랜 세월 같이 살아온 남편은 남편인 것일까. 슈지는 여자의 마음을 통 알 수 없었다. 하지만 그 순간 슈지의 뇌리에 떠오른 것은 블루 타워였다. 그 세계에서 만난 수많은 사람들을 떠올리지 않을 수 없었다. 이미 반 정도는 세상을 떠났지만, 그것이 탑 세계의 가혹한 숙명이다. 슈지는 퉁명스럽게 말했다.

"수술을 하면 통증이 사라져 버리는 건가요?"

젊은 의사는 질문의 의미를 이해하지 못한 듯했다.

"통증이라고 하면, 세노 씨의 두통 말입니까. 완전히 없어진다고는 말하기 어렵습니다만, 상당히 경감되지 않을까요. 원래 두통은 용적이 한정된 두개골 속에서 종양이 성장하여, 내압이 높아지는 것이 원인이니까요. 뇌 속의 압박통이지요."

오리하라는 뭔가 두통에 관해 메모를 하는 것 같았다.

"세노 씨는 신기하군요. 여기에는 같은 병으로 오시는 환자 분들이 몇 분 계십니다만, 모두 이런 상황이 되면 뛸 듯이 기뻐하시는데. 물론 저희 병원으로서는 몇 가지 다른 치료 방법을 더 제안할 것이고, 다른 선생님께 2차 진료를 받아 보셔도 상관없습니다. 세노 씨의 소중한 몸이니까 납득이 갈 때까지 찬찬히 생각해 주십시오."

젊은 의사는 자신감을 보이며 이야기를 마쳤다.

"고맙습니다, 고맙습니다."

미키는 파이프 의자 위에서 몸을 반으로 꺾고 머리를 숙이고 있었다. 눈에는 손수건을 대고 있다. 슈지도 기쁘지 않은 것은 아니었다. 무엇보다도 기쁜 소식이다. 하지만 슈지는 신주쿠로 날아오기 직전에 보았던 눈을 잊을 수가 없는 것이다.

그것은 열에 들뜬 다섯 살 아이의 눈동자였다. 슈지는 자신과 같은 이름의 소년이 블루 타워 치안군에게 사살되기 직전에 그 눈을 들여다보았다. 맑게 주위를 비추는 눈동자였다. 거기에서 증오나 절망을 발견했더라면, 그나마 마음이 편했을 것이다.

하지만 아이의 눈에는 투명한 슬픔이 고여 있을 뿐이었다. 그 눈을 본 후에, 영원히 살아갈 수 있다는 말을 듣고 순수하게 기뻐할 수 있는 인간은 몇이나 될까.

슈지는 지팡이를 짚고 복잡한 심정으로 진찰실을 뒤로 했다.

3

병원 주차장에서 슈지는 미키와 헤어졌다. 가벼운 발걸음으로 모처럼 쇼핑을 가는 미키를 지켜본 후, 슈지는 택시를 탔다. 아내에게는 저녁 걱정 안 해도 되니 천천히 나래를 펴다 오라고 해두었다.

택시는 곧장 신주쿠 화이트 타워를 향했다. 도중에 슈지는 택시 기사에게 국립 감염 연구 센터가 있는 도야마의 언덕 주위를 천천히 한 바퀴 돌아 달라고 부탁했다. 녹색 숲 속에 숨은 듯 서 있는 유리 건물은, 2백 년 후의 폐허와 같은 모양을 하고 있었다. 이 지하 터널을 기어 나가서, 어젯밤 위기를 모면했던 것이다.

언덕진 곳에 있는 공원에서는 아이들이 놀고 있었다. 왁자지껄한 환성이 짙은 녹색을 빠져나온다. 하늘을 올려다보자 블루 타워 대신, 훨씬 규모는 작지만 슈지가 사는 초고층 맨션이 하얗게 하늘을 찌르고 있다. 슈지는 묵묵히 뒷자리에서 생각에 잠겼다.

어젯밤만 해도 자신이 목격한 사망자가 수천 명을 넘었을 것이다. 개중에는 다섯 살짜리 아이도 열세 살짜리 소년 테러리스트도 있다. 일반 지민이 산다는 텐트촌도, 사정없이 폭격을 당했다. 최후의 반란은 철저하게 진압되어, 이제 탑 세계가 바뀔 가능성은 거의 제로에 가까워진 것이다. 그곳으로 돌아가 자신이 무엇을 할 수 있을 것인가. 세노 슈는 머잖아 블루 타워에 대한 반란죄로, 군사 법정에 서게 될 몸이다. 게다가 황마에 감염되었다. 저 세계로 돌아간다면, 자신의 목숨은 불과 며칠 동안밖에 기대할 수 없을 것이다.

정답이라면 처음부터 나와 있다. 어서 빨리 수술을 받아 뇌종양을 제거하고, 2백 년 후의 지저분한 세계 따위 깨끗이 잊는 것이다. 어차피 한 사람의 인간이, 어떻게 할 수 있는 문제가 아니다. 아무리 용기와 지혜를 가지고 있어도 혼자의 힘으로 혼란에 빠진 세계를 통째로 구한다는 것은 가능할 리 없다.

슈지는 택시의 차창 밖으로, 신주쿠의 화이트 타워를 올려다보고 있었다. 정답을 알고 있는데, 이토록 가슴이 괴로운 것은 무엇일까. 무엇이 옳은지 무엇을 해야 하는지 확실해졌는데, 허무함은 끝이 없었다. 자신이라는 인간이 더 할 나위 없이 무력하고 작게 느껴진다. 평화로운 세계에서 택시를 타고 있는데, 목숨 걸고 지하 터널을 기어 다니는 편이 훨씬 마음 편하고 충실한 시간으로 느껴지는 것은 왜일까.

슈지는 답이 나오지 않는 질문을 계속 되뇌었다.

최상층에서 한 층 아래인 맨션으로 돌아왔다. 슈지는 곧장 자신의 서재로 갔다. 책상 앞에 앉자 컴퓨터를 켰다. 지난번, 파일을 열다가 제대로 보지 못했던 시디롬은 아직 디스크 드라이브 속에 들어 있었다.

감염 연구 센터에서 일하는 가즈마사가 보낸 신형 인플루엔자에 관한 연구 논문이었다. 논문은 영어와 일본어 두 버전이 있었다. 중국 남부에서 포획된 야생 오리나 극락조에게서 몇 가지 신형 인플루엔자가 발견되었다고 하는 내용이었다. 폐와 장의 절단 표본과 똥에서 바이러스가 채취된 것이다. 아직 이 단계에서는 인체로의 감염 가능성은 한없이 낮다고 보고 있었다.

논문 중간에 나오는 전자 현미경 사진을 보고 슈지는 소리를 지를 뻔했다. 그것은 경호원 소크의 뺨에 있던 문신과 똑같았던 것이다. 리하오룽에 의하면, 이 바이러스는 자기 후손에게만 전하는 극비 바이러스로 대대로 의사 집안의 핏줄인 리의 일족에게 전해져, 지금으로부터 몇 세대 후의 연구자에 의해 세계를 멸망시킬 생물 병기인 '황마'로 유전자 변이된 것이다.

논문은 아주 천하태평이다. 관계자 누구 한 사람, 이 바이러스가 세계를 멸망시킬 거리가 된다고는 생각도 하지 못하고 있는 것 같다. 논문은 이미 세계 각지에 흩어진 인플루엔자 감시망의 주요 거점으로 보내져 회수는 불가능하다고 한다.

창밖이 한순간 석양에 불탔다가 조용히 어둠이 깔려도, 슈지는 화면에서 얼굴을 떼지 못했다. 메모를 해가면서 논문을 읽고, 모든 도표와 이미지들도 꼼꼼히 보았다. 논문의 한가운데에는 인플루엔자 바이러스의 유전자 변화를 상세히 묘사한 계통수(系統樹)가 그려져 있었다. 신형은 지금까지 없었던 새로운 굵은 가지를, 바이러스 진화의 역사에 덧붙이는 것이라고 한다.

슈지는 다시 전자 현미경의 조잡한 흑백 영상을 보았다. 지름 100나노미터 정도의 이 입자를 몇 개만 미래로 가지고 갈 수 있다면 모든 것이 해결된다. 이것을 리하오룽에게 주어, 황마의 원형을 해석하게 해서 유전자 조작 방법과 그 대책을 세우면 된다. 2백 년 동안 발전해 온 바이러스학의 진보가 아군이었다. 강력한 항바이러스 약을 만들 수 있을 것이다. 그렇게 하면 인류는 이제 탑 속에 갇힐 필요는 없어진다. 황마도 보통 인플루엔자의 하나가 되는 것이다. 최강 생물 병기도, 오리지널 바이러스가 있으면 어떻게든 될 거라고 그 연구자는 말했다.

하지만 정신밖에 미래로 갈 수 없는 슈지로서는, 그것은 무리한 일이었다. 물질은 무엇 하나도 가져갈 수 없다. 그것은 중량과 체적을 거의 갖지 않는 바이러스여도 마찬가지였다. 어두워진 방에서 슈지는 계속해서 논문 페이지를 넘겼다.

벽시계를 올려다보니 8시가 가까워져 있었다. 눈이 침침하다. 벌써 5시간 이상이나 모니터에 붙어 있었던 것이다. 결국 자신은 아무것도 못하는 것인가. 슈지의 가슴속에 분노와 슬픔이 가득 찼다. 그래도 순순히 그 감정에 온몸을 맡길 수는 없었다. 탑 세계에 대한 분노와 슬픔의 바닥에는, 안전한 곳으로 도망쳐 올 수 있었다는 안도와 타산도 작용하기 때문이다. 슈지는 화를 내면서 안심하고, 슬퍼하면서 은근히 기뻐했다. 슈지는 영웅이 아니라, 특별한 것이 하나도 없는 평범한 남자였던 것이다. 그것은 평범한 한 인간이 떠안기에는 너무나 복잡한 감정이었다.

"빌어먹을, 어떻게 하면 좋지."

조개처럼 몸을 굳히고 있던 슈지는 갑자기 소리를 지르며 마우스를 집어 들어 정면의 벽에 내던졌다. 액정 모니터는 몇 페이지나 눈으로 확인할 수 없을 만큼의 빠른 속도로 위아래로 움직이다, 어느 페이지에서 정지했다. 슈지는 머리를 감싸고 신음했다.

"더 이상 내게는 무리야. 뇌종양 환자가 세계를 어떻게 구해. 2백 년 후의 미래 따위 개나 물어 가라 그러라구. 이제 싫어. 모든 것이 다 싫어졌어."

혼자 있는 지상 2백 미터의 방 안에서 마지막으로 슈지는 외치고 있었다. 창밖에는 신주쿠 시내의 불빛이 아무렇게나 열려 있는 보석 상자처럼 흩어져 있다. 슈지는 모든 것을 포기했다. 자기 자신도 미래도 포기하자, 눈물을 흘릴 수 있었다. 이제 괴로워할 필요는 없는 것이다. 슈지는 머리를 감싸고 울었다. 거짓말쟁이 왕자도, 특권 계급인 30인 위원도 아니고, 자신은 한낱 불쌍한 중병 환자에 지나지 않는다. 자기 몸만 생각하면 그만인 것이다. 이쪽의 평화로운, 그리고 조금 바보 같은 세계에서 조용히 살아갈 수 있다면 그걸로 충분하지 않은가.

슈지는 눈물을 닦고, 이번에는 웃었다. 코코가 일으킨 인공 폭풍처럼 갑자기 밀어닥친 감정의 변화를 스스로도 억누를 수 없었다. 애초에 태어난 고도에 따라 사람을 차별하고, 생명의 가치가 그렇게 가벼운 세계에 희망 따위 있을 리 없었다. 탑 세계에서는 사람의 생명 같은 건 바람에 날리는 바이러스 한 개 정도의 무게에 지나지 않는다.

식욕은 전혀 없었다. 하지만 위 속이 비어 있으면 오늘 밤은 잠을 이루지 못할 것이다. 쓰러진 후로 알코올을 입에 댄 적은 없었지만, 오랜만에 마시고 싶은 기분이었다. 슈지는 냉장고 안이라도 뒤져 볼까 하며, 의자에서 막 일어서려 했다.

그때 무언가가 얼핏 눈에 띄었다. 그것은 투명한 빛이었다. 한 장의 사진이 선명하게 액정 모니터에 떠 있다. 투명한 크리스털의 직육면체 같은 입자가 몇 개 서로 포개져 있었다. 이것도 아마 현미경 사진이겠지만, 옆에서 조명을 받아 직육면체의 한 면 한 면에 붉은색과 녹색, 파란색의 빛이 선명하게 반사되고 있었다. 프리즘으로 만든 투명한 만화경 같은 아름다운 영상이었다.

슈지는 백라이트에서 나온 빛이 화면을 투과하여 뒤쪽에 비치는 영상을 멍하니 바라보고 있었다. 엉거주춤 서 있다 다시 의자에 앉아 사진의 설명을 읽었다.

뉴라미니다아제 결정

중국 운남성의 야생 오리에게 감염되었던 인플루엔자 바이러스 H17N1형에서 얻은 것. 뉴라미니다아제의 결정을 사용하여, 이 산소(酸素)의 삼차원 구조를 해석할 수 있다. 또한 그 산소의 활성 부위를 막는 플러그 약을 설계하는 것도 가능하다.

슈지는 번개를 맞은 듯 굳어졌다. 미동을 할 수가 없다. 뉴라미니다아제, 활성 부위, 플러그 약. 언젠가 리하오롱에게 들은 말이 떠올랐다. N의 작용은 인플루엔자 바이러스가 자신이 태어난 세포를 떠나, 다른 세포에게 감염하기 위해서는 불가결한 것이다. 세포 표면에 있는 시알산을 바이러스 본체에서 떼어 내는 절단 기능을 갖고 있다. 만약 N의 활성 부위에 뚜껑을 덮는 플러그 약이 개발되면, 황마는 처음에 붙은 세포에서 떨어지지 못하고, 감염된 세포와 함께 통째로 인체의 면역계에 잡아먹혀 버렸을 것이다.

슈지는 마음을 진정시킨 후, 그 사진의 설명을 세 번이나 읽고 뉴라미니다아제에 대해 쓰인 장을 열어 맹렬히 모든 것을 머릿속에 넣기 시작했다.

"다녀왔어요."

미키의 목소리가 복도에서 울려왔지만, 슈지에게는 전혀 들리지 않았다. 저녁 식사는 머릿속에서 완전히 날아가 버렸다. 그 작고 맑은 단백질의 결정이 2백 년 후의 세계를 구하는 열쇠가 될지도 모르는 것이다.

불과 조금 전까지, 웃고 울면서 필사적으로 내린 결단조차 까맣게 잊고, 슈지는 빛의 입자에 매료되어 있었다.

일단 문이 열리자 그다음부터는 흐름이 순조로웠다. N의 단결정(單結晶) 이미지 가까이에, 그 효소의 삼차원 구조를 해석한 컴퓨터 그래픽을 발견했다. 그것은 녹색으로 구불구불 파인 고랑이었다. 인체의 세포 표면에 있는 시알산이 이 고랑에 알맞게 들어가는 것은, 시알산에 있는 글리세롤과 카르복시기(carboxy group : 1가(價)의 유기 원자단으로 카르복시산의 관능기. 유기 화합물에 산성을 주어 그 수에 따라 1가·2가의 카르본 따위로 구별됨)가, N의 활성 부위와 전하(電荷)적으로 결합하기 때문이라고 한다. 슈지는 이 부분까지 읽자, 바이러스학을 이해하는 것이 힘들어지기 시작했다.

그래도 한 가지 아는 것이 있었다. N의 결정은 무리여도 N 구조를 그린 형태라면 외워 갈 수 있을지도 모른다. 복잡하게 구불거리고 내부가 부풀어 오른, 이 녹색 구멍을 가능한 한 정확하게 외우는 것이다.

인간이란 원래 무엇일까. 슈지는 흥분된 의식으로 생각했다. 얼굴을 비추는 것은 액정의 파란빛이다. 인간이란 그 인물이 가지고 다니는 기억이 아닐까. 어떤 인간의 살아온 과거와 기억이야말로, 그 사람 자체가 아닐까. 그렇다면 황마의 원형 기억을 가지고 미래로 날아가자. 그리고 모든 공포와 고도로부터 사람들을 해방시키는 것이다.

병이 좋아지고 있다고는 하지만, 집중력의 한계가 찾아온 것 같았다. 슈지의 머리 중심부에서 반가운 통증이 발생하고 있었다. 눈이 침침하고 이명까지 들린다. 두통은 예전 같은 격렬함은 없지만, 그래도 심장의 고동에 맞추어 둔한 경보를 몸 전체에 보내고 있었다.

슈지는 눈을 감고 의자 등에 기댔다. 여기서 그만둘 수는 없지만, 확실히 휴식을 할 필요는 있었다. 슈지는 후들거리는 다리로 일어서, 주방을 향해 벽을 따라 걸어갔다.

4

미키가 사온 백화점 가이세키 도시락을 먹고, 차가운 녹차를 연거푸 석 잔 마신 후 슈지는 원기를 회복했다. 목욕을 한 후 병에 대해 조사할 게 있다며, 방으로 들어갔다. 병원에서 수술 이야기를 제안받은 후여서, 아내는 의심 없이 거실 소파에서 슈지의 뒷모습을 지켜보았다.

방으로 돌아와 제일 먼저 한 것은 이것으로 몇 번째인지 모르지만, 뉴라미니다아제 장(章)을 되풀이해서 읽는 것이었다. 전문가가 아닌 자신에게는 더 이상 이해 불가능한 부분까지 논문을 읽은 후, 슈지는 휴대 전화를 열었다. 다케이 리나의 번호를 누르고 숨을 죽이고 기다렸다.

"여보세요."

리나의 목소리는 기색을 살피는 듯했다.

"나야. 갑자기 미안하지만, 동생 가즈마사 군에게 연락을 좀 취해 줄 수 없을까."

안심한 듯 리나는 말했다.

"다행이에요. 탑 세계에서 무사히 돌아오셨군요."

슈지는 무슨 말인지 몰랐다.

"무슨 소리야."

"인플루엔자 이야기부터 꺼내시잖아요. 그래서 알았어요. 제게는 슈지 씨가 두 사람 있어요. 한 사람은 지금 대화하는, 2백 년 후의 미래와 현재를 오가는 사람이고, 또 한 사람은 지금까지 대로 현재에만 존재하는 사람."

슈지는 신기했다. 이 몸속에 두 사람의 자신이 있어서, 미래로 날아갈 때마다 바뀌는 것일까. 그것은 미래로부터의 영향을 최소한으로 하고자 하는 역사의 의지인지도 모른다.

"그런가, 내가 없을 때는 지금까지 대로의 세노 슈지가 있구나."

리나의 목소리는 갑자기 진지해졌다.

"슈지 씨는 스스로 못 느끼고 있을지 모르지만, 많이 바뀌셨어요. 미래에서 돌아올 때마다 뭔가 점점 성장하며 커진 듯한 느낌. 나는 그런 슈지 씨 쪽이 훨씬 좋아요."

솔직한 리나의 말이 전화기를 통해 흘러나왔다. 젊은 여성이 갖는 직설적인 용기였다. 슈지는 그 말의 눈부심을 피하듯이 말했다.

"고마워. 하지만 미래의 나는 최후의 국면에 임박해 있어. 아무래도 황마에 감염된 것 같아. 엄청난 전투도 있었고 말이야."

슈지는 그 후 탑 세계의 변화를 이야기하기 시작했다. 반은 자신에게 가진 호의라고 하지만, 이렇게 터무니없는 이야기를 믿어 주는 리나가 고마웠다.

숨도 쉬지 않고 15분간 이야기한 후, 슈지는 마지막으로 말했다.

"오늘 병원에 갔는데 뇌종양이 작아졌다는군. 수술과 방사선으로 완전히 치료할 수 있을 것 같대."

"……."

"왜 그래, 리나."

조용히 우는 소리가 들려왔다. 리나는 울먹이며 말한다.

"잘됐어요. 그러나 슈지 씨가 걱정하는 것은 자신의 병보다 미래 세계겠지요. 수술을 해버리면 두통이 이제 생기지 않을지도 모른다. 그러면 블루 타워에 갈 수가 없다."

확실히 리나가 말하는 대로였다. 쉽게 수술 결정을 내리지 못하는 것은, 탑 세계에서 자신에게 맡겨진 일이 너무나 무거운 탓이다. 휴대전화 저편에서 리나의 울음소리가 커졌다.

"슈지 씨에게 말하고 싶은 것이 있어요. 수술을 하고 이제 미래로는 가지 마세요. 이번에 가면 황마로 죽거나, 군사 재판에 넘겨지잖아요. 슈지 씨는 블루 타워를 위해 충분히 일했어요. 나는 슈지 씨를 좋아하니까, 이렇게 말할 권리가 있다고 생각해요."

슈지는 가슴이 쓰렸다. 리나는 다른 사람처럼 변화해 가는 자신을 그저 기다릴 수밖에 없는 것이다. 2백 년 후의 세계는 위험한 것 투성이어서, 돌아오지 못하게 될 뻔한 일이 몇 번이나 있었다. 리나는 크게 코를 훌쩍이고는 말했다.

"하지만요, 또 반대의 말도 하고 싶어요. 자신의 병 같은 건 팽개치고 블루 타워를 위해 노력하는 슈지 씨가, 내가 제일 좋아하는 사람이에요. 그러니까 이번에도 마지막까지 포기하지 말고 당신답게 싸워 주세요."

슈지도 엉겁결에 눈물이 핑 돌았다. 자신다움과 자신의 생명, 그 양쪽을 이렇게 걱정해 주는 사람이 있었던 것이다. 리나와는 몇 번인가 은밀히 둘만 있을 기회가 있었지만, 슈지의 병 때문에 아직 아무런 일도 없었다.

아내 미키는 출세 가도에서 이탈한 자신을 얼른 버리고, 젊은 상사

에게로 달려갔다. 그런데 리나는 아무런 대가도 바라지 않고, 자신의
모든 것을 받아들여 준다. 슈지는 감정이 격앙된 채 입을 열었다.

"이번 도약을 마지막으로 할게. 무사히 살아 돌아온다면, 수술을 받
을 거야. 내가 두 번이나 죽음을 만나서도 살아남는다면, 미키와 헤어
질 테니, 나하고 사귀어 줄래."

한참 아무런 대답도 돌아오지 않았다. 부드러운 숨소리가 조용히 귓
가에서 울렸다. 슈지는 그것만으로 리나의 달콤한 향기를 맡은 듯했다.

"좋아요. 저도 잘 부탁드리겠습니다. 슈지 씨, 반드시 살아 돌아와
주세요."

슈지는 지친 몸속에서 그때까지 느껴 본 적 없는 힘이 솟구치는 것
을 느꼈다. 그 힘은 피로를 날려 버리고 시야조차 산뜻하게 열어 줄 정
도였다. 슈지는 책상에서 일어나 창가로 갔다. 아득히 발밑에는 신주
쿠의 무수한 가로등이 파랗게 빛나고 있다. 평범한 빛이 이렇게 아름
답게 보인 적은 없었다. 2백 년 후의 탑 세계에서 나는 이 빛을 다시 지
상에 뿌릴 것이다.

리나는 호흡을 고른 후 감정을 억누른 목소리로 말했다.

"저는 뭘 하면 돼죠. 슈지 씨는 뭔가 중요한 것을 발견하셨죠. 오늘
밤은 처음부터 목소리가 들떠 있어요."

"리나에게는 나의 모든 것이 다 보이는구나. 나는 미래로 날아갈 때,
물질적인 것은 아무것도 가져갈 수 없어. 그것이 가능하다면, 내 몸에
신형 인플루엔자라도 감염시키면 그걸로 끝날 텐데."

"그럼, 어떻게 할 거예요."

슈지는 새시 유리에 이마를 갖다 댔다. 열이 나는 머리에 닿은 차가
운 유리의 감촉이 기분 좋았다. 뜬금없는 아이디어지만, 달리 방법은
없을 것이다.

"바이러스를 옮길 수 없다면, 바이러스의 약점을 기억하여 나는 미래로 돌아갈 거야. 열쇠는 뉴라미니다아제 활성 부위의 입체 구조야. 그것만 알면 강력한 항바이러스 약을 만들 수 있을 것 같아. 어떻게 기억할지 방법은 나도 모르지만 말이야. 그다지 머리도 좋은 편이 아니고, 암기는 솔직히 약해. 기억나지, 자주 이중으로 약속을 잡아 너에게 스케줄 관리를 부탁했던 것."

리나가 짧게 웃었다.

"그래서 동생에게 연락해 주었으면 해. 내일도 좋고, 모레도 좋아. 가능한 빨리, 리 박사와 가즈마사 군을 만나 지혜를 빌리고 싶어."

뇌종양인 자신의 두뇌를 써서 황마와 싸우는 것이다. 인간에게 최고의 약점이야말로 최강의 무기일지도 모른다. 슈지는 신주쿠 화이트 타워 55층의 창으로 도심의 야경을 내려다보면서, 씁쓸한 미소를 짓지 않을 수 없었다.

녹색의 미로

1

　며칠 후, 슈지는 리나와 함께 신주쿠 도야마에 있는 국립 감염 연구 센터를 방문했다. 녹색의 나무들로 둘러싸인 중층의 아직 새 건물이었다. 주차장에서 올려다보니, 위험한 바이러스와 세균을 연구하는 최첨단 시설이라기보다, 세련된 미술관 같은 유리 건물의 디자인이었다. 한적하고 조용한 것은 주변의 주민들을 자극하지 않기 위해서이기도 할 것이다. 그래도 건설 당시에 지역 주민들의 반대 운동이 있었다고 한다.

　1층 로비에는, 리나의 동생 가즈마사와 리첸웨이 박사가 기다리고 있었다. 가즈마사는 슈지가 지팡이를 짚고 걷고 있는 것을 보고, 놀라움의 탄성을 질렀다.

　"세노 씨, 걸을 수 있게 된 겁니까."

　슈지는 끄덕이며 말했다.

　"무슨 이유인지 종양이 작아져서."

버섯 머리의 젊은 의학 박사 리첸웨이가 슈지에게 손을 빌려 주었다.

"인플루엔자 연구실은 지하 2층입니다. 이쪽으로 오십시오. 리하오롱은 블루 타워에서 건강히 잘 있습니까."

2백 년 후의 미래에 사는 자손의 이야기를 했다. 리는 가즈마사보다 슈지에 대한 신뢰가 높았다. 자신이 발견한 신형 인플루엔자가 세계를 멸망시킨다는 것에 대한 공포와, 대대로 의사 집안에 대한 걱정일 것이다.

엘리베이터를 타고 지하로 내려갔다. 밝은 건물 사이의 정원을 따라 복도가 나 있다. 벽 한쪽에는 유리 캐비닛이 즐비했다. 광구병과 플라스크, 코르크 마개며 고무마개, 시험관에 마이크로 튜브. 모두가 크기대로 가지런히 수납되어 있다. 슈지는 유리문 너머로 연구실을 들여다보았다. 들어가자마자 바로 다른 문이 나타났고, 그곳에는 '인간 헤르페스 바이러스 과(課)'라고 쓰인 팻말이 보였다.

가즈마사와 리가 안내해 준 곳은 극히 평범한 회의실이었다. 옆으로 긴 테이블에 파이프 의자가 나란히 놓여 있다. 색다른 것이라면 벽에 붙은 거대한 세계 지도 정도일 것이다. 그곳에 빨강과 파란색 핀이 무수히 꽂혀 있다. 슈지가 신기한 듯 보고 있자, 가즈마사가 말했다.

"이것은 전 세계의 인플루엔자 유행과 신형 바이러스의 발생지를 나타내는 지도입니다. 인플루엔자는 지금도 전 세계에서 가장 경계하고 있는 바이러스지요."

이미 리의 논문을 다 읽은 슈지에게는 자명한 말이었다. 에볼라 출혈열, 일본 뇌염, 황열병 등 치사율이 높은 위험 바이러스도 인플루엔자만큼은 연구자들이 겁내지 않았다. 그런 감염증들은 인플루엔자의 거대함에 비교하면 땅콩이라고 한다. 무엇보다 공기 감염에 의한 전파 속도와 사망자의 수가 다르다. 리는 버섯 머리의 앞머리를 쓸어 올리며 테이블 위에 있는 노트북을 켰다.

"세노 씨가 말씀하신 뉴라미니다아제 활성 부위의 컴퓨터 그래픽을, 우리는 50번 슬라이스 했습니다. 이차원의 단면도가 50장 모여, 하나의 삼차원 입체도를 만듭니다. 최신형 나선 CT스캔 같은 것입니다."

마우스를 움직여 그중 한 장의 이미지를 불러왔다. 컴퓨터에 의한 영상이어서, 해저의 분화구처럼 구불거리는 구멍은 선명한 녹색을 띠고 있었다. 리는 말했다.

"원래는 격자를 더 촘촘하게 자르고 싶었습니다만, 그렇게 하면 엄청나게 많은 수의 격자를 기억해야 합니다. 미래의 컴퓨터 성능에 기대합시다. 부족한 부분은 그쪽에서 예측해 주겠지요."

리는 마우스를 한 번 클릭했다. 복잡한 모양으로 움푹 파인 녹색 구멍을 방형으로 찢는 하얀 선이 상하 좌우로 갈렸다.

"이 컴퓨터 그래픽을 가로세로 50의 그리드로 나누어서, 각각의 좌표를 두 개의 숫자 조합으로 나타냅니다."

그렇게 말하며 리 박사는 액정 모니터의 끝을 볼펜 끝으로 가리켰다. 녹색 구멍의 입구에 있는 부풀어 오른 부분이다.

"이곳은 07-33이 됩니다. 이 이미지는 전체 50장 중 18장째로, 정확하게는 18-07-33이라는 것이, 이 점의 좌표입니다."

슈지는 눈을 부릅뜨고 녹색 이미지를 보았다. 뿌옇게 인광을 뿌리는 좌표가 무수히 떠 있다.

"이 영상에서만 기억해야 하는 교점이 몇 가지 정도 있을까?"

리는 안타깝다는 듯 말했다.

"이 이미지는 평균보다 조금 많아서 532개의 좌표가 있습니다. 전체 50장으로 약 2만 4천 개의 교점을 기억해야 합니다."

슈지는 비명을 지를 뻔했다. 호전하고 있다고는 하지만, 뇌종양 환자인 자신이 2만 개가 넘는 세 종류의 숫자 조합을 기억하다니, 도저히 무리였다. 병으로 쓰러지기 전에도 기억력에는 자신이 없었다.

"그만큼의 숫자를 기억하지 않으면 안 되는 건가."

가즈마사가 빈정거리는 어조로 말했다.

"사실은 슬라이스도 그리드도 배(倍)인 백분할로 하고 싶었는데 말이죠. 그렇게 하면 거의 90퍼센트가 넘는 확률로, N의 입체 구조를 재현할 수 있겠지요. 뭐, 그 경우는 기억해야 하는 교점의 수가 단번에 여덟 배가 되어, 도저히 인간으로서 가능한 한계를 넘어 버리고 맙니다만."

리는 책상 위에 두께가 몇 센티미터 정도 되는 A4 용지 다발을 내려놓았다. 묵묵히 슈지 앞으로 밀어 준다. 슈지는 묵직한 종이 뭉치를 손에 들었다. 몇 장 훌훌 넘겨 본다. 세 개의 숫자 조합이, 사막의 모래알처럼 무한히 계속되고 있었다. 리는 말한다.

"한 장에 40행으로 2열, 합쳐서 80개의 교점이 인쇄되어 있습니다. 총페이지 수는 303페이지. 이것을 모두 세노 씨는 외워서 미래로 가야만 합니다."

가즈마사는 어이없다는 듯 말했다.

"처음에 이 아이디어를 누나에게 들었을 때, 도저히 무리라고 생각했습니다. 이렇게 실제로 숫자의 분량을 보고, 그것은 확신으로 바뀌었습니다. 병으로 체력이 떨어져 있는 세노 씨가, 짧은 기간에 이 숫자를 모두 기억한다는 건 불가능합니다. 하물며 뇌에 생긴 병인데."

리나는 날카로운 눈으로 연구자인 동생을 저지했다. 하지만 손을 든 것은 리 박사였다.

"놀란 것은 나도 마찬가지입니다. 그러나 나는 다케이 군처럼 단순하게는 생각하지 않습니다. 저희 부친의 이야기가 생각났기 때문이죠."

슈지는 하얀 석판 같은 인쇄물을 들고, 중국인 바이러스 학자를 바라보았다.

2

"저희 아버지는 바이러스가 아니라 병원균 연구자였습니다. 살모넬라며 황색 포도구균이며 캄필로 박터 등 감염형 식중독 전문가였지요. 그 아버지가 대학에서 쫓겨난 것은, 1967년의 일입니다."

그 자리에 있던 네 명 가운데 40대는 슈지뿐이었다. 어린 시절 중국에서의 대소동은 어렴풋이 기억하고 있었다.

"문화 대혁명인가."

리는 엄숙한 얼굴로 끄덕였다.

"지식인, 인텔리 계층은 모두 직장에서 추방당해 시골 수용소로 보내졌습니다. 연구며 학문 성과는 모두 부정당하고, 모택동 어록 암기만으로 능력이 결정되었지요. 아버지는 후난성의 추운 마을에서 연구자로서 가장 충실했어야 할 10년을 보내야 했습니다."

모두 입을 다물어 버렸다. 경이적인 발전이 이루어지고 있는 이웃 나라에서, 불과 얼마 전에 일어난 사건이다. 일본에서도 마찬가지지만, 나라의 나아가는 방향은 언제라도 쉽게 빗나갈 수 있는 것이다. 리는 말했다.

"식사는 하루 두 번. 채소 찌꺼기와 소금뿐인 국에, 잡곡투성이인 밥만 지급되었다고 합니다. 작업은 비탈진 산을 개간하는 거친 일로, 큰 바위며 나무뿌리를 파내고 밭을 만드는 것이었습니다. 원래 토지가 황폐해서 몇 년이 지나도 제대로 된 수확은 없었다고 합니다. 겨울에는 그래도 괜찮았지만, 여름 더위는 몹시도 심해서 50도를 넘는 혹서였다는군요. 아버지는 쓰러진 채 일어나지 못하는 동료를 몇 명이나 목격했다고 합니다. 그대로 살아갈 기력을 잃고, 식사도 못하다 죽어 가는 것이지요."

리나가 중얼거렸다.

"그러나 지식인 전부에게 그런 짓을 했다면, 나라가 견디지 못했겠지요."

리는 끄덕이며 말한다.

"그렇습니다. 결국 4인방(장칭, 왕훙원, 장춘차오, 야오원위안)은 실각하고 문화 대혁명도 끝이 납니다. 하지만 그러기까지 10년이라는 긴 시간이 필요했던 것입니다. 나라라는 것은 때로 그런 열병에 걸릴 때도 있습니다. 저는 우리나라를 포함해서 모든 나라를 신용할 수 없다고 생각합니다. 이야기가 너무 샛길로 빠졌군요. 제 아버지 이야기였습니다."

가즈마사가 어깨를 으쓱이며 말했다.

"그래. 지금까지 이야기로는 저 인쇄물과 어떤 관련이 있는지, 전혀 알 수가 없구나."

리는 미소 지으며 동료를 바라보았다.

"예, 가즈마사는 절대로 상상도 할 수 없을 거라고 생각합니다. 극한 상황에 놓인 인간에게 가장 중요한 것은 무엇인가 하는 물음입니다."

가즈마사가 오른손을 가볍게 들고 말했다.

"식료품."

"땡."

"그럼, 의약품."

리는 계속해서 고개를 가로저었다.

"그런 실용품이 아니었다고 합니다. 무엇보다 고통스러웠던 것은 신문도 라디오도 독서도 금지되었던 것이랍니다. 아버지는 지금도 종종 이렇게 말씀하십니다. '모든 바깥세상의 정보로부터 차단되어, 언제 끝날지도 모르는 강제 노동을 당했다. 그렇게 고통스러운 일은 없었다.' 한 권의 책과 한 다발의 신문만 있었으면, 하고 수용자들은 꿈까지 꾸었다고 합니다."

슈지는 말했다.

"과연. 최소한의 음식물만이 아니라, 정보도 인간에게는 없어서는 안 될지도 모르겠군."

리는 눈을 반짝거리며 슈지를 바라보았다.

"그렇습니다. 그래서 아버지는 불빛이 꺼진 숙사에서 매일 밤 독서회를 열기 시작했습니다."

리나가 의아한 듯 말했다.

"이상하네요. 그렇지만 책 같은 건, 수용소에 한 권도 없잖아요."

"그렇습니다. 그래서 모두 이것을 사용했습니다."

리 박사는 자신의 관자놀이를 가리켰다.

"옛날에 읽었던 책을 떠올리며 서로 이야기를 나누는 것입니다. 아버지는 인간의 능력에 감동했다고 합니다. '그런 극한 상황이 되면, 사람의 힘은 엄청나단다. 10년도 전에 한 번 읽었을 뿐인 책조차 정말 한 자도 틀리지 않고 암송할 수 있었어.' 그것은 비단 아버지뿐만이 아니라 대부분의 사람들이 가능했다고 합니다. 『아큐정전』과 『벚꽃 동산』 같은 짧은 것뿐만이 아니라, 『수호전』이며 『전쟁과 평화』 같은 장대한 것조차 그랬습니다. 길면 길수록 모두들 기뻐했다는군요. 이야기의 세계에 그만큼 오래 있을 수 있기 때문입니다. 모두 밤이 되기를 기다리며, 낮 동안의 강제 노동을 견딘 것입니다. 희한하게 책이 없는 독서회가 시작된 후로는, 아버지의 숙사에서는 이탈자가 없어졌다고 합니다. 똑같이 최소한의 식사와 최악의 노동 환경인데, 수용소 사람들이 반대로 건강해져 간 것입니다. 여러분은 책 따위 살아가는 데 그다지 중요하지 않다고 생각할지도 모릅니다. 하지만 아버지는 지금도 책을 바닥위에 내려놓지 않으며, 절대 버리는 일이 없습니다. 아버지의 입버릇은 이렇습니다. '내 목숨은 책이 구해 주었다, 언젠가 이 은혜를 갚지않으면 안 된다.' 아버지는 이미 연구직을 은퇴했습니다만, 오래된 책을 모아서 중국 전역의 학교 도서관에 보내고 있습니다. 그것이 아버지의 두 번째 일생의 과업이 된 것입니다."

슈지는 상상을 했다. 불빛이 꺼진 열대야의 숙사. 유리 없는 창에 침대는 조잡했을 것이다. 이나 벼룩도 엄청났을 것이다. 그곳에서 바싹마른 사람들이 머리를 맞대고 옛날에 읽은 책을 이야기하는 누군가의말에 귀를 기울인다. 분명 어둠 속에서 눈은 반짝였을 것이다. 사람은확실히 환경에 의해 만들어진다. 하지만 주어진 환경을 극복하는 것도사람의 힘이다.

슈지는 손에 들고 있는 인쇄물을 보았다. 하얀 석판 같던 무게가 가벼워져 있었다. 몸속 깊은 곳에서 타는 듯한 의욕이 끓어오른다. 테이블에 이마가 닿도록 머리를 숙이고 말했다.

"정말 고마워, 리 박사, 가즈마사 군. 솔직히 처음에 이 인쇄물을 보여 주었을 때는 가슴이 무너지는 것 같았다네. 그러나 지금 리 박사의아버지 이야기를 듣고 마음이 바뀌었어. 내가 어디까지 할 수 있을지는 모르겠네. 하지만 포기하지 않고 해볼 생각이야."

리나는 슈지 옆에서 눈물을 글썽이며 끄덕이고 있었다. 슈지는 가즈마사에게 말했다.

"그런데 이 숫자 중 어느 정도 맞춰야 입체 구조의 재현이 가능할까."

가즈마사는 고개를 갸웃거렸다.

"글쎄요. 2백 년 후 컴퓨터의 유추 능력에 달렸겠지만, 90퍼센트 정도는 맞춰야 하지 않을까요. 2만 4천 점 만점에서 2만 1천6백 점이겠군요."

슈지는 인쇄물에 시선을 떨구며 한숨을 쉬었다.

"그런 점수 태어나서 한 번도 받은 적 없는데. 난 항상 시험에는 약했거든."

짧은 웃음이 감염 연구 센터 지하실에 울렸다. 슈지의 가슴속에서는 폭풍 같은 의욕이 용솟음치고 있다. 불과 어젯밤, 2백 년 후의 이 건물을 목숨을 걸고 탈출했다. 음유 시인인 가네마쓰와 경호원 소크는, 이미 죽었을지도 모른다. 괜찮은 사내일수록 먼저 쓰러지는 것이다. 눈앞에서 사살된 소년도 생각났다. 증오도 분노도 없는, 그 투명한 눈빛.

슈지는 스스로에게 말했다. 다음이 마지막 도약이 될 것이다. 블루 타워의 상하 문제 등 모든 것을 종결시키기 위한 마지막 기회이다. 이번의 상대는 외부에 있지 않았다. 슈지는 A4 용지를 넘기며, 무수한 숫자를 바라보았다. 이것은 모두 슈지의 뇌의 기억 용량과 정확도, 그리고 의지력의 싸움인 것이다.

그 어느 것이나 슈지의 짧은 반생 동안 한 번도 극한까지 시도해 본 적 없는 항목이었다. 2백 년의 시간을 넘어 우뚝 솟은 그 탑을 구하기 위해, 모든 힘을 모을 것. 슈지에게는 그것밖에 없었다. 황마에 이미 감염된 세노 슈로 돌아가면 90퍼센트 가까운 확률로 자신이 사망한다는 것도 잊고 있었다.

슈지는 한 번 더 리 박사에게 머리를 숙인다. 리나의 손에 이끌려 지하 회의실을 나왔다. 머잖아 봄이 될 햇살이 유리 너머로 복도에 쏟아지고 있었다. 어깨에 멘 가방 속에는 미래를 구할지도 모르는 303페이지의 종이가 들어 있다. 적어도, 자신은 여기까지 당도한 것이다. 탑 세계를 도망쳐 다녔던 거짓말쟁이 왕자가 모든 혼란을 종식시킬 열쇠를 손에 넣은 것이다.

슈지는 깊이 숨을 내쉬며, 마지막 싸움에 대해 생각하기 시작했다.

사랑의 메모리

1

"다녀왔어."

슈지는 등 뒤로 맨션 문을 살짝 닫았다. 현관에서 긴 복도를 걸어 거실로 향한다. 유리 격자문을 열자 지상 200미터의 도심 전망이 눈에 들어왔다. 신주쿠 화이트 타워의 설계자는 어둡고 좁은 복도를 지나 갑자기 펼쳐질 이 풍경을 계산하고 설계했을 것이다. 익숙해진 슈지조차, 때로는 깜짝 놀랄 만큼 신선하게 느껴질 때가 있었다. 하나하나의 건물이 석양으로 칠해져, 사람의 실력을 뛰어넘는 세밀화 같은 도시의 풍경이다.

"어서 와요."

소파에서 차가운 목소리가 들려왔다. 아내 미키는 몸을 일으켜 등받이 너머로 슈지를 보았다.

"수술, 어떻게 할 거예요. 난 별로 나쁜 이야기 같지 않던데."

슈지는 어깨에 멘 가방을 확인했다. 안에는 2백 년 후의 미래를 구할

지도 모르는 303페이지의 종이가 있다. 어깨를 누르는 무거움을 의식하면서 말했다.

"수술을 하던 안 하던, 그전에 해두지 않으면 안 될 게 있어서."

미키는 비난의 소리를 질렀다.

"또 블루 타워니 인플루엔자니 할 거예요. 그런 건 전부, 뇌종양 때문에 꾼 꿈이라고요. 실제로 그런 게 있을 리 없잖아요."

슈지는 그것에 대해서 몇 번이나 생각했다. 종양에 의한 고통과 죽음의 공포에서 벗어나기 위해, 자신의 뇌가 정합성 있는 극채색의 망상을 낳은 것이 아닐까. 그렇다면 암이 축소된 현재도 미래의 이미지가 흔들림이 없는 것은 기묘한 일이지만, 그럴 가능성이 없다고는 할 수 없을 것이다. 사람의 마음이 어떤 기적을 낳을지, 그것은 높이 2천 미터의 탑이 솟아 있는 미래를 생각하면 납득이 간다.

미키의 정면에 앉아 슈지는 말했다.

"당신한테는 시시한 일일지도 모르지만, 나는 그쪽 세계를 버려둘 수 없어. 하지만 그것도 이제 끝이야. 분명 다음 도약으로 마지막이 될 거야. 그런 예감이 들어. 모든 것이 끝나고 내 병이 나으면, 우리 부부는 이제 끝내자."

담담한 미소를 흩뜨리지 않고 아내는 말했다.

"수술 후의 재활 훈련 꽤 힘든 것 같던데요. 당신 혼자 그걸 견딜 수 있어요. 또 그 젊은 여자가 오는 거 아닌가 몰라요."

리나를 거론하자 슈지의 가슴이 아팠다. 화가 난다기보다 한심했다.

"적어도 나와 그녀 사이엔 아직 아무 일도 없었어. 그것이 당신과 오기하라와 다른 점이야. 이제 헤어질 테니 누구와 사귀든 상관없잖아. 어쨌든 이 맨션은 위자료 대신 당신에게 주겠어."

미키는 여우 같은 얼굴을 찡그렸다. 신주쿠의 나지막한 언덕 위에 선

초고층 맨션, 그 최상층에서 한 층 아래의 집이다. 넓이도 대략 100평은 넘는다. 팔아도 2억 엔을 밑도는 일은 없을 것이다. 슈지는 일반 샐러리맨이 이혼 상대에게 지불하는 위자료가 어느 정도인지 알고 있었다. 이 맨션은 자신의 유일한 재산이기도 하다. 하지만 블루 타워에서의 생활로, 이미 고층 빌딩에 사는 것이 싫어졌다. 사람은 높이에서 자유로워야 한다.

"당신은 그렇게 말하지만 그 여자가 뭐라고 할지 모르죠. 제대로 각서를 써주세요. 한 번 더, 그쪽 세계로 가기 전에."

슈지는 쓴웃음을 짓지 않을 수 없었다. 하지만 이렇게까지 마음이 멀어졌다 생각하니 차라리 시원할 정도다. 실패한 이 결혼으로 아이가 생기지 않은 게 다행이다. 슈지는 속마음을 읽히지 않도록 무표정을 지었다.

"이제부터 그 마지막 일을 하고 올 거야. 일주일 동안은 돌아오지 않아. 당신은 오기하라와 데이트를 하건, 백화점에 가건 마음대로 해. 모든 것이 끝나면 연락할게."

과연 자신은 마지막 도약에서 살아남을 수 있을까.

슈지를 믿지 않는 아내에게는, 2백 년 후의 세계에서 일어나고 있는 대변동을 이야기하지 않았다. 전란과 무수한 사망자, 거기에 이어지는 체포와 황마 감염. 슈지는 차가운 얼굴의 아내를 물끄러미 바라보았다. 이 여자와는 이것이 마지막이 될지도 모른다.

"16년간, 여러 가지 일이 있었지만 고마웠어. 미키도 행복하게 살아."

아내는 신기한 것이라도 보듯, 슈지를 바라보았다. 슈지는 말없이 소파에서 일어나 가방을 들고 집에서 나왔다.

2

주차장의 긴 경사면을 올라가서 택시는 섰다. 택시에서 내려 정면을
본다. 여기서부터는 도저히 최상층은 보이지 않았다. 파크 하이야트 도
쿄는 아직 새 호텔이다. 서 신주쿠에 있는 고층 빌딩의 39층에서 52층
까지가 객실이다. 슈지는 인생 마지막이 될지도 모르는 일을, 아내에게
방해받지 않고 혼자 해내고 싶었던 것이다. 스위트룸 객실료는 며칠 만
에 한 달 월급이 사라지는 정도였지만, 그것도 집중력을 높이기 위해서
라면 아깝지 않았다.

자신의 신통찮은 암기력에 2백 년 후의 미래가 걸려 있는 것이다. 그
대로 고도에 따른 차별과 대립을 계속할지, 그렇지 않으면 황마 바이
러스의 공포에서 해방되어 지상을 다시 인류의 것으로 만들지. 은행
예금 잔고 따위에 연연해할 때가 아니었다.

고속 엘리베이터를 타고 로비로 올라갔다. 대낮에도 어두컴컴한 복
도를 걷는다. 벽 여기저기에 어느 누구도 손으로 들 수 없는 무거운 대
형 서적이 도서관처럼 장식되어 있었다. 슈지가 객실 담당에게 안내받
은 곳은 47층에 있는 파크 스위트였다.

100평 남짓한 방 안에는 응접세트가 놓인 게스트 룸이 있다. ㄷ 자
형태로 꺾인 칸막이 너머는 트윈 베드, 그리고 더 안쪽으로 욕실이 이
어져 있었다. 실내는 베이지색과 흰색, 검은색의 모던한 인테리어로
통일되어 있다.

객실 담당이 꾸벅 인사를 하고 문을 닫자, 슈지는 창가에 섰다. 신주
쿠 거리를 내려다본다. 각각의 건물에서 촘촘하게 나눠진 방 안과 강
처럼 흐르는 간선 도로의 자동차 안에, 한 사람 한 사람 더할 나위 없이
소중한 사람들이 있다. 모두가 누군가의 아버지이며 어머니이고, 애인
이며 친구일 것이다.

슈지는 숄더백에서 303페이지의 인쇄물을 꺼내, 창가 테이블에 내려 놓았다. 일인용 소파를 끌어와 깊숙이 허리를 묻고 앉는다. 냉장고에서 생수를 꺼내 목과 입술을 적셨다.

자, 드디어 때가 왔다. 표지를 넘기고, 시선을 집중한다.

1-1-3, 1-1-5, 1-1-6, 1-1-7.

무미건조한 세 개의 수열이 한 페이지에 80조가량 늘어서 있었다. 슈지는 필사적으로 수열의 파도에 뛰어들었다.

슈지의 집중력이 계속된 것은 불과 35분이었다. 한 페이지에 인쇄된 2열 중, 최초의 1열을 간신히 외운 참이다. 그저 숫자를 외우기만 하는 일이 이렇게 압박이 될 줄은 미처 몰랐다. 자신도 모르는 사이 어깨에 힘이 들어간다. 시험 삼아 처음의 1열 40개를 외워 본다. 두 개 정도 틀렸지만, 외우긴 했다. 하지만 이미 어깨 결림과 눈의 통증이 시작되고 있었다. 슈지는 수험 공부를 할 때조차 이렇게 집중한 적은 없었다.

사이드 테이블에 던져 놓은 인쇄물을 다시 훑어본다. 이것의 600배나 되는 숫자를 기억하지 않으면 안 된다. 도저히 인간이 할 짓이 아니었다. 눈을 감고 블루 타워에서 만난 사람들의 얼굴을 떠올렸다. 슈지에게 미래를 맡기고 죽어 간 많은 사람들.

슈지는 한숨을 쉬었지만 이를 악물고 다시 수열의 바다에 잠수했다.

그대로 저녁 식사 시간까지의 3시간을 슈지는 쉬지 않고 숫자를 외우며 보냈다. 겨우 기억한 것은 두 장 반에 지나지 않는다. 전체의 100분의 1도 못 미친다. 슈지는 지팡이를 짚고 방을 나와 위층에 있는 일식당으로 갔다. 창밖에 펼쳐진 신주쿠의 야경이 아픈 눈을 스치며 이중으로 보였다.

2만 4천 개나 되는 수열을 외우다니, 평범한 인간에게 가능한 일인가. 하지 않으면 안 된다는 걸 알고 있어도, 그 생각이 슈지의 머리에서 떠나지 않았다. 영양을 보충하려고 샤브샤브 코스를 주문했지만, 맛을 전혀 모르겠다. 초조한 마음으로 방에 돌아와 욕실에 들어갔다. 비닐로 종이를 싸서 욕실 안에서도 외울까 생각했지만, 그만두었다. 이 방을 예약한 기간은 일주일이다. 숨 돌릴 시간을 조금이라도 갖지 않으면 마지막까지 버티지 못할 것이다. 욕조 안에서조차, 눈을 감으니 세 개 한 조가 된 숫자가 눈두덩 위를 뛰어다녔다.

목욕을 마친 후에도 맥주가 아니라 생수를 마시면서, 슈지는 숫자와 싸움을 벌였다. 잠깐 쉬려고 눈을 들었을 때는, 방의 시계가 11시를 가리키고 있었다. 3시에 이 방에 도착해서, 한 시간의 식사와 목욕 시간을 제외한 7시간 동안 슈지가 기억한 것은 석 장 반, 280개의 수열이다. 시험 삼아 첫 페이지의 80개를 종이에 써보기 시작했다. 정답과 맞춰 본다. 80개 가운데 틀린 것이 27개나 됐다. 그렇게 집중해서 외운 첫 장이 이 모양이다. 3분의 1이나 오답이라면, 황마의 약점인 뉴라미니다아제 활성 부위를 절대 재현할 수 없을 것이다.

"빌어먹을."

슈지는 비명을 지르며, 가까이 있는 쿠션을 멋진 야경에 내던졌다. 창에 부딪친 쿠션이 힘없이 떨어진다. 그곳에는 눈을 치켜뜬 중년 남자가 투명하게 비치고 있었다. 자신의 머리로는 이 정도가 한계인 걸까. 첫째, 7시간에 석 장 반이라면, 303페이지를 외우는 데는 600시간이 넘게 걸린다. 하루의 반을 쓴다 해도 두 달 가까운 기일을 요할 것이다. 자신은 아직 뇌종양도 완전히 낫지 않았다. 학생 시절부터 딱히 우수했던 것도 아니다. 그런 인간이 정말로 세계를 구할 수 있을까.

슈지는 천천히 떨리는 숨을 내쉬며, 테이블 위의 휴대 전화를 들었다.

3

"이렇게 늦은 시간에 미안해."

잠깐 경계의 틈을 두었다가, 리나의 목소리가 되돌아왔다.

"슈지 씨, 그 숫자는 외울 수 있을 것 같으세요."

슈지는 창가에 서서 신주쿠 거리를 내려다보고 있었다. 지상을 비추는 무수한 빛은, 2백 년 후의 탑 세계에서는 생각할 수 없는 사치였다. 그쪽의 지상에서는 밥 짓는 불이 곳곳에 연기를 올릴 뿐이다.

"안 될 것 같아. 내 나쁜 머리에 질렸어. 7시간 동안 4페이지도 안 나가. 게다가 첫 장을 다시 체크해 보니, 정답률이 3분의 2야. 나 같은 사람에게는 무리야."

리나는 이쪽 세계에서는 유일하게 슈지의 전부를 믿어 주는 사람이었다.

"일에는 언젠가 반드시 부딪치는 벽이 있다. 지금은 이러지도 저러지도 못해 괴로울지 모르지만, 줄곧 그 벽을 향해서 가봐. 괜찮아, 반드시 넘을 수 있을 테니까."

슈지는 가슴이 찡했다. 그것은 리나가 처음으로 슈지의 부서에 배속되어 일 때문에 고민하고 있을 때, 슈지가 건넨 말이었다. 리나는 말했다.

"포기하기는 아직 일러요. 아직 첫째 날이잖아요. 저, 지금 그쪽으로 갈게요."

"뭐라고."

리나와 슈지는 특수한 신뢰로 맺어져 있었지만, 아직 애인 사이라고 할 수는 없었다. 육체관계도 없다. 리나는 슈지보다 열아홉 살이나 젊고, 미혼인 아가씨다.

"그것은 안 좋지 않을까."

리나는 단호히 말했다.

"아뇨, 가겠어요. 내일 아침, 그쪽에서 출근할래요. 세키다니 씨에게 들은 기억술의 기초를 시험해 보고 싶기도 하고요. 만약 함께 해보고, 슈지 씨가 집중하지 못한다면, 얼른 물러날게요."

그렇게까지 적극적으로 말하니 알았다고 할 수밖에 없었다. 슈지는 어안이 벙벙하여, 느닷없이 끊겨 버린 휴대 전화를 바라보았다.

스위트룸의 초인종이 울린 것은 45분 후의 일이었다. 문을 열자 가벼운 화장을 한 리나가 숨을 헉헉거리며 서 있었다. 슈지의 옆을 지나면서 말한다.

"샤워한 후라, 파운데이션을 바르지 않았어요. 너무 보지 말아 주세요."

안쪽의 게스트 룸으로 들어가더니 리나는 감탄했다.

"야경이 아름다워요. 그리고 인테리어도 고급스럽구요."

반나절 동안 익숙해져 호화로운 감옥처럼 생각했던 방에서, 슈지는 어깨를 움츠렸다.

"인생 최후의 호텔이 될지도 모르니까. 좀 무리를 했지. 그보다 리나가 말한 기억술이란 게 뭐지."

리나는 부드러운 가죽 백을 소파 옆에 놓자, 가볍게 걸터앉았다.

"세키다니 씨가 말하기를, 자신이 좋아하는 것이나 매력을 느끼는 것과 연관시켜 외우면 무미건조한 숫자여도 기억하기 쉬워진대요."

리나는 거기서 말을 끊고, 허리를 쭉 펴며 고쳐 앉았다.

"슈지 씨, 언젠가 내가 병문안 갔을 때의 일 기억하세요."

묵묵히 끄덕였다. 슈지가 트집을 부리며 리나의 알몸 상반신을 보여 달라고 했던 오후이다. 그것은 아직 탑 세계로 날아가기 전의 사건이었다. 리나는 필사적인 시선으로 응접세트 정면에 앉은 슈지를 바라보았다.

"조명을 좀 낮춰 주시겠어요."

앞으로 무슨 일이 기다리고 있을지, 슈지는 대충 예측이 가능했다. 하지만 그것이 어떻게 기억술과 이어지는지 모른다. 리나의 진지함에 눌려 사이드 테이블등 하나만 남기고, 스위트룸의 불을 모두 꺼버렸다. 소파로 돌아오자 리나는 일어섰다. 가슴 앞에서 팔짱을 끼고 말한다.

"그때, 이 몸을 구석구석까지 눈에 넣어 두고 절대로 잊지 말아 달라고, 제가 말했었죠. 저쪽 세상에 갈 때 가져가 달라고. 지금도 그 마음은 변함없어요. 그러나 이번에는 이 몸의 기억뿐만이 아니라, 미래를 구하는 열쇠도 함께 가져가 주길 바랍니다. 괜찮아요, 분명 슈지 씨라면 할 수 있어요. 나도 함께 외울 테니까요."

단숨에 그렇게 말하더니 리나는 트위드의 테일러 재킷 상의를 벗었다. 소파 등받이에 기대어 프릴이 달린 하얀 셔츠 단추를 천천히 풀기 시작한다.

"입체 구조의 단면은 전부 50개죠. 하나의 단면에 기억할 수열은 약 500개. 내 몸의 구석구석에 50개의 단면을 할당해요. 그러면 적어도 첫 번째 숫자는 이제 기억하지 않아도 되겠죠."

슈지는 감탄을 했다. 자신은 7시간에 걸쳐 세 조의 수열을 머리로 단순히 외우고만 있었다. 두 조의 숫자 500개라면, 부담은 상당히 가벼워질 것이다.

"훌륭해. 그건 세키다니의 아이디어인가."

리나는 셔츠의 앞을 열어젖히더니, 희미하게 웃었다.

"반은 그래요. 세키다니 씨는 자신이 잘 아는 사람에게 하면 좋다고 했어요. 이웃의 자주 가는 가게나 좋아하는 음식이며 운동선수의 순위도 좋고. 그러나 기왕이라면 슈지 씨에게는 나를 기억하게 하고 싶었어요. 이것이 마지막일지도 모르니까."

소리는 꺼지듯이 가늘어졌다. 리나는 슈지가 황마에 감염되었고, 블루 타워 치안군에 의해 군사 재판에 넘겨져 있다는 것도 알고 있었다. 슈지는 그저 끄덕일 수밖에 없었다. 다음에 그쪽으로 가면 자신이 어떻게 될지 전혀 예상할 수 없었던 것이다. 셔츠를 벗어던지자 뿌옇게 빛나는 어깨가 나타났다. 건강과 젊음이 넘치는 피부는 안쪽에서부터 빛을 발하는 것 같다.

"내 몸 하나하나에 숫자를 적어서 외워 주세요. 뭣하다면, 이 펜슬로 화이트보드 대용으로 써주셔도 상관없어요."

작은 손가방에서 화장용 펜슬을 꺼내 슈지에게 건넸다. 리나는 슈지를 똑바로 바라보며, 브래지어까지 벗으려고 했다. 슈지는 말했다.

"너무 자극을 강하게 주지 말아 줘. 펜슬과 브래지어는 됐어."

리나는 스커트의 지퍼를 내리고, 발밑에 떨어진 트위드의 원에서 발꿈치를 뺐냈다. 속옷 차림에 뺨을 빨갛게 물들이며, 슈지에게 말했다.

"제 몸과 미래를 구하는 열쇠를 가슴에 새겨 주세요. 무슨 일이 있어도 잊지 않도록, 깊이 언제까지고 기억해 주세요."

리나의 눈이 빨개지고 있음을 슈지는 느꼈다. 리나는 소리 내지 않고 울고 있었던 것이다. 이 여자의 살아 있는 모습을 모두 기억해 두고 싶다. 눈을 감으면 언제라도 떠올릴 수 있도록 해두고 싶다. 2백 년 후의 3D 홀로그래프 영상처럼 흔들림 없이 안정된 리나의 초상화를 마음속에 그리고 싶다.

슈지는 가슴속에 불이 지펴진 것을 알았다. 이제 자신이 불쌍하게 생각지도 않으며, 이 도전이 무모하다고도 생각되지도 않았다. 이것은 누군가가 하지 않으면 안 되는 일인 것이다. 그렇다면 리나의 도움을 받아 자신이 멋지게 성공시키자. 주역의 힘이 부족하지만, 멋진 조수가 있다. 혼자서는 할 수 없는 일도, 둘이라면 분명 할 수 있을 것이다. 그것은 현재도 2백 년 후의 미래도 변함없는 진실일 것이다.

그날 밤 슈지는 303페이지의 인쇄물을 50개의 단면으로 나누었다. 모든 것에 1부터 50의 숫자를 적어 나간다. 각각 5, 6페이지 분량의 얇은 A4 용지이다. 리나의 눈에서부터 그 숫자를 할당해 갔다. 오른쪽 눈은 1, 왼쪽 눈은 2, 코는 3, 윗입술은 4, 아랫입술은 5. 오른쪽 가슴은 11, 왼쪽 가슴은 12였다.

몸의 앞면을 내려간 숫자는 등으로 돌아 오른쪽 견갑골이 32, 왼쪽 견갑골이 33이 되었다. 슈지는 괜찮다고 했지만, 리나는 화장용 짙은 갈색 펜슬로 자신의 몸에 숫자를 적어 넣었다. 앞쪽은 모두 자기 손으로 적어 넣는다. 리나의 얼굴에는 다섯 개의 숫자가, 예쁜 가슴과 움푹 꺼진 배꼽에도 숫자가 적혀 나갔다. 부드러운 배와 허벅지에서는 펜슬 끝이 하염없이 피부 속으로 들어가는 듯 보였다.

거기까지 적자, 알몸의 등을 슈지에게로 돌리며 상기된 얼굴이 되어 어깨 너머로 펜슬을 건넸다.

"뒤는 부탁할게요."

슈지는 하얀 천 같은 등에 하나씩 천천히 숫자를 적어 넣어 갔다. 두 가닥의 등줄기와 그 사이에 뻗은 등골의 골짜기. 매끄러운 피부가 펼쳐지는 여자의 등은 넓은 캔버스 같았다. 요추의 양옆과 의외로 볼륨이 있는 엉덩이 위에 40 초반의 숫자를 적어 넣자, 리나는 소파에서 일어섰다.

슈지는 어두컴컴한 스위트룸에서 반라의 젊은 여성의 발아래 무릎을 꿇고 있었다. 허벅지와 무릎과 종아리 안쪽에, 조심스럽게 숫자를 적어 넣는다. 마지막에는 왼발 발꿈치로, 정확히 50이 되었다. 리나는 숫자투성이인 몸으로 빙글빙글 돌아보았다.

슈지는 신기했다. 사랑하는 사람을 기억해 두는 것이 이렇게 간단했던가. 한 번 숫자를 적어 넣는 것만으로, 리나의 몸에 할당된 50의 단면은 모두 기억이 완료되어 있었다.

오른쪽 팔꿈치는 17, 왼쪽 무릎 안쪽은 46. 기억하려고 하는 노력조차 필요 없었다. 2백 년 후의 과학 역시 문제가 되지 않는다. 사랑의 메모리에는 기억 용량이 무제한이었던 것이다.

슈지는 그날 밤, 리나의 얼굴을 기억했다. 각각의 얼굴 부위에 할당된, 총계 2천5백이 넘는, 두 개의 숫자 조합을 기억한 것이다. 누군가가 그때, 당신은 천재라고 해도 슈지는 웃으며 손을 저을 뿐일 것이다.

자신은 평범한 인간이다. 특별히 뛰어난 것이 아니다. 당신도 같은 상황이 되면 나처럼 할 수 있을 것이며, 분명 마찬가지로 성공할 것이다, 라고.

4

나흘 연속으로, 슈지는 낮에는 혼자서 밤에는 리나와 둘이 수열을 외우며 보냈다. 리나의 몸에 적힌 숫자는 목욕을 할 때마다 사라져 버려서 매일 밤 새로 써넣었다. 이미 슈지는 50의 단면이 어느 부위에 해당하는지 기억하고 있었지만, 그것이 둘이서 수를 기억하기 위한 의식이 되어 있었던 것이다.

곤란한 것이 있다면, 역시 슈지의 뇌였다. 이만한 숫자의 수열을 기억하는 것은 역시 부담이 되었는지, 슈지는 항상 미열을 느꼈다. 에어컨이 켜진 방에서 리나가 쉬고 있을 때, 슈지는 조금씩 땀을 흘렸다. 머리 심지에는 가벼운 통증이 있다. 슈지의 뇌는 항상 과로 상태에 있었다.

슈지는 통증이 격렬해질 징조를 느끼자 황산 모르핀을 사용했다. 모두 외우기 전에 미래로 날아가는 것은 피하고 싶었던 것이다. 2백 년 후의 세노 슈에게는 파멸이 임박해 있다. 미래로 날아갈 기회는 앞으로 한 번뿐일 것이다.

닷새째 밤의 일이었다. 슈지는 경이로운 집중력으로 300페이지분의 숫자 암기를 거의 완료하고 있었다. 기억이 흐려지지 않도록 복습하면서, 그 견디기 힘든 두통을 기다릴 뿐이다. 자정이 지나 슈지는 트윈 베드의 한쪽에 누워 뒹굴며, 인쇄물을 확인하고 있었다.

"지금, 나의 어디를 외우고 있어요."

온몸에 50의 숫자를 적어 넣은 리나가 방으로 들어왔다.

"41. 너의 오른쪽 엉덩이야. 왠지 숫자 조합이 섹시하게 느껴지니 희한하지. 5번이나, 11번이나 12번이나."

그것은 리나의 입술과 가슴에 할당된 숫자이다. 그때 갑자기 침실의 불이 꺼졌다. 슈지는 당황하며 말했다.

"잠깐만. 아직 이 녀석들 정리가 되지 않았다구."

어둠 속, 뜨거운 몸이 다가와 슈지 위에 포개졌다. 양쪽 눈 아래 1, 2라고 희미하게 적힌 리나가 진지한 눈으로 바라본다. 불빛이 없는데, 눈속에서 빛이라도 비추는 것 같았다.

"이제 곧 슈지 씨는 저쪽 세계로 가버리겠죠. 돌아오지 않을지도 몰라요. 마지막으로 내게도 기억을 주세요. 언제까지 잊지 못하도록, 이 숫자처럼 나의 몸에 추억을 남겨 주세요."

리나는 팔에 힘을 주며 안겨들었다. 방사선 치료와 항암제 투여 이후, 슈지의 몸에는 이변이 일어나고 있다. 슈지는 꾹 참으며 말했다.

"미안. 하지만 난 너를 안을 수 없는 몸이야. 나흘 전 이 방에 와서 처음으로 옷을 벗어 주었지. 그때도 감동은 했지만, 전혀 안 됐어. 나는 이제 남자가 아닐지도 몰라. 반년 이상이나 섹스를 하지 않았는걸."

리나는 슈지의 가슴에 머리를 묻으며 중얼거렸다.

"할 수 있든 없든 다 좋아요. 나도 슈지 씨의 몸을 제대로 기억해 두고 싶어요."

리나의 손가락 끝은 뜨거웠다. 그 손이 슈지의 티셔츠 아래로 들어가 부드럽게 움직이고 있다. 티셔츠를 벗기자 슈지의 가슴에 입술을 댔다.

"여기가 슈지 씨의 11번이죠."

마비된 듯 침대에서 굳어져 가는 슈지의 몸을, 리나의 입술이 더듬어 갔다. 순번은 슈지가 훑어 간 50의 숫자와 같다. 얼굴에 키스 세례를 퍼부은 후, 몸의 전면을 발끝까지 내려갔다가 등으로 돌아간다. 슈지가 펜슬로 리나의 몸에 적듯이, 리나는 희미하게 벌린 입술로 슈지의 몸을 확인해 갔다.

리나의 탐색이 30 중반의 숫자를 지났을 즈음이었다. 슈지의 페니스에 잊고 있던 열이 되돌아왔다.

"알겠니, 리나. 나는 옛날처럼……."

리나는 슈지의 입술을 손가락으로 막았다.

"아무 말 하지 않아도 돼요. 마지막까지 당신을 기억하도록 해주세요."

리나가 슈지의 50번에 입술을 댄 이후부터 두 사람은 천천히 엮어졌다. 그것은 전혀 거칠지 않고 고요한 행위였다. 슈지는 묵묵히 육체의 안쪽에서 나오는 율동에 몸을 맡기면서, 섹스는 살아 있다는 것 그 자체라고 생각했다. 자신은 뇌종양이라는 죽음의 그림자로, 살아가는 기쁨조차 완전히 빼앗기고 있었던 것이다.

더 이상 참을 수 없어 슈지는 리나의 귓가에 소리쳤다.

"더는 못 참겠어."

허리를 빼려고 한다. 리나가 양쪽 손발을 이용하여 아래에서부터 달라붙었다. 호텔에도, 슈지에게도 피임 도구는 준비되어 있지 않았다.

"이대로, 계속 이대로 있어요."

슈지는 리나의 안에서 사정했다. 반년 이상 없었던 정액이 배출될 때는 절정과 함께 타는 듯한 통증이 느껴졌다. 리나는 물끄러미 슈지의 얼굴을 올려다보고 있었다. 조금 처진 듯한 눈초리의 라인에 슈지는 2백 년 후의 미래에서 만난 인물을 떠올렸다.

대지의 집에서 암살된 해방 동맹의 지도자, 미코시바였다. 슈지와 미키 사이에는 아이가 없다. 분명 자신과 리나 사이에 태어난 아이가 2백 년 후의 미래에 지도자가 될 것이다.

슈지는 페니스가 힘을 잃고 리나에게서 빠질 때까지, 50개의 숫자가 적힌 젊은 여자의 몸을 꼭 껴안았다.

"이번 도약에서 무사히 돌아오면, 나와 함께 인생을 다시 시작해 주지 않겠니."

리나는 울면서 끄덕였다. 새빨간 눈 아래 적힌 황록색의 1과 2는, 리나의 눈물로 희미해져 버린다. 슈지는 그 숫자에 살짝 입술을 가져가며, 사랑하는 여자의 몸을 힘껏 껴안았다.

오랜만의 섹스로 슈지는 숨이 가빴다. 가슴의 고동도 멈추지 않는다. 나이를 먹고 병을 얻는다는 것은, 이런 것일까. 젊은 시절이라면 아무것도 아니었을 행위에, 기진맥진해 버린다.

머리 심지에 있는 두통은 심장의 고동에 맞춰 크기와 강도를 더해 가는 것 같았다. 슈지는 눈썹을 찡그리면서 리나에게 말했다.

"다음 도약이 가까워진 것 같아."

뇌의 중심부에서 생겨난 통증이 격렬해지면서 전두엽 쪽으로 천천히 이동해 간다. 탑 세계로 돌아가면 이번에는 정말 돌아올 수 없을지도 모른다. 슈지를 기다리는 것은 공포의 황마 바이러스와 군사 법정인 것이다. 요 며칠, 공포 따위 전혀 느끼지 않았는데 갑자기 무서워져서 견딜 수 없다.

"리나, 나는 죽을지도 몰라. 만약 돌아오지 못하면 우리 사이에 태어날 아이를 소중히 키워 줘. 무서워서 견딜 수 없지만, 다녀올게. 아이를 잘 부탁해."

리나는 양손으로 슈지의 얼굴을 감싸며 말했다.

"슈지 씨, 당신은 혼자가 아니에요. 이번 도약은 내 몸에 적힌 기억도 가지고 가는 거니까요. 나를 잊지 말아요. 나를 기억하고, 미래의 사람들을 도와주세요. 반드시 함께 갈 테니까요."

슈지는 더 이상 아무 말도 할 수 없었다. 통증은 전두엽 근처에서 강렬한 소음이 되며 미친 듯 날뛰고 있다. 참을 수 없는 고통에 떨며, 리나에게 안긴 채 슈지는 2백 년 후의 미래로 날아갔다.

5

눈을 뜨자 투명한 비닐 지붕이 보였다. 그 위의 천장은 스테인리스의 헤어라인 마감으로 처리되어 있다. 반짝거리는 빛이 온 방을 덮고 있었다. 슈지는 블루 타워 바이러스 검역실로 되돌아와 있다. 침대는 완전히 비닐 텐트로 감싸여 있다. 황마 증세는 이미 최종 단계인 걸까. 산소 텐트 속에 자신은 누워 있었다.

"슈 씨가 눈을 떴어요."

리나의 목소리가 발밑에서 들려왔다. 손을 들려고 했지만, 손가락 끝만 움직일 뿐이었다. 고열로 온몸이 땀투성이다. 독방 같은 검역실에는 리나 혼자 간병하고 있었다. 슈지는 자신의 왼쪽 손목을 보았다. 거기에는 홀로그래피 메모리를 탑재한 AI 코코의 모습은 없다. 블루 타워의 내부 환경을 자유자재로 조종할 수 있는 것이니, 위험한 무기로써 몰수당했을 테지. 대체 누구에게 이 기억을 전하면 좋을지. 슈지는 끈적거리는 입을 벌려 리나를 불렀다.

"리하오롱은 없니."

자신의 목소리가 아닌 것 같았다. 파란 마이크로 파이버의 바디 슈트에 바이러스 방호복을 입은 리나가 투명한 비닐 저편에서 울고 있었다.

"그 선생님은 벌써 돌아갔어요. 새벽 1시인걸요."

듣고 보니 실내조명이 약했다. 슈지는 가능한 아무 말도 하고 싶지 않았다. 머릿속에는 2만 4천을 넘는 수열이, 폭풍의 호수처럼 흔들리고 있다. 황마에 의한 발열 탓에 언제까지 체력이 버틸 수 있을지도 몰랐다.

"내가 죽을 것 같다고 말하고, 리 박사를 불러 줘. 오늘 밤 안에 꼭 전해야 할 말이 있어."

리나는 튕겨나듯 벽 쪽으로 이동하여 벽의 붉은 단추를 눌렀다. 금속 벽의 바로 앞에 옅은 홀로그래프 영상이 떠오른다. 흰 가운을 입은 연구자가 말했다.

"무슨 일입니까."

리나는 소리쳤다.

"당장 리하오롱 박사를 불러 줘요. 당신들은 재판이 끝날 때까지 슈 씨를 살려 두라고 치안군에게 명령받았죠. 슈 씨가 죽어 가고 있다구요."

"곧 박사님 자택에 연락하겠습니다. 이쪽 모니터로는 환자의 바이탈은 이상이 없습니다만, 그렇게 위중합니까."

"됐으니까 리 박사나 빨리 불러요. 다른 사람은 슈 씨에게 안 되니까요. 어느 정도 걸리죠."

"모르겠습니다. 제2층의 자택에서 벌써 주무실지도 모르니."

"가능한 빨리 불러요."

리나는 연구자를 상대하지 않고 통화 스위치를 끊어 버렸다. 산소 텐트에 얼굴을 갖다 대며 말한다.

"슈 씨, 뭐 필요한 것 없어요."

풀을 머금은 듯이 입속이 끈적거렸다. 슈지는 쉰 소리로 말했다.

"물."

"얼굴 오른쪽에 있는 튜브를 빨아요."

슈지는 간신히 고개를 돌려 투명한 튜브 끝을 입에 넣었다. 힘껏 빤다. 실온의 물이 목에 스며들수록 맛있었다. 정신없이 물을 마신 후 말한다.

"우리가 블루 타워로 돌아온 지 며칠 지났지."

"이틀."

리하오룽의 말을 슈지는 떠올리고 있었다. 황마 증세는 전이 속도가 빨라 감염 후 3, 4일 후에는 바이러스성 뇌염이나 폐렴으로 최종 단계를 맞이한다. 사망률은 90퍼센트를 조금 밑돈다. 남은 마지막 기회는 오늘 밤뿐일 것이다. 내일은 체력이 소진할지도 모르고, 세노 슈의 몸이 살아 있지 않을지도 모른다.

슈지는 붙박이창에 시선을 보냈다. 리하오룽의 연구실은 어둠에 잠겨, 빨간 경고등만 켜져 있다. 이 방에서 정말로 인류를 파멸의 늪까지 몰고 간 생물 병기의 특효약이 태어날까. 생각해 봐야 소용없다. 2백 년의 시간을 넘을 수는 있어도, 한치 앞의 미래조차 읽지 못하는 것이다. 슈지는 눈을 감고 자신이 할 수 있는 일에 집중했다.

거기에는 리나와의 사랑의 기억과 2만 4천 개의 수열이 끝없는 수면을 메우는 파도처럼 흔들리고 있었다.

기밀실 문이 열리는 소리는 폭풍이 불어 닥치는 소리와 비슷했다. 검역실 내부의 공기가 바깥으로 새어 나가지 않도록, 실내는 항상 음압으로 설정되어 있는 것이다. 리 박사가 왔는가 하고 눈을 뜨자, 그곳에는 지민 해방 동맹의 소년 테러리스트, 시즈미가 서 있었다.

"세노 슈, 몸은 어때."

황마 후유증으로 시즈미의 목소리는 떨리고 있었다. 슈지는 의외의 손님에 놀랄 따름이었다. 얼굴에 무수히 많은 검은 화살표를 문신한 소년이 산소 텐트로 다가온다. 그 화살표는 살해한 치안군 병사의 수라고 했다. 작은 화살표가 처음 만났을 때보다 늘어난 것 같다. 시즈미는 말했다.

"나도 그 텐트에 들어간 적이 있어서, 당신의 마음을 안다. 오늘은 고맙다는 인사를 하러 왔다."

입술만 움직여 슈지는 말했다.

"무슨 인사를."

소년 테러리스트는 흘깃 뒤를 돌아보았다. 리나와 눈이 마주치자 보기 드문 미소를 보였다.

"어리석은 내 누나를 구해 주어 감사하고 있다. 누나가 당신에게 신세를 지는 것은 오늘 밤이 마지막이지만."

리나가 시즈미의 옆으로 다가왔다. 어깨에 손을 올리며 말한다.

"오늘 밤 슈 씨와 내가 마지막이라니, 무슨 뜻이니."

시즈미는 자신의 어깨에 올려진 손을 살짝 내렸다.

"세노 슈, 유감이지만 당신을 이곳에서 데려갈 수는 없다. 나는 누나만 데리고 가기로 했다. 이제 시간이 없다."

리나가 소년 테러리스트를 흔들며 비명 같은 소리를 질렀다.

"이제 시간이 없다느니, 슈 씨를 여기 두고 간다느니, 대체 영문을 모르겠구나. 시즈오미, 내 동생이라면 제대로 말을 좀 해주렴."

시즈미는 희미하게 웃고 있었다.

"살아남은 해방 동맹 지도자가 결국 최종 결단을 내렸다. 동중국에서 입수한 핵폭탄을 블루 타워에 사용한다. 슈트 케이스 모양의 전술핵으로 이미 이 탑의 제2층에 설치되었다. 이 작전의 실행 지휘는 내가 맡고 있다. 내일이면 이 탑의 상부 2층은 흔적도 없이 사라질 것이다."

리나가 소리쳤다.

"웃기지 마. 슈 씨를 남겨 두고 갈 수는 없어. 네가 지휘관이라면 그 작전을 그만두게 해. 몇만 명이나 되는 사람들이 죽는단 말이야."

시즈미의 얼굴은 돌처럼 무표정해졌다. 소리는 차갑고, 떨림도 멈춘 듯하다.

"무리다. 이것은 명령이다. 군사 작전이다."

아직 열다섯 살인 아이에게 핵 테러 현장 지휘를 맡기다니. 탑 세계의 비극은 이렇게까지 뒤틀려 있는가. 슈지는 열로 인해 침침해진 눈으로 병사를 올려다보았다.

"시즈미, 미코시바 씨를 기억하니."

소년 테러리스트의 눈이 가늘어졌다.

"지민의 어머니를 함부로 입에 올리지 마라. 내게는 친어머니 이상인 분이었다. 나는 그분이 황마로 죽어 가는 아이들을 구하는 데 같이 있었던 적이 있다. 지도자는 특별한 힘을 가진 사람이었다."

슈지는 시선만으로 끄덕여 보였다.

"알고 있다. 너도 그분이 나를 어떻게 불렀는지, 잊지는 않았겠지."

시즈미는 고개를 가로저었다.

"거짓말쟁이 왕자의 전설 말이냐. 그것은 지민 사이의 미신이다. 당신이 왕자일 리가 없다. 이 썩어 빠진 탑 세계를 한 사람의 인간이 구할 리 없다."

슈지는 확신을 갖고 조용하게 말했다.

"아냐. 구한다. 나는 한 사람이 아니니까."

시즈미는 의아한 표정을 지었다.

"언젠가 대지의 집에서 이야기한 것을 기억하나. 내가 2백 년 전의 과거에서 왔다는 이야기. 나는 지금 황마의 공포를 없앨 열쇠를 가지고 있다. 신형 인플루엔자의 특효약을 만들 수 있는 비밀이다."

"그거야말로 거짓말이다. 나는 당신이 어떤 인간인지 알고 있다. 당신은 어떤 거짓말을 해서라도, 최종 공격을 막고 싶을 뿐이다. 블루 타워와 해방 동맹은 이미 당신 같은 평화주의로는 죽도 밥도 되지 않는 곳까지 와 있다."

슈지는 산소 텐트 안에서 미동도 할 수 없었다. 리나와 자신의 사랑의 증표이며, 고도에 의해 저주받은 지옥의 세계를 구할지도 모르는 기억이 모두 허사가 되려 한다. 하지만 슈지는 초조해하지 않았다. 자신은 혼자가 아니다. 리나가, 살해된 미코시바가, 생매장된 아라쿠시가, 전장에서 헤어진 소크가 함께한다. 모두가 슈지를 믿고, 스스로 목숨을 던졌다. 슈지에게는 절망할 사치도, 모든 것을 버릴 유치함도 허락되지 않았다. 어떤 종교도 믿지 않는 슈지였지만, 마지막으로 눈을 감고 누군가에게 기도했다. 조용히 이야기하기 시작한다.

"지금 리 박사가 여기에 오고 있다. 나는 황마의 비밀을 박사에게 전하여 특효약을 개발하게 할 생각이다. 시즈미, 부탁한다. 바이러스 증식의 열쇠가 되는 뉴라미니다아제의 삼차원 구조를 박사에게 전하고 싶다. 잘되면 내가 진짜 거짓말쟁이 왕자가 된다. 그래서……."

거기까지 말했을 때, 슈지는 온몸에 이상한 바람을 느꼈다. 산소 텐트 안에 격리되어 있는데 신기하다. 그 바람은 몸속에서 불어와 인플루엔자의 고열을 식혀 주는 듯했다. 금세 땀이 가시고 체중이 훨씬 가벼워진 듯이 느껴진다. 이것이 황마의 최종 국면인가. 자신은 어이없이 죽는 건가 하고 슈지는 생각했다. 모든 것이 끝날 때는 이렇게 마음이 편안해지는 것인가. 하지만 입은 자신의 의사와는 무관하게 매끄럽게 움직였다.

"그것으로 우리 문제는 모두 해결된다. 블루 타워 역시 누구라도 마음이 내키면 올라갈 수 있는 평범한 높은 탑이 될 것이다."

시즈미가 비명을 질렀다. 리나도 눈을 동그랗게 뜨고 텐트 너머의 슈지를 바라보고 있었다.

"지도자."

눈을 감은 슈지의 입이 움직이고 있었다. 쉰 목소리는 노파의 것으로, 해방 동맹의 지도자 미코시바의 것이었다. 희미하게 웃으며, 지도자가 말했다.

"시즈미 아가야, 이 거짓말쟁이 왕자에게 한 번만 기회를 주면 좋겠다. 핵공격 따위 언제라도 할 수 있잖아. 이 사람이 머릿속에 담아 온 것은 블루 타워가 어떻게 되느니 하는 시시한 비밀이 아니야. 앞으로 지구 위에 살아가는 모든 인간이 은혜를 입게 될, 엄청난 숫자야. 생물 병기도, 핵폭탄도 비교가 되지 않아. 훨씬 더 힘이 있는 거야. 뭐, 외우는 방법은 좀 야했지만 말이야. 아가야, 가네마쓰 다음의 지도자는 야시모토지. 그 돌머리에게는 내가 잘 말해 둘게."

시즈미는 무릎을 꿇고, 미코시바의 말을 듣고 있었다. 리나가 뒤에서 동생의 목을 안으며 말했다.

"저 할머니와 슈 씨가 부탁하는 거니까 폭탄은 좀 기다려 주렴, 시즈오미."

소년 테러리스트가 일어서며 말했다.

"알겠다. 하지만 사흘 후 리하오롱과 이야기를 하게 해줘. 특효약 개발이 무리일 것 같으면, 즉시 공격에 옮기겠다."

슈지의 몸에는 또다시 황마의 고열과 발한이 덮쳐 왔다. 아까 불어온 바람이 거짓말 같은 권태감으로 온몸을 적시고 있었다. 슈지는 무거운 입을 열었다. 그것은 정말 미코시바였을까, 스스로도 반신반의한 채 말한다.

"고맙다, 시즈미."

감사의 말이 열다섯 살의 테러리스트에게 들렸는지 어떤지 알 수 없었다. 시즈미는 나타났을 때와 마찬가지로, 기밀실 문이 열리는 소리와 함께 사라졌기 때문이다.

6

리하오롱이 검역실 창 너머에 나타난 것은, 그 후 30분 뒤의 일이었다. 연구실 불을 켜는 것과 동시에 말했다.

"세노 씨, 무슨 일이시죠."

버섯 머리의 앞머리를 쓸어 올리며, 책상 위에 있는 모니터를 확인했다.

"어, 바이탈에는 변화가 없는데요."

리나가 거대한 붙박이창에 붙어 서서 소리쳤다.

"슈 씨가 당신한테 할 이야기가 있대요."

리 박사가 창 가까이로 다가왔다. 산소 텐트 내의 슈지의 목소리는 마이크로 전해져, 벽에 달린 스피커로 흘러나온다.

"지금부터 내가 말하는 숫자를 기록해 주게. 2백 년 이상 옛날의 자네 선조에게 건네받은 H17N1형 바이러스의 정보야."

리하오롱은 눈썹을 찡그렸다.

"세노 씨, 악몽이라도 꾸셨습니까. 그 바이러스가 남아 있을 리가 없잖아요."

슈지는 베개에 머리를 묻은 채 입술만 움직였다. 시선을 움직이는 것조차 귀찮았다.

"자네는 이전에 말했었지. 뉴라미니다아제 활성 부위의 입체 구조를 알면, 강력한 항바이러스 약을 만들 수 있다고."

리 박사는 슈지의 말을 상대해 주지 않았다. 등을 돌려 자기 책상으로 이동해 버린다.

"열 때문에 착란 상태인 것 아닙니까. 황마의 원형이 된 바이러스는 동서 대전 때 완전히 잃어버렸습니다. 존재하지 않는 바이러스인 뉴라미니다아제 따위, 침대에 누워만 있는 세노 씨가 알 리가 없잖습니까."

슈지는 마지막 힘을 쥐어짰다. 이제 육체를 움직이지도 못한다. 남아 있는 것은 자신의 말과 기억뿐이다.

"21세기 초, 도쿄의 국립 감염 연구 센터. 그곳에 자네의 선조, 리첸웨이 박사가 있었다. 대대로 의사 집안의 자네라면 이름 정도 기억하겠지. 저주받은 H17N1형 인플루엔자 바이러스의 발견자다. 그는 자네와 퍽 닮은 사내였다. 머리 모양까지 똑같다."

리첸웨이라는 이름을 듣고, 리 박사의 안색이 바뀌었다. 슈지는 담담하게 말을 계속한다.

"황마의 원형이 된 H17N1형은 자손에게만 전하는 바이러스로서 자네 집안에 승계되어 22세기 동서 대전에서, 생물 병기인 황마로 유전자 변이된다. 자네의 선조는 세계의 90퍼센트를 멸망시킨 바이러스 병기를 발견하고 개발했다."

리하오롱은 창백한 얼굴로 창에 이마를 대고 있었다. 무릎을 꿇으며 신음하듯 말했다.

"리가에 태어난 것이 얼마나 고통스러운 일인지, 세노 씨는 상상도 할 수 없을 겁니다. 등 뒤에서 수군거리고, 황마로 가족을 잃은 사람들은 얼굴에 침까지 뱉습니다. 살인자, 인류 몰살자,라고 저주를 받았습니다. 그러나 아무 말도 할 수 없었습니다. 모두 내 선조 탓이니까요."

슈지는 온몸의 힘을 목으로 모았다. 납처럼 무거운 머리를 천천히 베개에서 든다. 산소 텐트의 투명한 비닐과 두꺼운 붙박이창 너머로 똑바로 리하오롱을 보았다.

"모든 것을 되돌려 놓지 않겠는가. 리가에 달라붙은 죄를 씻어 내지 않겠는가. 내가 자네에게 기회를 주겠네. 자네 손으로 세계를 고도로부터 자유롭게 해주게. 황마 특효약을 개발해 줘. 내가 뉴라미니다아제 활성 부위의 모양을 지금부터 가르쳐 주겠네. 당장 기록을 시작하게. 이제 체력이 얼마 남지 않았어. 나는 한 번밖에 말할 수 없을 거야."

리 박사는 홀린 듯이 슈지를 바라볼 뿐이었다.

"뉴라미니다아제의 삼차원 구조를 입으로 말한다고요. 세노 씨, 당신은 자신이 하는 말의 의미를 알고 있습니까."

슈지는 베개에 머리를 눕히며 웃었다.

"알고 있다. 자네의 선조는 활성 부위의 3D 컴퓨터 그래픽을 50개의 단면으로 잘랐다. 그 단면을 다시 세로와 가로로 50개의 격자로 나눈다. 숫자의 교점으로 활성 부위의 입체 이미지가 전해질 것이다."

리하오롱은 흥분하여 일어섰다.

"그럴 리가…… 무립니다…… 그러나 사실이라면."

슈지는 천장을 올려다보며 말했다.

"사실이라면 자네가 세계를 구할 수 있다. 리가의 명예를 회복할 수 있다. 내가 2백 년 전으로부터 외워 온 교점의 수는 2만 4천 개가 넘는다. 그래도 아직 메시(mesh)가 엉성하다고 리첸웨이 박사가 말하고 있다. 만약 3D 이미지의 보완이 어려울 것 같으면, 내 퍼스널 라이브러리언을 사용해 주게. 오기와라 위원장에게 부탁하면 어떻게 될 거야. 얼른 시작하세."

리 박사가 컴퓨터에 음성 기록 준비를 하는 동안, 리나가 텐트 옆으로 다가왔다. 고개를 저으며 말한다.

"슈 씨, 오늘 밤은 또 다른 사람이 된 것 같아요. 아까부터 듣고 있었지만, 무슨 의미인지 전혀 모르겠어요."

슈지는 미소 지으며 말했다.

"의미 따위 몰라도 돼. 잘되면 황마 약이 생겨서 모두가 행복해질 거야. 그것을 위한 열쇠는 한 여자가 한 남자를 끝까지 믿고 사랑해 주었기 때문에 이곳에 가져올 수 있었어."

리나는 의심스러운 듯 곁눈으로 슈지를 보았다.

"왠지 2백 년 전의 슈지 씨에게는 좋은 사람이 있었던 것 같군요. 그 몸은 가져가지 않으니까, 뭐 용서하겠지만."

리 박사가 창 너머에서 소리쳤다.

"언제라도 시작할 수 있습니다. 세노 씨, 부탁합니다."

슈지는 리나와 리하오롱에게 끄덕이더니, 아무런 준비 동작도 없이 쏟아질 듯한 수열을 하나하나 말하기 시작했다.

새벽 2시부터 시작된 숫자 암송은 3시간 정도가 지나자 반인 1만 2천을 넘었다. 슈지는 이따금 수분을 보충하면서 흐르듯이 수열을 입에서 줄줄 흘려보냈다. 생각하는 것도, 떠올리는 것도, 필요치 않았다. 그저 눈을 감고 그곳에 떠오른 수열을 읽을 뿐이었다. 무미건조해야 할 숫자에는, 언제나 리나의 빛나는 육체의 향기가 느껴졌다.

슈지의 체력은 완만한 곡선을 그리며 떨어지는 듯했다. 체온은 40도를 약간 밑돌 정도로 일정하다. 하지만 새벽이 가까워질수록 슈지의 의식은 몽롱해져 왔다. 머리 심지에 열 덩어리 같은 통증이 있다. 슈지는 리하오롱에게 말했다.

"점점 머릿속이 뜨거워지기 시작했어. 손으로 잡을 수 있을 것 같은 열 덩어리가 누르고 있는 것 같아."

리 박사의 안색이 변했다.

"인플루엔자 뇌염 증세입니다. 그렇게 되면, 대증요법(對症療法 : 어떤 질환의 환자를 치료하는 데 있어서 원인이 아니고, 증세에 대해서만 실시하는 치료법) 이외에 방법이 없습니다."

강렬한 졸음과 거기에 반하는 두통이, 슈지의 뇌 속에서 미친 듯이 날뛰었다. 눈을 감고 있던 슈지는 억지로 눈을 뜨고, 리나에게 말했다.

"리나, 마지막 부탁인데 들어주지 않겠니."

리나는 산소 텐트에 달라붙듯이 계속 서 있었다.

"좋아요. 뭐든 해줄게요."

"거기서 알몸이 되어 줘."

황마에 의한 감염사가 임박해, 슈지의 생명력은 거의 남아 있지 않았다. 마지막 남은 힘까지 불러오는 데는, 생에 집착할 절대적인 대상이 필요했다. 21세기 리나의 아름다운 육체는 슈지에게 불가능이라고 생각됐던 기억력을 부여해 주었다. 23세기 리나의 육체도 분명 슈지의 마지막 생명력을 불태워 줄 것이다.

리나는 바이러스 방호복과 파란 마이크로 파이버의 바디 슈트를 거리낌 없이 벗었다. 조명을 낮춘 한밤중의 검역실에서 가슴을 펴고 선다. 이렇게 훌륭한 육체를 가지고 살아간다는 것은, 그것만으로 기적이나 다름없다. 리나의 몸에는 생명의 힘이 넘치고 있었다. 얼굴을 들고 말한다.

"나를 잊지 말아 주세요. 전부 똑똑히 보고 가세요."

슈지는 감동하여 끄덕였다. 수열을 암송할 때보다 몇 배 부드럽게 말했다.

"고마워, 리나. 너는 절대로 잊지 않아. 이쪽으로 등을 돌려 주지 않겠니."

소녀의 빛나는 등에 펜슬 숫자가 보이는 것 같았다. 오른쪽 견갑골의 33번째 단면부터 슈지는 다시 수열을 읽어 나갔다.

연구실 창에 아침 햇빛이 들어오고 있었다. 리하오롱은 슈지가 수를 암송하는 동안에도, 50개의 단면의 배열을 시작한 것 같다. 착착 입력을 계속하고 있다.

슈지는 리나의 왼쪽 발꿈치의 수열 500까지 다 말하자, 전신에서 힘이 빠져나갔다. 한 번 더 숫자를 암송할 체력은 없었다. 이제 싸우지 않아도 된다. 두통은 이미 견디기 힘들 정도까지 와 있다. 머리 중심에서 생겨난 열과 통증이 천천히 전두엽 쪽으로 내려왔다. 이미 생명력의 예비 탱크조차 텅 빈 것 같다. 이렇게 자신은 죽어 가는 것일까. 하지만 그것조차도 몹시 시원하게 느껴진다. 멀리서 누군가가 슈지의 이름을 부르고 있었다. 눈을 뜰 수도 말을 건넬 수도 없다. 단지 누군가가 부르고 있다고 느낄 뿐이다. 이제 미련은 없다.

슈지가 2만 4천3백17개의 교점을 모두 암송하는 데 걸린 시간은 총 5시간 28분이었다. 그것은 리 박사의 컴퓨터에 정확히 기록되어 있다.

7

"슈지 씨, 슈지 씨."

알몸의 어깨를 누군가 흔들어 슈지는 잠을 깼다. 호텔 스위트룸이다. 이쪽 방 안에도 아침 햇빛이 들어오고 있었다. 눈부신 파란 하늘은 신주쿠 신도심의 고층 빌딩을 제압하고, 창밖에 펼쳐져 있다. 출근 준비를 마친 리나가 침대에 걸터앉아 부드럽게 내려다본다.

"괜찮으세요, 새벽부터 심하게 신음하시던데."

슈지는 자신의 이마를 만졌다. 땀은 많이 났지만, 40도에 가까웠던 열은 없었다. 두통도 깨끗하게 사라졌다. 죽음을 각오했었는데, 살아 있었다. 슈지는 벌떡 일어나 리나의 어깨를 양손으로 꽉 잡았다.

"내가 리나를 안은 것은, 언제지."

리나는 고개를 갸웃거렸다.

"아이, 아파요. 어젯밤, 아직 7시간 정도 전. 잊어버리셨어요."

슈지의 손에서 힘이 빠지며 말했다.

"그런가. 그럼 이번에는 실시간으로 그쪽과 이쪽이 연결되어 있었구나."

리나가 놀란 듯 말했다.

"네? 그럼 벌써 그 숫자들을 모두 미래에 두고 온 거예요. 악몽을 꾸어 신음한 게 아니었군요."

슈지는 웃으며 리나를 꼭 껴안았다.

"그 말, 블루 타워에서도 들었어. 결과가 어떻게 될지 모르겠지만, 내가 할 수 있는 일은 모두 하고 왔어. 리나 덕분이야, 고마워."

리나는 수줍은 듯 웃었다.

"별말씀을요. 사랑하는 사람을 위해서라면 당연한 일인 걸요. 그럼, 저는 출근해야 하니까."

슈지는 목욕 가운 차림으로 문까지 리나를 배웅했다. 게스트 룸으로 돌아와 커튼을 모두 열어젖혔다. 신도심의 도로는 하나같이 콩알 같은 자동차로 메워져 있었다. 맞은편 고층 빌딩의 창 안에는, 출근한 사원들이 업무 준비를 하고 있다. 모든 것은 딱딱한 아침 햇빛 속의 풍경이었다. 불경기도, 이상 기상도, 세계의 혼란도 문제가 아니었다. 이렇게 무수한 사람들이 지상을 오가고, 살아 있다. 그만큼의 것이 슈지에게는 기적이었다. 열리지 않는 창을 껴안고, 이 세계에 돌아온 것에 감사한다.

블루 타워에서 다 말랐을 거라 생각했던 눈물이 넘쳐흘렀다. 오늘 오후에는 이 방을 나가자. 2백 년 후의 미래와 인류를 위해서가 아니라, 내일부터는 자신과 리나를 위해 사는 것이다. 블루 타워를 구했다 해도, 이쪽 세계에서 생활을 꾸려 가려면 또 다른 어려움이 있을 것이다.

하지만 지금은 이렇게 신주쿠의 하늘을 껴안고 있자.

구비되어 있는 냉장고에서 작은 샴페인 병을 딴 슈지는, 47층에서 아침 거리를 내려다보며 혼자 건배했다.

에필로그

그 후 세노 슈지의 뇌종양은 수술을 할 것도 없이 저절로 축소되었다. 주치의에게는 말하지 않았지만, 슈지는 그날 밤 황마의 고열이 악성 교아종을 태운 것이라고 굳게 믿고 있다.

직장에 복귀한 것은 발병한 지 10개월 후로, 동료들은 기적의 생환이라며 슈지를 축하해 주었다. 다시 3개월 후 아내인 미키와 이혼했다. 슈지가 짐을 가져가던 밤에는 리나도 동행했다.

약속대로 미키는 신주쿠 화이트 타워를 위자료로 받았다. 슈지는 이제 고도에는 진절머리가 난 것이다. 다음에는 어디든 지상에 가까운 곳에 살 곳을 찾아볼 생각이다. 슈지와 얼굴을 마주하는 것이 싫었던 미키는 집을 비우고 없었다. 이사 트럭에 짐을 다 싣자, 마지막으로 바구니에 들어가 있는 고양이 코코를 데리러 돌아왔다.

슈지는 남서쪽을 향해 열린 창으로 여름밤의 정경을 바라보고 있었다. 이제 두 번 다시 이 집에 돌아올 일은 없을 것이다. 멀리 서 신주쿠의 고층 빌딩들이 빨간 항공 장애등을 깜박거리며 구름을 뚫고 있다. 까마득히 아래쪽에서는 키가 작은 건물이 모래를 뿌린 듯 대지를 메우며, 수도의 현기증 나는 면적을 형성하고 있었다. 1년 전에는 여기서 휠체어에 앉아 세계와 병을 저주했었다. 리나가 조용히 다가왔다. 발밑의 바구니에서 코코가 불안해하며 울고 있다.

"나는 여기가 싫어요. 빨리 나가고 싶어요."

슈지는 끄덕이며 리나의 어깨를 안았다.

(슈 님, 슈 님.)

환청인가 생각하며, 슈지는 주위를 둘러보았다.

"누구야."

리나는 이상하다는 얼굴로 슈지를 올려다본다.

(슈 님, 제 목소리 잊으셨습니까. 당신에게 믿음의 의미를 배운 퍼스널 라이브러리언, 코코입니다.)

"코코, 너구나."

(예, 접니다. 그러나 당신은 슈 님이 아니라, 세노 슈지 님이시지요. 저는 그 후 콰트로 A급 라이브러리언과 협력하여 10차원 수학을 연구했습니다. 슈 님의 의식과 기억이 2백 년의 시간을 넘는 것이 가능하다면, 제 쪽에서도 교신할 수 있지 않을까 해서 말입니다.)

슈지는 리나에게 말했다.

"블루 타워에서 코코가 내게 말을 걸어왔어. 잠깐 기다려 줘. 코코, 그쪽은 그 후 어떻게 됐지."

날카로운 개이빨을 드러내며 웃는 아비시니안의 얼굴이 떠올랐다. 코코의 목소리는 밝다.

(저는 리나 씨와 리하오룽 박사로부터 모든 것을 들었습니다. 리 박사는 슈 님의 정보를 바탕으로, 황마 뉴라미니다아제 활성화를 억제시키는 플

러그 약 개발에 성공했습니다. 입체 구조 복원에는 저도 협력하고 있습니다. 황마는 더 이상 공포의 바이러스가 아닙니다. 감염되어도 바로 이 약을 복용하면, 목숨에 지장이 없습니다. 제조법이 복잡해서 아직 전 세계에 퍼뜨릴 정도는 아닙니다만, 대량 생산을 계속하고 있습니다. 황마는 단순한 악성 인플루엔자에 지나지 않게 된 것입니다. 플러그 약은 전 세계에서 세노 슈 캡슐이라는 이름으로 불리고 있습니다. 리 박사는 선조의 죄를 보상하도록 신약 개발의 열쇠를 준 당신에게 약명을 양보한 것입니다.)

"그랬나, 그거 잘됐군."

그때 여자 목소리가 갑자기 끼어들었다.

(슈 님, 나, 리나예요. 기억하죠, 코코가 말하기로는 슈 씨가 두통이 없어도 가까운 장래에 다시 의식만 이쪽 세계로 날아올 수 있게 되지 않을까 하던데요. 시간의 벽을 넘어 정신을 이동하는 기술 개발의 전망이 밝대요. 그러면 또 꼭 이쪽으로 놀러 오세요. 나, 무슨 일이 있어도 기다릴 테니까요.)

슈지는 옆에 있는 리나의 얼굴을 흘끗 보았다. 2백 년 후의, 리나보다 더 어린 소녀 이야기는 하지 않는 편이 좋을지도 모른다.

"하지만 그날 아침, 세노 슈는 바이러스성 뇌염으로 죽었잖아. 내게는 이제 돌아갈 몸이 없어."

어딘가 반가운, 귀에 익은 남자의 목소리가 머리 중심에서 울렸다.

(세노 슈지, 아니, 나의 선조님이라고 불러야 하나. 그렇게 간단히 당신이 쓰던 몸을 죽이지 말라고. 나는 아직 살아 있다고. 황마 후유증으로 왼쪽 다리를 조금 절긴 하지만 말이야. 또 블루 타워에 온다면 당신을 열렬히 환영하겠어. 뭐니 뭐니 해도 당신은 세계를 구했으니까.)

"고맙다, 세노 슈. 고맙다, 코코."

(잠깐만요, 보스. 저도 아직 살아 있습니다. 오른손에 탄을 맞아서 이제 총은 쓸 수 없게 되었습니다만. 월급을 올려 주겠다는 약속, 이쪽에 돌아

오신 후 꼭 지켜 주십시오.)

경호원 소크의 목소리였다.

"그래, 알겠다. 꼭 다시 만나자, 소크, 리나."

슈지의 가슴에 뜨거운 것이 끓어올랐다. 이상하다는 얼굴로 바라보는 리나의 어깨를 안고, 슈지는 2백 년 후의 미래를 향해 말했다.

"구원받은 것은 내 쪽이야. 온 힘을 다해서 누군가를 위해 일하는 것이, 실은 자기 자신을 구하는 것이란 걸 가르쳐 준 것은 탑 세계니까. 언젠가 꼭 모두를 만나러 가겠다."

코코의 목소리가 가슴 깊은 곳으로 멀어져 갔다.

(슈 님, 한동안 이별이겠군요. 다음에 또 교신드리겠습니다.)

슈지는 지상 2백 미터의 창에서 등을 돌렸다. 높이 2천 미터의 파노라마에 비하면, 이 정도의 야경은 어린아이 놀음이다. 언젠가 또 그 블루 타워에 올라가는 것이다. 이번에는 테러를 두려워할 일도, 치안군에 쫓길 일도 없겠지. 슈지는 구름을 가르고 하늘을 향해 솟아 있는 블루 타워의 홀로그래프 영상을 선명하게 떠올렸다. 그 탑은 붕괴하는 일 없이, 지금도 우뚝 솟아 있다. 리나가 미소 짓는 슈지의 머리를 쓰다듬었다. 그곳에는 검은 머리가 자라기 시작하고 있었다.

"이 안에 잔뜩 입력한 추억으로 세계를 구했군요. 코코 씨는 미래에서 뭐라고 말을 걸어왔어요."

슈지는 진짜 코코가 들어 있는 바구니를 들고, 현관을 향해 긴 복도를 걷는다.

"이야기를 시작하면 길어져. 우선 이 맨션에서 나가자. 가능하면 바람이 부는 땅 위에서 이야기를 하고 싶어."

그렇게 말하며 슈지는 55층의 문을 닫고, 신문꽂이 선반에 살짝 열쇠를 올려 두었다. 신주쿠 화이트 타워의 주차장에는, 트럭이 두 사람을 기다리고 있을 것이다.

가득 실려 있는 것은 새로운 생활을 시작하기 위한 짐이다. 슈지와 리나는 새로운 생활을 위해 필요한 모든 것을 이미 가지고 있었다. 고속 엘리베이터로 40초. 인적 없는 밤의 로비를 빠져나가자 유리 자동문이 두 사람 앞에서 열렸다. 부드러운 8월의 밤바람이 불어왔다.

역자의 말

한꺼번에 일곱 작품씩이나 연재를 할 정도로 왕성한 집필 활동을 하고 있는 이시다 이라는, 현재 일본에서 더할 나위 없이 잘나가는 작가 중 한 사람이다. 물론 우리나라에도 『4teen』과 『LAST』 등 그의 대표작들이 속속 번역되며 짧은 시간 안에 독자들이 눈덩이처럼 불어나고 있기도 하다.

한때 카피라이터로 활동하기도 했던 그는 어느 인터뷰에선가 카피와 소설의 차이를 이렇게 얘기한 적이 있다. 카피는 목마른 사람에게 물을 가져다주는 것이고, 소설은 우물을 파는 법을 가르쳐 주는 것이라고. 우물을 파는 동안 갈증이 심해지고 몸은 힘들겠지만, 스스로 우물을 파서 물을 마셨을 때의 기쁨은 형언할 수 없을 것이라고.

『블루 타워』야말로 땡볕에 몸을 던져 우물을 파서 마시는 시원한 물맛의 소설이 아닌가 싶다.

미래라고 하면 연상되는 단어는 꿈이니 희망이니 하는 장밋빛 이미지이건만, '블루 타워'에는 어둠과 절망만이 가득하다. 사람들은 전쟁을 하고 대립하고 증오에 불타며 살아간다.

'블루 타워'에서는, 살고 있는 층수가 그대로 그 사람의 신분이 되어 '높이에 따른 차별'을 당한다. 하층 사람들에 대한 차별은 거의 중세 노예제를 방불게 할 정도다. 당연히 탑 국가에 들어가지 못한 지표의 사람들과 하층 사람들의 불만은 테러로 이어진다. 가진 자들은 과학의 혜택을 받아 평균 수명이 90세를 넘지만, 가지지 못한 자들의 평균 수명은 30세에 불과하다. 어린 소년병들은 자살 테러도 마다하지 않는다.

그리고 200년 후의 미래에 사는 사람들이 가장 공포스러워하는 강력한 인플루엔자 바이러스 황마. 사람들은 이 황마를 피해 높이 2천 미터의 탑을 세워, 그 속에 갇혀 생활하지만 '인간의 악처럼 도처에 있는 황마'로부터 자유로워지진 못한다.

핵과 바이러스, 자살 테러로 언제 무너질지 모르는 블루 타워. 이 위태로운 미래를 구하는 것이 21세기의 신주쿠에 사는 뇌종양 말기 환자 '세노 슈지'라니…….

타인을 위해 살아갈 때만이 진정한 자신의 삶을 사는 것이었다고 말하는 세노 슈지. 그리고 그를 사랑하는 21세기의 리나와 23세기의 리나. 바이러스학 연구자인 21세기 리나의 동생과, 테러리스트인 23세기 리나의 동생. 남편이 병이 들자 바람을 피우는 세노 슈지의 아내 미키, 다른 남자와 정을 통하며 사는 23세기의 아내 키미. 21세기와 23세기에서, 주인공 주변 인물들의 대칭이 무척 흥미롭다.

SF 소설이라고는 하지만, '황당무계한 공상 과학'이란 느낌이 전혀 들지 않는 소설. 이 책을 번역하는 동안에도 세계 곳곳에서 자살 테러가 일어나 많은 인명이 죽어 갔고, 조류 독감으로 세상이 들썩거렸다. 과연 지표에 떠도는 인플루엔자 바이러스를 두려워하여 길을 다닐 때는 금속질의 바이러스 방호복을 입고 다니는 세상이 되는 데 200년이나 걸리려나, 싶은 생각이 든다.

여느 이시다 이라의 작품처럼 경쾌한 문장과 멋들어진 묘사로, 줄줄 물 흐르듯 읽히는 재미있는 소설. 한 편의 블록버스터 영화를 보고 난 느낌이다.

착한 딸 정하에게 사랑을 보내며.

권 남 희

옮긴이 권남희

1966년 생. 일본 문학 전문 번역가로 활동 중이다. 옮긴 책으로는 『러브레터』, 『밤의 피크닉』, 『퍼레이드』, 『빵가게 재습격』, 『무라카미 라디오』, 『너를 비틀어 나를 채운다』, 『막다른 골목에 사는 남자』, 『고흐가 왜 귀를 잘랐는지 아는가』, 『오디션』, 『도쿄 아키하바라』, 『팽이갈매기』 등이 있으며, 지은 책으로는 『동경신혼일기』, 『번역은 내 운명』(공저) 등이 있다.

블루 타워

초판 1쇄 인쇄일 · 2006년 7월 15일
초판 1쇄 발행일 · 2006년 7월 20일
지은이 · 이시다 이라
옮긴이 · 권남희
펴낸이 · 임성규
펴낸곳 · 문이당

등록 · 1988. 11. 5. 제 1-832호
주소 · 서울시 성북구 동소문동 4가 111번지
전화 · 928-8741~3(영) 927-4990~2(편)
팩스 · 925-5406
ⓒ 이시다 이라, 2006

홈페이지 http://www.munidang.com
전자우편 webmaster@munidang.com

ISBN 89-7456-344-4 03830